神探太子妃

卫雨 著

长江出版传媒

长江文艺出版社

图书在版编目（ＣＩＰ）数据

神探太子妃 / 卫雨著. -- 武汉：长江文艺出版
社，2022.1
　ISBN 978-7-5702-2300-8

　Ⅰ.①神… Ⅱ.①卫… Ⅲ.①长篇小说－中国－当代
Ⅳ.①I247.5

中国版本图书馆 CIP 数据核字(2021)第 160767 号

神探太子妃
SHENTAN TAIZIFEI

封面插画：司书晴	营销支持：韩澍东　夏　萍　符　琳
策　划：程华清　涂　涂	尹景祎　杨　敏
责　编：梁碧莹　小　鹿	责任校对：毛　娟
装帧设计：天行云翼·宋晓亮	责任印制：邱　莉　杨　帆

出版：长江出版传媒　长江文艺出版社
地址：武汉市雄楚大街 268 号　　　邮编：430070
发行：长江文艺出版社
http://www.cjlap.com
印刷：武汉市首壹印务有限公司

开本：700 毫米×1000 毫米　　1/16　印张：21.5　　插页：1 页
版次：2022 年 1 月第 1 版　　2022 年 1 月第 1 次印刷
字数：405 千字

定价：48.00 元

目　录

夏日午后,宫墙内院绿树成荫,将一片如火的骄阳悉数遮挡,只留下温柔阴凉的树影。只是一片宁静中,隐隐有小孩子的哭声,使人的心忍不住揪起来。

一身青色水莲纹纱衣的少女拿着酥糖凑到面前粉雕玉琢的小家伙嘴边,小家伙却丝毫不理,只是一直哭。

半晌儿,无奈的少女把酥糖塞到自己嘴里,一边嚼一边含混不清地说:"姑姑,云齐这是怎么了,以前没见她这么爱哭啊。"

身着浅紫色宫装的貌美少妇心疼地抱起自己才两岁大的女儿,嘴里轻哼着哄道:"云齐乖哦,母妃最喜欢云齐了……"

自顾自地叹了口气,少妇皱眉道:"谁知道呢,徐太医来看过了,也没什么不对,说是天气炎热小孩子就难免爱哭闹些。"

"唉!不说这个了,"云齐公主想是哭累了,此刻恹恹地趴在母妃的怀里,少妇把她交给身边的乳娘,走上前来执了青衣少女的手,"柏儿,有件大喜的事要告诉你。"

"这事原轮不到我来告诉你的,只是你爹娘远在青州,你哥……太阳打西边儿出来我也不信他在这种事上靠得住。所以也只有我这个做姑姑的来为你打点了……"沈贵妃温柔地摸摸少女的头发,"皇上与我已经商议了,打算将你许给太子为妃。"

万里无云的晴空之下,沈如柏只觉得自己头上"咔嚓"一声,有一道雷劈过。

之前姑姑关心自己婚事的时候,作为沈如柏生平最大冤家的哥哥沈承松曾经非常豪气地表示"包在自己身上",他说他觉得城东门外那个卖汤饼的小张就很不错;小张如果看不上阿柏的话,城南杀猪的小宋虽然长得丑了点儿,但也不是不能考虑。

记得当时沈承松非常倨傲地看着一脸愤慨的如柏,字正腔圆地说:"妹妹不争气,就不要怪哥哥给你做不到好媒。四大家族里,琅琊林家小姐以书法闻名,徽城孟家小姐以音律闻名,临州程家小姐以女红闻名,你呢?"

一向口才一流的沈如柏结结巴巴了半天,也没好意思把其实所有人都知道的答案说出来。

青州沈家小姐……以破案闻名。

在嫁人上，这实在不是什么优点。

小张就小张吧，他汤饼做得也算一绝。

如柏绝望地想。

当然事情显然并不会按照这种轨迹发展。

青州沈家，是当朝数一数二的贵族，出过一任宰相、两位王妃，沈家老爷沈遇为现任青州节度使，其子沈承松为当朝最年轻的刑部侍郎。

而沈遇的亲妹妹沈之桃自十六岁入宫以来，深得圣心，两年前生下女儿云齐公主后便被封为贵妃。

如此显赫世家的名门贵女，作为皇子之妃是十分合理的。

然而此刻即将成为太子妃的如柏面如土色地想……

太子爷？

还不如小张呢！

情势紧急，不容她多想，她忙微笑着对沈贵妃说："姑姑说笑了，如柏怎么能当得起太子妃？"

沈贵妃瞪大一双秋水般的眼眸，惊讶地问道："还有别人比你更适合？"

如柏猛地一激灵，连忙照背哥哥的台词：

"琅琊林家小姐以书法闻名，徽城孟家小姐以音律闻名，临州程家小姐以女红闻名……前些日子一同入宫给太后请安，几位姐姐我也都见了，都是容貌极出挑的名门闺秀。"

沈贵妃幽幽地叹了一口气：

"柏儿，我也不瞒你，其实那日宣你们进宫，便是有意在你们中间挑一位许给太子。陛下当时就在太后宫里的屏风后悄声观察。"

"当时太后赐你们的花茶里，故意将糖错放成了胡椒盐，那几位喝下后无不脸色难看表情变形，只有你面容平静，痛苦分毫不表现在脸上，太后与陛下的意思都是，拥有此等涵养的女子，才有做太子妃的资格。"

如柏呆呆地望着姑姑，不知道从何解释起。

入宫前一天晚上她配合刑部冒雨追了一个凶犯一整夜，所以导致第二天感冒舌头失味了……早知道是盐，她早砸破茶杯以示抗议了好么？不带这样糟践食物的！

她以极其沉重的心情走出了沈贵妃的宫门。

要她沈如柏去当太子妃？她自认没这个本事。

她没有本事为那些浮云般的名利权位放弃一生的自由自在，更没有本事今后在宫中，像她姑姑那样和诸多女子分享同一个男人的爱情。

鹦鹉面前不敢言，眼泪全往肚里吞，就此失去生活中本该有的安稳和快乐。

想着就伤心啊，回到沈府后如柏的心里仍然是一团乱麻。

为了散心，她叫所有的丫鬟统统不许跟着，自己一个人换了身男装上街溜达。

城外的食摊儿上有相当多的东西做得上不了大雅之堂，但味道绝佳，每次心情不好的时候如柏就偷偷跑来大吃一顿。

"举杯浇愁愁更愁。"废话,有愁的时候喝什么酒嘛,酒又没多好喝。

请用买酒的钱买一碗羊杂汤,羊肉要鲜羊肚要脆羊肝要嫩,还要请老板多放辣椒,一碗不管用的话那就再来一碗。

此刻如柏就坐在木凳上,左手拿着烧饼,右手对着大碗运筷如飞,吃的时候她耳朵也没有闲着。

坐在她邻桌的是一对主仆,只听仆人小声向主人抱怨:"以后不去城北那家买油馓子了,才半炷香的工夫就不脆生了。"

主人还没来得及回答,就听到背后有筷子放下的声响。

如柏缓缓把筷子放在碗边,正襟危坐,深吸了一口气之后平静地压低声音说:"幸会,太子爷。"

东宫太子楚明轩此刻一身普通书生打扮坐在食摊旁,闻言缓缓侧过身,对上了邻桌食客的眼睛。

如柏只觉得自己看见了一双灿若星辰的双眸,眼前的男人有一对剑锋般的长眉,鼻梁高挺,寻常的装扮下是遮掩不住的冷傲贵气。

她只失神了短短一瞬便回过神儿来,挑起眉梢,挑衅地望着那双眼睛的主人。

只听小仆在旁边瑟瑟发抖地道:"你……你怎么看出来的?"

"三点:第一,从城北绕着城墙跑到这儿居然只花了半炷香的时间,可见你们的马非常好,骑得起这种马的人非富即贵;第二,白天允许在城门附近以这个速度跑马的只有军令在身的军士,你们很显然不是,那么就只能说明这条对于平民的规矩约束不到你们。基于这两点,你们应该是宫里的人。"

小仆失声道:"那为什么是太子,而不是其他皇子?"

"因为第三点……"

如柏沉默下来,她觉得自己还是不要暴露身份为妙。

总不能直说吧?

"第三,因为我之所以乔装打扮来到这个食摊儿,是要解决即将成亲的苦闷,所以我猜对方有可能也是这样,那么人选就只剩……太子。"

一直没有说话的楚明轩上上下下打量了她一番,突然淡淡地开口:"你是沈如柏?"

这回轮到如柏惊讶了:"你怎么看出来的?"

"我蒙的,看来蒙对了。"

对方冷静地起身,对她露出一个似笑非笑的表情,"因为我之所以乔装打扮来到这个食摊儿,是要解决即将成亲的苦闷,所以我猜对方有可能也是这样。"

如柏只觉得一口血哽在喉头上不去也下不来,她强撑着道:"可是……要成亲的人……很多……"

"能做出这个水平的推理的人就不多了,只剩下你和大理寺的顾守之有这个可能性。我没见过顾守之,你又是男子装扮,我本来也以为你是他。但是……"

太子殿下望着桌上高高摞起的碗,一脸悲哀地摇摇头,"这真太能吃了,我不信大理寺那点儿俸禄能支持顾守之养成每顿吃这么多的习惯。"

沈承松回家的时候发现自己妹妹气呼呼的。

他走近细看，只见桌上摆了十来个碟子，分别装着核桃酥、杏仁饼、奶黄包、绿豆糕……

他叹了口气，在如柏身边坐下，在琳琅满目的点心碟子里随手拿了个蜜饯丢到嘴里："谁惹你了？告诉哥，好让哥开心一下。"

如柏用力地把嘴里的绿豆糕咽了下去，哭丧着脸问："哥，你觉得我吃得多么？"

沈承松神情悲哀地叹了口气：

"妹儿啊，既然你说到这个问题，哥也只能给你讲个实话了……在食量方面，其他小姐和你的差距，就如同杀猪技巧方面，小张和小宋的差距。"

沈如柏一脸死寂地坐在原地，她庆幸自己在沈承松开口前把绿豆糕咽了下去，否则听他说话非得把自己噎死不可。

废话！她当然吃得比其他那些名门闺秀们多！也不看看她们每天的消耗量差距有多大！

林家、孟家、程家小姐们每日的运动量是吟诗一首，弹琵琶一曲，绣团扇半幅。

她每日的运动量是在城内穷追窃贼三十里地，在城外为绘制流寇逃窜图爬山一个时辰，在山上遇到村民的牛挡路，故与之搏斗半个时辰。

这能一样么？

但她没法儿跟哥哥讲这些，所以沉默良久，她只是低声说："哥，我要嫁人了。"

沈承松有点惊讶："你自己去和小张说啦？他同意啦？"

"不是，"如柏只觉得自己头昏脑涨，"是姑姑跟我说，陛下已经决定把我许给太子为妃。"

她看到哥哥正要去拿下一块蜜饯的手猛然停住了，片刻后，他以一种不属于人类的僵直状态缓缓扭过脖子来，静静地望着自己。

片刻的寂静后，院门口守夜的丫鬟们听到她们在面对最凶险的歹徒、最恐怖的尸首、最危险的环境时都面不改色心不跳的大少爷，发出了一声惨绝人寰的惊叫声。

"没事没事,啥事也没有,你们都出去,我自己收拾。"

沈承松强作镇定地挥手叫闻讯赶来的丫鬟小厮们都出去,把自己刚刚碰翻的碗碟一一归位。

尴尬地沉默了半晌,他端起一碗牛乳一饮而尽,据说牛乳有安神的功效,他希望它能帮自己压压惊,能让自己一睡不醒的话那是最好。

"太子最近门上祸事真多。"他放下空碗感叹,"你有什么想法?"

"圣旨应该过几日才会下来,所以我想和你商量商量,看有没有什么办法让陛下在这几日内改变主意。"

如柏此刻没有工夫和哥哥计较,"我现在能想到的办法只有抗婚这一条,但是显然由我去的话姑姑会下不来台,所以最好的办法应该是太子本人去向陛下讲明。哥,我记得你跟太子有些私交,要不你去和他说一声?"

沈承松沉默良久,突然懒洋洋地往椅背上一靠:"我不去,要去你自己去。"

"我又见不到他!"

"这我可以帮你想办法。"沈承松歪在椅子上冲如柏挑挑眉,"记得我刚说太子最近祸事多么?"

"还发生了什么?"

"很大的事,但是不要声张。"承松的表情严肃起来,"东宫的玉印,失窃了。"

子夜,楚明轩正在书房查看地方的卷宗,突然有下人来报:"刑部沈侍郎求见。"

楚明轩眉梢一挑:"请他进来。"

放下卷宗,他揉揉额角,淡淡地补充,"然后你就不必再进来了,我和沈侍郎有要事要单独商量。"

片刻后。

"怎么是你?"

楚明轩望着眼前不伦不类的"沈侍郎"倒吸了一口凉气。

这是他第二次见到这个小姑娘,两次她都穿着男装。

和宫里纤细文弱的女孩不同,这个小姑娘可能是由于很能吃的关系,长了一张圆滚滚的脸,两腮带着一种婴儿肥式的肉嘟嘟,属于那种手欠的长辈看一眼就会忍不住上手捏的。她的眉毛和嘴唇的轮廓都很淡,越发衬托出一双和脸一样圆滚滚的眼睛又黑又大又亮。

就是这么一个看上去还没脱孩子形的女孩,居然是京城里第一有名的女神探。

如柏才不管楚明轩惊讶的眼神,承松的便服太大了,套在她身上显得很搞笑,但是她表情庄重严肃,滔滔不绝地向太子阐明如何向陛下抗婚的事宜。

"首先,"如柏说,"你要讲一个以'人各有志'为主题的故事作为开头,引起听众的兴趣并迅速进入话题。"

"然后,你要举出几个例子,比如'秀才小张去卖汤饼''举人小宋去杀猪',来证明你的观点,使听众——也就是你的父皇,对此观点更为信服。"

"接着,你要进入正题,向你的父皇具体阐述沈如柏的志向在于破案而不在于当太子妃,关于这个原因,你可以从我的童年讲起……"

如柏口若悬河了快半个时辰,良久,等她说到口干舌燥而且真没什么可以说的时候,她停了下来,发现楚明轩只是静静地坐在书桌旁望着她,在她心虚到极致的时刻,终于听到他淡淡地开口:

"说完了?"

"……嗯。"

"说得挺好。"楚明轩突然露出了一个浅淡但是温暖而肯定的笑容,"逻辑清晰,方法可行,方方面面都得以顾全,以此法拒婚,成功的几率极大,且基本上不会伤到任何人的颜面。"

如柏松了一口气,望着楚明轩的脸,亦露出一个笑容。

楚明轩也继续笑着望向她:"可是,我为什么要听你的?"

沈如柏石化在原地。

"推掉这次,父皇也会很快给我找下一个,与其那样麻烦,不如这次解决掉。"

楚明轩挑挑眉,"而且见过你一次之后,我觉得你也不是不能接受的对象,吃的是多了点儿,但太子府不至于养不起你。"

你才吃得多,你全家都吃得多!

如柏在心里默默地翻着白眼,但她只是面上平静地拿出最后的杀手锏:"那我们做个交易。"

楚明轩向后靠在靠背上,漫不经心地抬抬下巴示意她说。

"东宫玉印失窃案一定程度上让你陷入麻烦了吧?这么重要的东西失窃了,肯定是要尽快找回来的,然而还不能让陛下知道你把它弄丢了——这意味着无法兴师动众地调查。"

如柏未经楚明轩批准就自己找了个客座坐下,气定神闲地望着他,"这个麻烦我或许能帮你解决掉。"

楚明轩沉默了短短一瞬便淡淡地笑了:"我听京城里有一句话一直广为流传,'线索即如针藏海,沈家有女使海枯'。"

"不敢当。"如柏略略低首,"但是愿为太子殿下分忧。若有幸事成,太子殿下可在名门闺秀中另选一位貌美贤淑者为妃,届时如柏定备薄礼相贺。"

楚明轩沉默片刻,随即点头道:"那么我给你两天的时间,若能破案,且将玉印毫发无损地带回来,一切就依你所言。"

"成交。"如柏立刻起身,向殿外走去。

"沈如柏……"

如柏停下脚步回头望去,只见幽暗的室内,只有楚明轩站在蜡烛照出的光亮之处。摇曳的烛火映在他似笑非笑的面容上,照出一片温暖又暧昧不清的影子。

"你为什么不愿意嫁我?"

其实如柏很想给太子殿下解释一下,请不要自我怀疑损失信心,你真的真的很不错……但是从逻辑上讲我嫁你会造成很多不好的后果:第一,我将感到拘束;第二,你将感到丢人……

但是很快她发现她不用解释了，因为只听下人在外面悠长地通报道："丹阳郡主到——"

随即便响起了环佩之声，一位云鬓高耸、裙带飘摇的女子缓缓走了进来，将手里的食盒放在桌上：

"表哥夜读辛苦了，丹阳亲手给表哥熬了百合莲子粥，表哥尝尝合不合胃口？"

楚明轩的脸色看不出高兴还是不高兴，他只是淡淡地说道："怎么直接就进来了？"

"上次不是表哥亲口说，以后表哥的书房丹阳可以随便进出，表哥怎么忘了？"

丹阳郡主嗔怪道，随即她望见了角落里的沈如柏，一惊之下面色稍稍泛红："呀，还有外人在呢……这位公子是？"

穿着男装的如柏施了一礼："微臣刑部沈承松。"

她随即转向楚明轩，"时候不早了，那么臣明日再来拜会太子殿下。"

起身时她悄悄地打量着面前这一对身着华服的男女，郎才女貌，真不失为一对璧人……

她忍不住偷偷朝楚明轩挤挤眼睛，意思是"看，为什么不能嫁你的理由出现了吧"。

她转身出门的那一刻，楚明轩沉默地望着她的背影，不知道在想些什么。

身边的丹阳郡主仍是絮絮地体贴道："表哥若是饿了，一碗粥定是不够的，丹阳还准备了一些点心，表哥看看想吃哪样？有紫薯豆沙蛋黄酥、椰汁红豆马蹄糕、杏仁甜酥酪、桂花糯米糖糕、酥皮肉松饼、灌汤蟹黄包……"

丹阳心里猛地一甜，因为她看到，楚明轩向来冰封般的面孔突然流露出一丝不易察觉的笑意。

她不知道的是……那是因为他听到了某个正在离开的少女胃里发出了巨大的咕噜声。

第二日的早朝下了之后，楚明轩回到书房，见到了早已等候在此的沈如柏。

昨天夜里回去得太晚，导致没有睡够，如柏此刻只觉得眼皮儿都架不起来了。

她含含混混地以一种说梦话般的语气问楚明轩："案子的详情你都跟我哥说了？"

"嗯，我一直信得过承松，案发后就私下拜托他帮我去查。"

"哦，那行，那我回去问我哥就成，就不在你这待了啊。"如柏揉着眼睛从椅子上站起来。

"小全子，"楚明轩突然唤过贴身的小宦官——就是那个上次在城门外抱怨了句吃食结果直接把主子身份卖给了如柏的仆人——"早点没有吃好，现在有些饿了，小厨房的蛋皮虾饺蒸好了么？"

"很快就好，马上就给您端来。"

"是用的宫里御赐的新鲜虾仁，整颗地裹进蛋皮蒸出来的，咬起来鲜香嫩滑、弹劲十足对么？"

小全子不明白主子为什么突然字正腔圆地说起这个，一头雾水地答："当然！"

"小全子，跟在本王身边这么多年，你认为本王的最大优点是什么？"

小全子已经吓傻了："太子殿下……文武双全，智勇过人，心系百姓……"

"本王最大的优点是好客，对么？与客同饮，与客同食，热情好客。"

"啊？"小全子心说：难不成曾经把吏部、礼部、户部尚书全丢在外书房等着的那位不是您老人家？

"啊……对……对吧……"

"好，你可以去端虾饺了。"

楚明轩满意地回过头来，他看到本来已经起身的如柏又重新坐了下来，满脸严肃地说：

"太子殿下，为保细节的准确性，恐怕还得请您亲自再给我把案情叙述一遍吧，越详细越好，咱们不赶时间。"

如柏拿着一双筷子忙不迭地往嘴里塞虾饺，她的面前，楚明轩带着他作为太子习惯性的冷漠倨傲神情，简洁流畅地把必要的信息一一说出。

"玉印一直封在你右手边的那个抽屉里，那个抽屉从来都是上锁的。钥匙除了我之外还有两把，一把小全子收着，一把在东宫的管事崔嬷嬷那里。"

"最后一次用玉印是在前天的上午，然后我照例把它锁在了抽屉里，接着我去核查了一下下月要给苏母妃庆生的贺礼，回来再找玉印给礼单盖章时，拉开抽屉发现里面是空的。"

"你离开了多久？书房有无人把守？"

"一炷香的时间吧。书房外一直有两个侍卫守着，他们说没有任何人在这期间进去过。"

"三把钥匙全都各在主人身上？"

"在。而且在这一炷香的时间里，小全子一直在我身边服侍，自始至终没有离开过我的视线。崔嬷嬷在给各屋发放月银，诸多婆子都可以作证。我们三个人的钥匙全都没有丢。"

"不一定要在那个时候偷你们的钥匙，提前偷走配好再还回来显然更为保险。"

如柏道，"门口只有两个侍卫……也就是说，只要能把这两个人收买，进出就完全不是问题。"

楚明轩沉默了一下，点了点头。

"只要精心谋划，手法上要做到或许并非难事，只是我更疑惑的是，窃贼这样处心积虑，他的动机是什么？"

"为财？"楚明轩低声说，"东宫月银不少，但是若有人赌博欠下巨债的话，铤而走险也是可能的。"

"不可能。"如柏摇头，"为了钱的话偷什么不好？你这书房古玩字画还少吗？随便哪个都是价值连城。他偷个太子玉印出去卖会有谁买啊？刚把货亮出来捕快们就闻风赶来了好吧？"

"也许是为仇？"

"这个说得通。"如柏道,"玉印没了,你父皇肯定要责罚你……如果有人想害你,这倒是个法子。"

"那么现在我们调查的思路就是,查一查书房门口那两个侍卫最近和什么人接触过,其中有哪些人是与你有仇想要害你的,再进一步顺藤摸瓜一一排查,便可以找到窃贼拿回玉印了。对不对?"

如柏望着楚明轩一笑。

楚明轩回望着她,脸上露出了欣赏的笑容:"不愧是'沈家有女使海枯',我马上派人与你一同去查。"

"查个大头鬼啊!"如柏把最后一个虾饺塞到嘴里,突然把筷子一摔,"太子殿下,别玩了,玉印你自己拿的,赶紧把它拿出来吧。"

日已西斜,夕阳的余晖照耀在皇后宫中层层叠叠的牡丹上,为这些姹紫嫣红的花儿镀上一层金色的光边。

赏花的是当朝身份最显贵的两位女子,沈贵妃温婉秀美,皇后雍容庄严。两位都噙着笑,话里却都隐隐有机锋。

"皇后娘娘不是不知道,前些日子太后邀四大家族的女儿饮茶,陛下在席上看中了臣妾家族中的如柏。"沈贵妃道,"娘娘何故又要邀请各家的小姐进宫?"

皇后淡笑:"是陛下的意思不错,只是之后我与陛下议及此事,觉得既然是为太子选妃,那终究还得太子本人喜欢不是?"

"所以陛下思虑过后的意思也是如此。你不必担心,到时候请帖自然会有你那侄女的一份,若是太子席上看中的还是她,那太子妃之位必然是她的。"

沈贵妃默然垂首,皇后的话无可指摘。

良久,她只是轻声地说:"臣妾斗胆说一句——臣妾明白娘娘心里总是更属意丹阳郡主的,但一年前,太子似乎已私下向陛下回绝过这门亲事。"

皇后放下茶杯,深深看她一眼:

"那是明轩那时候忙于军务无暇顾及儿女情长的缘故吧?何况就算那时他无意于丹阳,但一年已经过去了,焉知他没有心意上的转变呢?"

入夜后的沈府,如柏正蹦蹦跳跳地跑进厅里,她一进门就看到哥哥正在用夜宵。
"核桃酥!"
看清了盘子里的东西后她眼睛猛地一亮,立刻兴奋地跑过去。

沈承松看了一眼正在不断接近自己的妹妹,眼疾手快地一把捞过最后三个核桃酥,一股脑地全塞进了嘴里。

"你!"如柏猛地停了下来,一双清澈的眼睛瞪大了看向哥哥。

"吃啥吃,知道半夜吃点心有多长胖么?"

沈承松费劲地把那三个核桃酥咽下去,噎得差点儿窒息,但他还是不忘一脸嫌弃地教育妹妹,"女孩子家不要一天到晚就知道吃,你瞅你胖的。"

看见如柏一脸不明所以的表情,沈承松痛心疾首:

"妹儿啊,你可是要入宫当太子妃的女人了,对自己的要求标准不能提高点吗?你看看宫里的女孩们,腰只有这——么细,"他用手比了一个比筷子粗一点点的围度,"轻盈得可以作掌中舞,你行么?你说身为你哥哥我怎么能不担心你……你拿什么去争宠?"

"去厨房拿核桃酥,要双份。"

如柏自顾自地坐下来,平静地吩咐一边的丫鬟,喝一口茶,她转过头来愉快地看着恨铁不成钢的哥哥:

"谁说我要入宫的?玉印失窃案我破了,按约定太子要去跟皇上拒婚的。"

片刻后。

"玉印是太子自己拿的?你怎么看出来的?!"沈承松一口茶差点儿没喷出来。

如柏默默地咬了一口核桃酥,之前的情景历历在目——

楚明轩静静地看着她,脸上表情平淡,只是漫不经心地问:"怎么说?"

"很简单,请侧过你高贵的头,看看小全子。"

自端来虾饺之后就一直抄着手站在一边优哉游哉的小全子闻言猛地一惊,不可置信地抬起头来望着如柏:"我?我怎么了?"

楚明轩转过头去望着他,片刻后,他沉默地叹了口气:"我明白了,他的状态太放松。"

"对,主子的东西失窃了,自己还有存放东西之地的钥匙,心情多少应该紧张吧?"

如柏道,"他一直这么放松,让我忍不住起了一点怀疑。所以刚刚谈及钥匙是从何处来时,我特意观察他,正常情况下,听到窃贼的钥匙可能是从自己身上偷来提前配好这种话,不是应该立刻回忆自己最近接触过什么人么?但是小全子没有,他脸上的表情直接传递给我的信息就是'反正太子爷说的都是假的'。"

第二次在如柏面前莫名其妙就把主子出卖了的小全子悲愤得简直想找个地缝儿钻进去。

"这就完了?"沈承松一脸不可置信,"你观察得倒的确是很细致……可是你没证据啊,小宦官心态放松和太子监守自盗两者又没有明确的逻辑性。"

"没办法,不可否认,楚明轩是个很聪明的人,他基本上没有给我留下任何破绽,如果是他犯案的话,我没把握能查出来。"

沈如柏摇摇头,"何况你想想,如果是你们刑部办案,遇到这种一个疑犯身上存在疑点但是却没有证据的情况,你们会怎么做?"

"严刑拷打……"

如柏摊了摊手,充分表明了面对身份格外尊贵的疑犯自己无从拷打的无奈心情。

"他这么做的动机是什么?"

"我哪知道,反正约定里又没有要把动机也查清楚这一条,我何必费那个劲呢,也许他就是太闲得慌,整这么一出要要你呢。"

沈承松还是有些无法相信,他喝了口茶平复了一下心情,才继续问:"太子殿下认了?"

"认了……我也很吃惊,其实如果他死不认账的话我也没什么办法。"如柏默默叹口气,楚明轩这种有权有势还极有智慧的犯人,她只祈祷以后能少遇见一个就少遇见一个。

然而命运往往不按照人们所想的那样安排,很多时候,你越不想遇见谁,就越会遇见谁。

很快,她接到了宫宴的请帖。

她原本只以为是姑姑想念自己了,入座之后,看着面前一片一片莺莺燕燕的名门小姐们……如柏才猛然察觉到了不对劲。

再侧过头去看看遥远的席位上皇上、皇后与数位贵妃一直飘过来的目光,以及他们身边依然冷肃高华的太子爷……如柏终于后知后觉地回过味来。

怎么感觉又是个在选太子妃的阵仗!

嗯,没关系没关系……如柏在心里默默地给自己顺着逻辑。

皇上急于给太子选妃的话,那说明太子已经给他表明没看上自己了,现在再重新给太子选,这没什么好奇怪的……

想到这里,如柏开始专心致志地对付桌上的烤乳鸽,直到她连着干掉两只之后,才重新察觉到了自己逻辑上的漏洞。

不对啊!重新选的话,为什么自己还在里头?!

太子殿下到底跟没跟皇上拒婚啊?!

如柏心里猛地"咯噔"了一下,她转过头去,对着楚明轩怒目而视。

四目相对时,如柏突然一愣,因为她发现,楚明轩好像一直在看着自己。

合宫开宴,各色人等,宴席上坐满了可能未来成为他妻子的女孩们……

大殿里有这么多的人,然而只有他们两个,遥遥望着彼此。

这是如柏第一次认真地打量楚明轩。

初次见楚明轩的时候他一身普通的书生装扮,然而衣服再怎么朴素仍是没有掩住他天潢贵胄的气质。

此刻他穿着太子的蟒袍,高高坐于厅中,即使隔得很远,如柏也能看到他那双深湛如黑曜石的双眸。

既是华服之下尊贵俊朗的太子,亦是眸光之中清冷疏阔的少年。

在如柏目前的生命里,似乎还从来没有出现过比他更好看的男人。

她随即默默打了自己一巴掌——作为一个睿智过人的少女,怎么能犯这种以貌取人的过错?

而且……如果楚明轩确实没去跟皇上拒婚的话,他的外在美并不能抵消他出尔反尔说话不算话的恶劣品质。

如柏找准空子，在楚明轩出去透气的时候果断偷偷跟上去，一把把他拉到一个没人的长廊里："你到底有没有跟你父皇说？"

　　楚明轩俯视着她："说什么？"

　　"拒婚啊！我不是把案子破了吗？你身为太子难道连遵守诺言的好品质都没有吗？"

　　"诺言？"楚明轩突然嘴角一勾，"你还记得诺言是什么吗？"

　　"只要我两日之内破案并将玉印毫发无损地带给你……"如柏突然哑了。

　　不是吧？！

　　"对啊，毫发无损地把玉印还给我。"楚明轩耸耸肩，"玉印呢？你没给我啊。"

　　如柏气结……那么大个太子府，鬼知道你把玉印藏哪儿了！她正要再说话，余光突然瞥见几个太医急急忙忙地跑向大殿。

　　怎么回事？如柏和楚明轩对视一眼，一齐向大殿的方向赶去。

　　这次宴席为求其乐融融的氛围,几个宫妃都带来了自己的孩子。

　　除了沈贵妃生的云齐公主外,还有梅妃生的霞安公主以及苏贵妃生的十一皇子楚明和。

　　明和是皇上幼子,上月刚满周岁,此刻正在苏贵妃的怀里哇哇地一边哭一边呛咳,嘴角不断地吐出刚喝下的牛乳。

　　立刻有太医被唤上前,把了一下十一皇子小小的手腕,太医犹疑了一下:"微臣请求查验十一皇子的饮食。"

　　一直站在一旁的皇上闻言面色猛地一沉:"查!"

　　太医望着苏贵妃桌上满桌的吃食,问:"十一皇子用过哪些?"

　　乳母怯生生地一指:"只喝了大半碗甜乳酪,桂花羹只喂了几勺,就突然全吐了出来。"

　　太医闻言取过装着乳酪的碗,放到鼻前轻轻一嗅,目光随即一紧:"这牛乳是变了质的。"

　　乳母一惊:"怎么会这样?奴婢竟完全没有发觉。"

　　太医面沉如水:"牛乳变质后的酸味被之后加的大量糖浆和带香气的果料掩盖住了,不细细分辨的话的确很难发现,十一皇子喝了之后会恶心呕吐是肯定的。"

　　苏贵妃在旁皱眉焦急地说道:"宫宴之上,怎么会有变质的食材?只怕是有人刻意为之。"

　　皇上也一脸震怒:"去御膳房严查,酥酪是谁准备的?是谁要害朕的儿子?"

　　如柏盯着那碗酥酪。

　　不对,这不对。

　　真的要害十一皇子,喂他变质的牛乳算怎么回事?

　　刹那间,她似乎想到了什么,脸色猛地一变,转头对太医道:"验那碗桂花羹!"

　　太医一惊,随即取过装桂花羹的瓷碗一嗅,目光突然变得极为惊疑不定。他取过银针,缓缓地探进了那碗清香四溢的甜羹里。

再取出时,发亮的银针已尽数乌黑。

周遭所有人的脸色都变得雪白。

太医面色极为慌张地去为十一皇子诊脉,良久才缓缓松了一口气:

"所幸十一殿下只吃了极小的量,之后又都吐了出来,微臣再开些药,想必没有什么大碍。"

乳母跪下瑟瑟发抖道:

"原本十一殿下的甜品便是酥酪,只是他用后似乎还觉得不够,眼睛一直望着那碗桂花羹,奴婢禀告给了娘娘,娘娘便叫把她那碗桂花羹拿给十一殿下吃。"

皇上的脸色已阴沉到了极致:"如此说来,下毒的人原先想害的,是苏贵妃?"

苏贵妃面色苍白,手指用力地绞着绢子,似乎要把那水葱般的手指掰断似的:"谁……是谁?"

她的眼角流出大颗大颗的眼泪,"老天……若是明和今日真的因此出了事,叫我这个做母妃的如何自处……神明在上,要有什么孽只管降在我身上,千万别阴差阳错害了我的孩子……"

皇上不忍心地走过去把几乎瘫倒在地的苏贵妃搀了起来:"爱妃何必如此,朕一定为你做主。"

他转脸扬声道,"御膳房的事还没查清么?"

皇帝身边的内监冯公公已然上前道:"启禀陛下,奴才已经查清,准备酥酪的是厨娘王氏,准备桂花羹的则是厨娘刘氏。"

皇上阴沉道:"带二人上来。"

刘氏与王氏看上去都是再老实不过的普通厨娘,此刻也大致听闻了发生的事情,吓得一直跪在地上不住地磕头。

刘氏是个嘴拙的女子,什么话也说不出,倒是王氏还存了些理智,战战兢兢地磕头为自己辩白道:"奴婢冤枉,奴婢制酥酪所用的牛乳绝对是新鲜的。"

皇帝脸上阴云密布,倒是楚明轩在一旁冷静地发问:"有证据么?"

王氏努力回想,却终究找不出什么证据能证明自己的清白。如此一来,皇上更是恼怒,狠狠一拍座椅:"你背后可有人指使?"

王氏魂飞魄散,只是一个劲儿地磕头喊冤。

楚明轩看了一眼王氏,转过头对皇上道:"依儿臣看,变质的牛乳与下了毒的桂花羹比起来尚算是小事,不如先审刘氏。"

他回过头来,冷冷地看着已经吓傻的刘氏:"你冤么? 如果不冤就趁早自己招了,没必要去慎刑司把七十二道刑罚都尝一遍。"

如柏远远地看着楚明轩。

之前和自己相处的时候,虽然他也清冷淡漠,但仍有一种不易察觉的可亲近感,甚至很多时候毒舌耍赖起来根本没有太子的架子。

但此刻他站在大殿之中,浑身上下流露出的是真正的天家风范,高贵而疏离。

刘氏只是颤抖个不停:"奴婢……奴婢真的……真的不知情……"

楚明轩俯视着她，神色淡淡："那你把你知道的说一遍。"

"奴婢……奴婢做好桂花羹之后就放在瓷盆里，由方姑姑……端到大殿来……"

方姑姑是太后身边跟了二十多年的老人，这次太后身体不适没能出席宫宴，特意派她来看看各家小姐的样子，由她来分发甜羹也是太后对后宫的恩泽体恤。

方姑姑见惯风雨，此刻也方寸不乱地向皇上道："奴婢将桂花羹端来后，分到各个碗中，便由各位娘娘的宫女将其取走，此后的事奴婢便再也不知了。"

皇上微微一愣，看向刘氏："如此说来，若是刘氏下毒，那么现在场上所有的桂花羹都该是有毒的。"

还未等其余喝了桂花羹的后妃小姐们大惊失色，太医便疾步上前检验了身边几桌的桂花羹："启禀陛下，其余桌上的桂花羹皆是无毒的。"

皇上皱眉："苏贵妃桌上的桂花羹是谁取来的？"

一个一身杏黄色宫装的小宫女早已吓得跪下："是奴婢，可是奴婢真的没有要害贵妃娘娘的意思啊！"

那是春杏，苏贵妃的陪嫁侍女，入宫以来一直忠心耿耿地跟着苏贵妃，贵妃待她亦如待小妹一般，说她要害苏贵妃，只怕没有任何人会相信。

皇上脸色已经阴沉得要滴出水来，良久，他只是缓缓道："全部押下去审，在此之前，谁都不许离开大殿。"

如柏即便再热爱宫宴上的美食，此刻也没了胃口，自顾自地找了个不引人注意的角落对着墙壁发呆。良久，她突然发现有个人不动声色地站到了她的身边。

她猛地转身。

太子殿下静静地看着她。

"你干吗？"

"你不是一直擅长破案么？我想来听听你的分析。"楚明轩淡淡地说，递上来一块云糕，"你刚才吃的那点儿量肯定没填满你铁铸的胃吧？先填填肚子。"

他顿了一下，补充道，"我验过了，没毒。"

如柏白了他一眼，接过云糕一口咬下去，完全没有思考到"楚明轩是怎么知道自己刚才吃了多少"这个问题。

"吃饱了就说，没吃饱就边吃边说。"楚明轩抖了一下他那身华贵的蟒袍，然后以一个很懒散的姿势靠在了墙上，静静地等着她开口。

云糕味道还不错……吃人嘴软，如柏不介意向楚明轩展示一下自己的聪明才智。

"首先，这个案子有两样不对劲的食物，酥酪和桂花羹。当然，吃了会恶心呕吐的酥酪和吃了会丧命的桂花羹比起来尚算是小事，而且虽然一切事态尚不明确，但我总有隐隐的预感，酥酪的出现和桂花羹是相关的……先说这碗桂花羹。"

"三个人接触过这碗桂花羹，刘厨娘、方姑姑以及春杏，其中刘厨娘的嫌疑最轻——就像陛下之前说的那样，如果是她下的毒，那么所有桂花羹里应该都有毒，而不该单单只有苏贵妃那碗有。"

"那么剩下便是方姑姑和春杏，从破案角度讲，这两个人的麻烦都在于——有作

— 16 —

案机会,但是没有动机。"她抬头看着楚明轩,"宫中的事情我不清楚,也许会有人指使她们?"

楚明轩望着昏暗的烛火道:"可能性很小。"

"怎么说?"

"方姑姑是最被太后倚重的老人。春杏在苏贵妃宫里是半个主子般的尊贵,作为下人她们的身份已经到了极致,很难再有什么东西可以收买她们。"

如柏皱眉思索着，一时间也沉默下来。

楚明轩低声道："你说这两份有问题的食物，是一个人做的，还是两个不同的人？"

如柏一愣，随即皱眉道："若是两个人，那么就是一个想害苏贵妃，一个想害十一殿下；若是一个人做的，那这个人就是同时想害苏贵妃母子……可是一碗不痛不痒的变质牛乳又能怎么样呢……"

突然，脑海中仿佛有亮光一闪而过，如柏猛地抬起头来，正对上楚明轩同时了悟的眼神。

楚明轩望着如柏："你也想到了？"

如柏沉静地点头："是，那碗酥酪不是要害十一殿下……"

她抬起头来与楚明轩对视一眼，两人同时开口道：

"而是要救他的！"

二人一同沉默了片刻，很快便抬起头来又对视了一眼，随即心照不宣地错开目光。如柏朗声对周围说道："凶手是谁已经清楚了。"

而楚明轩则悄悄唤过冯公公，下巴一抬点了点远处："去查王氏和那个人的关系。"

此时殿中众人的目光已经全落在了如柏的身上。

"我们之前一直有个误区，认为桂花羹是要害苏贵妃的，误打误撞害了十一皇子。但现在这碗实际上是用来催吐的酥酪告诉我们，那碗桂花羹的目标，原本就是十一皇子。"

众人皆是一惊，苏贵妃紧紧抱住明和，眼眶通红："是谁？"

"了解到这些，其实一切就变得很简单了。是谁能够保证这碗属于苏贵妃的桂花羹可以最终喂到十一殿下口中？"

如柏转身幽幽地盯住一人，"刘厨娘、方姑姑，还是春杏？答案是都不能。只有你可以做到，接触过桂花羹的人其实有四个，你才是最后、最保险的那一道！"

在如柏的目光中，十一皇子的乳娘面无表情地站了起来。

而此时被楚明轩吩咐了的冯公公也返了回来："启禀太子殿下,二人是同乡,入宫以来一直亲如姐妹。"

如柏点头:"所以王厨娘依稀得知了乳娘的计划,她不愿揭发姐妹,又不忍心眼睁睁地看着十一皇子丧命,所以才故意制了一碗变质的酥酪。"

皇上目光冰冷地看着乳娘:"真相确实如此么?"

乳娘咬紧牙关一言不发。

"谁指使的你?"

依旧是沉默。

"拖下去严刑拷打,直到她说出来为止!"皇上恼怒地一挥手。

立刻有两个内监上前将乳娘拖了下去。

如柏看着那个乳娘阴沉苍白的面容。

自始至终,她没有开口辩解过一句。

一种不祥的预感渐渐在如柏心头蔓延开来,随着时间的推移越来越重。

很快,这不祥的感觉就应验了。

"启禀皇上……"一个内监慌慌张张地跑来,"那个乳娘舌根处藏了毒药,刚刚……刚刚畏罪自尽了!"

虽然这次宫宴投毒的凶手已经找到,但是这样骤然的结束,显然让众人的心头都蒙上了一层阴云。

楚明轩站在如柏身边,低声问:"你在想什么?"

如柏看着仍然虚弱的明和,轻声道:"凶手到死都没有交代自己的动机……我怀疑这件事比我们想象得更复杂。"

深宫总是风波迭起的地方,充斥着太多不见兵刃的厮杀,总有太多无辜的人们在争斗中莫名地送上性命,成为权谋斗争的牺牲品。

在这样危机四伏的环境之中,十一皇子的投毒事件似乎也就变得没有那么稀奇了,何况结局有惊无险,几乎可以称得上是万幸。

于是宫中众人的口舌便很快由这桩已经尘埃落定的案件转向了更充满不确定性的未来——

自宫宴结束后,宫中便有小道消息称,沈家二小姐当日的表现给圣上留下了很深的印象,其本人很有可能成为最得圣心的太子妃人选。

这样的消息在宫中风一般地吹散开来,一时间沈二小姐的盛名传播到了宫中的众多娘娘耳中,而其中……还包括身份资历最老的一位。

"沈……"太皇太后扶着贴身嬷嬷宋姑姑的手,疑惑地挑眉。

"沈如柏,青州刺史沈遇的女儿,其兄在刑部任职。"宋姑姑毕恭毕敬道。

"这位沈二小姐似乎很有断案之才,我听那天在宫宴上的人说,咱们的太子殿下虽说不曾明面上表达过欣赏,但对待她的态度与一般的女子相比已很是不同。"

"太皇太后您觉着……这位沈二小姐会不会很快就成为咱们太子殿下的正妃?"

如柏对自己已经成了众人眼中心照不宣的"准太子妃"毫不知情,这不能怪她,上天总是公平的,她有了破案方面的敏锐,相比之下就会在很多别的方面迟钝一点。

比如现在,她正在沈府门口跟太子对峙。

"为啥你太奶奶要见我?"

楚明轩骑在一匹高大的黑色骏马上懒洋洋地俯视着她:"你自己问她去。"

如柏看了看他背后的轿子,绝望地认命了,三步并作两步爬了上去。

两秒钟后。

"你上来干什么?"如柏惊讶地看着玉树临风踏上轿子的楚明轩。

"回宫。"楚明轩平静地说。

"可这是一顶单人轿啊!"

"那你是想让我走路过去?还是你自己想走路过去?"

"……"楚明轩冷冷地转过头来,眼神看不清深浅。

"不是……"如柏被他冰冷而威严的目光吓得一缩脖子,但还是想做最后的挣扎,"你不是有马么?"

"哦。"楚明轩看着那头强壮得可以日行一千夜跑八百一脚踢碎野狼头颅的高大骏马,面不改色心不跳地说,"它病了,不能走那么长的路。"

……

太子宫里的单人轿要比寻常的更豪华宽敞一些,然而空间仍然不大。楚明轩上来之后,如柏十分自觉地缩在一角给他腾出足够的地方。

哪知道楚明轩一落座就拍拍身边的位置:"坐过来。"

如柏吃惊地望着他,缩在角落里没动。

"要我重复第二遍?"

如柏犹豫了一下,最后乖乖蹭了过去。

她挨着楚明轩坐下来,闻到了一股凛冽冷淡的檀香气息。

她之前听说过那是太子宫里专用的熏香,但是今天是第一次闻到,竟是格外清新淡雅,带着一股莫名的冷气,格外地贴合楚明轩那种清冷疏阔的气质。

恍然间,那股冷香贴了过来,楚明轩的脸近在咫尺,他低下头,如柏能感觉到他吐出的气息绕过自己的脸颊,又顺着发丝悄悄滑走。如柏觉得自己的心比平素跳得快了几倍,她闭上眼睛,感觉到楚明轩的唇缓缓贴了上来……

"喂。"

如柏睁开眼睛,看到楚明轩那双清冷的眸子就在自己眼前,正疑惑地看着自己:"你没事吧?"

如柏差点一跃而起,当下恨不得找个地缝钻进去:"没事没事!"

天啊天啊,我怎么会有这种诡异的幻想!如柏觉得脸上如同火烧,幸好轿子里光线昏暗,楚明轩看不出来,她拼命祈祷着脸上的红晕快消失,一边尽量若无其事地问楚明轩:"你刚刚问我什么?"

"我是说,十一弟的那个案子,你还有什么看法么?"

真是的,人家想讨论案子,你在这干什么呢,你是没有见过长得好看的男子吗?

— 20 —

如柏在心里打了自己一万下,让自己赶紧进入这种刑部同僚工作讨论模式,板板正正地分析道:"乳娘已经畏罪自尽,现在唯一还能审的人是厨娘王氏,但是我听说,那个厨娘说自己也不知道乳娘为何下手?"

"嗯。"

"乳娘的背后,恐怕还有更深的秘密。"如柏靠在轿子的壁上缓缓呼出一口气,"只是线索到这里就完全断了。"

"父皇也想继续深入追查。"楚明轩点头,"但现在主犯已死,没有别的办法。各宫也都在饮食方面格外留了心。"

沉默半晌,楚明轩突然再次缓缓开了口:"下在桂花羹里的毒已经被验明,是蕃木蒿。"

"蕃木蒿?"如柏一惊,她知道这种植物,其毒无色无味,下在饮食中很难被发觉,是极好的暗杀之物。

只是蕃木蒿生长在西部深山里,采摘极为不易,黑市上价格几乎与等质量的黄金相同……

一个乳娘怎么能搞到这么名贵的东西?

她忍不住将目光投向楚明轩,然而,在视线落到他身上的那一刻,如柏猛地吃了一惊。

轿子里光线很暗,衬得楚明轩那双黑眸越发幽暗深邃,像一片倒映着夜色的湖,那一瞬间如柏几乎以为自己产生了错觉——因为她清晰地看到,那片湖里荡漾着她看不懂的、带着浓浓悲伤色彩的光影。

那一刻,这个眼神的主人像一个孤独而又哀伤的少年。

这背后难道……有什么隐情吗?

如柏犹豫了一下,小心翼翼地开口:"蕃木蒿……怎么了吗?"

楚明轩靠在软座上,如柏看到他几乎是在一瞬间就调整好了表情,那个饱含悲伤的眼神被飞快地掩盖下去,取而代之的是一贯冰封般的冷淡。他平静地说:"没关系,你先记住这个名字。"

刚刚有那么一瞬间,他几乎想要把自己内心最深处的那个秘密对身边的这个女孩全盘托出。

然而最后他还是犹豫了。

再等等,等一等再决定是否告诉她。

太子宫中的轿夫一个赛一个的脚程好,很快就到了宫中。

如柏惊讶地发现,出了轿子的楚明轩立刻又恢复了他冰山太子的惯常作风,哪里还有一点刚刚沉默里带点悲伤的影子。

只见他率先掀开轿帘,风流倜傥地迈开长腿一步就跨了下去,管也没管后面慢吞吞地从高高的轿子上往下挪的如柏,自顾自地往太皇太后宫里走,在一众宫女太监面前非常自然地流露出一副"后面那个女的是谁我跟她一点儿也不熟"的架势。

如柏:"……"

刚刚在轿子里自己怎么会凭空脑补出来什么孤独伤情的少年人设?这人看上去百毒不侵健康茁壮得很啊!

在如柏心里,太皇太后她老人家……应该是一个很老很老的老人家。

她应该有着稀疏的白发,缺牙的嘴,不太好使的眼睛和耳朵,慈爱的笑容……

事实证明,前三项她都猜对了。

但是……太皇太后好凶!

如柏跟在楚明轩后头刚一进殿,一个大大的百蝶穿花大红靠枕就被凌空扔了过来,伴随着一声大喝:

"不肖子孙!怎么过了这么久才来看我!"

楚明轩见怪不怪地侧头避过,避开之后突然想到了什么,这次进来的好像不是只有他自己……再想提醒的时候已经晚了。

被大靠枕直接砸到了头的如柏一脸懵怔,根本没有搞清楚自己到底得罪了谁。

饶是楚明轩这样万年冰雪处变不惊的脸,此刻也划过了一丝尴尬的神情,不太擅长用表情表达自己的太子殿下冲如柏递过去一个本来想传达"疼不疼",但在如柏看起来是在说"找死吧"的模糊眼神,然后转过头去无奈地对老人家解释:"太奶奶,我昨天晚上刚来看过您。"

"那今天上午呢!今天中午呢!为什么下午才来!"太皇太后不依不饶,"我中午还让人烧了你最爱吃的东安子鸡!你都不来吃!"

太皇太后因为自己耳背，所以她认为"正常、刚好能被听清"的音量对于别人来说都是吼，本该端庄高贵深不可测的太皇太后就这样成为了一个只会用咆哮体的老太太。

楚明轩无奈地揉揉眉心，刚想告诉她"最爱吃那个的明明是我爹"，就注意到旁边那个被抱枕砸蒙的小姑娘眼睛刷地亮了起来。

于是他说出口的话就变成了："现在还有吧？"

当然还有，太皇太后显然已经过了能自己啃鸡翅的年龄。

楚明轩坐在小桌旁，望了一眼旁边吭哧吭哧啃完一个又一个鸡翅的小姑娘，转头想扭转一下这个奇怪的气氛：

"不知曾祖母唤儿臣带沈氏小姐前来拜见，所为何事？"

太皇太后已经老了，虽然咆哮的时候中气很足，但似乎记性并不太好，她倚在软座上思索良久，好像都没有想起来的样子。

"唉，人老了……脑子不好使了……"太皇太后叹了一口气，眼看她刚有放弃以感叹号结尾这种说话方式的苗头，她就很快又恢复了回去，"喂！底下那个！我让你自己吃了吗？"

吃得正欢的少女身形一僵，猛地把头从装东安子鸡的盆里抬出来。

在她诚惶诚恐的目光里，太皇太后威严道：

"我也要！"

……

如柏要来了小刀，小心翼翼地把鸡肉剔下来，正要交给身边的宫人，就听到太皇太后不容置疑道："你来喂！"

然后老人家把目光投向了自己一表人才看上去十分惹人喜爱的曾孙："你也来！"

楚明轩："……"

没有人敢于挑战太皇太后的权威，楚明轩坐到了她身侧，捧起装着鸡肉的小碗，如柏夹起一筷子肉送到太皇太后的嘴边。

小公鸡的肉肥瘦有度、酸辣鲜香……太皇太后满意地咽下去后又凑了过来。

如柏以为她是还要吃，正要去夹第二筷子，却被她突然抓住了手。

此时最近的丫鬟也离他们有一段距离，只有楚明轩、如柏和太皇太后形成一个小小的圆圈。

借助楚明轩的身形遮掩，太皇太后把一块用绢子包住的东西放进了如柏手里，如柏低头，发现绢子里包的是一块绿豆糕。

"这是你太奶奶玩的一点花招。"

太皇太后很小声地说，她故意把眼睛半睁不睁，远远地看去，旁人只会以为这个老人在神志不清地呓语，但是如柏仔细看去，发现这个老人的目光异常清明。

"明和出事那天，我正好赐了一盒绿豆糕给你六弟。听到消息之后立刻派心腹宫女过去叫他不要吃，原封不动地取了回来。"

楚明轩目光一沉:"验出了什么?"

太皇太后目光沉静,这个在深宫中时间最久的妇人自有她的睿智与定力:"蕃木蒿。"

如柏费了好大力才使自己没有倒吸一口凉气。

"接触过食物的人头绪纷繁无从查起,但是都是我宫里的,送到你六弟那之后没人动过。"老人轻声道,"连我宫里都有不干净的人了。"

如柏只觉得自己的手心一片冰冷。

"真正使坏的那个人,他不是要害明和,也不是要害苏贵妃,他的目标或许是所有的皇子。"

太皇太后道,"沈……如柏,对么? 我知道你是我未来的曾孙媳妇,也是整个京城最聪明的女孩。我相信你,你去查。"

如柏一时间接收的信息量太过巨大,都忘了反驳太皇太后关于"曾孙媳妇"的论断。

楚明轩亦坐在一旁,沉默不语。

如柏静默了片刻,最终只是悄声道:"若真如太皇太后所言,此事盘根错节,恐怕以我的力量很难查清。"

她顿了一下,看向一边楚明轩沉静如夜色的眼睛,犹豫了一下,最终缓缓垂下眼帘:"但只要太皇太后需要,我一定尽我的全力。"

太皇太后用温暖而干燥的手掌覆盖住了如柏的手,低声道:"好孩子……不用手软,我宫里的人一个一个查下去,一定把那个要害孩子们的人揪出来!"

太皇太后的寿春宫里仍然人来人往,维持着平日里的热闹。

每个人都一如既往地做着自己平时的活儿,看上去是那么安守本分。

然而只有少数的几个人知道,有怎样的阴谋正在悄悄地酝酿着。

如柏靠在窗边,望着外面侍奉洒扫的宫人们,皱眉道:"太皇太后宫里大概有多少宫人?"

楚明轩捧着卷书和如柏相对而坐,眼睛盯着书,心思却也和如柏一样系在欲谋害皇子的凶手身上:"我没太在意过——几十名吧,如果把那些院子里扫地的、浇花的都算上,可能还要更多。"

如柏眉头皱得更深了,就在她要开口抱怨疑犯人数之多时,楚明轩挥挥手,雪上加霜地提醒她:"何况——虽然问题确实出在太奶奶宫里,但是可不一定是她宫里的人干的。太奶奶是这宫里辈分最高的人,各宫的主子都得来向她请安,这些主子们、主子们带来的宫人们,一样有机会摸到小厨房里去。"

如柏凝神思索片刻,道:"不会。"

楚明轩抬眼望着她。

"凶手不会是别的宫里的人。"如柏道,"太皇太后要小厨房给六殿下做一碟绿豆糕这种小事,又不会闹得阖宫皆知。不知道内情的凶手就算有机会进入到小厨房里,又怎么知道哪碟点心是要拿去送给六皇子的,毒药一下一个准儿?"

她沉默片刻,手指下意识地摩挲着自己纱衣袖子上的纹路:"凶手应该不但是太皇太后宫里的,还是太皇太后亲近的宫人。"

楚明轩道:"太奶奶那几个亲近的宫人我都大致有数——太奶奶年纪大了,平时都在自己宫里,身边又离不得服侍的人,故而这些人也跟着不怎么出宫。这样的话——凶手的毒是哪来的?"

他和如柏沉默地对视,片刻后,二人眼中的迷雾一起渐渐散去。

"一定有宫外的人给他送进来。"楚明轩低声说。

"有可能用什么方式?"如柏低声问。

"两种,要么是名正言顺地进来拜见,然后顺便夹带进来,要么就是有什么秘密运输途径。"楚明轩道,"我倾向后一种。"

"没错。"如柏点头,"能名正言顺进来拜见太皇太后的人,身份地位都太显赫了,这样的人去弄毒药太容易被人发现——那么就是秘密运输途径,我们现在就去看看宫墙底下有没有漏洞之类的东西!"

为了不打草惊蛇,楚明轩只声称沈家二小姐丢了个祖传的玉镯子,叫小全子带着几个东宫里可靠的小太监四处找——实际上是暗暗地查看宫墙有没有什么蹊跷。

一个多时辰后,小全子回来禀报:"太子殿下,宫墙一切正常,并无什么可以偷递物品进来的孔洞。"

如柏皱眉——这就奇怪了。

那毒物是怎么被传进太皇太后宫里的?

案情由此陷入了僵局。

如柏一时间没有思路,来到后院散心。

秀春宫的后院如同一个略小些的御花园,各色繁花争奇斗艳不说,还有个虽然小但十分精致的池塘,里面成群的锦鲤吐着泡泡,虽然赶不上千鲤池的壮观,但也算别有一番生趣了。

如柏从小厨房里顺了块点心,往池塘边一坐,一会自己啃一口,一会掰一点下来撒进池里。

点心碎屑落尽池中,池里的锦鲤争相游过来抢食,如柏百无聊赖地看着它们,大概一炷香之后……她突然看出来有点不对劲。

如柏一跃而起,四顾一圈,发现此时没有别人在附近后,她飞快地冲回屋里,把楚明轩连揪带拉地拽到了池边。

矜贵的太子殿下十分宽容,默默地原谅了沈二小姐的失礼举动。他一边把被如柏拽出一堆抓痕的袖子轻轻抚平,一边不动声色地等她宣布自己的发现。

如柏一指池塘:"如果我没有看错的话……"

"这水是活的。"她低声说。

楚明轩瞳孔一紧。

太子殿下敛袖蹲下,仔细地看着池中的水——他承认如柏说得对。

这样一个封闭的小池塘,严格意义上来说,就是人们常说的"一潭死水",在没有风的情况下,应该是平静无波的。

然而无论鱼群的走向,还是水面不时泛起的波澜,似乎都在说明着,这个小池塘和外面的某个水源,是通着的。

他直起身,看向站在一边的如柏:"从这里运进来的话……也许是可行的。"

楚明轩说完便转身要去叫人进入池塘探查,然而被如柏一把拦住。

"十有八九,就是这么个渠道。"她轻声说,"但是只知道这么个渠道没有用……太子殿下,我们要不要玩一把守株待兔?"

午夜,宫中貌似一片平静。

小池塘里偶尔"咕噜……"一声,似乎是哪只锦鲤百无聊赖地吐了个泡泡。

如柏和楚明轩无声地伏在树丛里。

"你确定送毒的人会来么?"楚明轩用眼神问如柏。

"不确定,但他很有可能会。"如柏也用眼神回答他,连带着用手势比比划划:

"六皇子明早要来太皇太后宫里用早膳的消息不是已经被你的人传出去了吗?这样的下手机会并不容易找,即使会担一点风险,但我相信以凶手这种向多位皇子下手的残忍疯狂程度,他会去试一试的。"

依然是轻轻的"咕噜……"一声,如柏紧张地抓住了裙带。

良久,咕噜声消失了,一阵很轻很轻的水响,似乎是什么东西浮出了水面。

接着,是三声轻轻的夜莺叫,那叫声太惟妙惟肖了,如果不是提前有所准备,如柏几乎要怀疑那是真的夜莺。

那声音停了片刻,大约一炷香后,又轻轻地叫了三声。

如柏和楚明轩对视一眼,瞳孔紧缩——这说明接应毒药的人没有来!

极有可能是他们下午在池塘边观察的时候,便已经被暗处的凶手发觉了!

如柏紧紧揪住自己的裙带,祈祷事情并没有她想的那样糟糕——

然而神灵往往听不见人的祈祷,第三遍夜莺叫依然没有得到回应后,又是一阵轻轻的水响,来送药的那人似乎要潜回水底了。

"不能等了!"楚明轩一跃而出,抓不到接应的人,抓一个送药的人也没准能拷问出什么来!他一挥手,埋伏在暗处的侍卫一拥而上,几根长棍同一时间被掷出,掷向还没来得及潜入水中的黑影。

一声惨叫发了出来,然而只叫到一半就戛然而止,两个跃入水中的侍卫一左一右拽住了他,把刀子架在他的脖子上威胁他不准出声。

那黑影被两名侍卫挟持着押向池边,一个高大的侍卫早已等在那里,此刻伸出健硕的手臂,直接拎住那人的脖领,像拎小鸡一样把他拎出了水面。

然而就在那黑影被拎到半空时,突然极为痛苦地抽搐了一下,然后就无声无息地软了下来。

拎着他的侍卫吓了一大跳,连忙把他放到地上。

那黑影一触地就倒了下去。

"太……太子殿下……"高大的侍卫吓傻了,"属下……属下没有……"

楚明轩挥手制止了他,太子殿下蹲下身去,掰过那个黑影的头看了看:"不关你的事,他应该是确认自己逃不掉后就服了毒。"

他掰开死者的手指,一个绿色的小瓶露了出来,他把它拿出来,递给守在一边的小全子:"找个太医验一下……如果没猜错的话,应该是蕃木蒿。"

"我们之前的判断没有问题,这个池塘和外面的水渠是通着的,送药的人把蕃木蒿封在玉制的小瓶里,悄悄通过那个连通的渠道潜游进来,把药送给这宫里的凶手……只是我没想到这送药人会这么烈性,一被抓住立刻自我了断了。"

他叹了口气,转身对如柏说:"这下线索又断了……"

"没有。"如柏突然说。

楚明轩惊讶地挑起眉。

"你看他的胸口。"如柏低声说。

那人的领子在水中已经泡得散开了,露出了胸口处的一片皮肤,那上面有一团青色的花纹,在夜色下居然能泛出幽微的光芒。

"这个图案看着很奇怪……"如柏轻声喃喃,"我怀疑这……不是中原人的东西。"

她说完后,自己在微凉的夜风里打了个寒颤,起了一身的鸡皮疙瘩。

下午在屋里和楚明轩讨论的时候,她就想过很多种动机,但是都被楚明轩一一否决了——

"有没有可能是宫廷斗争?"这是她当时想出来的第一种可能。

"恐怕不是宫廷内斗。"楚明轩说,"宫廷内斗一般只会去戕害对方阵营的皇子,妃子间的互斗我了解的并不多,然而也大致知道六弟和十一弟,包括他们的母妃,根本就是不同阵营的。而凶手给我的感觉……并不是针对某一个皇子——他是想杀所有的皇子。"

如柏看着泛起幽微波纹的湖面,轻声道:"这样的话……就说得通了。"

"正常情况下……没有什么人是会与整个皇室为敌的,但如果是敌国内奸的话,他这样不分目标不分阵营的杀戮,就都说得通了。"

她转身对楚明轩道:"这件事比我们想象的还要大得多……请太子殿下立刻禀告太皇太后,让我们对她宫里的人进行全方位的彻查!"

太皇太后宫中最惊心动魄的一晚正在继续。

所有有头有脸、近身服侍过太皇太后的宫人们,不管有没有接触过那份绿豆糕,都被悄无声息地关在了不同的房间里,等待着如柏的问讯。

太皇太后年纪太大,已经睡下了,只留下了宋姑姑陪着如柏和楚明轩。

"如果可以的话,还请沈小姐从速查出眉目,尽可能赶在天亮前。"宋姑姑低声道。她跟随太皇太后已有十余年,由于行事小心仔细,一直极得太皇太后宠爱:

"太皇太后的意思是,兹事体大,传出去容易引得阖宫惊慌,因此最好尽可能无声无息地解决,若是天亮后仍然将这么多的宫人关押着,只怕消息很快就会传出去,引起不必要的动乱。"

如柏安顿宋姑姑暂时去隔壁休息,只和楚明轩一起坐在屋内,一点如豆的灯火横亘在他们中间,幽幽地照亮了二人的面孔。

"现有的这些线索证明我们之前的思路没有错,真凶一定出在曾祖母宫里。"楚明轩低声道,"但是人太多了……这样一个一个地排查下去恐怕根本查不出来。"

如柏翻着手头的资料——那是她向内务府要来的太皇太后宫中所有宫人的典册,厚厚的像一本砖头。

"如果真是敌国的奸细,你觉得会来自哪个国家?"如柏问。

政治上的事情她远不如身为太子的楚明轩清楚,此刻只能指着他想出什么线索。

"与我朝有宿怨的国家,多集中在西域一带。"

楚明轩缓缓道,"但是西域诸国的人,长相与中原人相比有很大不同,他们眼窝要更深陷,鼻梁更高耸,曾祖母身边的宫人我大致都脸熟,从来没见过有这样面相的人。何况这种一看就是异邦人的宫人,内务府也不会放心地派他们来太奶奶宫里。"

楚明轩沉吟片刻,突然,他仿佛想起什么一般,猛地一惊:"除了尼罗国,它地处西域,但是离中原不远,国中有很多人与汉人的长相并没什么分别。但是……尼罗国已经亡国十五年了。"

"而且……"楚明轩忽然想起来了一个致命的细节,"蕃木蒿的原产地,正是在朱州——也就是原来的尼罗国。"

如柏翻动着典册,如豆的灯火在她的脸上投下大片的阴影:

"到现在为止,我们不敢说此事一定和尼罗国有关,但起码也算找出了一种可能性。"

她一个一个地看着宫人们的籍贯:"尼罗国当年作为我朝属国,违背盟约,犯上作乱,最终被我朝军队所灭。如果真是有残存的尼罗国人混入了京都,甚至混入了皇室……"

她轻轻打了个冷颤。

"你这样查籍贯,恐怕查不出什么,凶手一定会给自己编一个假的出生地。"

楚明轩接过典册,沉声道:

"我找人查了那个给十一弟下毒的乳母,她宫外的丈夫是个无可救药的赌鬼,欠了一身的债,好几次险些丧命在债主们的手里,最近突然一次性地把账全还清了。"

"她的小儿子之前一直生着重病没钱医治,如今也请了全京城最有名的郎中去瞧——很显然,这个乳母用她的死给她那些走投无路的家人们换来了一大笔钱。"

"除此之外,我的人还查出来,宫宴的前几日,曾见到她出入过曾祖母宫里。"

楚明轩的指尖有节奏地敲打着典册,"一个乳母,哪有钱搞到蕃木蒿那样珍稀的剧毒,是曾祖母宫里的那个凶手给她的。"

— 29 —

"曾祖母宫里,大大小小的宫人有上百名,但是有财力、有人脉的,也就只有十几个有头有脸的姑姑和大丫鬟——有什么办法能测出她们是否是尼罗国人士么?"

三更天,彩玉的房门被人"吱呀……"一声地打开了,宋姑姑温和沉稳的声音不远不近地响起:"太子殿下请。"

彩玉连忙从床上站起行礼。

她是太皇太后身边最得宠的大丫鬟,今天本该是她给太皇太后值夜,谁能想到,傍晚时分她便被关进了自己房中,门还从外面上了锁——据说犯了大错冲撞了太皇太后,要被责罚着禁足闭门思过。

可是彩玉想了又想,着实是想不出自己究竟犯了什么错。

"曾祖母说她年纪大了,不喜欢宫里有太多人,得选一些放出去。"楚明轩进来道,"刚好我过来了,就帮她筛一筛人。"

彩玉一惊,面孔霎时间苍白了起来,她慌慌张张地跪下去,拉住楚明轩的袍角:

"奴婢不愿出宫!奴婢犯了什么错都愿意受罚!只求还能在这宫里做事,奴婢从十岁起就跟着太皇太后了……"

"彩玉姑娘别这样,先起来吧。"楚明轩平静地说,"我知道要给曾祖母留下能把她服侍得舒服的人,所以想了个法子,来决定诸位的去与留——彩玉姑娘跟我来吧。"

彩玉惴惴不安地跟着楚明轩,一路来到了小厨房,她惊讶地发现,还有十几个相熟的嬷嬷、丫鬟站在那里,一个清秀陌生的姑娘站在门口,似乎只等二人的到来。

彩玉看着相熟的宫人们,忍不住十分错愕——宫中即便裁人,难道不该从洒扫粗使的低等宫人开始裁么?怎么一上来反而针对的是和自己一样身份不俗的"半主子"们?

然而不等她思索,那个清秀的姑娘便开了口:

"深夜召集各位来此,是因为各位都犯了些错误,惹怒了咱们的太皇太后娘娘——然而各位侍奉太皇太后多年,也该念着些旧情,所以我和太子殿下来做一回恶人,出个题考考大家,看哪一位才是真正能把太后照料好的人——通过的人呢,由太子殿下出面为她说情,通不过的人,只怕少不得要被撵出宫去。"

她话音未落,一众宫人的脸色便都变得极为苍白。

"这题也很简单,太皇太后明日请了六皇子来宫里共用早茶,请诸位来备一样点心,要既合太皇太后的口味,又能让六皇子殿下吃得顺心。"如柏一指身后排成一排的篮子,"各类材料都为诸位备好了,请自行选用,诸位做完后,谁最了解太皇太后的口味、谁侍奉得最为上心便一目了然了。"

彩玉直到现在为止都并不明白自己究竟犯了什么错,会沦落到这般田地。然而事已至此,她只得按着如柏的吩咐做。

太皇太后和六皇子都喜欢的点心,她是知道的——左右不过一味红糖酥饼,做起来略费些工夫,但也不是什么太难做的东西。

她起身去如柏身后的篮子里挑了红糖、玫瑰,又挖了一大勺猪油,回来后支起了锅子,用温水把猪油化开,开始制红糖馅儿。

动手制备的同时她抬眼打量了身边的人——几乎都在和她做一样的事情。

是了,太皇太后喜欢红糖酥饼的事,他们这些老宫人哪有不知道的道理?太子殿下用这样的方式测验,能测出来个什么?

如柏和楚明轩却似乎完全没意识到这个测试方法毫无区分度,二人一起靠在门边,冷眼打量着忙碌的宫人们。

偶尔二人对视一眼,不知道为什么,两个到现在为止认识时间并不长的人似乎有着天生的默契,只凭一个眼神就足以读懂对方要说的话。

——你说混在这些人中的凶手,此时此刻会在想什么?

——大概认为我们会在她们都做好点心后一个一个验毒吧?

二人各自移开视线,不约而同地在嘴角露出一丝不易察觉的冷笑。

凶手显然不会蠢到在这种明显被试探的局面里依然坚持给六皇子的早茶下毒。

而他们也不会蠢到以为凶手会这么干。

半个时辰后,所有人的点心都做好了。

宋姑姑站在一旁,指挥众人将制好的点心一一摆到如柏和楚明轩的面前。

二人看着面前的点心,忍不住俱是一愣——清一色的红糖酥饼。

这和他们的预期不符。

如柏怔怔地望着眼前的酥饼,难道资料有误?

不会,她亲眼在典籍中见到过,尼罗国的人……

"诸位先回去等消息吧。"半晌后,如柏平静地开口,"我们做出决定后自会通知大家。"

宫人们又惶恐地被一一送回了自己房中。屋内只留下如柏和楚明轩,对着一桌的红糖酥饼。

突然之间,如柏抬手伸向了桌子,在楚明轩阻止她之前,取过一个红糖酥饼,一口咬了下去。

"喂!你干什么!"楚明轩猛地一惊,虽然凶手应该不会在其中下毒,但是……万一呢?

如柏面沉似水地把口中的酥饼咽了下去,小幅度地摇了摇头,放下手中的这块,又去拿下一盘的。

楚明轩被她这样毫无来由的举动吓着了,赶紧随手从她头上扯下一根银簪,用丝绢擦了擦之后——探入酥饼之中。

……还好确实都没有毒。

如柏不理他,只是一盘一盘地试下去。

终于,在吃到最后一盘时,她的眼睛猛地一亮。

"太子殿下。"如柏骤然笑了起来,"查出来了!"

"这一盘酥饼,虽然看上去外观一样,但味道远远不如前面的这些。"如柏指着她最后吃到的那盘酥饼道,"饼皮不起酥,内馅儿也不够顺滑,嚼起来全是沙沙的颗粒感——凶手应该不知道我们真的敢去尝,所以只是把样子做成了和大家的一样,就以为可以蒙混过关。"

"饼皮不酥,内馅儿……这些都代表了什么?"

如柏轻声道:"代表她没放猪油。"

楚明轩刹那间明白了,他看着那盘酥饼,良久,才缓缓地开口。

"这一盘……是宋姑姑做的。"

西域国家遵守着很多相同的习俗,不能违背它们,否则就是亵渎神灵,与叛国同罪。这些习俗包括女子不可剪发、男子不可在妻子出嫁前与她相见……等等等等。

也包括……

不碰与猪相关的一切。

尼罗国百姓不吃猪肉,不用猪毛制品,连说话时都不直接说出"猪"字。

当然也就包括不碰猪油。

如柏在典籍上见过这一条习俗,她知道作为太皇太后的近身侍从们,这些人一定都会去做红糖酥饼,凶手为了不引人注意,也只有跟着众人做同样的点心。

所以在制点心必备的油中,如柏只提供了猪油。

她和楚明轩对视一眼,不约而同地在这盘没有加油的酥饼面前沉默了起来。

两个时辰后,消息传遍宫中,皇上亲审宋姑姑。

"你入宫多年,亲眼看着朕的孩子们长大。"皇帝低头看着被侍卫们按压在地上的女人,"宋……"

"我不姓宋!"女人高傲地抬起头,"我叫尼丽罗娜,我丈夫是尼罗国镇国将军古拉尔,十五年前,是你亲手杀了他。"

"给明和下毒的乳母,也是受你指使?"

尼丽罗娜冷笑一声算是默认："只是可惜天命不佑,杀不得仇人之子。"

十五年前,尼罗国战火漫天。这一战中,尼丽罗娜永远地失去了她的丈夫、她的两个年幼的儿子,以及她一直引以为傲的家族。痛失一切的她曾经打算自我了断,跟着亲人们共赴黄泉,然而阴差阳错地被人救起。从那时起,她的生命便只剩下一件事——复仇。

她伪造身份,潜入宫中,从一个小小的宫女干起。十多年来一步一个脚印,终于得到了主子们的信任,成为了太皇太后身边最得力的姑姑。

她想让杀了自己丈夫的皇帝死掉……然而她不能让他死得那么痛快,在此之前,他应该先尝一尝自己最亲的人死去的滋味,尝一尝看着亲生骨肉离自己而去的悲伤……

就像自己当年失去两个儿子时那样。

三天后,顺着宋姑姑这条线进行调查,所有在谋害皇子行动中被她收买、利用的人被雷厉风行地查出,甚至揪出了好几名已在各宫身居高位的尼罗国遗孤。

真凶很快被就地正法,其余人论罪处置。

在所有罪犯都已伏法后,皇帝想起了那位破案有功的沈二小姐。

"还没赏赐你妹妹。"上朝结束后,他单独留下了年轻的刑部侍郎,"叫她多来宫里坐坐吧,沈贵妃最近也时常想念她。"

"启禀陛下。"沈承松苦着脸道,"微臣这个妹妹最近玩太疯了,连微臣都见不到她的人。"

被哥哥在背后腹诽的如柏打了个喷嚏,不以为意。

她正忙着在太子府上搜罗东西吃。

一来二去和楚明轩熟悉了一点之后,如柏就毫不见外地经常去府上叨扰。

她不找楚明轩,她找的是楚明轩特意从宫里带出来的大厨。

"王叔王叔,今天做了什么好吃的?"

资深美食家沈如柏小姐只扫了一下厨房桌上的原材料就立刻明白了,立刻欢呼雀跃,"你又腌酒糟鸭掌了是不是?"

胖乎乎的王叔很为难地擦了一把汗。

"抱歉啊,沈姑娘,本来给你留了一份的,但是太子殿下那边来了客人,要东西下酒……"王叔向如柏展示了空空如也的锅。

如柏愣了片刻,只好垂头丧气地走了。

途经楚明轩的书房,如柏都觉得依稀能闻到王厨师长独门秘制的鸭掌飘散出的*丝丝缕缕香气*……

但那有什么办法,太子殿下估计正在和客人商讨什么军国大事,哪里是她能随便进去打扰的。

但是香气实在是太诱人了,如柏忍不住探头探脑地从敞开的窗户往里看了一眼。

她当即愣住了。

楚明轩穿着一身宽松的松绿色长袍,头发被一枚玉冠松松地束在头顶,看上去像个平常富贵人家的公子哥。

— 33 —

相比之下,他对面的那人倒是显得更给人以压迫感。

那男子一身黑色劲装严丝合缝地贴在身上,被肩膀和胸膛撑得颇有气势。

他一头黑发全被一根发带简单地束在头顶,束不上去的几丝碎发垂在额前,眼角带着名刀般锋利的弧度,使他整个人透出一种锐不可当的英气。

然而如柏丝毫没被黑衣人的气场震慑住,仅仅愣了一瞬,她便惊喜地叫了起来:"小孟?"

黑衣公子偏过头来,他其实很年轻,脸上还有少年的轮廓,看清如柏的那一刻,虽然脸上仍然没有什么表情,但他冰冷的黑眸少见地立刻生动活泼了一点:"沈胖?"

如柏兴奋起来,连滚带爬地就从窗台上翻了进去,直接朝黑衣公子冲了过去,黑衣公子以为如柏要给自己一个大大的拥抱,不想拂了小姑娘的面子,他非常配合地站了起来,张开了双臂,准备迎接自己这个久别重逢的朋友。

然而如柏视而不见地跟他擦肩而过,一把端起了他身边的酒糟鸭掌。

黑衣公子:"……"

"小孟啊……"如柏一边啃鸭掌一边问,"你怎么会在这儿?"

"学然是我的朋友。"楚明轩非常警惕地打量着二人,"你们……什么关系?"

"什么关系?朋友关系!"如柏完全没注意到太子殿下的异样,非常不屑地转头问小孟,"你为什么要和一个大冰块交朋友?"

楚明轩:"……"

如柏和孟学然算是老相识了。

青州沈家和徽城孟家算是世交,他俩五六岁的时候就经常一起玩。孟学然发育得晚,小时候又极瘦,硬生生地在一派富贵生平中长成了一个小乞丐的样子。

而如柏恰恰和他相反,由于过于能吃,如柏那个时候是个地地道道的小胖墩儿。

因此别人家青梅竹马的故事在他们俩身上根本就没有可能发生,即便是打枣子这样的活动,也是如柏在下面做支柱,孟学然站在她的肩膀上拿着竹竿够。

然而正是小时候小鸡仔一样的孟小朋友,在长大后瞬间变了画风,长成了横扫江湖、武榜第一的孟捕头。

说起来也很奇怪——徽城孟家的男子大多以文静风雅著称,长久以来,人们提到"孟家公子",想到的几乎都是喜着白衣、擅诗词歌赋的文人形象。

直到出了个孟家四公子——孟学然。

成年后的孟四公子成功摆脱了童年时的阴影,成长得高挑而挺拔,加上天生一对斜飞入鬓的浓烈剑眉,目若寒星,不苟言笑。

而且更令人吃惊的是,生长在孟家的风雅家庭文化里,他非常坚定而不受影响地长成了一个不解风情的工作狂。

曾经有邻家的姑娘因为他的俊美爱慕他,非常诗情画意地向他介绍自己:"我叫阿萱,'北堂有萱兮'的'萱'。"

"哦,我知道萱草。"孟四公子点头,"我老家那块叫它'黄花菜',炒肉炒鸡蛋都很不错。"

好在孟学然文化上的缺失可以由他的武力值来补足,在他刚刚及冠的那年,他就成了京城第一少年名捕，和已经成为了"京城第一神探"的童年好友沈二胖小姐进行过多次愉快的合作。

现在他已经官至大理寺少卿，与曾经刑部的沈承松一样，被看作是京城里最前途无量的官宦子弟。

"你们在聊什么？"如柏问。

楚明轩莫名其妙地对她和孟学然的熟络有点儿介意，此刻就不太想让她继续在房间里待下去，于是简明扼要地对她说："男人间对话，你……"

"啧啧啧……"如柏皱眉做出了个非常嫌弃的表情，"什么男人间对话，你们还不就是讨论哪家的小姐肤白貌美，哪家的小姐腰细腿长？"

她抱着装酒糟鸭掌的碟子一屁股坐在椅子上，竭力掩饰住自己脸上的兴致勃勃："我也要听。"

楚明轩："……"

孟学然："……"

楚明轩实在不明白，为什么如柏和普通人一样只长了一张嘴，但是可以一边讽刺自己一边继续疯狂地往嘴里塞吃的，两边都不耽误。

而且这姑娘在和自己稍微混熟了一点之后，立刻把最后一点大家闺秀的风度利利索索地扔掉了，只要有空闲她就跑到太子府来吃自己最好的那几个厨子做的点心，蹭一壶宫里赐下来的雨前龙井喝，然后吃饱喝足之后立刻翻脸不认人，一副泼皮无赖的作风。

不过对于见惯了温文尔雅大家闺秀的太子爷来说……这真的还蛮有趣的。

其实楚明轩对如柏说这是"男人间对话"并不算敷衍，而如柏猜"哪家小姐胸大腿长"也并不算完全蒙错了方向。

在楚明轩还犹豫着告不告诉如柏时，孟学然已经抢先一步，耿直地说了出来："太子爷约我去杏花阁。"

他完全不交代前情后果地来这一句，楚明轩万年不变的冰山脸瞬时变得更寒冷了。

杏花阁……那可是京城最著名的烟花之地。

"其实是我们的一个朋友在那里做琴师，我找他……"他尝试着向如柏解释。

"那只是你的朋友……"孟学然打断他，强调道，"我可没有姓柳的那样的朋友。"

楚明轩只觉得自己的表情更冷了……

就在他打量着如柏的神色，打算进一步解释点什么的时候，只见如柏吃完了最后一个酒糟鸭掌，擦完手后高高兴兴地拍了拍孟学然的肩膀：

"那太子殿下去看朋友吧。听说杏花阁里有一堆漂亮的姐姐……我就陪小孟去看漂亮姑娘好了！"

楚明轩："……"

楚明轩二十年专注维持自己作为太子的高贵冷艳形象，即使心里对如柏十分感兴趣，面上也绝对不露出一丝一毫来，依然是一张冰雕的面孔。

他就这样顶着自己散发着阵阵寒气的面孔，和如柏、孟学然一起来到了杏花阁。

— 35 —

第九章 柳七公子

杏花阁地处京城最为繁华热闹的地方,由数个小楼连成一片,其中还有不少单独的小院和屋舍。

这里作为全京城最有名的烟花之地,汇集了众多容貌极美、才艺极佳的歌舞姬们,无论白天还是黑夜都热闹鼎沸。

无论是作为当朝太子的楚明轩,还是作为大理寺少卿的孟学然,来这种青楼楚馆都不是什么影响好的事情,故而两人十分低调,只想尽可能地少引起人注意。

然而人想低调,脸却没法跟着低调,楚少和孟少都天生一副鹤立鸡群的好相貌,反正他俩刚往楼里一迈,楼里姑娘们的眼风就像不要钱一样地狂甩了过来。

楚明轩和孟学然总不能把脸也挡上,天不怕地不怕的二位在如云的水袖香风里忍不住感到了一丝快要窒息的尴尬。

就在二位爷都有点儿手足无措时,一旁女扮男装的如柏倒是十分放得开。

她穿了身书童的衣服,看着像是两位公子的手下,此刻目睹了二位的窘迫,她一边兴致勃勃地欣赏着周遭的美丽姑娘们,一边顺带着拱拱手给楚明轩和孟学然解了个围。

"姑娘们的美意心领了。"如柏非常抱歉地说,"可我家二位爷是来看男人的。"

围着楚明轩和孟学然的女孩们一起沉默了片刻,然后"呼啦"一声,一起作鸟兽散了。

楚明轩:"……"

孟学然:"……"

几乎就像捧如柏的场一样,她最后这句"看男人"的话音还没完全落下,一声弦音就在大厅中响了起来。

大厅中央舞台的珠帘一掀而起,白衣的公子垂首拨动琴弦,发出一串清泉落山间般的声响。

那男人眉眼生得极好,与楚明轩的清冷和孟学然的英武不同,他眉色如雾,双眸如流水,仿佛占尽了这一世的写意风流。

然而他的唇色又极苍白，双颊消瘦。白衣之下依稀可见形销骨立的身型，整个人流露出一种极其奇特的弱质病骨美。

就着他的琴声，有青衣的舞姬缓缓起舞，旁边一个红衣少女执了牙板曼声高歌：

> "不愿君王召，愿得柳七叫；
> 不愿千黄金，愿得柳七心；
> 不愿神仙见，愿识柳七面。"

全场的人都沉醉其中，只有两位黑着脸。

一位是孟学然，他看着被一群女人包围着的柳七复，面色不豫："伤风败俗，有碍观瞻……太子爷你怎么交了这么个朋友？"

另一位则是楚明轩，他看着坐在自己旁边对柳七复捧着脸满眼放光的沈如柏，面色不豫：

"伤风败俗，有碍观瞻……沈小姐你是没有见过长得好看的男人么？"

一曲终了，满座喝彩。

柳七复站起来微微欠身向客人们致意，他的目光若有似无地朝楚明轩等人的方向一瞟，随即便转身离去。

很快就有小厮跑回来殷勤说道："柳公子说他那恰有上好的武夷岩茶，他又练了几首新曲子，诸位若得空，可以去他那里坐坐。"

"不得空。"孟学然面无表情地回答后，转身对如柏说，"你该看的漂亮姑娘都看完了吧？那就让太……楚公子自己去吧，我们回去。"

他一句话还没说完，就被急着近距离瞻仰柳七公子美颜的如柏揪着领子一把拎了起来。

"得空得空。"僭越主子的小书童兴高采烈地说，"麻烦你现在就带我们去吧！"

孟学然："……"

楚明轩："……"

柳七复在杏花阁的诸楼中，自己单有一个小院，不见如何豪华，倒是清新雅致，很有些闹中取静的意思。

小厮引着三人到院门后，表示自己并不方便进去，只让客人们自行进屋。

柳七复在内室有一搭没一搭地拨着琴弦，和刚才给舞姬伴奏时弹奏的高山流水般的曲子不同，此刻从他手中弹出的琴音十分干涩。

如柏记得自己小时候也学过两年琴，那时候的老师告诉她说，琴中高手以流畅动人，琴中国手却以枯涩动人，由流畅到枯涩，是大部分弹琴之人一生都达不到的境界。

而此刻琴音枯涩，枯中有韵，涩中有神，饶是如柏这种对音律并不十分精通的人也忍不住屏息细听。

良久，最后一根琴弦被拨动。

柳七复的手停了下来，却似乎仍有无尽的余音在这个狭小的室内一直萦绕着，使这个平凡的茶室变得宛如仙境一般。

仙境中,只听得孟四公子放下茶杯,缓缓开口……

打了一个大大的哈欠。

楚明轩:"……"

沈如柏:"……"

身着白衣的清瘦琴师从琴后站起来,无奈地揉揉眉心:"敢问太子殿下,我什么时候才能不给驴弹琴?"

孟学然挑挑他那双霸气的浓眉:"如果不是看在太子殿下的面子上,驴也不想来听你锯木头。"

反正自从楚明轩认识孟学然和柳七复开始,他就从未见过见面不吵的两个人,故而现在在这种氛围中十分气定神闲。

他从怀中掏出一个牛皮纸包,由扮作书童的如柏接过,把它传给柳七复:"我看太医院新到的几支老山参不错,就带给你了。"

柳七复接过纸包,如柏发现这个琴师虽然脸色是一种略带病容的苍白,但气质上俨然如高楼闻笛的大家公子。

他将纸包放好,低低咳了一声,薄唇牵出一丝笑意:"老是叫太子殿下干这种吃里扒外的事,七复心里真是有点过意不去。"

他口吻满是调笑,显然和楚明轩是极为熟稔的。

孟学然在旁边板着脸:"你少喝一口酒,比灌十盅参汤都有用。"

楚明轩挥了挥手,试图驱散两个人之间的火药味。他指指如柏,对柳七复道:"给你介绍一下,这是承松的妹妹。"

"'沈家有女使海枯'。"柳七复一笑,"久仰了。如柏小姐破案能力之强,足以衬托得官府在职查案的人都是一群酒囊饭袋。"

官府查案机构在职人员、大理寺少卿孟学然:"……"

苍天大地,他实在是吵不过这个暗箭放得嗖嗖的家伙了。动手打一架可以么?

好在有楚明轩,太子殿下及时地把柳七复拉离了现场,二人一同进入内室,只留下如柏和孟学然继续在外室喝茶。

柳七复在内室中坐定,轻声问对面的楚明轩:"还是记不清那些事情么?"

楚明轩微微地摇头。

"你这种情况很稀少,我那些偏方不见得有用。"

柳七复微微叹了一口气,"说真的,我一直觉得是你母亲的事……影响了你,我师父曾经跟我说,我们每个人的身体其实都是会保护自己的,所以人在承受某些不能承受的痛苦后,丧失一些记忆的情况是时常有的……"

楚明轩道:"你还有办法么?"

"只能说是尽力尝试,人心这种东西,最是难以琢磨预测,外用的药物往往难以起效……"

就在楚明轩和柳七复在内室之中交谈时,如柏正在外室一边喝茶一边好奇地四处张望着。

柳七复的房间表面一看似乎十分普通,仔细观察却会发现有许多不同寻常之处。

靠墙的地方有一面药柜,一个一个地贴着标签。如柏一个标签一个标签地默默读过去,转头问孟学然:"柳公子是有哮喘病么?"

"是。"孟学然点个头,"你怎么知道?"

"我有个朋友,是太医院之首南宫太医的孙女,叫南宫晴。"如柏耸耸肩,"我跟着她认过好多味草药,这一味椒目我是知道的,民间偏方里常用它来治疗哮喘之症。"

除了药柜外,墙角还立了一面书架。

书架上摆了一溜的木头娃娃,一个个关节灵巧眼神生动。

如柏怀着好奇心凑上前去,哪知道其中一个娃娃突然发出了声音,吓了如柏一跳。

那是个歌舞伎模样的偶人,身上披了一件做得很精致的纱衣,乌云一样的头发上还插了根小小的珠钗,此刻一边唱一边舞动,硬是将木头制的身体舞出了一种柔软曼妙来,她唱的是之前楼下歌女唱的那首曲子:

"不愿君王召,愿得柳七叫;
不愿千黄金,愿得柳七心;
不愿神仙见,愿识柳七面。"

如柏愣神的工夫,孟学然已经在后面出声提醒。

"那个偶人叫'警钟',有人离它三米以内就会发出这样的警报。"孟学然板着脸说,"拿这首歌来当警报……姓柳的脸皮真厚。"

"柳公子为什么在自己房间里摆这么一个警钟?"如柏不解。

"这个偶人是他用来警示客人的,怕他们趁自己没注意乱动那些偶人。"孟学然抬抬下巴点点剩下的木偶,"这里面有很多都是有攻击作用的,客人动它们的话可能会被误伤,所以设了这么个警钟摆在这儿,客人们听到警报,就知道不能离得更近了,再近会有危险。"

"这么厉害!"如柏啧啧称奇,她猛地想到了什么,冲孟学然瞪大了眼睛,"这些不会都是柳公子自己做的吧?"

孟学然面无表情地"嗯"了一声,然后就捂住了耳朵,拒绝听如柏接下来要发出的那一串惊叹声。

如柏大惊小怪地赞叹完,才后知后觉地反应过来:"柳公子怎么还有做这种高危小木偶的爱好?"

"因为他太弱。"孟四公子简明扼要地下了结论,"既不能打也不能跑,就只好投机取巧。"

如柏打破砂锅问到底:"他一个琴师,干吗需要能打能跑?"

孟学然作为一个英俊潇洒武艺超群的青年才俊,从小到大几乎没遇到能和自己媲美的对手,故而对自己的同龄人那是横挑鼻子竖挑眼,全京城能被他看得上眼的青年男子满打满算不超过五个，都是能文能武的杰出人物。

像柳七复这样一身是病，除了弹弹琴、做做手工外就没什么别的特长的货色，是直接被他划为老弱病残那一类的。

偏偏这个老弱病残还特别地招人讨厌，嘲讽起孟学然那是一套又一套从来没重过样儿。

偏偏由于楚明轩的原因，这两个冤家还老迫不得已地凑到一起去……所以他俩平时一见就互相诋毁，孟学然指责柳七复"肩不能提手不能挑枉为男人"，柳七复申斥孟学然"徒有肌肉却无智慧犹如动物"……

还没等孟学然回应如柏，柳七复的声音就清凌凌地在室内响了起来："因为世道莫测，活于其间，为了不沦为鱼肉，总得有些保命的倚仗才是。"

他和楚明轩已经结束了密谈，一前一后地从内室里走了出来。

"柳公子做的东西都很精巧可爱。"如柏由衷地赞叹。

"沈姑娘喜欢的话，可以挑一个走，就当柳某初次见面的赠礼了。"柳七复下意识地用翩翩风度回答完后，一转头就看到了楚明轩复杂的眼神。

七窍玲珑心的柳七复刹那间就读懂了什么，趁着如柏兴高采烈地看着他做的那些木偶，压低声音问楚明轩："你的人？"

楚明轩不置可否，良久只是用分外冰冷的声音低声说："七复……风流太过的话，不利于你休养身体的。"

"明白了。"柳七复痛心疾首地说，他随即转身对如柏露出了一个风度极佳的微笑，"沈姑娘不知道选哪个的话，左数第七个就很不错。"

"真的吗？谢谢柳公子！"如柏兴高采烈地捧了起来。

楚明轩要找柳七复商量的事已经说完，三人便不再在此久留。出了院子后，如柏兴致勃勃地摆弄着手里的木偶，它穿了淡粉色的纱衣，衣上还绣了数只喜鹊。

"其实这个木偶有个特别文艺的名字……"孟学然的声音幽幽地在一旁响起。

叫什么？鹊桥相会？银汉迢迢暗度？天啊！这简直就是定情信物，柳……

下一秒，被她攥在手里的木偶自头顶弹出了一个机关，只听"啪叽"一声，似乎是什么东西受到了挤压，接着一股西红柿汁非常爽利地呲了出来，十分不客气地喷了如柏一头一脸。

"……叫'落花有意，流水无情'。"孟学然在一边幽幽地把话说完。

一头一脸都是鲜红色的、正在缓缓往下流淌的西红柿汁的如柏："……"

这个姓柳的！

楚明轩在一旁露出了非常满意的微笑。

其实太子殿下大可不必如此警惕，如柏只是单纯地花痴一下柳公子的玉树临风，却绝对不敢对其有什么非分之想——

她深深地怀疑形销骨立的柳七复体重比自己还轻，在他面前只有自惭形秽的份儿。

冰山面孔的太子爷好不容易露出点儿笑容，还没能顺顺当当地笑完，笑到一半就被人打断了。

不远处一个尖细的声音带着显而易见的谄媚响了起来:"哟,真是巧,想不到会在这儿见到太子殿下!"

楚明轩眉头一皱,见四处无人听到他们的谈话,才堪堪回身点了个头:"佟公公。"

头发花白的佟公公挺着一个巨大的肚子,端着一张肥白的笑脸,他左手扶着一个十七八岁、面容俊秀的少年郎,此刻在这孩子的背上推了一把:"这是我干儿子小顺——小顺,还不给太子殿下请安?"

楚明轩伸手捞起了就要手足无措跪下去的小顺,看这孩子模样虽好,但身上带着一股瑟瑟缩缩的劲儿,忍不住在心里叹了口气。

佟公公一脸媚笑,对楚明轩道:"放心,太子殿下来杏花阁的事儿,咱家绝对不跟第二个人提起。"

楚明轩:"……"

这老太监平时没什么机会见到东宫,此刻逮着个机会,一心一意地想孝敬讨好一下这位当朝太子爷,奈何微服来这里寻欢作乐,身上也并没带什么能让太子看得上眼的古玩字画一类。

他思忖片刻,灵感一闪,立刻取下了自己随身携带的一块玉佩,恭恭敬敬递了上去:"平时没有机会孝敬殿下,今儿个……"

楚明轩无意收他的东西,只是漫不经心地瞟了一眼,虽然只是一眼,但他还是愣了一下。

那玉确实是好玉,靛青里透着一抹赭红,不过最难得的不是这个,而是那匠人别出心裁,恰恰把那一小点赭红雕成了一朵极微小的蔷薇,这样整块玉佩的形貌便成了一截半青不朽的枯木上乍然开出了一朵极绚烂的花。

可以想见,那玉工无论心思还是手艺,都可称得上是世间少有。

"太子爷看看,可难得吧?"佟公公有些洋洋得意,"奴才晓得太子爷是见惯了好东西的,未必看得上这些小玩意儿——不过这个玉佩虽然说不上金贵,但妙就妙在绝无仅有,这世上不可能有人再雕出第二块来……"

东西是好东西,但是楚明轩并不想收这个老太监的礼,他三言两语地拒绝了之后,招呼上如柏和孟学然就走。

"怎么着?"如柏有点纳闷地察言观色,"你好像不太喜欢那个老公公?"

"见风使舵的东西。"楚明轩言简意赅地说,"遇上高官子弟便恨不得金库银库都奉上,一旦人家失了势又恨不得赶紧跟着踩上一只脚……难道我还要很喜欢他么?"

如柏愣了一下,看着楚明轩在阳光下冰雕一般的侧脸,心中蓦地一动。

她之前一直觉得楚明轩虽然冷冰冰很不近人情,但和她想象中的太子很不一样,具体是哪里不一样,她也说不上来。

但这一刻,她觉得自己有点儿明白了。

楚明轩生在人间极贵的皇家,又是一人之下万人之上的太子殿下,千金之子坐不垂堂。然而他似乎离普通的百姓并不遥远,他能从自己的尊荣富贵中抽离出来,去用百姓的视角看待问题，体会普通百姓的喜乐烦忧。

就像佟公公这样对他从来只有谄媚讨好的人，他也会出于对那些被佟公公欺压过的人生出的同情而讨厌他。

如柏看着头顶的阳光铺天盖地洒下来，在心里默默地想——

"太子殿下是个好人啊！"

对太子殿下的好印象还没树立几天，就又悲剧了。

大概半个月后，作为神探的如柏智商上了线，莫名其妙地在和孟学然的交谈里推断出了柳七复给自己那个整蛊玩偶，似乎是太子殿下授意的结果，当即火冒三丈，直接勇闯太子府。

敢作敢为的沈如柏小姐冒天下之大不韪，直接在东宫辱骂太子，辱骂完不说，还赤手空拳地带着自己那张很馋的嘴和很大的胃洗劫了太子府上的厨房。

楚明轩向来不和妇孺计较，此刻也由得如柏去。

就在找了由头吃饱喝足的如柏慢悠悠地转回来，打算敷衍了事地找点说辞和楚明轩重归于好的时候，另一个客人到了。

"小孟，你来晚了！"如柏看着匆匆闯进来的孟学然道，"吃的都被我……"

在大热天里跑出了一头汗的孟学然摆摆手，微微喘了一口气后，低声道："佟公公死了，案子到了大理寺这儿，上面交代我立刻查出凶手。"

此言一出，如柏只觉得刚吃下去的东西全都冻在了胃里，沉甸甸地上不去也下不来。

"佟公公……我们不是不久前才在杏花阁见过他么？"

如柏和这个老太监只有一面之缘，且又隐隐知道他不是什么善类，故而听到他的死讯倒是并不怎么悲伤沉痛，只是凶杀案终究是令人不太愉快的消息。

她的眉头忍不住锁了起来："怎么回事？"

"就是昨夜的事。"孟学然道。

"佟公公昨天晚上中毒死在家中的床上，今天凌晨的时候才被发现，尸体已经凉了。"

"他府上的人立刻报了官，佟来福说到底是宫里有头有脸的大太监，这么莫名其妙地被人谋害，影响很是不好，所以案子直接被转到了大理寺，上面的指示是越快破案越好。"

"我虽然身为大理寺少卿，但是是捕头出身，抓犯人做得熟悉，推理上和小沈比……"

没待他说完，如柏就站了起来："走，去佟公公府上看看。"

走出两步，她回头看着原地抱臂而立的楚明轩，轻轻一笑："太子爷，你要是没什么事的话，要不要一起来？"

佟公公的府邸在城外，孟学然带了两个手下，楚明轩只带了随身服侍的小全子，如柏带了她自己……一行人快马加鞭，很快就到达了目的地。

"这老头家里也太富了……"如柏刚踏进佟公公的府邸便忍不住啧啧称奇，"这比你的太子府还要豪华吧？你们宫里给太监的饷银这么多的吗？"

楚明轩面沉似水地扫视了一下周围的布置，一挥手叫来了跟在身后的小全子。

"叫人彻查佟来福府上的账目。"他冷冷道，"我看这老东西猫腻玩大发了。"

佟来福虽然是个太监，但是这显然没有耽误他寻欢作乐的兴致，府上貌美的侍女和英俊的小厮一抓一大把,领头的是那天在杏花阁见过的干儿子小顺。

"昨晚都是谁服侍在佟公公身边?"孟学然直接把佟府的大堂当成了审讯之地,叫那些下人们一字排开,"昨天晚上……哦不,从昨天中午起,一直到今天凌晨,所有见过佟公公的人都留下,其余的先出去等着,但是在我们破案之前,一概不许离开佟府。"

一些粗使的下人陆陆续续地出去了,然而留下的人们依然是乌泱泱的一大群,足有二十来个。

孟学然扫了一眼,只感到头都大了三圈。

这也太多人了。

"怎么会有这么多人?"他抬抬下巴指指小顺,"你来说。"

"回孟大人的话……"小顺仍然沉浸在悲伤和恐惧中,不过他经了佟公公的调教,礼数倒是很周全的,"我干爹喜欢热闹,平时屋里伺候的人都很多,光是伺候晚饭的便有七八个人。"

孟学然一扫留下的二十多个人里,有一多半都是年轻貌美的丫鬟们,当下就有了数,心里骂了一句这个老太监。孟学然招来两个手下:"先把这些人看住,我们去看看尸体。"

老太监的尸体停在自家的后院里,仵作们早在清晨就得了消息匆忙赶来,此刻已经验得七七八八。

孟学然自顾自地走进小院里,左右四顾,却发现只有他一个人进来了。

莫名其妙的孟大人回头望去,只看见剩下的两个冤家正在院门口打架。

原来是如柏认为太子爷是千金之子,身份万分金贵,应该得到保护,不能去干看尸体这样吓人的工作,于是在门口一把拦住了他。

而楚明轩认为沈姑娘作为一个女孩子,应该是温室里的花朵,理应得到保护,不能去干看尸体这样吓人的工作,于是也在门口一把拦住了她。

楚明轩非常无奈地跟如柏解释:"我平过叛、出过征,在战场上见过的死人不计其数,还怕这一点么?你一个女孩子,天天也就是招招猫逗逗狗,看到个死老鼠都能吓哭,哪能看尸体这样的东西?"

如柏:"……"

楚明轩描述的是她么?怎么感觉描述的是南宫晴?

于是她只好也同样无奈地提醒太子殿下,自己并不是传统意义上的世家小姐。

"我天天跟着刑部的人混,和京城里的四大名捕是八拜之交,验过的尸体比你吃过的饭都多……"如柏想了想,觉得这个比方有点恶心,只好一时语塞地挥挥手,"反正就那个意思,谢谢你,我不怕。"

楚明轩只好面无表情地和她一起走进了小院,感觉这个姑娘的心啊、肺啊、肝啊、肾啊什么的应该都很小,不大的腹腔里就两样东西特别大——一样是胃,一样是胆。

佟公公的尸体是个标准的中毒而死之人的模样,嘴唇乌黑,面色青白,整个人散发出一股难闻的味道。

早有仵作殷勤地站在一旁，向三位汇报。

"死者的死因是砒霜中毒。"仵作说，"他的房间太过湿热，因此死亡时间不是很好确定，不过大概可以判断出来是在傍晚到昨夜的上半夜。"

"除此之外，死者的身上没有其余的伤痕，砒霜是通过口服进入体内的。他衣服完好服帖，没有搏斗的迹象，服毒应该是自愿或不知情的状态，并非有人强迫灌毒。"

孟学然一点头："还有别的线索么？"

"回孟大人的话，暂时没有了。"

"这几乎没什么明确的线索啊。"孟学然揉揉他那总是微微锁着的眉心，"尸体上的信息太少了，还是得从嫌疑人身上找。"

他一想到候在大堂里的那二十来号人，就忍不住感到一阵头痛。

"嫌疑人虽多，不过也有主次之分。"如柏一边往大堂的方向走，一边缓缓开口，"正常的下人不会好端端地去杀主子，我看这里面，一定有什么蹊跷。"

大堂里的二十多个人由于死了主子，自己又沦为嫌疑人，此刻哭的哭，叹气的叹气，议论的议论。

官府的人虽然厉声让他们安静下来，不过这里面一多半是年轻没见过世面的小姑娘，一被吓就哭得更厉害了，让官府的人也是束手无策。

"都先安静一下。"楚明轩走到最中心的位子坐下，如柏和孟学然一左一右坐到了他身边的位子上，"诸位不必惊慌，凶手我们一定会抓住，无辜的人，我们也必不会牵连。"

他天生带着王者风范，一出场就有安定人心的力量，简简单单的两句话后，在场的人们就全都渐渐安静了下来。

楚明轩一偏头，示意孟学然——你负责的案子，你来审。

孟学然的指关节敲了一下桌子，开了口：

"昨天服侍佟公公最多的人是谁？"

一个丫鬟怯生生地站了出来："是奴婢。"

这是个身段容貌都格外出挑的丫鬟，细腰丰臀，皮肤洁白细腻得近乎羊脂，即使在众多貌美的侍女中也是格外出挑。

她手上戴了成色甚好的翡翠镯子，耳朵上一边坠了两个小金铃铛，罗裙是上好的绸缎料子——可以想见，佟太监对她的宠爱恐怕也是这府中的头一份儿了。

孟学然的手下凑过来，低声说："我们问了，府里的下人说，这个女子原是宫里的一个宫女，因为得罪了掌权的姑姑，一直被放在洗衣房受折磨，结果有一次凑巧被佟公公瞧见了。佟公公愣是让皇上随口赏了这个宫女给他做对食——最后还花言巧语地让皇上把这个宫女放出宫来了。"

"府上的人都说，这个宫女似乎并不怎么愿意给太监当老婆……但迫于无奈，也只好暂时待在佟府，她不愿意担着任何名分，对外只说是个贴身侍女，但实则也算大半个主子了。"

孟学然小幅度地一点头，问底下的人："你叫什么名字？"

那宫女小声道："蕊心。"

"蕊心。"孟学然点了点头,"我听他们说,发现佟来福尸体的也是你。"

"是……"应该是又回忆起了那骇人的一幕,蕊心抽噎起来,"按说主子后半夜都会起夜的,但是昨天却一直没招呼人,他年纪大了,我怕出什么意外,就打算叫小顺去……这事儿平时也都是小顺伺候。只是那天腾子喝醉了,一直缠着小顺耍酒疯,他走不开,我就打算替他去看看……谁知道,我进门就看到主子眼睛大睁着,口鼻里都往外淌血,那样子……"

她忍不住抽抽搭搭地哭了起来。

孟学然不怕歹徒暴匪,但是就怕女人哭哭啼啼,见此简直是一个头变成了三个大,赶紧挥挥手打断了蕊心接下来要对尸体的具体描述,忙不迭地换了一个人问:"之后呢?"

小顺连忙替她答了:"当时腾子——哦,就是这个,是负责给我干爹守门的一个小厮,昨晚犯浑喝醉了,耍了半宿的酒疯,还把干爹的卧房当他自己的屋子,非要往里闯。我和其余几个兄弟怕惊扰了干爹,都在院子里拦着他,结果就听到蕊心一声尖叫——连腾子都被那一声吓得酒醒了一半,我们几个当值的兄弟还以为是遭了贼人,拿着家伙冲进去,就看到干爹……身体都硬了。我们吓坏了,忙不迭地就赶紧报官,之后的事情,大人就都知道了。"

孟学然点点头,把目光再次转向蕊心:"你把昨天晚上所有你看到的、听到的、知道的,都复述一遍。"

蕊心战战兢兢,哽咽了好几次,才缓缓控制住了情绪,勉强算是平静地展开了叙述。

"我家主子昨天早上去了宫里当差,傍晚时分才回到府里,他这些天心情不算好,但也和往日一样用了晚膳。之后有内务府的李公公来做客,他和李公公下了两局棋,送了客后就洗漱睡下了。"

孟学然默不作声地听完这个平淡得一塌糊涂的叙述,问:"他做这些事的时候,你们这……二十多个下人都在哪儿?"

"我家主子惯常是留很多丫鬟在屋内服侍的。"蕊心小心翼翼地一指那十来个大姑娘,"这些妹妹里有些由我领着在屋内伺候,有些在门口等着,去厨房跑腿端个点心什么的,其余的小厮大部分都在门口候着。主子和李公公下棋的时候也是如此,不过他睡时不喜欢有人在房内,我们就都在外室候着,只是一门之隔,有吩咐的话可以随叫随到。"

"他整个一晚上,都吃过什么东西? 是谁做的?"

"用了晚膳……是小厨房的厨子做的。"蕊心还没说完,底下就有个丫鬟哭了起来。

"大人!"那个半大的小丫头一边哭一边喊,"晚膳是绝对没有问题的! 和小厨房无关啊! 每一道菜都是用银针验过的,都没有下过毒!"

"……这个小丫鬟好像是厨房里掌勺大厨的闺女。"孟学然的手下凑近他的耳畔道,"自从知道佟公公是中毒死的之后就害怕牵连到她爹身上,刚刚一直在跟我们嚷。"

"知道了。"孟学然心很累地一挥手,"除了晚膳外,还有什么别的吗?"

"还有……李公公来做客的时候,带了几样宫里赐的点心。"

"哦?"孟学然精神一振,然而他作为一个外臣,又是个武榜第一,一心只对武林高手感兴趣的外臣,对宫里那些手无缚鸡之力的宦官们着实是不太关注,想了半天也没想起来这个李公公是哪号人物。

"内务府的李公公。"蕊心小声提醒,"他和我家主子颇有私交,府邸离这里也不远,故而常来做客。"

孟学然对属下挥挥手:"去李府说一声,叫李公公受累,把他昨天在这里具体干了什么都交代一下,还有平时和佟来福是怎么建立的交情……都说出来,配合一下调查。"

孟学然和蕊心一问一答的时候,如柏只是冷眼观察着底下的人群。

这二十多个人里,除了那十来个年轻姑娘外,剩下的男人们都清一色高大健壮,如柏看了看离她最近的那一个的虎口——隐隐地可以看到突出的硬茧。

这根本就不是寻常的小厮。

孟学然仍然在审蕊心:"李公公带来的点心还有剩下的么? 有没有验毒?"

"李公公是我家主子的朋友,总不好当着人家的面试毒。"蕊心轻声道,"但是我家主子也……耍了个小小的滑头,他吃每一块点心前,都先赏我吃一口,算是让我为他试了毒。"

"所以点心也没有问题?"孟学然感觉自己的头又大了一圈,"所有的食物都有确切的证据被证明是没有毒的,人偏偏被毒死了,这是有鬼么?"

他自己只是随口一说,哪知道蕊心和小顺听到他说的"有鬼"二字后,本来就很苍白的脸立刻又白了一个度,看起来简直没有人色,大有当场演一出"大变活鬼"的架势。

如柏注意到了他们的脸色变化,挑挑眉梢,没有说话。

"其实,主子还进食过一样东西!"之前那个给她在后厨当差的爹鸣冤的小姑娘冷不丁地喊了出来。

众人俱是一惊,数道目光都落在她身上。

"主子临睡前喝过一碗安神药!"

小丫鬟大声说:"当时大家都已经去外间准备当差了,我有个头花寻不着了,就想去里间找找,又怕惊扰了主子,就在门口悄悄探了个头——我看到刘大夫端了一碗药给主子!一边看着主子喝一边说什么'这个方子的安神效果特别好!'"

"大人!那碗药很可能是没有验过毒的!"

孟学然一惊:"刘大夫是什么人?"

小顺上前一步道:"刘大夫本是个行走江湖的郎中,但是医术十分过硬,干爹之前身体有些毛病,都在他手下治好了,故而干爹十分欣赏他,留他在府里一住就是两年。刘大夫虽然也服侍干爹,但仍然算是个客人,因此并没随着这些下人过来。"

孟学然一皱眉:"算不算下人和案子有什么关系?立刻叫他来!"

刘大夫住在佟府的客房里,应该也料到了自己很快就会被问讯,故而孟学然的指令没下达多久,他就匆匆赶来了。

"佟公公死前,是否喝了你的药?"

刘大夫一躬身:"回孟大人的话,是佟公公吩咐在下给他熬了安神药,在他睡前送去——在下熬的药绝无问题啊!"

"你撒谎!"小丫头尖叫起来,"我服侍主子快一年了,他睡眠一向很好,怎么会需要喝什么安神的汤药?何况你送个药为什么要遮遮掩掩,当时只是告诉我们是寻常的请脉——难道这药是什么见不得人的东西么?需要你把它小心翼翼地藏在药箱里带进去?"

她这么一喊,剩下几个也在当晚见到了刘大夫的丫鬟被带着纷纷怀疑了起来,数道刀子般的目光立刻落到了刘大夫身上。

孟学然、如柏和楚明轩互相交换了一下眼色,三人都从对方的眼中读出了不以为然。

这个小丫头想的还是太简单了,如果真像她说的那样,刘大夫凭空端出一碗药,人精一样的佟来福凭什么说喝就喝？

刘大夫在这一点上应该没有撒谎，那碗所谓的安神药应该确实是佟来福让他熬的。

"验过毒么？"

刘大夫冷汗直冒："那碗药是在下亲手所煎，佟公公一直信任在下，但是为防万一，也一样是验了毒的，只是除了在下外，就再没有第二个人可以作证了……但是，在下以性命担保，那碗药真的没有问题啊！"

他话音没落，底下的丫鬟们就炸开锅般地议论了起来。

"撒谎，一定是撒谎，主子哪里需要喝什么安神药？"

"就是，一定是这个狼心狗肺的野郎中毒死了主子……"

"行了。"楚明轩挥挥手，他音量不大，然而只要他一开口，屋子里就会立马安静下来。

他注意到，在所有下人都恨不得扒了刘大夫的皮时，小顺和蕊心却脸色惨白地站在一边，一直一言不发。

"都先押下去吧，隔到不同的房间里头，分开审。"楚明轩简短地交代完，"佟顺和蕊心先留在这儿。"

他看了一眼如柏，低声道："有什么想法么？"

如柏耸耸肩："叫人去验那个盛过中药的碗吧，看看能验出来什么。不过我的直觉是……很可能验出来会是没问题的。"

"要是那碗中药也没问题，那这事也太见鬼了。"孟学然看了一眼等在底下的那两个"活鬼"，小心翼翼地压低了声音不让他们听到。

"这个案子到现在为止，一切都太正常了，感觉就是佟来福正常地过了一天，然后'啪'——突然就在睡觉的时候中了不知道从哪来的邪毒，当场断气了。"

"我觉得可能是你'啪'地中了不知道从哪来的邪毒，当场脑子坏掉了。"

如柏非常冷酷无情地嘲讽了一下这个四肢发达的家伙，"你难道没有发现，佟公公死前发生的这一切，就没有一件事是正常的么？"

孟学然愣住了。

如柏和楚明轩对视一眼，二人用眼神飞快地交换了意见，迅速达成了一致。

楚明轩笑了一声："学然，我问你一个问题，你作为孟家四公子、大理寺少卿，也是京城少有的显贵之一了——我请问你，你吃饭的时候，一道菜一道菜地用银针试毒么？"

"不啊。"孟学然茫然地说，"那不是皇家防刺客才有的规矩吗？我干吗平白无故给自己添那么多的麻烦。"

如柏一动不动地看着他，良久，孟学然反应了过来。

"你是说……"

"对，正常情况下，你会每道菜都试毒么？连相交多年的朋友带来的糕点，都让身边的人先吃一口来测验有没有毒。"

楚明轩低声道，"我不知道你留没留心看过刚才那些小厮的手，他们虎口粗糙，显然是握惯了刀的……那根本不是寻常小厮，如果我没有猜错的话，应该都是便衣的侍卫。"

"佟来福在这一天里对每一个入口的东西都小心谨慎,一直让十来个有身手的侍卫守在离自己不远的地方,就好像……"

"就好像,他知道会有人来杀自己一样。"如柏接过话来,轻轻地说道。

她转向一直守在底下的两人,低声道:"我希望你们把你们知道的,通通都说出来。"

小顺和蕊心对视一眼,良久,小顺咬咬嘴唇:"……奴才们知道的,都已经说了。"

楚明轩看了眼他苍白的脸色,淡淡地开口:"你想清楚了再说。"

他的声音不大,却总像含着一口清冷的碎冰,小顺只觉得脊梁骨一阵发寒,忍不住打了个激灵。

"你的每一句话都可能对破案起到巨大的作用。"孟学然打量了一下小顺身上明显料子不便宜的衣服,"你干爹不管是个什么样的人,生前应该对你都还算不错吧?你不想给他报仇吗?"

小顺犹豫着,他脸色惨白,嘴唇几乎要被咬出血来。良久,他才仿佛终于下定了决心一般,小声道:"还请太子殿下和孟大人稍等片刻。"

他拿出一大串钥匙转身去了佟来福的寝室,片刻后,拿着一沓信走了出来。

"大概从出事的十天前开始,我干爹就开始收到这种莫名其妙的信。"

孟学然一沉吟:"也就是我们上次在杏花阁见过后的不久?"

"回孟大人的话,是。"小顺道,"这信……孟大人看了就知道了,很是……很是可怕,我干爹这十来天一直担惊受怕,没想到还是出事了。"

信一共有七封,孟学然展开信纸,如柏和楚明轩凑上来看,忍不住俱是一惊。

那信是标准的死亡威胁信。

信上的字迹歪歪扭扭,疑是凶手怕字迹被认出而用左手写的。

信中直指佟公公做出过的侵占民田、欺男霸女、导致多个家庭家破人亡的累累罪行,扬言如果佟来福不停止造孽并对之前的受害者进行赔偿的话,将很快就有生命危险。

随信附上的是各种田契、地契和账目,全是佟来福罪行的证据。

……怪不得小顺一开始不肯拿出来,凭着这些证据,这个大太监就算没有死于被人谋杀,法度也容不下他。

"这些信的事都有谁知道?"

"下人里只有我和小顺,旁人的话,可能刘大夫也算一个。"蕊心轻声道。

这就是为什么她和小顺在知道刘大夫给佟来福熬安神药时并不像其他下人那样惊讶……

他们知道佟来福的确有神思不安、难以入眠的原因。

"这些信多久来一封?你干爹对此又是什么态度?"

"一开始来得很勤,几乎每天一封,莫名其妙地就出现在门口,我们派人轮班当值过,躲在暗处不合眼地盯着,可是从来就没看到过送信人出现,那信总是凭空自己出现在门缝里。"

小顺说着，又打了个冷颤：

"干爹一开始不当回事，但是随即他的房间就出现各种各样的怪事——书房的地板上出现一地的鲜血和写了诅咒的木头碎片，卧房里只要入夜就听到瓦片一直响，像是有人在屋顶走动……我们都查了，没有人出现过，凶手好像会隐身一样……"

"干爹就有些害怕了，他开始照着信上说的给……那些人寄些钱款。之后信就来得少了，到后来隔了几天都没出现，我们以为凶手就要息事宁人了。哪知道昨天……昨天又来了一封，那信上说……"

如柏低头仔细阅读着这些信。

每一封都以极为客观的口吻陈述了一件佟来福所犯下的罪行，并根据这个罪行，要求老太监做出相应的补偿——

第一封和第二封都分别是老太监侵占城外农户田地的罪行，写信人要求他将强占来的农田还给原来的农户，并将这些年的收成折算成银子赔偿给他们。

第三封讲述的是老太监将一个有婚约在身的农村姑娘强占为自己婢女、还将对方寻上门来的未婚夫暴打一顿的罪行，写信人要求他将婢女还给那名小伙子，同时赔偿相应的医药钱，并送上一份彩礼为二人完婚。

第四封和第五封讲述的是老太监私自接受贿赂，结交外臣、使有才有识的寒士无法上位之罪，写信人要求他退还贿赂的银子并亲自为那些寒士做举荐。

第六封则是直接指证老太监和某地方官员勾结，利用自己在宫中的人脉，想办法拦住地方的灾情传入皇上的耳朵里，写信人要求他之后不得再隐瞒任何灾情，同时将一部分家财献出来赈灾。

这六封全都在清晰叙述罪行的同时附上了罪证。

而最后一封信并没有附带什么证据，只是讲了一件案子。

一个玉工的案子。

如柏想到那天佟公公要送给楚明轩的玉佩，瞳孔一阵紧缩。

那信上说，这玉佩本是玉工送给妻子的定情之物，是不出售的无价之宝。夫妻结婚后，妻子戴在身边养了多年，才把那一抹赭红养得鲜艳温润。

谁知道一朝不慎，阴差阳错地被佟公公看到了，佟公公立刻强取豪夺了过来。同时，他为了让这枚玉佩成为真正意义上的"绝品"，想办法逼死了玉工，杜绝了他在之后还能创作出类似作品的可能性。

在佟来福眼里，人命何其轻贱，远远比不上玉这样的死物。

这最后一封信上说，佟来福之前造的那些孽都是可以弥补的，被强占的田地房屋可以归还、被拆散的夫妻可以破镜重圆，然而此案却是无法修补的。

人死不能复生，故而只有他也一死，才能偿还上这笔孽债。

收到信的当晚，佟来福就被毒死在房中。

"干爹因此存了一百个小心谨慎，那日的晚膳每一样都是用银针试过毒的，我还亲自每一样都给他试了菜。"

"李公公带来的点心他也全让蕊心试了，奴才斗胆说一句……奴才不知道刘大夫的那碗药有没有问题，但是干爹小心到这个地步，如果不是确认了药中无毒的话，

— 51 —

应该不会贸然喝下去。"

"但是问题也只可能出在那碗药上了。"孟学然眉心紧锁，"害死佟来福的可是砒霜，吃下去直接要人命的，不是什么缓缓发作的慢性毒。如果真是晚膳或者李公公带来的点心里有毒，佟来福怎么可能一直生龙活虎地坚持到上床睡觉？"

"白日见鬼。"孟学然低声道，"这个案子的所有信息综合起来，就给我这么一个感觉——白日见鬼。"

没人进过书房，然而一地的鲜血和碎片；没人上过房顶，然而屋顶的瓦片被踩得直响；佟来福坐在自己的房间里，所有吃的东西都没问题，然而就是生生地被毒死了。

如果不是还有七封信略略地指明了一下因果，他们连佟来福为什么会死都毫无头绪。

如果不是白日见鬼，那就是冥冥世间有一只看不见的大手，操纵了这一切，杀害了佟公公。

"青天白日哪有鬼魂，就算有，那也是人在搞鬼。"

楚明轩清冷如碎冰的声音不紧不慢地响了起来：

"但是确实很奇怪，既然寄信的人打定主意要杀他，为什么还要寄来前六封信？这让我感觉寄信人在要弄佟来福，虽然明明抱定了主意要杀他，但还是要在他死前先让他恐慌一番。"

他看向如柏："你有什么想法么？"

如柏拿着那一沓信纸沉吟："现如今，证据只在这七封信上，我们带回去好好研究，看能不能扒出什么蛛丝马迹。"

她一边小心翼翼地把信叠起来收好，一边对楚明轩道："如果说有作案动机的话，这些信上的受害人，或者与受害人家属有关的人，都有很大的嫌疑。如果可能的话，叫人去查一下这信上提到的所有案子吧……尤其是第七封。"

"这封信的语气和之前比，有那么一点奇怪。"如柏轻声道。

"怎么说呢……或许是没有那么冷静和客观。前面六封都没有带太多的个人感情，就像你之前说的那样，可能是对佟来福的要弄。"

"但是凶手在写这一封的时候，似乎已经没法维持住之前那种局外人似的平静了，终于忍不住向佟来福宣泄了自己对他的杀意……我怀疑凶手和佟来福是有私仇的，而这私仇很可能就是和这个玉工有关。"

"还有那出现在地板上的碎片……包括佟公公屋顶上的瓦片，也都取个样本。"

如柏摇摇头："不过现在的线索真的太少了，玉工那件案子按照这信上写的日期，也早就是十几年前的事了……当年和他有旧交的人早就不知道现在散落在何地，我们这样查的话，可能很难有什么收获。"

她抬起头来看着楚明轩，眼睛亮晶晶的："我倒有个想法。"

她看了一眼小顺和蕊心。

"你们都觉得这座宅子闹鬼——对么？"如柏展颜一笑，"那么我们就在佟公公的寝室里住一晚好了，来探探这凶宅的底细。"

正常人听到这种想法，大概只会觉得可怜的沈如柏已经疯了。

住凶宅不算，还住在死者的房间里。

然而孟学然和楚明轩都不是能用正常人标准去衡量的奇男子。

孟学然作为武榜第一，在人世间已经找不到对手了，遇到鬼的话他非但不怕，反而很想一展身手，看看自己和鬼谁比较能打。

楚明轩就更不用说了，堂堂当朝太子爷，正统的真龙之子，普天底下的阳气几乎都被他占去了，从心理上就根本不把这种害人也就害个太监的小鬼放在心上。

三人一拍即合，当即就决定在佟来福这比东宫还华丽的府邸住一晚上。

三人抬腿正要离去，如柏突然想起来什么，在经过蕊心的时候，她低声说："你喜欢在这里的生活么？"

蕊心一愣："什么？"

"我是说……在宫里受苦，和给一个太监当侍妾，哪一个对你来说稍微好那么一点呢？"如柏的声音轻得像一股气流，"他要你去给他尝可能有毒的糕点的时候……你心里在想什么？"

蕊心脸色惨白，咬住嘴唇，飞快地低下头去，没有回答如柏。

然而如柏似乎也没有要她的回答，她毫不停留地转身离开，随着孟学然和楚明轩的身影消失在了门外。

佟来福的卧房富丽堂皇，然而三人一心只想查案，没人有心思睡觉，已经打定主意把这一宿生熬过去。

如柏其实并没有看上去的那么胆大，她敢想敢做只凭一腔破案的热情，真的待在这刚死过人的房子里，还是觉得有点儿瘆得慌。

为了转移一下注意力，她细细地观察着卧房里的陈设，老太监的床头有卷书，被她拿了起来随手翻着，不过由于心头那点上不去下不来的恐惧，纸页被她哗啦啦地翻来翻去，愣是一个字也没有看进去。

突然,只听"哗啦"一声响,如柏回头看去,却是楚明轩把佩剑从剑鞘里拔了出来。

太子爷面无表情地挨着如柏坐下,找了块绒布擦拭着佩剑。

他的气度实在是太不凡了,擦个剑也能擦出睥睨天下的气势,莫名其妙地就传递出了一种"神挡杀神,佛挡杀佛,区区小鬼,何足挂齿"的意思。

而且他坐得很近,一直冷若冰霜的太子殿下体温居然是灼热的,那种热度隔着薄薄一层空气被如柏感受到,仿佛那些阴寒的鬼气在一瞬间就都消散了……

如柏突然就不怕了。

她继续翻着手里的书,发现这是一本讲养生的,还讲得神神叨叨的,什么"魂入物中""以魂补魂",她翻了半天也没看明白是哪门子的玄学。

正在如柏打算再深入地研究一下时,房顶突然响了。

三个人同时屏住了呼吸。

房顶很轻地响着,声音并不大,然而在寂静的深夜里就显得格外明显。

一下一下,像是有个人在房顶很小心地、轻轻地迈着步子。

如柏哆嗦了一下,楚明轩一把抓起佩剑挡到了她的身前。

他和孟学然对视一眼,比了个噤声的手势,孟学然会意,无声无息地移动到窗边。

房顶的瓦片仍然在响着……

下一秒,孟学然的身影猛地破窗而出,整个人如一只凌空而起的巨鹰般直逼房顶,武榜第一、曾经的京城第一少年名捕果然轻功了得,只一个瞬息间便跃上了房顶。

如柏等待着房顶传来打斗声,然而……

没有。

孟学然除了在屋顶上着落时发出过一声很轻的声响后就再也没有出过声,整个黑夜一片寂静,不知道发生了什么。

然而那个脚步声,仍然在,轻轻地,一声一声地响着。

"小孟?小孟!"如柏试探性地叫了一声,声音控制不住地直打哆嗦。

楚明轩沉吟了一瞬,一把拉过如柏护在身后,他剑尖朝前,带着如柏一起越出窗子。

"发生什么事了?"

他们仰头看去,只见孟学然静静地站在房顶上,背对着他们,一言不发。

"没有人。"孟学然脸色惨白地回过头来,"房顶上什么都没有。"

"真的,什么都没有。"他低低地重复道。

如柏看着他苍白的脸,缓缓地,只觉得一股凉气直接蹿上了脊梁骨。

在凶宅的一夜就这样缓缓地过去了,孟学然回屋后就一句话都没有再说过。

如柏饶是破过很多案子,但头一回碰上这么玄乎闹鬼的事情,几乎被吓得有点儿蒙。

楚明轩找了床被子把她裹了起来,又亲力亲为地给她倒了杯热茶,然后按着剑站在床边,等着看还会不会有什么蹊跷的事发生。

然而再也没有。

那个脚步声响了半个时辰左右就停了,之后再也没有什么奇怪的事出现。

天很快就亮了。

楚明轩要上朝,孟学然要回大理寺报到,两人死活不同意把如柏一个人留在这座闹鬼的凶宅里。

最后楚明轩提议,让如柏跟着进宫——

"你那个朋友,南宫太医的孙女,叫什么来着?"楚明轩道,"你可以去太医院找她待着,等我和小孟把事情办完再来找你。"

吓得有点发蒙的如柏的确需要一个温柔的女孩子陪伴,于是如柏没什么异议,带着他们现在搜集到的线索就打算直接奔太医院。

然而当三个人正打算一起往宫里进发的时候,孟学然突然道:"我有点别的事要处理……你们先走吧。"

然后他不等如柏和楚明轩开口,就飞快地翻身上马,一骑绝尘而去,消失在二人的视野中。

如柏望着他的背影,摸不着头脑地摸了摸鼻子。

总觉得……哪里有点奇怪。

楚明轩赶着要回太子府更衣上朝,因此也快马加鞭地离开了,只剩如柏一个人坐在马车里慢悠悠地回城。

路上没有什么别的事情做,如柏便开始翻来覆去地研究那些他们已经收集到的线索。

她反反复复地把那七封信读了十几遍,依然没发现什么蹊跷。

直到最后一次读信时,她烦闷地把一沓信纸卷成一个纸筒在鼻尖上敲打……突然闻到一股若有若无的气味。

如柏猛地一惊,当下立即把信纸展开,凑到鼻端细细地闻。

一股极为浅淡的气息,说不上好闻或是不好闻,似乎带着草木的气息,还有一股略略的苦味。

如柏莫名地觉得这种气味有点熟悉,似乎在什么地方闻过,然而就是怎么都想不起来。

略带苦涩的草木气息……会不会是草药的味道?

她迟疑了片刻,一把抄起信纸,探出头去,对马车夫喊道:"请快一点……我去太医院有急事!"

"请问请问,南宫医女在吗?"

马车夫快马加鞭,两炷香的工夫,如柏的身影就出现在了太医院里。

按理说,如柏能和南宫晴交上朋友,也算是一桩奇闻怪谈了。

南宫姑娘出身医药世家,爷爷南宫复是太医院的三朝元老,名副其实的医药第一人。

她虽说是个姑娘家,然而受到家庭氛围的熏陶,一样具有一手好医术,于是闲来无事的时候也在太医院帮忙,给一些妃子公主们请请平安脉。

沈二娘天不怕地不怕,上可勇斗土匪,下可一个人干掉三盘红烧猪蹄,端的是大家闺秀的壳子,绿林好汉的里子。

然而南宫姑娘却是个货真价实的大家闺秀,由里到外都是个板正的小姐,对什么"三从四德"搞得门儿清,人生最大的理想,就是当个相夫教子、温婉贤惠的贤妻良母。

如柏没过多久,就在太医院里找到了"除了在医术上有一技之长外被女训女诫彻底腐蚀掉"的南宫晴姑娘。

南宫晴的五官都长得很小巧,眉色淡淡,一双大家闺秀标配的杏核眼,只是比寻常的再细长一些。

和如柏偏爱天水青这样的颜色不同,南宫晴的衣着服饰都很符合未出阁的世家女子的模样,此刻她穿着一袭鹅黄色齐胸襦裙,耳朵上坠着两枚莹润的珍珠耳坠,正在太医院里低头抄着药方子。

如柏以一种好兄弟般的态度大手大脚地拍了拍矜持的南宫姑娘的后背,把她吓了一大跳,在她即将发出尖叫前,如柏赶紧拉着她在一个没人处坐下来。

谨遵闺训的南宫姑娘此刻才来得及细细打量如柏,看着如柏跑得一头汗一脸灰,一个没忍住,又开启了老嬷嬷上身模式:

"你看看你,我都不想说……是不是又破案去了?是城东当铺里又失窃了个镯子还是城西又有个小贩的骡子走失了?我说如柏,那些自有官府的人去管,你一个未出阁的女子,怎么连仪容整洁、姿态端方都做不到?岂不闻'面一旦不修饰,则尘垢秽之'……"

如柏每次听她背《女训》《女诫》,一个头都瞬间变成三个大。此刻忙不迭地打断她:"南宫姐姐、南宫婆婆、南宫祖宗……我真的有正事问你!这与能不能抓出杀人凶手很有关系!"

南宫晴不爱抛头露面,绝不会亲身参与如柏的破案活动,不过对给朋友提供点场外援助倒是不介意。

听完如柏的来意后,她接过信纸凑到鼻端来闻了闻,只沉吟了片刻就微笑起来:"我不是带你认过这味草药吗?怎么,这么快就忘啦?"

如柏仍然不明就里地望着她:"啊?"

"椒目啊。"南宫晴把信纸卷成一个筒,敲敲如柏的头,"椒—目——治哮喘的椒目。"

电光石火间,如柏一个激灵。

椒目?

她上一次见到这个东西是在哪儿来着?

信息来得太过突然,如柏的脑子磕磕绊绊地打了个转,才惊恐万分地回忆了起来。

不是吧?!

柳……柳七复?

杏花阁的琴师柳七公子？

世上有哮喘的人很多，不能凭借这一点椒目的气味就判断柳七复是凶手。

然而这一条怀疑对象的道路被指明后，如柏就觉得自己的思路刹也刹不住地一路走了下去……她怔怔地看着那些信，忽然像想起了什么一般，飞快地从随身携带的袋子里掏出了那一堆在佟公公书房地板上出现的木头碎片。

她盯着它们翻来覆去地看了片刻，渐渐地，她发现这些碎片每一个都并非横平竖直的平板，而是带着微小的弧度，缝隙和缝隙之间的缺口还都对得上，似乎是同一个木制品上分裂出来的。

她一把抓回就要回去继续抄药方的南宫晴做自己的帮手："快！快和我一起，看能不能把它们拼起来……"

有心灵手巧的南宫晴做帮手，不到半个时辰，这些木片就被飞速地拼好了。

如柏望着这个被她们拼出来的东西，久久地，久久地回不过神来……

她们拼出来了一个木偶。

那个款式，那个造型——和如柏在柳七复书架上见到的小木偶们一模一样，一看就是出自同一个人之手。

盯着这个木偶失神了快一炷香的工夫后，如柏突然想起了什么。

孟学然……孟学然昨天那个状态……

如柏和孟学然从小一起长大，自认为还算了解他。

孟四少爷别的优点说不上，但起码能打能扛还是一定的，对于闹鬼这种事情，他纵然觉得不可思议，但也绝不会被吓得那么厉害。

所以他昨天在上过房顶后就沉默了一整晚……并不是因为害怕。

他真的在屋顶上什么都没有看见么？

如柏一个激灵，飞快地抓过南宫晴，简单地说了一句"见到太子殿下叫他去杏花阁"后，就不顾在她身后莫名其妙喊她的南宫晴，一路飞奔着出了门。

然而等楚明轩和如柏匆匆忙忙赶到杏花阁的时候，孟少爷已经快把柳七复的那个小院儿砸干净了。

"你以为你是谁？"孟学然一脚踢翻书架，几十个小木偶纷纷摔到地上，碰了个四分五裂，发出轰然的声响，"有什么事情……不能报给官府么？世间没有法度么？轮得着你为民除什么害？"

柳七复抱着他的琴沉默地倚在房门处，嘴唇苍白，一言不发。

"我以为你再怎么没用，起码长了个脑子……可现在发现我真是看错了！"

孟学然咬牙切齿，"你把那些证据交给官府……你不相信官府会秉公执法么？或者起码交给我们……你连我们这些……这些朋友，都不相信么？"

如柏一惊，她之前一直以为孟学然对柳七复是个绝不愿意"与之为伍"的状态，这是她第一次听到孟学然对二人关系的形容居然是……朋友。

有这样见面不动口就要动手的朋友么?!

她悄悄转头看向楚明轩的神色，发现楚明轩对此却并不惊讶，连抱着琴立在一边的柳七复本人,也并没露出什么惊异的神色。

……好吧,可能大家对"朋友"的理解都跟她不一样。

如柏重点很不对地想到。

还是楚明轩一句话把她的重点拽回了杀人案上,太子殿下维持着一贯的冷静,道:"学然兄先不要这么急,其中可能还有误会。"

"误会什么误会!"孟学然咬牙切齿地说,"我亲眼在屋顶上看到了木偶……你自己问这小子,我们误会他了么?"

楚明轩和如柏的目光一起落到柳七复身上。

"没有。"半晌后,柳七复低声地开了口,"信是我写的。"

"自从佟来福经常来杏花阁寻欢作乐,我的人就一直在试图灌醉他,从他那里搜来他造孽的证据。"

柳七复道:"那些威胁信,是我用偶人送过去的,我有很多设置好路线后就能走很远路程的木偶,用它们把信带过去,塞在门缝里,然后再悄悄返回来——木偶很小,守在门口的人离远了肯定看不到。"

"那些给佟来福造成恐慌的事件一样是用木偶达成的,屋顶上的那个很简单,放一群带'蜓翅'的木偶上去踩踏瓦片就可以了,书房那个也很简单,那个木偶带自爆功能,趁着没人从窗户投进书房后就自己炸开,腹腔里提前用气囊包好了一包鸡血,顺着爆炸很自然地就会溅得到处都是。"

"抱歉,其实不是不信任你们。"柳七复低声说,"但是我身无长物,又是个身子不中用的废人,有些事情只想自己完成。并不想……"

他抬起眼睛看向孟学然,坦然而轻声地说:"并不想什么都依靠你们。"

柳七复就这样平静而流畅地交代着自己的作案手法和作案动机,孟学然听完后站在原地,一句话也说不出来。

沉默良久,他才转身离开:"我这就去找我爹,这虽然是杀人,但毕竟算是为民除害,看看能不能从轻……"

"但是,"柳七复盯着孟学然的背影,一字一顿地说,"人不是我杀的。"

孟学然的身影猛地顿住了。

"我写了信去震慑那个老太监,但是没有杀他。"柳七复道。

孟学然的背影震动了一刻,然后问道:"你没有骗我们?"

柳七复轻声道:"我从不骗朋友。"

良久,孟学然才缓缓转过头来,如柏不可置信地揉揉眼睛,她几乎从向来不苟言笑的孟四公子脸上看到了一丝笑意。

当然孟学然随即就收敛了他这一丝珍稀的笑意——案子还没破,他高兴个大头鬼。

然而柳七复依然是个没什么本事的病秧子,而没有成为一个心狠手辣的杀人犯,这一点就足够孟四公子表面上不表现出来,但心里开心一整个月了。

心里舒畅的孟四公子几乎要从冷面罗刹转型成慈祥父母官,他心平气和地坐下来,愉快地招呼剩下的三位:"那我们就来继续讨论一下吧,那个救民于水火的杀人犯又是谁?"

剩下的三位:"……"

"想杀佟来福的人太多了。"楚明轩在桌边坐下,"但是就那天的情况来看,所有有可能作案的不过是那么一小群人而已。"他缓缓道,"李公公算一个,刘大夫算一个,还有就是他手下那帮下人……如果真是下人的话,蕊心和小顺这两个最得佟来福信任的人,下手的机会会比其他人都大很多。"

如柏沉吟片刻,道:"你们说,凶手知道那七封信的存在么?"

还没等孟学然和楚明轩开口,柳七复先惊讶道:"七封?"

所有人的目光都转向他。

"我只写了六封。"柳七复反应过来后,斩钉截铁道,"我只想用那些信吓唬住他,让他别再继续为非作歹,同时去补偿一下之前的受害者们。我看他确实按照我说的做了之后,就没有再写新的信——对,我肯定没有记错,只有六封。"

孟学然一愣,飞快地从如柏带来的包里把七封信全都掏了出来,他把它们在阳光下小心地展开,凑上去仔仔细细地看。

如柏和楚明轩一左一右,也跟着去观察。

"的确……"孟学然低声说,他虽然是武榜出身,但毕竟在大理寺供职了这么久,笔迹鉴定上也还算略通,"这第七封信的写信人和之前六封并不一样,虽然他竭尽全力地去模仿之前的信,撇折捺都尽量做到了形似,但是横和竖的起笔和之前的六封还是有一些不同……这差别太不容易发现了,我们之前看的时候,竟然都没有看出来。"

如柏面无表情地盯了信两秒,突然,她猛地想到了什么,飞快地转头去看楚明轩。

楚明轩和她迅速地交换了一个眼神——二人再次心有灵犀地想到了一起去!

"凶手应该是知道这些信存在的人。"如柏飞快地说,"他或许早就想杀佟来福,但又不敢案发后杀人偿命……是这六封信给了他一个机会,让他认为自己可以在杀人之后,顺水推舟地把杀人的罪名栽赃给写信的人——第七封是凶手本人写的!"

线索搜集到这里,众人之前被堵塞住的思路仿佛瞬间被通了开来。

"如果按照这个思路的话,嫌疑人的范围就大大缩小了。"

楚明轩随手从柳七复的桌上取了一杯冒着热气的香茶,啜了一口,"知道这封信的人,总共只有三个,蕊心、小顺,以及刘大夫——会是他们中的谁?"

如柏跟着他取过一杯茶润了润喉咙,带着清新香气的热茶在她的口腔里滚烫地打了个转,然而她的神色却很快又冷寂了下来:"可无论是谁……他们都没有下手的机会。"

"第七封信上的内容……是什么?玉工之死,对么?"

楚明轩道,"你之前说凶手很可能和玉工有关系时,我便已经着人重点调查了这第七封信的案子——但是这个案子没有在卷宗上登记过,应该是佟来福动用他的势力压了下来。也就是说,从官方渠道,是查不出这件事的。"

"凶手的作案手法怕是一时破解不出来了,我们现在最大的突破点便是看看这三个人里谁有作案动机。"

楚明轩将茶杯在桌上一顿："这样,我派人继续去查那个玉工生前的家庭组成和人脉关系,小孟去审那三个有犯案嫌疑的人,叫他们把自己从小到大的经历全说出来,看看和那个玉工有没有什么交集——一定要翻来覆去地问,叫他们把每个细节都讲清楚,就算他们会编造,我也不相信可以编得那么圆!"

楚明轩说着,就要和孟学然一起动身出发,如柏之前都是自己查案,从来没有遇上过这么指挥若定的头儿,一时间感到十分新鲜,此刻见他要走,连忙问:"那我呢?我负责做什么?"

楚明轩已经走到了门口,回头看她一眼。

"你从昨天晚上忙到现在,吃饭了吗?"太子殿下冷酷无情地说,"哪儿凉快去哪儿待着吧——七复,受累,在你这给她弄一口猪食吃。"

如柏:"……"

什么玩意!自己不是神探么!怎么莫名其妙就被罢免了?!

不过她一直忙到现在,脸色确实有点差,估计着太子殿下日常身边美女如云,见到她这种面有菜色的货色就觉得碍眼,如柏只好十分郁闷地坐在柳七复的茶室里,顺带着让自己休息休息。

柳七复很快就叫杏花阁的小厨房下了两碗鸡汤云吞面,自己和如柏一人一碗,相对而坐。

柳公子常年病快快的,一直对吃饭这件事没什么兴趣,此刻也没什么胃口,只是拿着筷子做个陪客人的样子。

如柏风卷残云地干掉了一大碗云吞面,抬头看到柳七复几乎没有动筷子,于是非常不见外地对柳七复说:"古诗云,'锄禾日当午,汗滴禾下土'……"

柳公子心领神会,立刻把自己这碗面推给她:"沈姑娘请。"

如柏非常满意地打算再吃一碗,然而她正要开吃,余光却扫到了柳七复空荡荡的白衣之下形销骨立的身形。

如柏立刻把碗推了回去:"你吃!一口都不许剩!"

柳七复莫名其妙地遭到了胁迫,只好用筷子尖挑了两根面条往嘴里送。

"好好吃饭才能长身体啊。"如柏非常慈爱地展现着自己母爱泛滥的内心,"你看看你这么瘦,不多吃怎么能身体好呢?要多补一补啊。"

她转头唤来门外的小厮:"叫你们小厨房再端两盘红烧猪蹄来,快去。"

柳七复:"……"

如柏在柳七复这里待了一天,对杏花阁主厨的手艺赞不绝口。

"清蒸鲈鱼的味道甚好,清蒸最能见出厨子的功夫,连太子府蒸出来的鱼都没有这里的味道悠长。"如柏心满意足道,"柳公子不介意我时常来叨扰吧?"

柳七复:"……很是欢迎。"

他俩休整到傍晚时分,楚明轩和孟学然就前后脚地回来了。

孟学然进门就看到柳七复这个病鬼在如柏手里混了一天,居然混得白无常一样的脸上有了点血色,忍不住十分惊奇,对如柏无声地传达了一个表示佩服的眼神。

楚明轩则冷眼观察了一下如柏脸上大写的"吃得心满意足"后，也对柳七复无声地传达了一个表示赞扬的眼神，示意他——"猪养得很成功"。

如柏："……"

楚明轩身上永远带着比别人冷淡一个层级的气场，尽管也想着尽快破案，但他还是不紧不慢地在进门后先喝了一盏茶，才慢慢道：

"我的人查完了。那个玉工生前痴迷于技艺，一门心思只在雕刻上，不怎么看重人情往来，故而没什么走得近的亲戚，更没什么朋友。他和妻子成婚多年，十分恩爱，膝下育有一个独子。他被佟来福逼死后，他妻子承受不住打击，没过多久就病逝了……夫妻两人过世的时候，孩子还小，但也有七八岁了。"

"出事之后，这个孩子无依无靠，谁也不知道他去了哪儿，可能是沦落街头，也有可能是不知道死在了哪个没人知道的角落里。"楚明轩低声说。

孟学然沉默片刻，接过他的话。

"那三个人我来来回回地审过了。刘大夫的身份很清楚，是出生在朱州那边的一个普通家庭，父亲和爷爷都是郎中，他自己继承了长辈们的医术后，一路从那边游历过来，我问过他朱州的很多风土人情以及一路上的所见所闻，他都答得很是自然真实，不像是假的。"

"蕊心的身份其实是最清楚的……她曾经在宫里做事，宫里不会收身份来历都不明的人，会查得很仔细，她一个无钱无势又没有凭仗依靠的弱女子，很难在自己的身份上造假。"

孟学然道："她爹曾经是个很小的地方官，但在她入宫不久后就病死了，所以她在宫里无依无靠，不得已只好依附于佟来福……我没有审她太长时间，宫里查她出身查得会比我们深得多，所以我直接叫人去宫里找认识她的姑姑调了档案——档案里的内容和她的供词都对得上，没看出她有认识那个玉工的可能。"

"最后是小顺……"

所有人的呼吸都轻轻地提了起来，这是最后一个嫌疑人了，如果这个人仍然和玉工没有瓜葛的话，那么这条线索就怕是又要断了。

所幸，并不是。

"小顺说他自己是个孤儿，从记事起就流落街头，不知道自己爹娘是谁，后来跟了佟来福，就认佟来福这么一个干爹了。"孟学然沉声道，"那小子很扎手，流落街头前的事情一概推说忘了、不记得、没印象……"

"我就猜，会不会真的那么巧……小顺就是当年那个玉工的孩子？"

这已经是小顺第三次受审了，这一次，如柏、楚明轩和孟学然一起坐在他的对面。

小顺站在一旁，恭恭敬敬地弯着腰，然而语气却是冰冷的。

"那第七封信的内容，干爹也给我看过。"他说，"我并不知道什么玉工的事情……孟大人，我曾经是个流落街头的孤儿，这不假，但这并不意味着我就和那个我从没听说过的玉工有什么联系吧？"

就在小顺不见棺材不落泪地陪着三个人死命耗时间的时候，另外有人沉不住气了。

孟学然的手下在门口道："大人，佟公公的贴身侍女……那个叫蕊心的前来认罪，她说是她杀了佟来福。"

如柏、楚明轩、孟学然俱是一愣。

小顺闻言，身体猛地一抖，如柏清晰地看到，一抹极其愤怒而哀伤的神色从这个少年的眼底划过，虽然很快就被他遮掩了下去，不过如柏确信，那一瞬间，小顺应当是在"哀其不幸，怒其不争"。

蕊心和小顺又是什么关系……是不是她认为小顺一直被他们扣在这里，是已经东窗事发了？

所以她要来给小顺顶这个包？

蕊心恭敬地叩头行礼，之前那个吓到不停哭泣的女子似乎不见了，现在的她脸上只有令人心惊的决绝。

"诸位大人破案到这个地步，应该一直解决不了一个问题——那便是佟来福究竟是如何被毒死的。"

蕊心平静道，"不知诸位大人可否想到，那毒不一定是前一夜下的，也有可能是凶手装成发现尸体的人，在进入房间后趁他熟睡，趁机把毒强塞进他口中……发现尸体的人是我，我是唯一一个有机会犯案的人。而事实上，也正是我杀死了佟来福。"

"我清白人家出身，委身给一个太监，着实生不如死，且佟来福喜怒无常，经常打骂折磨，我实在无法忍受，便在心中起了杀心。"

"至于小顺……"蕊心的唇角突然含了一抹极淡的微笑,"小顺是个好人,我在佟府这些年生不如死,若不是小顺时时给予宽解和照拂,让我生活里有些温暖,恐怕早已自尽。这样好的人,不会是大人们要找的凶手。"

小顺震了一震,良久,突然看着蕊心缓缓冷笑了起来。

"我一直怕你犯傻,结果你还真的就怕我不知道你傻。"小顺冷冷道,"我对你并没有什么特殊照顾,恐怕是你自己多心了,你也犯不上在这种时候报恩。"

"你以为座上的是谁?当朝太子、大理寺少卿,还有号称'线索即如针藏海,沈家有女使海枯'的沈家二小姐,他们是那么好骗的么?"

"你说你在凌晨才趁佟来福熟睡时毒死了他,然后伪装成发现尸体的样子唤我们进去——"

"这前前后后半炷香的工夫都不到,佟来福的身体怎么会已经发冷发僵了?你当朝廷的仵作都是吃干饭的么?"

蕊心当下立即脸色惨白,呼吸急促了起来。

"小顺……"

"犯不上牵扯别人。"小顺打断她,这个一直低眉顺眼的少年突然狂了起来,他甚至不再自称奴才,而是挑衅地望向三人。

"就算能证明我就是那个玉工的儿子又怎么样?又有什么证据说是我杀了人?你们到现在为止还是解决不掉那个问题——佟来福那天吃的东西可是全无问题的,谁能毒死他?"

小顺低低地笑了起来:"所以是报应啊……为恶多年,上天自会降下报应!"

如柏和楚明轩、孟学然惊讶地互相交换了个眼神。

小顺这是沉不住气了。

或许他本就不甘心让那个太监无声无息地死去,他想让曾经的一切被揭露出来,更想让地下的爹娘明明白白地看到自己为他们报了仇。

他刚刚的这一番话几乎是默认了自己是曾经的玉工之子,佟来福的死让他觉得大快人心。

然而三人偏偏无法据此定他的罪……因为小顺说得对,佟来福吃的东西都没有问题,没人能毒死他。

"我现在就只能想到两种可能性……"孟学然低声道,"要么就是这整个佟府的人都被小顺收买了,之前告诉我们的全是假的;要么就是老太监自己活腻了,偷偷藏了包砒霜,趁没人瞧见的时候一口闷了,去阎王那里检讨自己这辈子的罪行去了。"

这两种可能性,无论哪种都很荒唐。

"应该是佟来福死前吃过什么我们不知道的东西。"楚明轩低声道,"但是也不应该……他知道有人要杀自己,不会去吃任何可疑的食物。"

"那么会不会存在着这样一种食物,佟来福之前每天都吃,这个食物一直在他眼皮底下,所以他不会怀疑上面有毒……不对,食物都是会消耗会腐败的,怎么会一直能放在身边?"

如柏喃喃自语道,"那么,不消耗、不腐败……或许他根本就不吃下去?"

蓦地,她的脑海中闪过一道灵光,震得她一个激灵,当初在佟来福床头草草翻过的书猛地映入了她的脑海——

那个老太监一直在修身养性,没准还妄想过长生不老,那么在这种邪门的玄学养生里,会不会有什么丹药是含着的?

不,也不是丹药,总之是一种持久的东西……

她猛地一抖,抬头大声问:"那块玉佩呢?"

小顺的脸色猛地变了。

"搜!"孟学然对手下道,"掘地三尺,也要把那块玉佩找出来!"

几乎还不到一个时辰,就有手下匆匆地返了回来。

他们一直旁听,知道先往哪里去找。

"在这小子的房间里有个暗柜。"手下一指小顺,"我们强行把那个暗柜撬开后,从他柜子里找到了这个东西。"

青玉为底,幽深莹润的绿色之中,漾着小小一点赭红,万分醒目。

小顺仿佛耗尽了所有的力气一般闭上眼睛,长长地叹了一口气。

"爹……"他轻声说。

"你是……杀害佟来福的凶手么?"

小顺沉默地跪在地上,孟学然手下的两个黑衣侍卫一左一右地押着他。

"他是杀我亲爹的凶手。"良久,小顺沙哑地开口。

他依然是个眉目端正、面容极其漂亮的少年郎,然而那眉宇之间染了太多多年来沉淀得愈发深厚的仇恨,看上去就像蒙了一层不散的阴影。

他看着那枚玉佩,良久都一言不发,眉眼间雾霭沉沉,像是隔着无尽岁月的、已经蒙了灰的往事都在这一刻重新涌入了他的脑海。

那是极小极小的一枚玉佩,青色的玉雕成的树干上,一朵赭红的蔷薇肆意盛放,殷红宛如含血。

"我娘生前一直戴着它,玉石本身是没有灵性的,要贴着人的肌肤被养很多年,才能通人性。"小顺低低地说,"你们看那抹红色——成色多么好,仿佛在流动一样。我娘养了那么多年,才养成这样。"

"祸事降到我家那年我才八岁,什么都不懂、什么忙都帮不上,那个老不死的把玉佩抢走之后,就一把火烧了我爹的铺子……"

"房子倒了,玉器都摔碎了,我爹欠了一身的债,走投无路去求他,他不但不给钱,还叫人把我爹暴打一顿……"

"我爹被打得太狠了,又兼着心气郁结,很快就死了。我娘身体本来就不好,很快就跟着去了。我家人丁不旺,没什么走得近的亲戚,我就此流落到街头,靠讨饭为生,过了两年。苍天可怜我,叫我能遇到那个杀千刀的仇人。"

小顺舔了一下牙齿:"他在街头看到我,觉得我面相不错,是个有福的人……当然有福!不过这福早被他毁干净了!"

"我等了很多年,一方面是因为这个老太监自己也知道造孽太多,怕遭仇人暗算,行事很小心,不轻易露出破绽。另一方面是我太怯懦,总是事到临头又惧怕着承担杀人的罪行……我就这样在痛苦中过了四五年,老太监也越来越信任我……然后我看到了这些信,我知道机会来了。"

"我多希望写信的人能帮我杀了这个老不死的……然而他没有,不过也没关系,我想我可以自己干,然后栽赃给他。"

小顺闭上眼,露出一个微笑:"虽然没有成功,但他毕竟死了。我亲手给我家报了仇,下去见我爹娘,也总算有个交代。"

"你是怎么想到把砒霜涂在那块玉上的?"

小顺轻轻闭上眼,笑得更加肆意。

他轻声说:"可能一切都是因果报应吧。"

"老家伙认为那块玉被我娘养了那么多年,集了人的精魂。他现在老了,总妄想着能延年益寿,恨不得长生不老……我不知道他从哪听来的理论,认为可以以魂补魂,所以每晚睡前都含着这块玉佩——这事只有我知道,多么可笑,偏偏只有我这个对此最感到恶心的人知道。"

"玉不是食物,没有办法验毒,砒霜涂在上面,不会扩散开来。就算老家伙不放心,我把银针贴上去查验,只要不贴到刚好有毒的地方,就不会被发觉。那一整块玉佩上,只有蔷薇花的花心被我撒了砒霜的粉末——毒死一个人的话,这个分量已经够用了。"

如柏沉默片刻,看向小顺:"本来你作为伺候佟来福起夜的人,打算凌晨再把玉取回来……只是那一夜刚好有喝醉的小厮缠住了你,让你脱不开身,进去的蕊心其实发现了那块玉,但是……她选择了替你瞒下来。"

蕊心苍白着面孔一言不发,小顺看了她一眼,疲惫地笑笑:"人是我杀的,所有的坏事都是我干的,就不要再牵涉旁人了。"

"我初心只想为父母报仇,然而仍然存了一丝想要苟且偷生的怯懦,不敢一命偿一命地手刃仇人,便想了这么一个办法,还试图嫁祸给无辜的写信之人——"

"我虽不知写信人是谁,但他能为民出发,威慑暴权,自当是个侠义之士,这样的君子却被我为报私仇而诬陷,我也实在罪该万死。"

小顺恭恭敬敬地叩头:"如今东窗事发,然而能报家仇,乃是毕生之幸,故而我也并不后悔。杀人偿命,我心甘情愿伏诛,还请太子殿下赐罪。"

"小顺……"沉默良久,楚明轩突然问,"你其实是可以不写最后一封信的……对么?"

小顺抬起头来怔怔地望着他。

"你完全可以在佟来福收到第六封信的时候就杀掉他,或者即便你想写第七封信,也可以写一个你知道的他犯下的别的罪行,而不必写那件案子。"楚明轩平静地说道,"这样我们就没有关于你身份的线索了,你完全可以隐藏得更深。"

小顺呆呆地怔了片刻,随即轻轻地笑了,稀薄的阳光下,这个少年的脸素白得像一张纸:"太子殿下说得对……如果不写那封信的话,可能最终我也不会被查出来。"

"但是那样的话……佟来福也不会知道他是为何而死,世人也不会知道他为何被杀……"他轻声道,"虽然我理智上一直想要栽赃那个写信人……但或许内心深处,我仍然希望世人知道,我父母是因何而死,我又是如何给他们报了仇。这样即使去了阴曹地府,我也有面目去见我的爹娘。"

"你为父母报仇之心可以理解,然而你应该明白,这世间自有法度。我明白佟来福仗势欺人一手遮天,让你觉得这个世界上没有公义可言,只能靠自己的力量去手刃仇人——但其实不是的。"

至尊无匹的太子殿下突然走到了小顺的身边,低下头去,叫这个年幼时便成了孤儿的少年看着自己的眼睛,一字一顿地说:

"你要相信这个世界仍然是一个存在公平正义的世界,我们……"他伸手一点孟学然和如柏,"都还在为找到真相,还这个世界一个公正而努力着。"

一直冰冷到几乎不食人间烟火的太子殿下轻轻地把手放到了少年的头顶:"我要对你说声抱歉——有佟来福这样的人对百姓作威作福,我作为楚氏却没有尽早发现,让你这么多年都在仇恨里折磨着自己,甚至不相信法度会为你伸张正义——抱歉。"

小顺终于轻轻地一垂眼,一颗巨大的眼泪从他的眼角滚了出来。

"你终究杀了人、犯了法,然而念在你是出于为父母报仇,年龄又小,况且也算为民除了一害,我会通知审案人员,争取对你从轻发落。"

楚明轩最后看了一眼这个少年,他直起身来,然后转身离去,在他离开小顺的同一刻,他轻声说:"我明白年少时失去至亲的痛苦……我明白的,然而我们还是要在这个世间艰难地前行,去寻找正确的、解决问题的方法。"

如柏看着楚明轩迎着门外盛大的阳光走了出去,在他身后,小顺长久地拜倒行礼。

孟学然留下打理之后的事宜,如柏和楚明轩共乘一车,一起向城内进发。

楚明轩一直默不作声地靠在车壁上,如柏看了他一眼,忍不住问:"你在想什么?"

楚明轩良久都没有回答她,最后只简短地答了四个字:"过去的事。"

如柏没吭声,她突然想起楚明轩对小顺说的"我明白年少时失去至亲的痛苦"……

如柏猛然回忆起,楚明轩的母妃似乎也是在他年少的时候就去世了。

当年那个失去母亲的少年,又是经历了什么,最终成长为冷静睿智的储君?

就在如柏思绪起伏之际,楚明轩突然再度开口:"其实还有另一件事。"

如柏望向他。

"之前孟学然查那三个人身份来历的时候说过的话提醒了我。"楚明轩缓缓道,"他说他没有太仔细地查蕊心,是因为宫里不会收来历不明的人,只会查得比我们更细——他说得很对。"

他的眼睛漆黑如夜色下的湖面,幽深地看向如柏:"你有没有想起什么?"

如柏和他对视片刻,渐渐明白过来。

"你是说……我们之前破的那个案子?"她失声道,"皇子们被投毒的那一个案子里……"

"对,宋姑姑!"楚明轩道,"我刚刚在想,她一个无依无靠的亡国之女,在京城没有半分根基势力可言,是怎么做到成功地给自己做了一个极难被识破的假身份然后顺利入宫的?"

"这后面……可能有人在帮她。"

如柏打了个激灵。

"有时间的话,或许仍然有一些细节值得我们深究。"

楚明轩道:"不过宋姑姑已然藏得很深了,作为一个一心复仇的亡国遗孤,居然在我曾祖母宫里待了这么多年。她背后的人……恐怕只会藏得更深。何况宋姑姑现在已经死了,所有的线索都断了,我们只怕很难再往深处查了。"

如柏默默叹了口气,浑身无力地靠在了椅背上,只觉得自己脑子里除了案子就是案子,还一桩赛一桩的沉重,几乎都要影响到她之后好好品尝美食的兴致。

楚明轩似乎看出了她的低落,矜持的太子殿下没有表示什么,只是漫不经心地望着窗外,低声道:

"一年一度的灯会就要到了啊!"

灯会?如柏被案子忙得晕头转向,她掰了掰手指算了算日子,发现确实又到了京城年轻公子小姐们最喜欢的日子。

在本朝风俗里,春日有踏青,夏末有灯会,都是公子小姐们结伴出行、传出种种风流韵事的好时机。

与别的节日都不同的一点是,所有上街游玩的人都必须盛装打扮,以面具覆脸。

青年男女间若是攀谈两句后互生好感,便可以相约到无人之处,摘了面具,彼此认识。

如柏坐在车厢的一边,仔细地打量了一下太子殿下不食人间烟火的侧脸,认为他也实在不像会跑到灯会上搭讪小姑娘的样子,于是很疑惑他为什么会提起这事:"是啊……但是和你有什么关系?"

楚明轩淡淡应道:"我不知道父皇是哪根筋搭错了——上次请安的时候嘱咐我们几个皇族子弟也去参加一下,说是与民同乐。"

楚明轩有点头疼地按了按他仿若刀裁般的鬓角:

"我从小到大长在宫里,几乎没有见过这种场面,我印象里人多的场景,只有……祭祖大典。"

他转头问如柏:"灯会上大家一般都做什么?"

其实如柏自己也没去过几次，不过难得有楚明轩不了解而自己还有点儿了解的事……

沈二小姐立刻正襟危坐起来，一副不吝赐教的样子，道："灯会是青年男女结交的地方，大家可以一起看花灯、吃点心，而且每个人都要准备一个礼物，送给当晚和自己共度时间最久的伙伴。"

楚明轩微微皱眉："你去过几次灯会？"

"两次吧……"

"都把礼物送给过谁？"

不知道怎么的，如柏感觉太子爷脸色不太好看，她老老实实地回答道："没送过。"

"为什么？"

"一次去了半个时辰就走了，另一次因为光顾着吃东西，并没有结交任何人……"

楚明轩的脸色明显缓和下来，如柏不明白他情绪起落的原因，只是自顾自说下去："不一定非要准备什么，到时候身上有什么小物品，赠送一下做个纪念就好——对，我看你腰上老挂着一管箫，你会吹吗？"

楚明轩沉默地看着她……

当今太子"月夜一箫吹断雪"的名声几乎全京城的人都知道，结果这位沈小姐不知道是生活得过于与世隔绝，还是对消息的接收太有选择性——她居然不知道。

"吹一个听听呗！"如柏说。

楚明轩满脸无奈……她当堂堂太子殿下是卖艺的吗？

事实上楚明轩也几乎从不当着任何人的面表演，他只是会在月光明朗的夜晚坐上东宫的屋脊，在月光下吹上一曲，宫人们只能远远地听到他的箫声。有一次天下大雪，楚明轩披着雪白的大氅在屋顶吹箫，宫人们都在底下屏息听着，渐渐地雪停了，就仿佛老天爷也在凝神听箫、忘了降雪一般。于是这月夜一箫吹断雪的盛名一传十、十传百地散布开来。

之前有无数类似丹阳郡主那样的女孩软磨硬泡地想听楚明轩吹箫，楚明轩从未答应过。

楚明轩刚要拒绝她，就听到小姑娘说："认识你这么久了，都还一次没听过呢。"

那声音听上去有点可怜巴巴，楚明轩犹豫了一下，把箫从腰上系着的锦带里抽了出来。

"每次见到你，你都带着它，是从不离身吗？"如柏看到那管白玉一样的箫，随口问。

"对，和我的佩剑一起。"楚明轩笑了一下，他笑意很浅，像是层层冰封下的湖面荡起了很小的一丝涟漪，"一箫一剑走天涯。"

如柏抱起手臂："喂，难道你也是那种'只恨生在帝王家'、一心只向往自由的悲情种子？这故事可太老了啊。"

楚明轩摇了摇头。

"你不渴望自由吗？"如柏有点失望地问。

"渴望……"

楚明轩透过马车的车窗望向外面的天地，彼时天色已近黄昏，夕阳将巨大的影子投向远处古老的城墙,映得这江山一片温暖的绒红。

"但是我有我的责任,我有我要去实现的心愿。"

如柏把询问的目光投向他:"什么心愿?"

楚明轩微微弯了一下嘴角,低头擦了擦箫管:"真的要说吗?那可能是个更老的故事。"

窗外暖红色的光芒漫到他的眼睛里,让一向清冷的他看上去莫名地多了一丝温暖的感觉。

夕阳西下里,楚明轩低声说:"国泰民安,百姓安居乐业。"

如柏沉默了下来。

楚明轩把箫举到了唇边。

在无边的风声里,在城外的小贩们收摊回家时遥远的吆喝声里,楚明轩的箫声响了起来。

如柏很难形容那箫声给她的感觉。

有一点清冷,有一点寂寞,有一点孤傲。

就像楚明轩展现给大家的样子。

然而那箫声并不是冷寂到底的,它尾音呜咽含混,像是藏了很多很多博大的温柔。

如果楚明轩在灯会上对见到的女孩吹一下他的箫的话……他根本就不用学任何搭讪的技巧。

没有任何女孩会拒绝这样的箫声,以及能吹出这样箫声的男人吧?

如柏欣慰地叹了口气……随即心里便涌上了一点酸楚。

她也不知道为什么,但是一想到楚明轩对着一个美丽的女孩拿出他的箫……她的心似乎就有某个地方抽痛了一下,然后泛出酸涩的汁液来。

这是什么道理?如柏很疑惑地想。

一曲终了,如柏呆呆地没吭声。

楚明轩把箫收回锦袋里,伸出手在她眼前晃了晃:"你在想什么?"

他们已经到了距离沈府不远的地方,如柏已经该下车了。

她捧着脸默默地思索了片刻。

她在想,如果楚明轩真的需要一个太子妃的话……那应该是个什么样的姑娘?

美貌的、温婉的、贤淑的、精通琴棋书画的……

反正不是自己这个样子的。

有那么一瞬间如柏想——如果我是南宫晴就好了。

然而她并不打算把自己的这些想法讲给楚明轩听,只是非常夸张地给楚明轩补了一个热烈的鼓掌,然后热情而由衷地夸奖了他:

"吹得好,以后等你娶了太子妃,可一定要多吹给她听啊!"

说完如柏就仓惶地逃下了车,当然,有出息的沈二小姐输人不输阵,依旧走得欢天喜地气势磅礴。

楚明轩放下车窗的帘子,最后看了一眼那个雄赳赳气昂昂的背影,弯弯嘴角,轻轻地笑了一下。

"她应该已经听到了。"他在心里安静地对如柏做出了回答。

如柏回到沈府时，已近黄昏，她刚一踏进府门，就有下人提醒她："二小姐可回来啦，有你的信。"

如柏疑惑地接过信封，只见上面写了大大的三个字——挑战书。

这封信如八股文一般清晰明了——简而言之，就是来信的人说自己听闻过沈如柏神探的名头，但非常不服气，希望和她进行一番推理上的比试。约她七月十五，也就是灯会那天，在十一街尽头的石狮子旁相见，一较高下。

一看就是小孩子写的，这封信的纸竟然是从私塾的作业里撕下来的，有半页还抄着《论语》。

"随他去吧。"如柏心情疲惫地挥挥手，打了个哈欠，"我去灯会上还有别的事要干呢，谁有心情理他这档子事？让他自己等着去吧。"

几日之后，便到了七月十五，京城最盛大的灯会就要在傍晚时分开始。

白天的时间里，如柏上街给自己和南宫晴订了两副一模一样的面具，全都是木质的，又轻又薄，外面以白漆相覆，由手艺极巧的艺人用墨笔细细勾勒了栩栩如生的眉眼，两道卧蚕眉间，还用朱笔点了一朵嫣红的梅花。

取面具的时候，如柏又看到隔壁裁缝店新上的一批披纱颇为好看，忍不住又进去给自己和南宫晴一人买了一件。

裁缝店的老板认识她，当即拿了一件天水青的给她——但凡对沈二小姐有点了解的人，都知道她对别的颜色一概没什么感觉，只偏爱一身天水青。

如柏另给南宫晴挑了一件茱萸粉的，和裁缝店的老板稍稍叙了叙闲话之后，便拎着大包小包赶往了南宫晴府上。

南宫小姐一直对去灯会这件事提不起兴趣，懒洋洋地跟着如柏一起梳妆打扮——她们一起梳了当今仕女小姐间最流行的灵蛇发髻，一起穿了当今仕女小姐间最流行的月白襦裙。

"我们两个这样戴上面具出门，别人说不定会以为我们是一对双胞胎。"南宫晴看了眼铜镜，低声咕哝道。

"披纱一披，我们不就有区别了？"

如柏把茱萸粉的递给她，自己披上了天水青的那件，打量着南宫晴：

"唉，茱萸粉这样的颜色确实是你这样有大家闺秀气质的人才能衬得起来，别人一穿都显得俗气。"

南宫晴瞪她一眼："那你是什么？田间老农吗？"

两人收拾完毕，斗着嘴出了南宫府，一起直奔十一街而去。

她们都没有注意到，就在二人身后不远处的一处民居，两个人无声无息地倒挂在屋檐之下。

他们沉默地目送着两个小姑娘渐行渐远，直到消失不见。随后，一个人压低声音对另一个道："传出去……穿青色衣服的是沈如柏。"

南宫府离十一街有很长的一段路,如柏和南宫晴并肩走着,经过一个转角时,南宫晴没注意,衣风一带,腰上的一个硬物就磕到了转角的石壁上,发出轻轻一声脆响。

南宫晴心疼得倒吸了一口冷气,如柏顺着她的目光望去,眼尖地发现了不对劲儿,整个人立刻亢奋了起来。

"你你你你你……"如柏惊讶地问,"怎么带了一把折扇?这不是公子少爷们才用的吗?你们这些闺阁里的世家小姐们不是向来都用团扇的吗?"

见南宫晴不说话,如柏越发兴致勃勃起来:

"我知道了我知道了!这别是哪家公子给你的定情信物吧?……"

南宫晴立刻面色绯红地打如柏的手:"说什么混账话呢?这扇子是我爷爷的,他那天去给韩王的长子,也就是世子殿下请平安脉,世子殿下满意他的医术,就给他题了一幅扇面。"

眼见如柏一脸不明所以,南宫晴的脸更红了:"京城四大公子,你知不知道是谁?"

如柏老老实实地说:"我只知道京城八大菜馆。"

南宫晴:"……"

她叹了口气,给如柏普及知识:

"太子殿下的箫、孟四公子的刀、柳七公子的琴、韩王世子的墨宝——这便是世家小姐们暗中品评的京城最为出色的四个男子,和他们最为出色的东西了。"

如柏听后,第一反应是——原来那些看着端庄高洁的闺秀们私下里叽叽喳喳,是在品评这种东西。

第二反应是——楚明轩的箫原来这么有名?看来以后应该多叫太子殿下吹几首听听!

南宫晴不知道如柏的心理活动,只是自顾自地说下去:"……这韩王世子名叫楚翎风,一手书法冠绝无双,我爷爷又最偏疼我,所以……"

"行啦行啦,你要是自己不想要,你爷爷还会硬塞给你不成?"如柏十分实诚地戳穿了她，"分明是你自己倾慕世子殿下的盛名……你见过他么？"

"没有，人家是尊贵的世子殿下，哪里是能随随便便见到的。"南宫晴仍在努力辩解，"何况我只是喜欢他的书法……"

如柏把她的话当耳旁风，兴奋地抓着南宫晴的袖子摇了摇：

"哎呀，你别说，这个楚翎风我虽然没见过，但是也有耳闻，见过他的人都说他是真的温润如玉，可谓'陌上人如玉，君子世无双'……"

"唉，都是姓楚的，人家韩王世子就是'如玉'，楚明轩就是一个大冰坨子……说起来也不知道能不能遇到这位韩王世子殿下。"

如柏一边走一边对南宫晴说。

南宫晴满脑子都是怎么赶紧把如柏敷衍好，让她允许自己赶紧回家。闻言只道："见着见不着又能怎么样，大街上的，难不成世子殿下还会随意和陌生女子攀谈么？"

如柏正要说什么，突然，一阵马嘶声在她身后不远处响起。

二人一起回过头去，一辆马车无声无息地在她俩身旁停下，赶车人勒住马后，伸手掀开自己脸上的面具，一张霜雪般清冷的面孔露了出来。

如柏结巴了一下："太……太子殿下……"

……可见"说曹操曹操到"是有一定道理的，她刚背后诋毁了楚明轩，这块大冰坨子就真的现身了。

南宫晴望了一眼楚明轩，她在宫中给妃子公主们请脉时，曾经因缘际会地远远见过太子一面，只是离得甚远，其实只看到了一个模糊的影子。

如今近距离地看到楚明轩，她发现太子殿下剑眉星目，果然不愧"月夜一箫吹断雪"的盛名，浑身上下仿佛聚满了冷月霜华，端的是气质如冰似雪一般的清冷。

她忙施礼："臣女南宫晴，见过……"

"南宫姑娘不必多礼。"

楚明轩挥手打断了她，他今天一身普通公子的打扮，只是言行举止间仍然可见天家的高贵风范：

"我今天微服出门，为的就是不要声张。起码今天晚上，不必把我当作太子。"

南宫晴微微点头，随后在莫名微妙的气氛里敏感地察觉到了点什么，立刻转头对如柏说："你……我……要不，我先走了吧？"

她一直深居简出，对外面的消息不太灵通，然而近几日也阴差阳错地听闻了一点如柏和太子的事——人们都传言，她这个好朋友不日或许会贵为太子妃。

如此一来的话，太子和如柏同时出现在这里，南宫晴自认为应该要退避三舍。

如柏费心费力地要把南宫晴拉来和自己一起看灯会，实际上也只不过是找个由头，想来碰碰运气，看看能不能和太子殿下一起赏个灯……

如今运气超乎她想象的好，她倒是对南宫晴有点过意不去了。

"哎……"如柏猛然想起点什么来，对南宫晴道，"你出来都出来了，好歹去看看热闹……你要是不愿意往人堆里扎，有个普度世人的女菩萨的活儿，你愿不愿意干？"

她三言两语把自己收到"挑战信"的事对南宫晴说了，道：

"其实那种小崽子呢，被晾在那里，自己讨个没趣也就走了。不过你要是肯去教化教化他，挽救一下他的愚蠢，也就算是替他父母省了心，就当行善积德了。"

南宫晴犹豫了一下，和如柏不同，她对小孩子倒是很有一套的，于是片刻后她便道：

"我去倒是可以……但是那个孩子一心等的是你，见我过去了，未必愿意与我说话。"

"那怕什么？"如柏掏出准备好的面具，扣到了南宫晴的脸上，"反正到了十一街上，人人都戴着面具——其实你都多心了，那个孩子估计根本不知道我长什么样子，你就说你是沈如柏，他估计是发觉不了的。"

她想了想，把南宫晴身上的茱萸粉披肩摘了下来，把自己天水青的那块给她披了上去：

"这样，咱俩换一下——京城里稍微对我有点耳闻的人，都知道我只穿这个颜色，那个孩子一心拿我当假想敌，估计也知道这事——你穿着这个颜色去，他线索都对得上，肯定不会一打照面就怀疑你的，就算他之后起了疑心，你肯定也早把他收服了。"

"反正也没有几步路——就在十一街的那个大石狮子旁边。"

南宫晴应了下来，她披着那块天水青的披纱，和楚明轩简单地施礼告别后，就转入了巷子，自去找那个十一街尽头的石狮子了。

她走了之后，楚明轩看了如柏一眼，道："不上车？"

他今天连马夫都没有带，亲自驾车。

如柏默默地看着他，脑海里十分本能地顺出了一段推理——

尊贵的太子殿下亲自充当赶车人，连个马夫都不带，说明他不想有旁人在场。

然而只是单单不想有旁人在场的话，他大可以骑马，不必赶车。

而驾车前来的话，只能说明，他有想接的人。

这个人……不会是我吧？

如柏呆愣片刻。

楚明轩这是制造了一个只有他俩在的环境么？

其实近日来，如柏的心情并不像她表现出来的那样安宁。

从上次佟来福的案件开始，她就已经从楚明轩身上，察觉出了某种不对劲。

所以她一边继续表面没心没肺地和太子殿下聊着，一边在内心深处悄悄地提醒自己——离这个人远一点，否则可能有危险。

然而任凭她理智上怎么清醒，感情上却很难自己骗过自己——

她并不想离楚明轩远一点，她想经常看到他。

所以如今真实地看到了楚明轩的如柏忍了又忍，还是没能忍住自己颇为激动的心情。

她脸上维持着一副风轻云淡的神情，脚下却已经诚实而不淡定地急急迈了出去。

只听"咣当"一声巨响，其动静之大，连车旁那匹高大的骏马都受惊般地震了三震。

可怜的如柏姑娘乐极生悲，直接被路上青石板翘起的边缘绊了一跤，五体投地地摔在了楚明轩面前，当街给太子殿下行了个大礼。

楚明轩："……"

太子殿下无奈地挑了挑眉："我以为只有南宫姑娘那样的人才会在见到我时有点儿拘谨，没想到沈姑娘也这么时刻不忘礼节，真是失敬。"

嘴上虽然依旧不冷不热，不过太子殿下还是飞快地屈尊从马车上跳了下来，把沈二小姐从地上拉了起来——

幸亏此刻京城里的人大多都去了十一街，这条街上没什么人，她的大礼没有被太多看客目睹到。

楚明轩顺势要把如柏拉向马车，就看到沈二小姐纹丝不动地站在原地。

"等……等一下……脚抽筋了……"沈二小姐非常尴尬地说。

如柏简直快要崩溃了，果然灯会什么的真的不适合她。

她也真是流年不利，什么倒霉事都能碰到——磕的那一下倒是不重，就是刚好扭到了筋。

楚明轩叹了口气，他这次出来没有带下人，所以如柏现在这样，都没有能搀扶她的人。

"没事儿，我自己歇一下就好……"如柏吸着冷气，她一口气还没吸完，就看到楚明轩退开半步，背对着她半蹲了下去。

"你你你……你什么意思？"如柏很想像一只受惊的兔子一样原地炸毛地跳起来，然而她心有余而力不足，没法跳起来，故而只能退而求其次地原地炸毛。

他的后背很宽阔，看上去稳当而可靠，如柏犹豫了一瞬，最终还是趴了上去。

楚明轩站起来，稳稳当当地朝马车走去。

"你有没有什么话对我说？"她抱着楚明轩的脖子，在他耳边小声说。

楚明轩缓缓地站住了。

良久，如柏听到太子殿下轻轻地笑了一声，他声音清朗，这一声如山风吹在初春泉水中未化的碎冰之上。

"这话应该我问你。"楚明轩平静地说。

如柏一愣，如果有旁人在场，恐怕根本听不明白他们在说些什么，然而二人就是心照不宣地全盘明白了对方话里的意思，如柏沉吟片刻，低声问："你怎么看出来的？"

"状态。"楚明轩道，"你的状态不对。我认识你这么长时间，大致对你也算有个了解，你活泼归活泼，但心思绝对不乏缜密透彻——否则'沈氏神探'之名轮不到你来领。但是你最近明显活泼过了头——几乎快有点儿大大咧咧没心没肺的意味。"

如柏作为一个世家小姐，体重并不算轻的，然而楚明轩稳稳地背着她站在原地，说话间丝毫不见气喘：

"你是在刻意地避免和我往深里聊，你害怕聊到任何正经沉重的东西……为什么？"

如柏深吸了一口气，轮到她推理了。

"原因很简单——你这个人不对劲。"

她一字一顿地说:"你不像个太子。"

楚明轩愣了一下,笑了:"这话你跟我父皇说去,能把他老人家吓死——这可是大事,大好河山拱手让给外姓人。"

如柏十分大逆不道地捶了他一下:"你知道我不是这个意思——我是说,你身为太子而完全没有一个太子的样子。"

"我不是在说你平易近人,和大家打成一片所以没有太子的架子——你很亲民,不把自己当成天潢贵胄,这是我极为敬佩的。我说的是你做的事情……不像太子该做的事。"

"我破的案子中,已经有两个是你和我一起的了。如果说宋姑姑那一桩事涉皇家血脉,十分重大,你参与进来还算情有可原。佟来福的这一件,于情于理都说不过去。"

"你身为太子,由你父皇钦命协助治理朝政已有数年,日理万机,为什么日常的活动会变成跟着我和孟学然一起破这种并不算太大的案子?"如柏道:

"我问过孟学然,你之前或许会叫手下人给他提供一些查案的便利,但是亲自参与进来推理侦破却是绝无仅有。"

如柏轻声说:"一个太子,放着更重要的事不做,来破这种小案子……我想了又想,觉得只有一种可能——你在刻意接近我。"

这话本身是极为暧昧的,然而由她说出来,字字皆是沉重,一点和儿女私情沾边儿的意思都没有。

"我只不过是一个寻常的官宦人家小姐,有什么利用价值,是能让太子殿下宁可耽搁朝政也要来接近利用的呢? 只有一件——我是唯一会破案、而又在官府中没有职务、在权力斗争中没有牵涉的人。"

"太子殿下是不是有一桩案子,不能光明正大地借助任何一方势力调查,也不想让任何官方的人知道,故而想来借助于我的力量?"

楚明轩沉默片刻,道:"无愧'沈家有女使海枯'之名。"

他上前几步,走到马车旁边,把如柏放了下来。

"不过接近你,还有别的理由。"他轻声说。

如柏目光如炬地望着他。

楚明轩看着她满脸郑重其事的表情,顿时觉得内心十分疲惫。

算了算了,他在心里对自己说,这种时候,你说喜欢就喜欢?人家信么?

于是太子殿下只好挥挥手:"没了,我刚瞎说的。"

如柏深吸了一口气,道:"我和太子殿下,朋……朋友一场……有什么力所能及能帮得上忙的,太子殿下直说就是,不必绕这样的弯子。"

楚明轩飞身坐上马车,他风度极佳,手持马鞭的姿势也翩翩如不羁的公子:"省省吧,朋什么友……"

然而马车刚行出去几百丈,就有一个头戴官帽的胖子亦步亦趋地带着人从旁边经过,那胖子往旁边看了一眼,立刻捕捉到了楚明轩。

"哎哟……太子殿下,可算找到您了!"胖子简直要当场流下泪水,立刻不顾一切地飞奔过来。

楚明轩:"……"

智者千虑,必有一失,微服出访的太子殿下刚刚光顾着和如柏说话,忘了把摘下来的面具再戴回去了!

后悔已经晚了,胖子泪流满面地拦住车架:"微臣带着人在十一街附近找殿下好久了……"

"王博昭……"楚明轩头痛地按按鬓角,"父皇又出了什么好主意?"

礼部侍郎王博昭赶紧道:"太子殿下真是贵人多忘事,陛下吩咐,叫太子殿下今夜在灯会上代表皇族致几句词啊,微臣台子什么的都搭好了,结果怎么也找不到太子殿下的人,真是急坏我了……"

楚明轩沉默地望着天空。

楚明轩不打算干灯会发言这种扫人兴的事情,然而奈何不过王侍郎的苦苦相求,只好对后面的如柏说:"你去十一街东头那个卖玫瑰糕的铺子等我。"

如柏歇了这么久,腿也不再抽筋了,告别了楚明轩后,她扣好面具,一蹦一跳地来到了十一街东头的"刘记玫瑰糕"处。

"刘记玫瑰糕"是京城里最有名的大点心铺子,以玫瑰糕为招牌,除此之外还有各种形形色色的点心,客人们可以坐在厅里的桌椅上,一边喝茶一边等新出炉的点心。

灯会这天,"刘记玫瑰糕"为了答谢多年照顾它生意的客人们,所有的点心都降了三成的价,因此客人络绎不绝,此刻大堂里满满当当坐的全是人,都在等着买一包新出炉的点心回去。

如柏去向伙计招呼了一声,要了一包玫瑰糕后,就在角落里找了个位子坐下等候。

刘记铺子里一片热闹,不断地有人拿了烤好的糕点离去,随即空位又被新的客人占据。

如柏百无聊赖地撑着下巴坐在桌旁等待着,就在她昏昏欲睡时,突然,一片嘈杂声响了起来,随即就有靠近门口的客人惊慌失措地叫了起来:"阮……阮侍郎的儿子来了……"

话音未落,一个身高五尺、腰围也五尺的球就气势汹汹地冲了进来,他身后二十几个家丁一字排开,直接封住了刘记铺子的大门。

客人们吓得一惊而起,早有胆小的想要离开是非之地,然而有那二十几个家丁团团围着,连一只苍蝇也很难飞出去。

在座的人们脸色不由都难看了起来。

几乎人人都知道,户部阮侍郎三代单传,老来得子,膝下仅有这么一个独苗阮樽。

和所有过于溺爱孩子所导致的悲剧一模一样,今年二十七岁的阮樽成长为了这个京城最嚣张跋扈的纨绔子弟之一。

在座的都是些平头百姓,遇到作威作福的官家子弟,第一反应都是躲。如今眼看是躲不掉了,虽然脸上都戴着面具,看不出是否愁眉苦脸,但一个个都耷拉着肩缩着背,唯恐自己被祸事波及。

刘记铺子的老板早听到了这边的响动,立刻硬着头皮,点头哈腰地迎了上来:

"哟,这不是阮公子么?小店真是蓬荜生辉——快请快请,阮公子想吃点什么?我这就叫人去做。"

"免了。"阮樽高傲地抬了抬他层层叠叠的下巴,道,"刘老板做生意辛苦了,我本不想打扰的,然而我府上有个小厮偷了点东西,然后跑了。我带着人追,看到那小子跟着人流混进了你家铺子里,所以少不得过来一趟。"

阮樽打量了一下店铺内的客人们,由于正值灯会,因此几乎所有客人都戴着面具,他阴沉着脸道:"对不住了列位,我想搜搜身。"

人群一片哗然。

神探
太学记

刘老板急得搓手道："阮公子,我……我说,这不合适吧……来者是客,这样的话,您叫我这铺子以后还怎么做生意呢……"

"身正不怕影子斜,只要是清白的,搜一搜又怕什么?"

阮樟不给他商量的余地,他打量着客人们,缓缓伸出了肥胖的手指,点了十几个人:

"从这几个人开始搜。"

家丁们就要一拥而上。

"慢着!"人群里突然响起一个男声,他声音温和,却带着隐隐的气势,"阮公子丢了什么重要的东西? 我照价赔给你就是了。"

阮樟循声望去,只见那里有个宽袍大袖的公子,玉冠束发,虽然戴着面具,但仍然可以看得出玉树临风的架势。

他正是阮樟点的十几个人中的一个。

"好大的口气!"不知道为什么,阮樟的目光突然变得极为阴毒,双目几乎要喷出火来,他扯着嘴角冷笑道,"抱歉了,祖传之宝,无价!"

他一挥手,家丁们再次一拥而上。

枪打出头鸟,直接有两名家丁直奔那个率先出声的公子。

谁知那公子看着文质彬彬,竟然颇有身手,他架住其中一个家丁后,一脚踢开了另外一个,随即把手中的这一个推了出去。

此一推力量不小,那家丁踉跄着飞了出去,带翻了一排的椅子。

一时间,竟然没有人再敢近他的身。

"愣着干什么!"阮樟怒吼道,"难不成还怕了这个小白脸么?!"

"慢着!"

阮樟被二次打断,面皮紫胀地看过去。

这一次出声的是个年纪轻轻的姑娘。

如柏越众而出,她身形不高,并没有先前那个公子的气势,然而她信步走到阮樟面前,压低了声音道:"阮公子……家丑如此外扬,真的好么?"

阮樟的脸色立刻由紫转红,随后飞快地变白。

"来人,把这个丫头丢出去!"他冲身后的家丁咆哮。

家丁们冲上来,然而那个公子已然飞快地几步走上前来,护在了如柏面前。

"阮公子……"事到临头那人竟然还维持着翩翩礼节,拱手道,"欺负一个女子,似乎不是君子所为。"

阮樟一派着了魔的疯样儿,哪里还管得着什么君子不君子的。

"敬酒不吃吃罚酒。"公子只听他背后的小姑娘轻声说。

如柏朗声地开了口:"阮公子——如果你一定不肯善了此事的话,那么为何不把真相告诉大家呢?"

"跑了一个小厮,需要带二十多个家丁这么声势浩大地追过来么? 还是你追的是别的什么人?"

阮樟的脸惨白一片,似乎每一块肥肉都在抽搐着。

— 80 —

"还有，既然是你们家的小厮，就算你说你们家下人太多了，你没有见过他，那么难道府中的别人也没有见过他么？直接叫大家掀开面具一个个认一下不就好了么？为什么要用搜身这样的笨办法？"

"还有……"

"够了！"阮樟大吼一声。

如柏从善如流地闭了嘴。

"阮公子，如果你肯现在带着你的人走的话，事情还有收场的余地。"如柏平静地说道，"你回去慢慢查，总能查到，犯不上在这里给大家现这个眼。"

阮樟惨白着脸沉默片刻，最后挥挥手，一众家丁跟在他身后，默不作声地从刘记铺子里退了出去。

"就这么……走了？"

客人们惊疑不定地彼此望着，纷纷把惊叹的目光投向如柏，然而如柏只是轻悄悄地又坐回了自己在角落里的位子。

她三言两语打发走了前来感谢的老板，还没独处片刻，那个先前和她一起对抗阮樟的公子便坐了过来。

如柏赶紧拱手："还没感谢公子之前出手相救，真是失礼。"

那公子风度翩翩地回了礼："姑娘客气了。若没有姑娘在，这铺子里不知还会闹出怎样一场风波。"

他沉吟片刻道："只是此事小生仍然心存很多疑惑……不知姑娘可否指点一二？"

如柏道："你是想问阮樟到底是来干什么的，我又怎么发现了真相，是不是？"

那公子再一拱手："姑娘聪慧。"

如柏摆摆手，道："就像我之前说的，跑了个小厮的话，阮樟犯不上这么兴师动众，而且他并不要求客人们掀面具，显然是因为掀开也没有用——他根本就不认识他要找的这个人。"

那公子透过面具看着她，眼神清澈，显然听得十分认真。

"当然仅凭这两点，我也没法推断出他到底要找什么人——但是他点了包括公子在内的十几个人后，我心里便有了一点数。"

"他点的这十几个人，全都是男子——还都是年轻而身形颇好的男子，而且阮樟看着这些男子的目光都十分狠毒，如果我没看错的话，像是包含着妒火。"

如柏一摊手："那么事情的端倪就很明显了——这是一个典型的捉奸现场。"

她低低地笑了一声：

"我听说阮樟好酒好色，娶了十几个姬妾……这里面或许有不安分的，和外人幽会——没准儿就是相携着一起逛灯会，被人远远看到了，报给了阮樟。"

"他并不知道那人是谁，不过在先审问了自家姬妾后，审出来那人身上带了那姬妾的手绢、荷包一类的定情之物，于是有这搜身的一出。"

那公子听完后连连颔首，道："姑娘还知道什么？"

"关于阮樟的话，就这么多了。"如柏耸耸肩，呼地一笑，"不过关于公子倒是有一点。"

"公子气度不凡,一看就是清贵人家出身。刚刚我注意到,那些家丁要搜身的时候,公子的手一直按在腰间——想必那里是有什么绝对不想让人看到的东西?"

如柏道:"再加上我阴差阳错地得了些消息,知道皇族子弟们今日会出来与民同乐,因此忍不住揣度,公子挂在腰间的东西,可是出入宫禁的令牌?公子是……哪一位皇子?"

先前坐在如柏面前的公子眼神微微变了,他弯起眼睛笑了一下,先前那种类似拘束般的守礼不见了,他的温润中透出一种浑然天成的风流,对如柏道:

"姑娘叫什么名字?"

如柏不甘示弱地回敬过去:"是我先问的,该你先回答。"

正常的女子见到皇室子弟,鲜少有这么毫无怯意的——

不过沈如柏毕竟不是平常女子……

她可是在一时三刻前刚拿太子当了驸马的女子。

一个皇子而已,实在是吓不住她。

那公子也没有生气,反而饶有兴趣地打量着如柏,片刻后,他温和应道:"在下韩王世子——楚翎风。"

楚!翎!风!

寻常的皇子吓不到如柏,结果一个世子反而吓了她一跳。

"你你你你你……就是楚翎风?"如柏一拍大腿,才把自己的尖叫声压成了小声的惊呼。

天啊,为什么放任南宫晴走了啊!

"我我我……听说过你!你字写得特别好!"

机会难逢,如柏很有心给南宫晴牵个红线,然而她对楚翎风了解有限,此刻纵然是想要恭维,也搜肠刮肚地恭维不出来什么有内容的话。

然而楚翎风确实是温润如玉的君子,即使是坐在这样的小铺子里,穿着寻常的衣服,依然难掩高贵之气。

如果说楚明轩清冷孤傲似泉中雪,那么楚翎风就是气质高华如山间云。

就在如柏满心思索着怎么才能让楚翎风和南宫晴结识的时候,南宫晴也顺着如柏给她的地址,走到了十一街尽头的石狮子旁。

远远地,她就看到那里确实有个人影在等她。走近一看,那人一身不惹眼的粗布衣服,脸上和别的行人一样扣着面具,不过从身材上来看,确实像是个未及弱冠的少年。

"你就是沈如柏么?"那少年瓮声瓮气地开口。

南宫晴披着如柏留给她的天水青披纱,当然一口认了下来。

"这里行人太多了,会干扰到我的思考。"少年道,"我家铺子倒是就在不远处,你跟我去那里比试怎么样?"

南宫晴略一犹豫,当下便要拒绝,她一个未出阁的女子,去往一个少年的家里,终究是十分不妥的。

"你放心,不是去我们家,只是我爹开的小酒馆而已,铺子里还有很多别的客人,不是我们单独相处。"

那少年人不大,心思倒是通透,一下子就看出了南宫晴在犹豫什么:

"赶紧走吧,沈氏神探的名头全京城都响亮,难道我还能骗你不成?"

南宫晴不太擅长拒绝,就这么被一路带到了少年口中的小酒馆里。

小酒馆当真如这个少年所说,颇有几个客人,不过地方也处得偏僻,环境是十分清静的。那少年叫南宫晴坐下,也不说招待她吃喝点什么,上来就说:

"我们比试的事情,你没跟别人说吧?"

小孩子还挺有自尊心……南宫晴摇摇头。

然而就在她抬起眼睛要对这个男孩说点什么的时候,猛地,她看到了那个男孩被面具覆盖着的脸上,露出的一双眼睛中闪烁着奇异的光。

而在那双闪着异光的瞳孔里,渐渐倒映出来的,是她身后一个无声无息立起的黑影……

在南宫晴还未反应过来那团黑影是什么之前,她的后脑狠狠一痛,然后眼前就化作了一片漆黑。

她背后的客人扔掉手中的茶杯,与对座的少年沉默着互相望了一眼,这间小酒铺子里其余的客人也都默默地站了起来,围着南宫晴站了一圈。

良久,那个动手的客人才压低声音道:"抬到后院绑起来,等主子的吩咐。"

灯会最繁华处,礼部已经搭起了大大的台子,王博昭王侍郎艰难地挺着他巨大的肚子,满头大汗地把楚明轩引到了台子的旁边。

"诸位,这次的灯会,陛下广发圣恩,各位殿下亲自前来与百姓同乐,太子殿下亦屈尊纡贵,到达此处。"

王博昭人长得胖,嗓门也壮,他声如洪钟地一开口,底下的人群纷纷伸长了脖子看。

尤其是那些年轻的仕女们,虽然表面上还要端着世家女子的风度,但面具后面的脸早就已经偷偷红了。

楚明轩,那可是楚明轩!在这些春闺少女眼中,他是不是太子倒在其次,关键是,那可是京城四公子之首、"月夜一箫吹断雪"的楚明轩!

而与仕女们结伴的公子们则心下略略有些郁闷,无奈对方贵为太子,太子要对百姓说些什么的话,他们只能听着——

只怕这太子金口一开就是长篇大论,那么灯会这样一年一度、一刻值千金的宝贵时光就要白白流逝了。

楚明轩走到台子中央,他的脸上也扣着面具,是皇上嘱咐他参加此次灯会后,特意叫内务府给他定做的,由纯金打造,但又只有极其轻薄的一层,故而戴上并不觉得沉重,又显尽了天家的尊贵风范。

而他虽然真容隐在面具之后,然则长身玉立,风姿卓然,往台上一站,无须露脸,台下便响起了小小一片惊讶赞叹之声。

在万众瞩目的中央,楚明轩淡淡地点了个头,道:"七月十五的灯会,月未圆而人已圆。"

这是个起兴的开头,众人都等待着他之后长篇大论的正文。

楚明轩平静地接道:"故而十分难得。请诸位尽兴。"

站在一旁的王博昭:"……"

他居然这就讲完了!

太子殿下又冲民众们点了个头，便转身走下了台子。

"殿下……殿下……"王博昭着急忙慌地追上去，"殿下这就讲完了？这……这也太短了吧……"

楚明轩笑了一下，把身上那身王博昭一刻三分前刚给他披上的蟒袍脱了下来，随手搭在了王博昭肩上：

"灯会是什么日子？小儿女们共同花前月下的日子，何必让我占用他们的时间？"

他摘下那个纯金打造的面具，一把扣在了王博昭的胖肚子上。

在身后无数灯火的光芒里，王博昭看到那个一向以冰雪冷漠著称的太子殿下眼角微弯地笑了一下，他的眼睛里似乎映着整个凡间的灯影：

"王侍郎的夫人还在家里等你吧？去找你喜欢的人吧。"

说完，楚明轩最后冲王博昭笑了一下，他扣上了一个普通的木质面具，转身消失在了汹涌的人流里。

如柏正兴致勃勃地和楚翎风聊着，突然感到一个身影立在了自己的背后，带着一股熟悉的寒气。

楚明轩心没如柏那么大，如柏和楚翎风聊了半天还没感觉出什么，楚明轩却是一眼就看出了楚翎风对如柏的兴趣。

然而不等楚明轩开口，如柏就回过头来："你来了？要不先在外面等会儿。"

如柏本是好意，铺子里不透气又闷热，远不如在门口吹着小风来得舒适，然而这话落到楚明轩耳朵里却变了味道，像是如柏只想和楚翎风攀谈、不想让楚明轩插话一般，太子殿下的脸色立刻冷了下来。

楚翎风先笑了起来，他冲楚明轩一点头："怎么，三哥认识这位姑娘么？"

三哥……如柏这才后知后觉地想起来，这一对原本就是堂兄弟，自小一起长大，即使戴着面具也能认出彼此。

楚翎风一拱手，压低了声音："那么翎风还想劳烦三哥为我引荐一二呢。实不相瞒，翎风年纪不小了，家父一直在催我速速办完人生大事，奈何一直没有寻到良配，方才这位姑娘与我有一番经历，为我解了好大一个麻烦，我亦发现这位姑娘聪慧绝顶，且有德有才……"

他话说得明白到这个地步，如柏再迟钝也反应过来了，当即吓出了一身冷汗。

楚明轩看她不说话，当即目光就微微沉了下去。

怎么个意思——太子妃的位置她不愿意要，韩王世子妃倒是很有兴趣当一当么？

而在此时，楚翎风又偏偏追加了一句："不过刚刚这位姑娘让三哥在门外等候……那么就委屈三哥出去稍候片刻了。"

楚明轩气上加气，他看向如柏，而如柏偏偏正在脑子里紧急思索应对这突如其来的表白的方法，没顾得上管楚明轩。

可怜太子殿下从未被如此对待过，他冷哼一声，拂袖而去。

如柏并未注意到，她正在脑中拼命思索……有了！

她抬起头来,冲楚翎风端庄一笑:"不瞒世子殿下说,我和世子殿下也是一见如故,何况世子殿下的墨宝名扬天下,我在闺中就久慕才名,一直十分倾心。"

楚翎风道:"如此看来,我与姑娘甚是有缘,敢问姑娘芳名?"

如柏终于等到他问这一句了,当下激动得快要原地蹦个三尺高,她强行按捺住内心的激动,面上依然温婉有礼地曼声道:"南宫晴。"

她说完后,眼角带风地冲楚翎风眨眨眼睛,然后就翩然起身……逃出了刘记铺子。

当然,逃的时候,她还没忘记严谨地拿出自己当闺秀小姐的那半吊子功夫,十分强行地走了个世家女子的莲步。

楚翎风默默地把玩着桌上的茶杯,在心里轻声道:"太子兄,并不是所有的女人,都只会围着你转啊。"

他看着如柏的背影,扬起嘴角,露出了一个无声的微笑。

如柏一出门发现楚明轩不见了。

真是的,不是说好在铺子门口等自己吗?

她左顾右盼,好不容易才在远处瞄到了太子的背影,如柏赶紧追上去,一路差点撞到好几个摊子,等她赶上的时候已经气喘吁吁。

"喂!不是让你在门口等我吗!"

楚明轩看如柏气都喘不匀了,有那么一瞬间有点心疼,然而他板着脸,什么都没说。

"我刚刚干了一件月老牵线的好事。"如柏看到楚明轩不理她,委屈地嘟嘟囔囔,"干吗突然生气了啊……"

楚明轩微微一愣:"月老牵线?"

"对啊,我最好的姐妹南宫晴喜欢他嘛,老提他的名字——你可千万不能告诉别人。"如柏说,"不然我干吗和他聊那么久嘛。"

楚明轩的心情瞬时舒畅了不少,冰雪消融,整个人简直有点如沐春风的意思。

如柏感受到了,小心翼翼地问:"我怎么感觉你对韩王世子有敌意呢?"

楚明轩道:"没有,韩王是我最敬重的叔叔,翎风是他唯一的儿子,我们的关系其实一向很好……我只是对他在你身边干的事有意见。"

如柏:"比如……哪些事?"

楚明轩很认真地想了想,然后冷冷地回答:"呼吸。"

如柏:"……"

她摸了摸口袋,小声道:"对了,不是说准备礼物吗……我给你准备了来着。"

楚明轩微微一愣,然后五雷轰顶——他也给如柏准备了个礼物,是一枚"石雕烧鸡",和真正的烧鸡一般大小,石头的颜色也非常逼真,看上去就和真烧鸡一模一样,这个礼物简直太适合如柏了。

然而问题在于,他把这个礼物放在府里忘记带出来了!

如柏看到了楚明轩的脸色,感觉他似乎是没准备,于是主动宽慰道:"没关系,没准备礼物也没关系的,我把我的送给你就好了。"

楚明轩更愧疚了,他看着如柏掏出一块小小的玉璧。

"这块玉璧唤作星河玉璧,原因是在夜里能倒映出漫天星光。"如柏挠挠头,有点不好意思,"我知道你应该什么都不缺,这是姑姑送我的,算是我最值钱的东西了,不过说来不好意思……我从得到它起就没见过星空,有时候阴天一颗都看不到,有时候只有几颗,也看不出什么效果……"

楚明轩看着如柏遗憾的神情,他突然想到要送她些什么了。

"你等一下。"他说。

太子殿下抛下如柏,转身跑向最近的花灯铺子。

"老板,还剩下多少花灯?"

"二三百盏吧,小伙子要多少?"

"我都要了,以及能不能帮我一个忙,一个时辰后……"

楚明轩放下定金,匆匆赶去下一家。

"老板,你家还有多少花灯?"

"一百六十盏……"

半个时辰后,如柏终于等到了楚明轩,太子殿下也不知道赶了多少路,整个人跑得气喘吁吁,头上的玉冠也歪了,如柏还没来得及问他干什么去了,楚明轩就一把拉过她:"跟我走。"

如柏注意到楚明轩在往靠近城门的地方走,有点儿疑惑:"那边没什么好玩的啊。"

二人紧赶慢赶,终于到了城门口,此时是天色最黑的时候,再过一会儿,天就会渐渐亮起来。

"我们来这里干吗?"如柏看着漆黑一片的天空,"灯会灯会,这里黑漆漆的,又没有灯。"

楚明轩把太子的玉牌给守城门的士兵看了一眼后,回头对如柏说:"走,我们上城墙。"

如柏莫名其妙地跟着他走了上去。

城墙很高,饶是如柏算是贵族小姐里体能很不错的,登顶之后也呼哧带喘。楚明轩找了个角落,靠在城墙上,探身向外望去。

如柏跟着他一起趴在城墙上向下看。

他们站得很高,因此十一街灯会的全貌几乎尽收眼底。远远地,那里似乎有一条灯影化作的龙,重重灯光中是欢度今宵的青年男女。

……仿佛每一寸时光都是盛世中百姓的平安喜乐。

就在如柏在心里轻轻感叹时,楚明轩开口了。

"你当时在马车上问我,渴不渴望自由……"

楚明轩的声音很清冷,然而在夏夜风的吹拂下,莫名增添了一种凉玉般的温润:

"自由其实是很易碎的东西,如果这世间有战乱、有饥荒,在温饱尚且做不到的时候,那么自由对于受苦的百姓来说,就是极为奢侈的、连想都不敢想的东西。"

"有些时候,我也会想,如果不是生在帝王家,我可能会更快乐,不用背负那么多责任,想去哪里就可以去哪里,自由自在,天地间何处不是家。"

"每当这么想的时候,我就会来城墙上看一看。这世间有这么多百姓,他们没有什么权力,没有什么钱财,生死命运有时候只凭上位者的一句话。"

楚明轩看着远方,万家灯火倒映在他的眼睛里:"我就想,我出生在这个位置上,就是上天选择了我,让我来守护他们的平安快乐。"

如柏沉默良久,最后只由衷地叹了口气:"心怀天下。"

"不尽然,也有私情。"楚明轩冲如柏偏了偏头,如柏看到太子殿下的眼角弯了弯。

"你以为我接近你是想用你的本事来查案子,对吧?"

如柏点了点头。

"算对,也不算。"楚明轩轻声说,"确实有一宗案子,悬而未决已经十余年了……我无时无刻不想弄清它的真相。"

如柏屏息凝神地等他说下去。

"然而今天是个好日子,我不想在这个时候说这个。"楚明轩的话锋却猛地一转,"你不问问我为什么说'也不算'吗?"

一提到案子就全神贯注的沈如柏这才意识到刚刚太子殿下还有后半句。

"什……什么?"

楚明轩叹了口气,道:"时间差不多了……把你的星河玉璧拿出来吧。"

如柏不明白他的意思,但仍然把玉璧拿了出来,放在掌心。

而就在同一瞬,一束烟花被打上了夜空,像是一个暗号。

接下来,如柏看到了她毕生难忘的一幕——

一千盏花灯同时从京城的不同角落里升了起来,它们带着温暖耀眼的光芒一路升起,直到浮到夜空之上,原本漆黑一片的天空顿时有了无数个光点。

"这就是我送你的礼物。"楚明轩低声道,"一片星空。"

城内的人们被吸引过来,纷纷拥向城门处。

如柏和楚明轩并肩站在城墙之上,头上是飘浮的花灯,星河玉璧倒映出了它们的光影,就像手中握着一片小小的银河,他们的脚下,汹涌的人群发出一阵又一阵欢呼的浪潮。

如柏良久地看着那块玉璧,然后抬起头来看着楚明轩,她看到楚明轩的眼睛里似乎也有万千星河,二人对视良久,如柏的睫毛微微颤了一下,她突然想到了什么,微微地笑了一下:"最后一个小惊喜。"

她把从刘记铺子带出的纸包打开,名扬京城的玫瑰糕立刻发散出清新甜蜜的香气,温暖的夜风把这股甜香吹了开来。

如柏突然伸出手去,掀开了楚明轩的面具,把一块玫瑰糕递到了他嘴边。

楚明轩似乎非常不喜欢吃甜食的样子,但是他犹豫了一下,还是张嘴接住了。

"好吃吗?"如柏问。

楚明轩沉默了片刻,良久,眉眼舒展开来:"还不错。"

如柏自己也叼了一块玫瑰糕,感受芬芳甜蜜的馅料在她的味蕾上打了个转,风把她鬓角的头发吹散在无边无尽的夜色里,她眯起眼睛,缓缓地微笑起来。

如柏和楚明轩从城墙上下来的时候已经很晚了,楚明轩第二天要进宫,因此只派了一辆马车送如柏回沈府。

如柏进了沈府的大门后,突然想起了代替自己去"迎战"的南宫晴。

她把剩下的玫瑰糕包好,打算第二天去看南宫晴的时候带上,顺便问问她和那个小崽子过招是个什么状况……

然而还没待她把玫瑰糕包好,就有下人匆匆来报:"小姐,南宫府来人了。"

来的是南宫晴近身伺候的婆子和丫鬟,她们身后还跟了一群小厮,如柏作为一个大家闺秀,卧房不方便让闲杂人等随便进出,他们便只派了一个最靠得住的婆子进来说话。

那婆子一向稳重,如今却急得要哭,她对如柏道:"沈姑娘是和我们家小姐一起出去的吧?"

如柏听了这么个话头便隐隐察觉到不对,忙问:"怎么?阿晴现在都没有回家么?"

"我家小姐不见了!一个多时辰前,老爷看她还没回家,就让人出去找她,催上一催……然而十一街的灯会都散场了,街上几乎一个人都没有了,却还没有我家小姐的影子……这大晚上的,她离开了灯会却不回家,是要去哪儿啊?"

如柏的心怦怦地跳着。

最好的情况是,南宫晴和那个写挑战信的人另找了个地方相谈,现在还没有结束。

然而距离那个时候已经过去了差不多三个时辰……比试什么要比试这么久?

何况南宫晴素日里又是个最最稳重规矩不过的大家闺秀,她若是晚归,一定会想方设法托人到自己家里知会一声,绝不会到了这个点儿了还一点音信都没有。

她一把抓住婆子的手:"我和阿晴是一起出去的,但中途分开了,我差不多有两个多时辰没见过她了……这样,你去告诉你们老爷,让南宫府的人全部出动,我这边也把沈府所有的下人都带上,我们一起去找!"

她心下越来越慌,之前那封看上去愚蠢不堪的挑战信,此刻再回想起来,简直像一个巨大的阴谋。

不对!如柏想,这不对。

这绝对不是针对南宫晴的……如果真是想要害人的话,对方的目标应该是自己!

有人想要对自己不利,阴差阳错地害了南宫晴!

如柏简直不敢想下去,她现在并不知道写那封挑战信的人想做什么,然而她也来不及去深思这些问题。

当下的第一要务,是想怎么保住南宫晴的命!

如果一切还来得及的话……

如柏的手心全是冰凉的冷汗,她原地踟蹰了两秒之后,短暂地吩咐了一声沈府的管家,让他带着人出去找,自己随身带了两个孔武有力的小厮,冲进了夜色里。

她一路奔向了太子府。

楚明轩还没睡下,正在书房看朱州一带厂房对劳工的编制卷宗,见如柏一头闯了进来,连忙放下卷宗站了起来。

"我需要你……配合我。"

一路疾奔过来,如柏上气不接下气地叉着腰对楚明轩道:

"让尽可能多的人知道……沈如柏平平安安的,什么事也没出。"

一炷香的工夫后,太子殿下府上出了一队的侍卫。

每个侍卫都骑着马,马蹄打在石板路上,哒哒的声响惊动了无边的黑夜。

这一队侍卫都在追着前面的一匹马,但他们追得并不多么卖力,喊得倒是十分有气势。

"太子殿下有令:先抓到沈如柏者,获纹银百两!"

……

情势刻不容缓,楚明轩和如柏也想不出来什么特别好的办法,只能这样笨拙地先演一出戏——

状似是沈如柏偷了太子府的东西,太子正派人在追。

沿途有好事者听到,也纷纷跑过来看热闹,人群还一传十十传百道:"先抓到沈如柏的人,可以得到太子殿下的赏银呢!"

如柏生平没做过贼,做一回假贼,目的还是为了让全城的人都听到。

然而此刻南宫晴的性命要紧,名声之类的,之后再说吧。

只希望那个写挑战信的人能够尽快听到动静,意识到自己抓错了人……

如柏带着侍卫们在全城跑了一个大圈,估计整个京城都被这个动静惊扰到了,才气喘吁吁地停下。

如柏累得几乎从马上掉下来,好不容易才在两个侍卫的帮助下安安稳稳地落了地,便有南宫府的下人驰马飞奔而来。

"沈沈沈沈……沈姑娘!"来人是南宫府的小厮,一路激动得话也说不利落了,"沈姑娘! 我家小姐她……"

如柏心里咯噔一下,整个人几乎要站不稳了。

炎热的夏天,她整个人愣是从里到外冻成了一根直挺挺的冰棍,只等着小厮说出来南宫晴到底怎么了,就当场裂开碎掉。

然而那小厮一口大气终于喘了上来,兴奋地接道:"我家小姐她回来了!"

如柏如绝处逢生,整个人蓦地一松,几乎要一屁股坐到地上去,她勉强稳住了身形,问:"是在哪里找到的? 有没有受伤?"

小厮一愣:"不是我们找的……是……是她自己回来的……哦不,是一队人送她回来的,说是一个公子的人。"

"小姐……小姐没事,就是吓坏了……她说她被人绑架了,是那位公子救了她,那位公子叫什么她也没说……"

这个小厮一看平时就不怎么接触权贵,对各大世家公子的名字显然极为不熟:

"不过小姐吓坏了,回来就发了烧,烧糊涂的时候嘴里一直在念一个名字,她随身的小丫鬟跟我说好像叫什么,凌什么风!"

如柏猛地睁大眼睛。

半个时辰前,就在如柏在全京城被当成贼大张旗鼓追的时候。

南宫晴在黑漆漆的屋中被捆成一团,卧在地下,她的嘴被布条塞住了,整个人叫不出声音来,只能发出呜呜的声响。

猛地,门开了,一群黑衣人走了进来,为首的那个蹲在她面前道:"我问你话,你点头或者摇头回答我,要是不老实……"他一把抽出怀中的匕首。

南宫晴呜呜咽咽地缩成一团。

"你是不是沈如柏?"

南宫晴摇了摇头。

"妈的,真抓错了。"那男人恼恨地一甩手腕,然而很快一转念,便又问南宫晴,"你和那个叫沈如柏的,熟悉吗?"

南宫晴犹豫了一下,不敢说谎,于是缓缓点了点头。

"那这样……"那男人继续说道,他长得很壮,看不清脸,但是目光极其阴狠毒辣。

南宫晴从小身边都是温文尔雅的人物,沈如柏这种级别的小姑娘在她的世界里都算个混世魔王了,哪见过这样的人,吓得完全不敢和他对视。

"只要你配合,帮我们把她引过来,我就保你没事。不然的话……"

南宫晴难以抑制地发出了一声抽泣。

"那就配合我们。"男人站了起来。

然而,南宫晴抽泣着,缓缓摇了摇头。

男人的目光瞬间阴狠了起来。

他把匕首递给身边的一个小弟,小弟会意,直接蹲下来把匕首架到了南宫晴的脖子上,那是一把极为锋利的好匕首,刀刃薄薄的一层,擦着南宫晴细腻的皮肤,几乎每擦一下都会有一条细细的血痕。

"我给你最后一次机会!"男人俯视着缩成一团的南宫晴,"要自己的命么?"

南宫晴几乎泣不成声,她整个人在刀尖之下抖成了一团筛糠,然而良久后,她依然缓缓地,摇了摇头。

男人的瞳孔缩成了一条细线。

南宫晴看着他,泪眼模糊间,她想起了一些往事。

她作为出身清贵的世家小姐，以长辈的目光来看的话，确实没什么可挑剔的地方，是个十全十美、知书达理的好姑娘。

然而她并没有多少朋友。

她虽然四书五经和女训女诫读得好，然而容貌并不算美，在琴啊、舞啊这些地方也平平庸庸，并没什么天赋。同龄的女孩子们向来不喜欢和她玩，说她太闷——

"才不要听南宫晴讲话呢，她一开口顶得过十个老学究，我弟都说，与其听她说话，还不如去学堂被先生拿着戒尺打手心！"

只有如柏不这么说她。

如柏没有一个世家小姐该有的样子，然而人缘倒是极好。她性格不错，天生会玩，又有个饱受好评的哥哥——沈承松虽然并不位列京城四大公子，但也绝对是青年才俊、人中龙凤。由此一来，如柏几乎成了孩子王。

"谁说你坏话了你就告诉我，我负责打她。"那个时候胖胖的小如柏非常严肃地拿出手绢把南宫晴脸上的眼泪擦掉，"你别听她们瞎说，你一点都不闷，你认识好多好多草药，懂好多好多东西，我可羡慕你了。"

南宫晴的眼泪无声地滴落在漆黑小屋的地板上。

她不是不想要命。

然而十余年的时光下来，如柏是她最好的朋友，生命里最重要的人。

如果是如柏被抓，那么她或许会虚与委蛇，先假意答应下来，之后再找机会脱身。

然而南宫晴心里没有那么多弯弯绕绕，不懂得怎么使计谋，所以她能做的，只是笨拙地摇头。

不管怎么样，她不能害如柏。

就在南宫晴闭上眼睛，等着那把匕首插进自己的喉咙时。突然，门被猛地踢开了，随后，一枚飞镖稳稳地掷了过来，那枚匕首顷刻间便被打飞。

恍惚间，南宫晴只听得周围接连响起了数声惨叫，一队人冲了进来，那些黑衣人被七零八落地冲了开来，很快就被按倒在地。

接着，南宫晴感觉自己落入了一个温暖的怀抱。

是……是谁来救自己了？

她缓缓地睁开眼睛，在暗淡的光线下，她看清了自己面前那个人腰上悬挂的小章，那是她熟悉的、无数次在闺中仿照着一笔一划临摹的字迹——

"翎风……"

楚翎风能发现南宫晴，完全是个巧合。

灯会散场后，他乘着车回韩王府，路过这一处宅子的时候，好巧不巧，他探头从车里往外看了一眼。

"停车！"几乎是瞬间的工夫，他便叫停了马车。

楚翎风打量着这座宅子。

"这是当初……宫里那一位私下置办的吧。"他心里模模糊糊地有着印象。

"宫里那一位"置办这个宅子的时候托了一个商人，而那个商人恰好和楚翎风有一点私交，阴差阳错让楚翎风得知了此事。

"这看着……里面不太对劲啊。"他低声自言自语道。

这宅子一直是空屋,此刻却不时有人进出,那些人的穿衣打扮、走路姿势都与寻常百姓不同,而且似乎都在压抑着不发出任何声音。

这恐怕是在密谋什么事。

楚翎风犹豫了一下,按说宫里那位位高权重,他不应该管这事的……

然而片刻后,他还是果断做出了决定——管!

随车的那一队侍卫被楚翎风悉数带进了宅子,就这样,被困在宅子中近三个时辰的南宫晴终于获救。

南宫晴就要感谢楚翎风,然而楚翎风只是温和地冲她笑了笑,竖起一根食指在嘴边:"嘘,不要声张,你也不用知道我是谁,这里面盘根错节的事情可能很多,被某个位高权重的人知道我参与进来了的话,可能会有麻烦。"

"我让人送你回家,此事不要声张。"

南宫晴觉得头昏昏沉沉的,然而她不舍得闭上眼睛休息一会,她努力睁大眼睛,看着楚翎风近在咫尺、仿佛玉雕一般的面孔,觉得整个人似乎在做一场过于真实的梦。

楚翎风低头看了看她,温润地笑了一下。

他的笑是真的气质高华,一尘不染……恍若云中君。

"你叫什么名字?"他低声问。

"南宫……"南宫晴哑声道,"南宫晴。"

楚翎风怔住了。

片刻后,他笑了起来。

"南宫晴。"他轻声地念着她的名字,把手覆盖在了她的眼睛上,"不用怕,没事了。"

"睡一觉吧。"他温柔地耳语,"放心,我们很快会再见面的。"

如柏急了一宿,沈府也没有回,直接在南宫府守着南宫晴,一直守到了第二天中午,南宫晴的烧才退了下去。

一夜没睡的沈如柏走出南宫府,正打算回自己府上补个觉,就在南宫府的后门处遇到了去宫里请完安的楚明轩。

"我叫人查了,一点关于那个公子的音信都没有。"楚明轩道,"南宫府已经宣告要重金酬谢相救的恩人,然而没有一个人出来领这份赏金,被抓住的绑匪也完全没消息,不知道被那个公子怎么处理了。"

"也许……我知道是谁。"如柏低声道。

楚明轩看着她。

"但那个人或许并不想让太多人知道,绑匪的信息目前全然不清楚,但我怀疑,对方的势力可能比我们想象的要大得多,救阿晴的那个人可能知道些什么,但是不愿意惹麻烦。"如柏摇摇头。

在南宫晴身边守了一夜,如柏也用这个时间,自己把前情后事细细地梳理了一遍。

"昨天晚上可能发生了太多阴差阳错的事情……"她低声道。

然而她话音未落,就听到身后的南宫府响起了一片喧嚣。

"怎么回事?"如柏转身又折返了回去,把一个门口的婆子叫过来问,"发生了什么事?"

"哎呀,不知道我们小姐这算不算因祸得福。"那婆子一脸喜色,"刚刚正门里来了人……是韩王府提亲的呐!"

"韩王世子殿下,有意求娶我们家小姐为世子妃!"

如柏愣了一下,和随后跟上来的楚明轩对视了一眼。随后,她缓缓地微笑了起来。

"好在……可能阴差阳错得很美好。"

简短交谈了几句后,如柏回沈府补了个觉,傍晚时分,养精蓄锐的她便再度约见了楚明轩,一起来到了十一街那个石狮子旁边。

"还能找到什么蛛丝马迹么?"楚明轩皱眉道。

如柏蹲下来细细地看着石狮子周围的石板地。

"昨天下午下过一场小雨,土地是微微湿润的,因此出行的人很容易鞋底带泥。"如柏道,"你看这里,这些很浅的泥印应该都是当时那个等候的人留下的,他在这里停留了很久,一直绕着石狮子踱步。"

"你看,这里留下了一个还算完整的脚印——从大小来看,这确实应该属于一个半大少年。"

"等在这里的人是个半大的小崽子——这符合我们之前看到信的想法,阿晴应该对他没起什么疑心,她应该是自愿跟着那个小崽子走的。"

"但这个小孩不是真正的策划者。"楚明轩道。

"对,他应该只是个诱饵。"如柏点头,"阿晴半夜清醒过一会儿,跟我报了个地址——应该是昨夜她被绑的地方,你查到那户宅子的主人是谁了么?"

"你早上告诉我的时候我就已经叫人去查了。"楚明轩道,"但是很蹊跷,各种途径都查不出来。"

如柏的眉头皱了起来。

"两种可能,第一种是这个宅子本身就是无主的;第二种是,这个主人很有办法,通过种种手段把自己购买这座宅子的痕迹消掉了。"

如柏沉吟了一下,道:"我们先一起过去看看。"

那座宅子离十一街并不太远,一炷香的工夫两人便赶到了现场。

只匆匆绕着这个宅子转了一圈,如柏就下了结论。

"不是第一种可能,这个宅子一定有主人。"她说,"这座宅子是被特意翻修过的,墙壁用的泥封是近几年京城才有的,门窗也全都加厚了——这是为了隔音。"

"还有,你看院子,只有前门,没有后门,是个死胡同,这意味着什么?"如柏低声道,"意味着进去了就很难逃出来。"

楚明轩立刻明白了她的意思:"你是说,这个宅子本身就是被拿来做特殊用途的。"

"对,如果想要害什么人,把他骗到这里来,很容易就可以关押起来,再悄悄处理掉,神不知鬼不觉。"如柏微微打了个冷颤,"京城里居然会在繁华地段里有这么一个现成的私牢……你能想到什么?"

楚明轩沉默了片刻,才低声道:"想到……若主人并非位高权重者,不足以有这等本事。"

如柏跟着他沉默了片刻,最终还是决定把知道的一切和楚明轩分享。

"昨天阿晴在烧得迷迷糊糊的时候,念叨了一个名字,是'翎风'。"她轻轻说,"再加上今日韩王府上门提亲……阿晴和我说过,她之前没见过楚翎风,那么很可能是昨天晚上发生了些什么。"

"所以如果我没有猜错的话,昨天救她的人,很有可能是这位韩王世子殿下。"

楚明轩微微皱起了眉。

楚翎风作为韩王世子,身份贵不可言,然而就是他这样的天潢贵胄,也只愿出手救人而不愿公然站出来承认是自己做的,显然是不想明着得罪这绑架案的幕后策划者。

那么此人的势力得大到什么地步,才能让皇室宗亲都心怀忌惮?

"我怀疑此人来自宫中。"良久,如柏道,"而且你别忘了……阿晴只是阴差阳错地被牵连了,策划者真正想针对的人,是我!"

楚明轩瞳孔一紧。

片刻后,他低声道:"是因为我。"

如柏如果仅仅是作为沈家二小姐的话,那么并不会有哪个大人物大费周章地想杀她。

然而她和楚明轩走得太近了……

东宫太子,那是无数权力漩涡的中心,而普通人一旦接近这个中心,恐怕就再难有独善其身的可能。

如柏看出了他在想什么,反而笑了一下,出言安慰:"事情都没准儿的呢,不一定是被你连累的——我之前办过那么多案子,没准哪次就触犯了某个大人物的利益,被记恨了我自己都不知道呢。"

"但是这个案子……恐怕没法查下去了。"如柏轻轻地说。

是啊,查下去又怎么样呢?

连韩王世子都忌惮的人物,绑了一个小小的民女,即使被发现了,又能撼动到他的什么呢?何况那个民女最终也没有死。

在大多数情况下,王子犯法,都做不到与庶民同罪。

楚明轩没说什么,良久,他突然伸手摸了摸如柏的头。

"你放心。"

如柏抬起头来看着他。

"不会再有第二次了。"

"以后我会护着你，想动你的人，先想想他有没有这个命。"

楚明轩的脸上没什么表情，然而他微微咬着牙，下颌处显出了锋利的线条："这一次我也不会放过，你等一等，等时机成熟了，我会还你一个公道。"

当日夜里，楚明轩写了一封信，交给小全子。

"去宫里，交给那一位。"他扬手把密封的信件扔给小全子，冰冷地补充了一句，"顺便告诉那位——别让我知道有下一次，否则……"

"我们新账旧账一起算！"

如豆的烛灯下，楚明轩蟒袍玉带，眼神寒冷，绷紧的五官宛如寒冰雕成。

夜已经深了，沈贵妃的寝殿里，仍然有数支蜡烛扑朔扑朔地流着烛泪。

"笙卢，云齐要喝的牛乳，可都准备好了吧？"沈贵妃裹了裹淡紫色的缠臂纱，轻声问身边的宫女。

笙卢是沈府的家生丫鬟，从小伺候沈贵妃长大，最是稳妥不过，当下立即道："小姐放心吧，我亲手备下的。"

"那就好。"沈贵妃舒了口气，她已经不算年轻了，然而保养得极佳，身上又带着极为温婉妩媚的气韵，因此连眼角那一丝岁月带来的细纹，都让人看着觉得说不出的舒服。

笙卢察言观色，立刻明白了沈贵妃那一声微不可闻的叹息里包含了什么，心下不由暗惊，忍不住小声问道："小姐，之前给皇子投毒的宋氏已然被正法，难道饮食上还有什么危险么？"

沈贵妃轻轻一嗤，笑了出来："笙卢，你当这里是什么地方？"

她望向雕花的窗棂，窗外是大片被层层宫墙锁住的夜色："这里是后宫，是权力纷争的漩涡中心，表面上你看它花团锦簇，谁知道哪一束花蕊之间埋的就全是密密麻麻的刀刃？"

她顿了顿，有些出神地自言自语："不知道为什么，这些天我老梦见宁贵妃。"

笙卢猛地哆嗦了一下。

宁贵妃——这个人已经死了许多许多年，而在这许多年里，她的名字鲜少有人敢提及。

她是皇帝的伤处。

也是……

当朝太子楚明轩的生母。

"当年我还是个小小的嫔妃，入宫没多久，天天想家想到躲在被子里哭。"沈贵妃喃喃道，"还在一开始就得罪了如今的皇后，明里暗里被使了不少绊子。如果不是宁姐姐为人温和，一直护着我，真不知……"

"小姐别想了！"笙卢忍不住出言安慰，"凶手已经被挫骨扬灰这些年了——宁贵妃虽然红颜薄命，但是太子殿下这样争气，想必她九泉之下也是欣慰的。"

沈贵妃微微颔首，用手绢把眼角的一点湿润掩了下去："不错，明轩是个好孩子……可是笙卢,我心里其实……一直有个古怪的预感。"

笙卢抬起头来望着她。

"我觉得宁贵妃的那件案子……或许并非我们想的那么简单。"

笙卢闻言狠狠一惊,失声道:"小姐……"

这不是开玩笑的话。

当年这一案,前朝后宫惧惊,皇上史无前例地震怒。

身份高贵、德才兼备的贵妃被人谋害致死,留下还未及冠的幼子。

那是很多年前了——彼时沈贵妃还是入宫不久、连皇帝的面都没有见过几次的沈嫔,当今皇后也只不过是惠贵妃,而皇帝的第一任正妻因病去世还不足一年,后位空悬,宁贵妃是最有可能的继任人选。

宁贵妃之死不但让深爱她的皇帝大病一场,也让其母族愤慨不已,矛头多次指向当时其他几位也有可能成为继任皇后的妃子——然而没有。

所有的妃子都没有被查出任何可疑的迹象,凶手背后似乎再也没有别人。

最后,并不曾生育皇子的惠贵妃因着年久的资历和极其高贵的出身被册封为皇后,而东宫太子之位,给了宁贵妃留下的唯一的儿子——三皇子楚明轩。

笙卢勉强平静下心绪,问沈贵妃:"小姐怎么会这么想?"

沈贵妃沉默片刻,涂了蔻丹的指甲随着她绞起的双手而碰撞在一起,在寂静的黑夜里发出一声脆响:"因为明轩。"

"他这些年来不声不响……除了例行的祭奠怀念之外,没有太多多余的动作。"沈贵妃轻声说,"然而我是看着他长大的……我知道他从未有一日真正地放下。"

笙卢眉头狠狠一跳。

"他那层清冷的气质,以及轻易不表露情绪、不让七情六欲表现在脸上的状态……其实都是在保护自己。"

"我觉得,他根本就不信当年的论断,他认为真正害死他母亲的人,仍然完好无损地活在这个人世间。"沈贵妃站起身来,走到窗边站定,"只是那人的根基超乎寻常的深厚,藏得也超乎寻常的深……而他之前还小,羽翼未丰,不足以与之抗衡。"

"而现在……"沈贵妃望了一眼窗外黑压压的景色,不知为什么,明明只是平静地让人觉得压抑的夜色,却总让人闻出了一股风雨欲来的气息。

沈贵妃回过头来,看着笙卢,轻轻提了一下嘴角。

"而现在……他长大了。"

柳七复此刻正在楚明轩府上。

"之前的偏方都有按时服用吧?"柳七复道,"有什么效果么?"

楚明轩沉默着摇摇头。

"那就说明还是不对症。"柳七复敛袖道,"还要再试么? 不是我劝你,这件事和你母亲的事……并不一定有联系。"

楚明轩沉默片刻,道:"还要麻烦柳兄再试试。"

柳七复咳了两声,平缓了一下气息。即便是夏天的晚上,人人热得恨不得袒胸露背之际,这位病琴师仍然披着雪白的外袍,他不疾不徐道:

"你坚持的话,我自然尽力,那么等两日,你再来杏花阁找我便是……可以带上如柏,不是我说——杏花阁主厨的大师傅见到她,真是仿若俞伯牙遇上了钟子期一般,最近一直说发明了新菜,催我叫她来试吃评价。"

他们寒暄了两句,就在柳七复正要告辞之际,小全子突然来报:"殿下——丹阳郡主来了。"

楚明轩皱了皱眉,还没等他出言阻拦,就听到屋外已经传来了环佩之声。

——丹阳郡主实在是不怎么拿自己当外人。

柳七复非常促狭地看了楚明轩一眼,嘴里念叨着:"太子兄艳福不浅,不浅……"

然后他就在楚明轩绝望到要杀人的目光里,一边十分不真诚地向他保证"我不告诉如柏姑娘",一边忍着笑躲到了屏风后。

柳七复刚刚藏好,丹阳郡主就到了。

"唉,我就猜到表哥还没睡。"丹阳衣袂飘扬地走进楚明轩的书房,"总是这么操劳,可怎么好呢? 我炖了参汤,表哥快补一补吧。"

丹阳郡主作为皇后母家那边的人,其实和楚明轩八竿子的血缘关系也没有——然而这一位天生自带一种扭股糖般的黏人劲儿,一声声"表哥"叫得人浑身上下没有一个角落不甜腻。

"辛苦了。"楚明轩点了个头,"先放着吧。"

"表哥……"丹阳不仅声音像扭股糖,人也像扭股糖,当下就亲亲热热地贴了过来。

楚明轩何等人物,文治上惊才绝艳,武功上也是从小师承御林军统领,当下就是一个不动声色的腾挪,异常巧妙地和丹阳郡主拉开了一个身位。

丹阳眼看自己这招并不奏效,只好委委屈屈地收住了计划,装作什么都没有发生一般,道:"表哥知道吧,翎风哥哥快要大婚啦。"

楚明轩被她这声"翎风哥哥"又是腻得头皮一麻——如果不是已经知道楚翎风去南宫府提了亲,他都要怀疑和韩王世子殿下两情相悦的是眼前这位了。

"表哥到时候和我一起去观礼吧……"丹阳道,她一眼瞥见自己端来的参汤,"哟,光顾着说话,这可都快凉了,表哥要腾不出手的话,不如丹阳来喂你吧……"

楚明轩彬彬有礼地把参汤放回食盒,递还给丹阳,简短说道:"不喝了。"

他扬起手,十分有风度地指向门口的方向:"不送。"

丹阳:"……"

柳七复:"……"

一天后,楚明轩果然带了如柏去杏花阁赴柳七复的约。

杏花阁的大师傅一见知音到来,二话不说地花了最大的力气做好菜。如柏一边运筷如飞,一边自顾自地赞不绝口。

她一筷子红烧鱼还没吃完,就听到外边传来了重重的脚步声——来者似乎不善。

如果正常的宅子外出现这样的脚步声,那么主人最好立刻警觉地集结家丁进行防范——这多半是仇人来了。

但是如果是柳七复的房间外出现这样的脚步声,那么大家不必太过慌张——这多半只是孟学然来了。

"天,今天客人多,孟少爷可别妨碍人家杏花阁的生意。"如柏嘀咕了一声,眼看自顾自地坐定八方不动的太子爷和风流自若旁若无人的柳七爷都指望不太上,如柏只好自己迎了出去,打算叫这位同样不太好对付的孟四爷消停点儿。

哪知道如柏刚刚出去,就看到孟四公子自己消停下来了,正对着一个人施礼:"陆公子。"

如柏定睛看去,只见孟学然对面站着个着一袭读书人长袍的公子。

那人的袍子略有些旧了,然而人却并不显得寒酸,显然是世家才有的气质。眼睛不见得长得有多么精致,然而自带一股温暖的笑意,被这双眼睛含笑注视的女子,怕是很容易便觉得他对自己有情。

唉,如柏在心里摇头叹息了一声,一看就是少不了风花雪月的人。

本来,两个正人君子在风花雪月之地巧遇,总是有那么点尴尬的,然而那陆姓公子却颇为坦荡地一拱手:"孟公子好。孟公子来找哪位姑娘呀?"

孟学然想了想,道:"柳七姑娘。"

正要上前的如柏:"……"

"……说笑了。原来孟公子是来找柳琴师的。"那陆姓公子显然对杏花阁是极为熟稔的,脱口而出,"原来只听得孟公子武艺高强,想不到在音律上还颇有造诣。"

唱歌从来没有在过调儿上的孟四公子厚颜无耻地点了点头。

二人俱有各自要找的人,因此匆匆说了两句话后便散去了。

"那是谁啊?"如柏一边和孟学然一起进屋,一边道。

"陆学年,陆侍郎家的儿子。"孟学然道,"人还不错,谈不上特有出息吧,不过也不算丢祖宗的脸,不过为人优柔寡断,据说是个情种。"

"姑娘们可是最爱情种的。"柳七复离得老远就听到了他们说话,拨着琴弦,闲闲地插了一句,"我们楼里有个作诗作得极好的姑娘爱极了他。"

如柏老出入杏花阁,和楼里的年轻姑娘们自然混得很熟,闻言道:"作诗作得极好——难道是吴岚裳姑娘?"

柳七复一点头。

"天啊,那这小子艳福不浅。"如柏一掌拍到桌子上,差点儿没把杯子里的茶水震到楚明轩身上去,"岚裳姑娘长得多好看。"

"但陆公子对她似乎只是朋友——情分这个东西么,说不清楚的。"柳七复苍白的指尖一勾琴弦,"他爱的另有其人。"

如柏的好奇心立刻被激了起来:"谁?"

柳七复看着她,没什么血色的薄唇一勾,露出一个浅笑,也不卖关子,温和道:"杏花阁头牌歌女——苏浣溪。"

"更难得的是,他们是两情相悦。"柳七复的声音伴着如水的琴声,不紧不慢地加了一句。

"天呐……陆公子这何止是艳福不浅,满京城的桃花都掉他头上了吧?"如柏啧啧称奇道。

杏花阁有三大花魁,是最富艳名的三个绝色女子。

分别是歌魁苏浣溪、舞魁华倾城,以及文魁吴岚裳。

想不到这陆公子也并非什么绝顶人物,竟然能三中得其二地讨得美人的欢心。

他们这边正讨论着,一个姑娘便叩了叩门,不见外地走了进来。

"哟,原是有客人。"进来的女子云鬟高耸,美目朱唇,整个人明艳不可方物,人如其名,的确是一笑可以倾城倾国的祸水——正是舞魁华倾城。

柳七复虽然身处脂粉扎堆的杏花阁,不过和众女也秉承君子之交,大多都只是淡淡如水,并不熟悉。

华倾城却是个例外,这个明艳动人的女子和柳七复私交甚好。

"我刚在门口听着两句,仿佛听到了浣溪的名字?"华倾城拢一拢高耸云鬟上的珠花儿,"我正好是为她来问一句的——柳公子下一首曲子什么时候才能编完?编完她才好教那帮新来的小丫头们唱。"

其余的人说到底都是外人,不熟悉杏花阁的规矩,柳七复却是一下子抓住了这话的不同寻常之处:"教新来的歌女唱?那她自己不再唱了么?"

华倾城轻轻叹息一声:"浣溪大约是待不长了,打算趁着还有几天,赶紧找个人接她的班吧。"

柳七复眉梢一挑,问道:"怎么说?"

"当然是因为陆公子。"华倾城艳丽的朱唇微微一弯,透出一抹喜色来,"陆公子是真正的痴心人,对浣溪是一片赤诚,打算花大钱为她赎身,然后娶为正房妻子。"

不怪华倾城替她感到高兴,青楼歌女的命运大多悲惨,年少再怎样"五陵年少争缠头",年老也难逃得过"梦啼妆泪红阑干",命运不济的孤独终身、老死青楼,好一点的也不过是被大户人家收作妾侍,仍是看人脸色、端茶倒水的命。

而能被官宦人家的公子真心相待、娶为妻子,这根本是想也不敢想的好福气。

然则华倾城的高兴没持续多久,那双总是秋波荡漾的丹凤眼里又很快掠过一抹忧色:"只是为着这事,她已经和王妈妈闹翻了。"

众人都微微皱眉。

杏花阁虽是烟花之地,然而众女都自有风骨品格,因而愣是让这里成为了京城的一片风雅之处。然而这风雅之处的主人却并不风雅——杏花阁的主人,众人口中的"王妈妈",是个掉在钱眼儿里出不来的女人。

眼看摇钱树要倒,这个女人怎么会善罢甘休?

华倾城还要再说苏浣溪这边遇到的困难,孟学然却突然打断了她:"陆公子这事……他家里人知道么?"

陆学年是很好面子的人,然而之前管孟学然借过好几次钱,都没能还上……一看境况就不好。

华倾城猛地沉默了。

如柏和楚明轩一对眼神,各自心下俱是一片了然。

"知……道。"良久,华倾城才小声说,"陆公子的父亲根本接受不了一个歌姬作儿媳妇……扬言要和他断绝父子关系。这还不是最可怕的,陆公子有个姓刘的世伯,他家的女儿从小就一直以未来陆家的儿媳妇自居,如今出了这档子事,陆家没来闹什么,那姓刘的女儿却是叫人给浣溪传了好几次话,说……"

众人都看着她。

华倾城咬一咬丰润的嘴唇:"说如果她不停止勾引陆公子,就叫她死无葬身之地。"

众人的眉头都皱得更深了,只有楚明轩面无表情地嗤了一声:"行了,她当没王法吗?"

"是……"华倾城略略宽慰一点,道,"其实都没什么关系,陆公子和浣溪是真的两情相悦,这些困难,想必都是能解决的……"

她的目光越过对面的柳七复,看向窗外,突然嫣然一笑:"你们看。"

众人一起回头向下望去。

只见杏花阁后面的院子里,陆学年和苏浣溪正不顾周围往来的小厮丫鬟,紧紧相拥。

孟四公子看得津津有味,忍不住吹了一声口哨。

陆学年和孟学然先前就认识,倒是不觉得怎么样,浣溪却立刻害了羞,本来还打算回身来见个礼,此刻闻得口哨声,赶紧只往陆学年怀里躲。

陆学年笑了一下,温柔地拍拍她:"你先回去,我等会就去找你。"

待浣溪回去后,陆学年才拱了拱手,就要上来和孟学言再说上两句,然而他刚从小院绕回大堂的楼梯,就被楼梯上一个急速奔下的女子一把拦下。

华倾城此刻也引着众人出了房间门,正要下楼梯,正巧目睹了这一幕,忍不住低低发出一声惊呼:"岚裳!"

那拦住陆学年的女子不是别人,正是一直对他痴心一片的诗魁吴岚裳。

浣溪作为杏花阁的第一把好嗓子,身量略丰,肤如凝脂,而吴岚裳却清瘦得仿佛一阵风就能吹倒,也不知是不是因为心上人就要和曾经的姐妹双宿双飞,她的身形愈发消瘦起来,腰细得几乎可以掐断,然而纵然如此,她走路仍然带风,整个人来势汹汹,气势不减。

"陆学年……"只听得岚裳咬牙切齿道,她的两腮已经瘦得陷了下去,头发也没有梳,凌乱地披在肩上,看上去像个来索命的厉鬼,丝毫见不到原本的风情与美好,"我一直忍着不找你……然而我真的想问一问,我们之前算怎么回事?我在你眼里又是什么?"

陆学年悲悯地看着她:"岚裳,你诗文极有灵气,我待你如待知己。"

"知己?"岚裳猛地笑了起来,"我稀罕做这什么知己?"

一串眼泪急速地从她眼角坠了下来,岚裳一直隐忍不发的情绪终于在这一刻爆发了,她冲向最近的桌子,一把抄起茶壶,劈头盖脸地向陆学年的头上砸去:"如果你不爱我,又何必一直赞我诗作得好?何必每一首都写了和诗给我,让我以为你对我也有那么一点真心?"

陆学年垂头而立,竟然躲也不躲,如果不是孟学然赶紧冲上来把他拉开,那茶壶连同里面滚烫的茶水怕是都要在他的头上砸出一片血花。

"哟!哟!"这里的动静太大,直接惊动了杏花阁的主人王鸨母。只见一个穿金戴银、脸上涂了厚厚一层白粉的肥胖女人忙不迭地扑了上来,"说话就说话!拿东西出什么气呢!东西不要钱买的吗!"

王鸨母愤怒归愤怒,然而苏浣溪这棵摇钱树眼看要倒,她不敢在这个时候对吴岚裳太凶,只能一边抱住号啕大哭的吴岚裳,一边拼命冲周围的小厮喊:"苏浣溪呢!叫她下来!都是她惹出来的幺蛾子!她自己过来看看怎么收场!"

两个腿脚麻利的小厮得了吩咐,立刻向楼上冲去。

一炷香的工夫后,两个人缓缓地走了下来。

王鸨母一看他俩身后是空的,火立刻更大了:"人呢?"

只有如柏和楚明轩看到那两个小厮丢了魂一样的眼神,心头猛然掠过了一阵不祥的预感,不约而同地站了起来。

良久,那两个小厮都没说出来话。

漫长的沉默后,才有一个小厮颤抖着嗓子道:"浣溪姐姐……死了。"

苏浣溪的房间里陈设很简单,她似乎不喜欢繁杂的装饰物,房间里除了一沓又一沓的曲谱和大大小小十几把琵琶外并没有什么别的收藏。

而此刻她就倒在这一圈琵琶中间。

仵作来得很快,且在刚刚到场的时候便知道了这里不仅有大理寺少卿孟学然,还有当朝太子殿下,当即手脚不知道往哪里放……

不过孟少卿和太子殿下倒是十分坦然,使得仵作很快就放松了下来。

"死者的死因是窒息。"仵作翻过苏浣溪的尸体,只见她白玉雕成一般的脖颈间,一道红痕触目惊心,"凶器是这个掉落在她旁边的带子,痕迹吻合得上。"

"那是个什么带子?"孟学然站在一边,忍不住出言询问。

"下官并不太熟悉……"

"那应该是个女孩挂在脖子上的带子,一般情况下用来拴个什么坠子。"如柏打断仵作的话,从自己的领口里揪出来差不多的一根:

"喏,我也有一根,拴的是我小时候外祖母去庙里给我求的玉观音像。"

楚明轩在旁边微微皱眉,立刻了然:"也就是说,这根带子在事发时,很可能本身就挂在死者的脖子上。"

他一挥手:"搜。"

捕快们立刻领会了他的意思,当即在房间里四处搜索了起来,片刻后,一个捕快便将一块金镶玉的坠子递到了楚明轩手里:

"殿下,这应该就是带子上原本坠着的东西,在拉扯的过程中崩开了,滚到了床下。"

如柏凑上来看。

那坠子端的是华美非常,由金丝手工编成一个小笼子,笼子里面是一枚洁白如雪的羊脂玉,上面以极精细的刀工雕了一对栩栩如生的鸳鸯。

"这……是个定情信物啊。"饶是沈如柏对男女之事非常不通,她也好歹认识鸳鸯。

"是陆公子给的吧。"她回头扫了一眼。

然而陆学年压根就没有回答她。

陆学年本身在公子中，就属于儒雅文弱的那一类，看到苏浣溪尸体的那一瞬，他就直接瘫在了地上。此刻已经被人抬到了大堂里，他身边的小厮正忙不迭地给他喂水，然而他闭着眼睛只是流泪，一口也喝不下去。

岚裳坐在他旁边，那个刚刚还大吵大闹的女人此刻看到陆学年的模样也歇斯底里不起来了，可能也依稀想起了和苏浣溪情同姐妹的时光，此时坐在陆学年的身边握着他的手，也只是默默流泪。

而之前那个提过的以陆家儿媳自居的刘姓女子也不知怎么的得到了消息，不过自矜大家闺秀的身份，不便踏足烟花之地，只是吩咐了人前来照应陆学年。

而王鸨母此刻阴沉着脸站在一边，她脸上的粉太厚，使得别人很难看清她是否有什么细微的表情。

如柏的眼神缓缓地从这一屋子人里滑过。

很难办，有动机杀苏浣溪的人……太多了。

岚裳不用说，女人为了嫉妒和爱情可能干出任何事情，何况明眼人只要一看就知道她是多么地深爱陆学年。

那个刘姓女子一直声称苏浣溪不离开陆学年就要了她的命……那么有没有可能杏花阁里混进来了她派来杀苏浣溪的人呢？

至于王鸨母，苏浣溪因为赎身一事已经和她闹得势同水火。从小养到大的乖乖女突然有朝一日为了一个男人要摆脱自己的控制……她会不会在恼羞成怒之下杀了她？

柳七复为难地看了一眼楚明轩，走上前来低声道："太子兄想必还有诸多事务要处理，这里的案子我们等着巡捕房查就好……"

杏花阁是柳七复日常所居之处，出了命案他自然不能坐视不理，然而楚明轩只是个客人不说，还是个金尊玉贵日理万机的客人……没有把他也留下来一起查案的道理。

然而不知道为什么，楚明轩的目光始终落在苏浣溪屋中那一圈琵琶上，他竭力保持住了表情的平静，然而眼神中却难以抑制地透着一股古怪。

——那眼神让如柏觉得似曾相识，然而她努力回想起在哪儿见过时，却一点儿也想不起来了。

"不必，我今日也没有什么要紧事。"楚明轩矜持地一点头，转身对王鸨母说，"劳烦收拾一个空房间出来吧，我们既然在场，就少不得帮着查一查。"

苏浣溪房间的隔壁很快被收拾了出来，几个小厮恭恭敬敬地引着众人进去。

如柏和楚、孟、柳三人围着红木圆桌坐下，其余捕快都在屋外候命，手脚灵快的小厮麻利地给四人倒上热茶后，便十分有眼力见儿地退了出去。

孟学然顾不上喝茶，直接转头问如柏："有什么想法么？"

如柏没有直接回答他，只是反问："如果不谈线索，只谈动机的话，你觉得最有可能是谁？"

"那太多了。"孟学然英气勃发的浓眉皱了起来，"刘姓女子，王鸨母，还有那个吴岚裳。"

他顿了顿，道："虽说现在没什么证据，但是要我说的话，我最怀疑的就是吴岚裳。"

如柏挑挑眉，无声地问他此话怎讲。

"刘姓女子是个从未踏足过杏花阁的外人，就算她妒火中烧有心杀掉情敌，也不会选在这么一个人生地不熟的地方吧？"

孟学然道："至于王鸨母，无论她和苏浣溪闹得有多不愉快，苏浣溪死掉对她来说都没有任何好处——得不到赎身银子不说，还会因为命案惹上一身麻烦，影响杏花阁之后的生意。她一看就是个精明的女人，不该因为情绪上的波动做出这么损人不利己的事情。"

"但是吴岚裳是动机最足的一个——她有多喜欢陆学年那小子，长着眼睛的人都看得出来。她对杏花阁也熟悉，动起手来很方便。"

如柏沉吟片刻，道："小孟分析得有道理。"

还没等孟学然高兴一下，她紧接着便道："之前我是单从动机上来说，分析完动机上的可疑人选之后，我们来看看现场有的线索——柳兄？"

柳七复一直没参与他们的讨论，然而整个人也绝对没闲着，正在飞快地整理捕快和忤作们查出来的结果，听到如柏叫他的名字，立刻云淡风轻地应道："现场留下的信息并不太多，我梳理了一下，大概有这么几条。"

"凶器是死者生前一直挂在脖颈上的带子，原本拴的是陆学年给她的定情信物。"

柳七复把那个金雕玉琢的昂贵坠子轻轻放在桌上："凶器的选定并不能说明太多问题，可能是凶手特意选择的，暗示感情纠纷问题，也可能根本就是随手拽过来的。"

"房间的地板很凌乱，有明显挣扎过的痕迹，桌上有两杯已经凉了的茶。"

孟学然纵然是武榜出身，然而待在大理寺多年，对案子也有了一种直觉式的敏感，闻言立刻道："两杯？"

柳七复冲他点了个头："两杯，都是满的，没有喝过。"

如柏和楚明轩心照不宣地对视了一眼，同时心下俱是一片了然。如柏低声道："那么……就不是吴岚裳。"

孟学然一愣，倒是一直没有说话的楚明轩淡淡地跟了一句："她没有作案时间。"

"凶手并不是通过暴力手段破门而入的——苏浣溪给凶手开了门，还倒了茶，然而不等她喝，就被突然动手的凶手杀害了。"

"她的死亡时间是很好确定的，就在她从后院上楼到小厮再上去叫她之间的这一段时间里。"如柏接着说道，"她上楼没多久，吴岚裳就已经冲进大堂大吵大闹了，这期间相隔的时间太短，不够她杀人的。"

孟学然沉吟着坐在原地，柳七复看他一直不说话，便问道："你在想什么？"

孟学然罕见地没和柳七复呛声，只是摩挲着下巴低声道："不知道为什么，我有个……很恐怖的想法。"

其余三人都看着他。

"我们想的这几个嫌疑人，都和苏浣溪闹得很掰，苏浣溪会客客气气地让他们进屋，亲自给他们端茶倒水？"

"我就是有点怕……能跟她这么亲密的人，别是陆学年那小子本人吧？"

屋内有片刻的寂静，然而孟学然的想法很快就被证明了不可行。

"没可能是陆学年。"如柏摇摇头，"第一他没有任何动机；第二，苏浣溪的死亡时间内他全程都在我们眼皮子底下，不在场证明是铁打的。"

"仅凭苏浣溪给凶手倒水就判断他们很亲密，太武断了。"她敲敲孟学然的头：

"有时候心里闹掰了，表面上也会维持客气，凭这条线索，说明不了太多问题。"

她站起身来，思索片刻，道："还是查案的老规矩吧，我和太子殿下去跟所有可疑的人聊聊，柳兄和小孟去苏浣溪的房间里再看看有没有能用得上的证物线索……"

"我去吧。"楚明轩突然开口道。

如柏猛然被打断，有点儿发愣。

"我是说我去搜查证物吧。"楚明轩也意识到了，赶紧补了一句，然而一时间也说不出什么理由来，只好尴尬地沉默下来。

如柏没说话。

楚明轩今天不太正常。

准确地来说，是从在苏浣溪房间里看到那些大大小小的琵琶开始，他整个人就显出了一种异样的紧绷感。

太子殿下身上应该是有一些秘密的，这点如柏很早就有所察觉。

她甚至一直认为，楚明轩之所以一直对自己好，破案的时候跟在身边帮着自己，也是因为看上了自己的破案能力，想让自己帮他的忙——这件事她也早在灯会上就对楚明轩说过。

所以她从来没有主动问过楚明轩这些秘密究竟是什么——她相信总有一天，楚明轩自己会告诉她。

可是一个小小的歌女而已，她用过的乐器……也能和当朝东宫太子爷的往事扯上关系么？

一堆乱七八糟的思绪在如柏心里转了个圈,然而现在这个情况下,一向冰冷自若的楚明轩罕见地显示出了情绪不太稳定的一面。

如柏犹豫了一下,还是没有直接问,只是顺水推舟地点头道:"那柳兄和我一起去审嫌疑人吧,正好杏花阁的人你都熟——太子殿下和小孟去死者的房间吧。"

所有与案件有牵涉的人已经被捕快们分隔进了不同的房间,如柏和柳七复商量了一下,先进了吴岚裳的房间。

吴岚裳疲倦地半躺在一张罗汉床上,看到如柏和柳七复进来,也没有再花力气站起来见礼,由于下午的吵闹和哭泣,她的嗓子已经哑了,此刻只是很小声地说道:"想问什么就直接问吧。"

其实吴岚裳很美,生的是一副书香门第里弱不禁风的小姐模样,淡烟一样的眉毛,杏核一样的眼睛,只是现在她的眼睛已经肿了起来,两腮也深深地陷了下去。

和因为爱情的滋润而容光焕发的苏浣溪比,简直一个天上一个地下。

如柏和柳七复坐下来,如柏犹豫片刻,这三个人的关系乱成一团麻,她一时竟没想好从哪儿开口。

"你们就想问我和她之间那些情情怨怨的事,对吧?"吴岚裳叹了口气,这个作诗的时候文辞达雅的姑娘说起话来倒是一点都不书面化,每一句都直截了当:

"直接问就可以了,没什么不能说的,人都死了。"

"当初学年刚来杏花阁的时候,和我们一帮姐妹都很好。"谈到陆学年,吴岚裳的眉眼立刻温柔了起来,满心的喜欢藏都藏不住:

"他是那种天生的温柔种子,不像别的男人那样只把我们当作玩意儿,而是真的理解我们、怜惜我们——"

"说起来柳公子也是这样,只不过柳公子性情淡泊,不表露太多,而学年是真的平日里便给我们很多关怀,我们谁想吃什么,谁病了需要药,他都会设法给我们搞来。"

"没旁的心思,就是单纯图一个我们的开心,也不求我们因此感激他。"

"很多姐妹都喜欢他,但是和他最好的还是我和浣溪。"提及死者的名字,吴岚裳沙哑的声音轻轻抖了一下,"他是我真正的知音,他能懂我在诗里想表达的所有……"

如柏轻声出言打断了她:"抱歉,我有个问题——陆学年有明确跟你说过他爱的人是苏浣溪么?"

吴岚裳狠狠地颤抖了一下。

长久的沉默。

在如柏以为吴岚裳拒绝回答这个问题时,她沙哑着嗓子开口了:"有……"

她闭上眼睛,一大颗眼泪急速地坠了下来,整个人突然颤抖着哭了起来。

如柏和柳七复看她这样,几乎没法问下去。然而吴岚裳哭了一会儿后,便强自镇定了下来,一边擦干净眼泪,一边道:"我知道你们想问什么——我恨她么?"

她兀自笑了一下,然而那笑容比哭还难看:"当然恨,我一直在想,没有她的话,也许学年就会选择我了……"

柳七复平静地看着她,并没有说一句话。

"但是不是我。"她轻声道,"我是看到他俩在后院搂搂抱抱……一时妒火攻心,等浣溪上来我就冲了下去,前后衔接的时间非常紧,我没时间杀她。"

如柏沉默片刻,点了个头,道:"是,你的确不可能是凶手,所以我们也只是来找你了解更多情况——你觉得还有谁可能杀她么?"

吴岚裳枯瘦的手指点了点自己:"这座杏花阁里,最想让她死的人就是我——没有旁人了。"

如柏还想接着问,然而柳七复无声无息地拽了一下她的袖子,站了起来:"那么就先问这么多吧,吴姑娘好生休息。"

他站起来,白衣飘飘地向外走去,如柏连忙跟了上去。

一直等出了房门,如柏才向柳七复问道:"柳兄,你……"

"她在撒谎。"柳七复低声道。

"什么?"如柏一惊。

柳七复带她来到一个雅间里,自己动手给二人倒了茶,抿了一口茶水后,柳七复才道:

"你之前和吴岚裳只有过数面之缘,不了解她,看不出来不对劲是正常的。但是我一直住在这里,她们的事多少清楚一些——吴岚裳刚刚明显没有说实话,她的所作所为一直很蹊跷。"

如柏凝神,示意他继续说下去。

"今天发生的一切,表面上看上去并没什么异样之处,有情人约会,被负了的情敌哭闹惹事——但如果这个'情敌'是吴岚裳的话,就很不合理了。"

"吴岚裳深爱陆学年而陆学年深爱苏浣溪——这些都没问题,问题就出在岚裳对陆学年的爱并不是自私的。"

柳七复道:"倾城跟我说过,陆学年要娶苏浣溪为妻的事刚传出来时,吴岚裳的确伤了好大的心,整个人消瘦憔悴得认不出,但是她私下里和倾城说过,感情之事强迫不得,如果真的有人能照顾陆公子,给他带来幸福和快乐,那么她也会从心底里祝福他们。"

如柏思索片刻,最终还是忍不住问道:"虽然这么揣度别人可能很阴暗……但你怎么知道这不是吴岚裳嘴上逞强呢?"

"口是心非的可能并不是没有,但是凭我对岚裳为人的了解,总觉得她不会。"柳七复沉吟半晌,道,"就算她之前说的都是假的,那么也还存在一件事不合理。"

"岚裳是饱读诗书的女子,平时作风和世家女子比也不差什么。非常不喜欢撒泼打滚那一套,为什么今天会闹这么一出?"

柳七复道:"而且就算她是情绪爆发——那为什么会在今天爆发?陆学年和苏浣溪在杏花阁里卿卿我我不是一天两天了,今天也并没干什么比平时更出格的事,她有什么理由今天爆发?"

在案件方面,如柏总是格外敏感,闻言立刻捕捉到了柳七复的弦外之音:"你是说,她可能是在靠哭闹引开别人的注意力……给楼上的凶手打掩护?"

柳七复沉默片刻,吴岚裳说到底也是他的故人,他并不愿意她和命案牵扯上什么关系,然而这可能性确实存在:"对,杀人不一定要自己动手,她在下面大吵大闹吸引注意力,她安排的凶手在楼上杀人……也不是没有可能。"

如柏捏了捏手指,听到自己的指关节发出一声脆响:"柳兄,当时杏花阁的二楼,除了客人外,都是杏花阁自己的人……你觉得谁会帮吴岚裳这个忙?"

一张张熟悉的脸在眼前闪过,柳七复陷入了沉默。

"先去审审王鸨母吧。"如柏叹了口气,站起来,"嫌疑人才审了一个,别那么早下结论。"

和吴岚裳那边哀伤又冷漠的画风不同,王鸨母已经急得快要掀房顶了。

如柏刚推开门,就看到一张涂满了白粉、眉毛画得漆黑的大脸顶了上来:"姑娘!这可真不关我的事啊!"

如柏吓了一跳,赶紧和涕泪涟涟的王鸨母保持好距离,缓缓说道:"没人说你是凶手……但人死在这里,总要问问你情况的。"

好不容易才把这位安抚下来,柳七复对捏着手帕小声啜泣的王鸨母开口道:"浣溪出事的时候你在哪儿?"

柳七复和杏花阁间并没有什么卖身契束缚的关系,他只是在这里弹琴,对王鸨母的为人一直不太喜欢,因此说起话来也并不客气。

王鸨母抽噎一声:"我在大堂招呼客人啊……几十号人都能给我作证!"

柳七复和如柏对视一眼——又有不在场证明。

眼看着王鸨母又要眼泪决堤,如柏赶紧转移了话题:"这段时间里,所有浣溪身上发生的事,能讲的都讲一讲吧。"

"有什么好讲的?啊?不就是她一心要和那个小白脸远走高飞,不顾妈妈我这十几年如一日的栽培嘛!"王鸨母咬牙切齿道,由于有着坚实的不在场证明,她说起话也肆无忌惮起来,"死丫头片子!白眼儿狼!死了也好!"

然而一想到苏浣溪死了,她连那笔赎身金也拿不到了,王鸨母又忍不住悲从中来,大哭道:"浣溪啊……我的浣溪啊……"

虽说嘴里口口声声喊的是浣溪,但听上去怎么听怎么像"银子啊……我的银子啊……"

如柏和柳七复一起沉默了片刻,几乎都想放弃和这个女守财奴打交道,然而破案迫在眉睫,如柏只好硬着头皮问:"你作为杏花阁的老板,可知道还有谁跟她有恩怨么?或者谁最近有什么困难……需要花银子的?"

然后为了钱被吴岚裳利用,成了杀苏浣溪的凶手。

"就吴……没有,岚裳不会做出这种事的。"王鸨母生怕让自己的另一株摇钱树也倒了,赶紧改口维护了回来,"也没人缺钱啊,柳公子知道的,我王妈妈再怎样爱钱,该给下人发的月银是从不拖欠的,不然怎么罩得住这么大的生意哟……"

如柏和柳七复不打算听她再念生意经了,匆匆应付了两句,就退了出来。

"现在的局势很明朗,有动机的人,无论是吴岚裳,还是和陆学年青梅竹马的那个刘姓女子、王鸨母,都没有下手机会,唯一的办法就是买凶杀人。"

柳七复道:"但确实,买凶的难度也很高,杏花阁不是什么低端的勾栏妓院,这里无论是歌女还是小厮都很体面,很难为了钱去做杀人凶手。"

如柏沉默下来,一时间她也没什么想法。

"那就……先去看看太子和小孟那边发现了什么吧。"

"没什么特别的。"孟学然和楚明轩一起在苏浣溪的房间里待了半个时辰,此刻引着如柏和柳七复进来,平淡无奇地说道。

苏浣溪的尸体已经被捕快们搬了出去,由于是被绳索紧勒窒息而亡,现场也没有血迹,因此除了比较凌乱外,这个刚刚发生过凶案的房间看上去并没什么特别的。

虽然都待了半个时辰,但是孟学然和楚明轩状态完全不同——

楚明轩一直在观察那些琵琶,脸上没什么表情,但震动的瞳孔出卖了他内心起伏的情绪。

而音律白痴孟学然则看了半天也没看出来那些琵琶有什么可稀奇的,只好一直在屋里没什么目标地翻翻这儿翻翻那儿,最终也没翻出来什么东西。

"咦,这是什么?"如柏看到桌上摊了几样物件,问孟学然。

"哦,那些,都是我随手翻出来的,应该都是陆公子给死者的爱情信物。"孟学然摊摊手,"我就都给放那儿了,等陆公子缓过来,再问问他还要不要吧。"

桌上是一支竹笛,两个已经发黄的草编蚂蚱,一对镯子——上面刻了陆学年和苏浣溪的名字。

"这竹笛大概是陆公子自己削的吧,真有心。"如柏凑上去细细看,"蚂蚱应该也是他自己编的,还有这镯子——镯子倒应该不是他自己打的,这应该是东街那个玉石铺子出的货,他家当时弄了个噱头,说凡是定制了这种'情人镯'的有情人都能终成眷属。本来阿晴和韩王世子的亲事定下来的时候,我也打算打这么一对送给他们的……"

楚明轩心不在焉地顺口接道:"那送了么?"

"没有,阿晴和我不见外也就算了,韩王世子殿下……我好歹要送个贵重体面点儿的东西,东街那个小玉石铺子哪有什么好玉嘛,都是粗制滥造的……"话说到这,如柏突然猛地停住了。

有什么地方不对劲。

非常非常不对劲。

她原地沉默地站立了片刻,突然开口道:"陆公子不富裕吧?"

孟学然不知道她为什么突然话锋一转到了这上面,莫名其妙地回答道:"是啊,他爹知道他老和歌女混以后就很少给他钱了,他管我借过好几次钱了……"

如柏猛地转头看向桌上那一堆东西。

这没什么问题,没有钱,只要有足够的爱,两个人一样能足够快乐地在一起,就像这些礼物,虽然清一色地不值什么钱,但是浸满了心意,一样值得人感动。

而唯一不对劲的地方就在于……

那个金镶玉的定情信物又是怎么回事!

陆学年爱苏浣溪,爱的是她这个人,并不因为她歌女的身份嫌弃她。

而苏浣溪爱陆学年,爱的同样是他这个人,并不因为他没钱就忽视他。

他们之间的礼物,大多是些不值钱、但是花费了很多时间与心意的小玩意儿。

在这样的情况下,陆学年怎么会送给苏浣溪那么一个昂贵非凡的定情信物呢?

那真的是……他给的吗?

如柏突然觉得自己浑身上下都起了一层鸡皮疙瘩。

她伸出手,轻轻点了点被放在苏浣溪床头的那个金镶玉吊坠,然后颤声问柳七复:"苏浣溪还有……别的亲近的客人吗?"

满屋的人静默地看了她两秒,然后就连一直魂不守舍的楚明轩都明白了她的意思。

柳七复盯着她的眼睛,非常肯定地说:"没有。"

"陆公子和她定情后,浣溪就拒绝再见别的客人了,王鸨母没少为这件事和她吵。"柳七复道,"如果有,我们不可能不知道。"

如柏走上前去,一把抄起那个吊坠,紧盯着它看了片刻。

这太荒谬了,这个想法实在太荒谬了。

楚明轩站在一旁,清冷的面孔被窗外渗进来的阳光投上了一层阴影,他今天一直少言寡语,然而此刻开口便是石破天惊一般心有灵犀:"你怀疑陆学年,对么?"

如柏没吭声。

与其瞎揣测,不如用行动试一试。

她把吊坠握在掌心,直接转身出了门。

其余三人对视一眼,连忙跟了上去。

由于今天出了命案,杏花阁的客人全都走了,连小厮也各自被捕快们带走,因此空荡荡的大堂里只剩下陆学年一个人。

他呆呆地坐在桌前,不知道在想什么。

"陆公子……"如柏没有废话,直接上去摊开手掌,把这块吊坠展现在他面前,"请问你是从哪里买的这个信物?卖货的老板姓什么?什么时候把它赠送给苏姑娘的?她收到以后第一句话说的是什么?"

她连珠炮一样地发问,同时死死盯住陆学年的脸。

那一瞬间,如柏清晰地看到,陆学年一直死灰一般的面容上涌起了巨大的慌乱。

她"啪!"地一声把吊坠扣回掌心,默不作声地回头望向跟来的三个人。

起码有一点很清楚了——这个定情信物,并不是苏浣溪的情人给她的。

或者说……苏浣溪除了陆学年外,还有第二个情人。

"抱歉。"如柏后退两步,示意孟学然去叫两个捕快来,"我想搜一下陆公子的身。"

陆学年猛地缩成一团,发起抖来。

然而没用,捕快飞速地从他身上搜到了一个信封,恭恭敬敬地递了上来。

如柏打开信封,展开信纸,草草扫了一眼。

作为一个闺阁少女,信里前半段的话弄得她脸红心跳,简直不好意思多看——都是一些靡艳露骨的情话。

后半段则极简单地透露了一些令人心惊的信息——

"浣溪,再有几日我就回来了,你且忍一忍,骗得陆学年那个冤大头给你掏钱赎了身,我就给你弄一个全新的身份,我们远走高飞。"

如柏拿着信纸的手僵了一僵,然后无声地把它递给了剩下的三人。

四个人沉默地一起看着蜷缩在地板上眼泪流了满脸的陆学年。

"那小子怎么样了?"孟学然拿起茶杯灌了一气,把空茶杯往桌上一顿。

距离他们从陆学年身上搜出那封信已经快一个时辰了,然而案件就此僵住了,毫无进展。

陆学年陡然从最伤心的死者家属变成了有极大作案动机的嫌疑人,然而他的应对办法极其简单粗暴——不说话,一个字也不说。

无论是和风细雨还是疾言厉色,甚至期间孟学然不耐烦地作势要武力逼供——陆学年都不开口说话,他蜷成一个大号的球缩在角落里,被逼急了就发出野兽一般的号啕。

"没怎么样,还是什么都不说。"如柏道。

"他不会说的。"楚明轩突然开口道。

所有的人都望向他。

不知道为什么,如柏总有一种感觉,那就是虽然他们今天都坐在这里,经历了一模一样的事,得到的是一模一样的信息……但是对于这个案子,楚明轩知道的比剩下的人都多。

即便他和死者嫌疑人都基本上从来没见过……但如柏就是凭空觉得,楚明轩知道些别人不知道的事。

然而楚明轩似乎现在并不打算把这些事拿出来和众人共享,只是字斟句酌地说:"很明显地,陆学年不是个聪明人。"

"如果他有作案动机的话,那么这个作案动机很显然和这个给苏浣溪写信送定情信物的不明男子有关。"楚明轩低声道,"然而这个事情其实透着很大的古怪。"

"如果真有这么一个男人,和苏浣溪有私情,送得起她那么昂贵的吊坠,那么为什么不自己出面给苏浣溪赎身?反而要骗陆学年的钱?"

"何况骗谁不好?陆学年不过是个被家里阻断了零花钱的清贫少爷,为了凑这笔赎金一直焦头烂额四处筹钱。以苏浣溪的身份，有大把大把的富商愿意被她骗，给她出这笔钱，她干吗费尽心力骗陆学年？"

"这些事情只要一想就会觉得蹊跷，但是陆学年应该都没有想到。"他低低地叹了口气，"这样一个不够聪明的人，在事情有可能败露的时候，生怕自己多说多错，当然一句话都不肯说。"

陆学年这种满腔天真温柔的男人，真到了许多事情上，反而糊涂得不行。

如柏总觉得楚明轩还有话没说完，然而太子殿下克制了一下，竟然愣是不说下去了。

孟学然点头附和了楚明轩的说法："对，陆学年这小子我知道，确实是个脑子里都是浆糊的人……但是……"

他清了清嗓子："就算我们现在发现他有动机了，凶手也不可能是他啊。"

是的，吴岚裳其实还和苏浣溪一起在楼上待过短暂的片刻，都因为时间太短被排除了作案嫌疑，陆学年全程就待在楼下，怎么可能杀人？

然而陆学年这么不对劲的反应，又很难说命案和他没有关系。

如柏沉吟片刻，道："我确实觉得陆学年是凶手的可能性非常大。"

"第一，他被我们追问的时候表现出的反应，实在不像是无辜的；第二，之前小孟其实提过——凶手很可能是和苏浣溪亲近的人，虽然当时觉得这个推论站不住脚，但是现在想来，却也有一定的道理——不是亲近的人的话，怎么会离得近到可以被凶手一把抓住脖子上的带子？"

她寥寥数语下来，简单明白地指明了一个事实——最具备作案条件的人，确实是陆学年。

唯一不具备的是……作案时间。

而且他的不在场证明还正是他们四个做下的。

案件再次陷入了僵局。

就在众人沉默对坐的时候，有捕快来报："那个姓吴的姑娘晕过去了。"

"叫大夫——怎么回事？"孟学然皱眉问道。

一个守在门口的捕快叫大夫去了，另一个来报信的低声道："应该没多大事儿，就是急火攻心——是听到陆学年那边出事儿了之后直接晕倒的。"

如柏眉心猛地一跳。

对，吴岚裳。

吴岚裳又在这起案子里扮演了一个什么角色？

如果真如柳七复所言，她今天的表现全都反常的话……那么她很可能是知道些什么的。

如柏心头一震，她意识到这个动机是成立的——吴岚裳那样地深爱陆学年，如果陆学年要杀人的话……

她很有可能会帮他！

"吴岚裳当初说只要陆学年幸福，她就会祝福他们两个……也许是真的……但是如果陆学年找到她,告诉她自己被骗了,她很可能会帮陆学年一起向苏浣溪复仇……"

如柏喃喃自语道:"但是怎么帮……他们两个人都没有杀人的时间……他们都有不在场证明……"

那么要一个帮手有什么意义呢?

除非……

除非两个人的不在场证明可以互相伪造!

不对……依然不对……吴岚裳和陆学年在楼下的大闹都是他们亲眼所见的事实……肯定是他们两个人……

如柏只觉得自己脑子要炸,她一声不吭地出了门,打算趁着吴岚裳在别的房间还没醒,先去她房间里看看有没有什么线索。

柳七复和孟学然对她要去干什么毫无头绪,都在原地傻坐着,只有楚明轩仿佛心有灵犀一般地跟了上来。

他们打听了一下吴岚裳房间的位置,径直走了进去。

吴岚裳的房间东西也很少,只是女孩子闺房应有的模样,桌上叠着一摞摞的诗稿。

从哪儿看起?

"我给你提供一个思路。"楚明轩低声道,"如果吴岚裳和陆学年都不可能是假的……"

他轻声道:"不在场证明如果不能从凶手身上做文章,那么能不能从死者身上做?"

如柏盯着楚明轩的脸,足足愣了半炷香的工夫。

楚明轩清冷而幽深的目光静静地回望着。

如柏猛地反应了过来,她转身,直接走向了吴岚裳的衣柜,一把拉开了柜门。

从苏浣溪出事以后,吴岚裳就再没机会回到自己的房间,因此衣柜也并没有收拾过。

她的大部分罗裙一件一件整整齐齐地挂着,然而只有一条被团成一个团,塞在最下面。

如柏把这条团成团的罗裙展开——天蓝色的底子,绣着银色的云纹。

她捏着这条裙子,裙子看上去只是薄薄一层纱,但捏起来却有极为厚实的手感——是在里面缝了东西。

如柏轻轻抖了一下。

——现在停在院子里的苏浣溪的尸体身上,穿的是一模一样的一条裙子。

"你需要我说什么?"

吴岚裳已经醒了,她枯瘦的手指握着一盏热气腾腾的水,整个人的眼神却是绝望、平静和冰冷的。

"没什么了。"如柏和楚明轩坐在她对面,如柏把那条天蓝色的罗裙放到她面前,道,"该知道的我们都已经知道了。"

吴岚裳看了一眼那条裙子,裙子的里面被如柏翻了出来,露出了缝在上面的垫肩和内衬。

她身材太瘦,只有在衣服里面缝上好几层厚实的垫子,才能看上去和丰腴的苏浣溪差不多身量,最终瞒天过海。

她笑了一下,笑容有点冷也有点苦涩:"还想问什么的话,都问我吧,学年知道的我也全知道——他胆子小,你们别吓他了。"

如柏静默片刻,孟学然和柳七复把陆学年缉拿归案的时候那个男人痛哭流涕,确实是不用吓就已经吓到不能再吓了。

"今天陆学年来的时候,一进苏浣溪的房间,就把她杀害了,给她换上了那条天蓝色的裙子。"如柏盯着那条裙子平声道,"然后你穿上早就准备好的和苏浣溪一模一样的裙子,和他在后院约会。"

这就是如柏在楚明轩的提示下猛然反应过来的事实——他们当时,并没有一个人看到苏浣溪的正脸。

苏浣溪当时挡着脸跑上楼的时候,他们自然而然地认为她是害羞,都没有多想。

而其实真正的苏浣溪,在那个时候就已经死了。

"你造成了苏浣溪当时还活着的假象之后,回到楼上,匆匆换好衣服就冲了下去,在一楼和陆学年大闹。"如柏道,"我本来还想,你一个最重视礼仪的姑娘,就算伤心,也不至于头发乱成一团地下来……原来是没有时间重新梳一个与苏浣溪不同的发型。"

"你们就这样,把死者的真实死亡时间给修改了,让所有人都拥有了不在场证明——我说的对么?"

吴岚裳笑了一下:"很早就听说过沈家小姐是京城第一神探……遇上你是我们运气不好。"

"你说的都是对的,几乎一丝偏差也没有。"她倦怠地说,"还有什么想问的么?"

如柏想了想,感觉没什么需要问的了,然而旁边的楚明轩却开口了。

"这个制造不在场证明的方法是谁想的? 你,还是陆学年?"

如柏一愣,不知道为什么,她的心里仿佛有一股极其浓郁的黑色雾气涌了上来,仿佛裹挟着巨大的秘密。

是的,这个手法根本不像是陆学年以及吴岚裳能凭空想出来的。

"是学年告诉我的,但是不是他想出来的。"吴岚裳道,"这事恐怕要从头说起。"

"原本学年和浣溪要有情人终成眷属,我伤心归伤心,但也真的愿意祝福他们。"吴岚裳的眼睛里涌起了薄薄的水汽,"但是就在前一段时间,学年突然找到我,告诉我他被骗了。"

"他说苏浣溪一直和一个有钱人有书信往来,还收了那个人的定情信物,偷偷挂在脖子上。"

"学年真的是个很单纯的人,他的世界里爱恨都是很简单的,爱的对立面就是恨。"

"他说他想杀了浣溪……问我愿不愿意帮他。"

"然后他就告诉了我他的计划……我一听就知道绝不可能是他想出来的,我问他这个计划是哪里来的,他告诉我是他在小酒馆借酒浇愁的时候,后桌的客人在互相讲奇闻怪事,其中有一个民间志异故事就是几乎一模一样的情节,他是从那里得到的启发。"

"我知道这件事很冒险,但是我没办法了,学年下定决心的事情谁也拉不住,如果我不帮他的话他一定会死。"

吴岚裳长长地舒了一口气:"我并不后悔。学年那样地爱浣溪,浣溪还辜负了他……她该死。"

她轻轻呼出一口气,脸色青白,她轻声道:"学年……"

不知道为什么,那一瞬间,如柏才猛然发现,吴岚裳的眼神缓缓散开了。

"吴……吴姑娘!"如柏骤然叫起来,"大夫! 去叫大夫!"

吴岚裳枯瘦的手缓缓垂了下来,一个小小的玉瓶缓缓从她的掌心跌落了下来。

在外面的陆学年被如柏的喊声惊动,这个文弱的公子哥不知哪来的力气,拼命挣脱开了押着他的捕快,跌跌撞撞地冲了进来。

"岚裳……"他想握住吴岚裳的手,然而他的手已经被铐住了,他骤然大哭起来,"岚裳……这是为什么! 为什么!"

吴岚裳的气息已经很微弱了,缓缓地,她把手放在了陆学年的头顶。

"学年。"她轻声说,"不要怕。"

"我来赎你的罪。"

她轻轻地,缓缓地呼出最后一口气:"学年……"

陆学年慢慢睁大了眼睛。

世界上最爱他的女人就这样离开了他。

如柏长久地没有说话，她已经本能地感觉到了身边楚明轩冰山外表下的情绪波动。

在痛哭的陆学年即将被捕快们带走时，楚明轩猛地站了起来，走了过去。

陆学年被铐着，一群捕快把他围在中间。

楚明轩径直走到他面前，陆学年抬起一双呆滞迷离的眼睛盯着他。

"我就问你一个问题。"楚明轩面无表情道，"你从哪发现的信？"

陆学年呆滞地没有回答。

"你从哪发现的信？！"楚明轩的神色突然在一瞬间变得极为凌厉，东宫的气场刹那间被他激发了出来，如同实质般的冰冷气场凝结在了他的周围。

"枕、枕头下……"陆学年被这种气场所震慑，结结巴巴地说。

"如果苏浣溪真有那么个秘密情人，她会把信压在枕头底下等着被你发现？"楚明轩冷冷道，"至于那个坠子，我在她抽屉里找到了一张写给当铺的字条，她应该是要当了那个换钱。"

"明白了么？因为你凑不够赎身金，她打算把自己的私物卖了换钱赎身，好和你在一起。"

害怕老无所依的歌女们大多有几样压箱底的首饰，她们存大笔的银子不方便，往往会把之前恩客们的赏金拿去换两样特别名贵的首饰贴身收着。

陆学年筛糠似的发起抖来。

"你说怎么就那么巧呢？"楚明轩笑了一下，然而那笑容冰冷到极点，像深不见底的寒潭，"她刚把这个首饰取出来，你就发现了有奸情的信，你刚起了杀心，就有小酒馆里讲故事的人给你提供方案。"

他最后看了一眼崩溃的陆学年，转身走了，轻飘飘地把最后一句话砸到陆学年的头顶："你被人当枪使了，杀了和你相爱的姑娘，也害死了另一个爱你的女人。"

如柏赶紧迈步追上了楚明轩，在他们身后，陆学年骤然发出了崩溃的大哭声。

"太子殿下，太子殿下……"如柏一溜小碎步地追着楚明轩跑，不知道为什么，明明这个案子和楚明轩一点关系都没有,但如柏有种感觉——楚明轩的情绪快要克制不住了。

楚明轩对她的呼唤置若罔闻,一句话不说地往前走。

"太子殿下,太子殿下……明轩!"如柏情急之下直接变了称呼。

楚明轩猛地停住脚步。

"大家、大家都是朋友……"如柏小心翼翼地斟酌着措辞,"你有什么事情可以跟我们说,别自己憋在心里……"

楚明轩转过头来,定定地看着她。

"你很好奇我身上发生过什么……对么?"他轻声道,清冷的嗓音里是如柏从没听到过的黯淡哑然。

如柏一时间竟然说不出话来。

"没事,可以说。"楚明轩突然就近找了个椅子坐下来,指指对面,示意如柏跟着坐下来。

"你还记得当初尼罗国遗孤试图毒害皇嗣,用的是什么毒么?"

如柏短暂地思索了一下,就回想了起来:"蕃木蒿。"

对,就是这种毒,当初楚明轩在轿子上还特意让她把名字记下来,说是之后还会用到……

"十二年前,我母妃去世,死因是蕃木蒿中毒。"楚明轩低声道。

如柏猛地抓紧了裙摆。

如柏抬头望向楚明轩,只觉得自己的脊柱一寸一寸地僵硬了起来。

宫里的事她听姑姑零星说过几句,但是并不清楚具体的细节,此时楚明轩猛然提及这样大的事,她什么也说不出来,只能在幽暗的光线下,在自己模糊的印象里拼凑那桩已几乎要埋葬在岁月中的旧事——

十二年前,作为当今太子生母的宁贵妃因服用下过毒的莲子粥而去世,经过查证,凶手系贵人岳氏。岳贵人曾因嫉妒宁贵妃而多次顶撞,被管教后怀恨在心,最终动了杀意,酿成悲剧。

听到这里,此案的性质似乎只是寻常的宫妃争斗,证据确凿,凶手也早已付出代价被皇上处死,并不存有什么疑点。

然而蕃木蒿这样的毒在黑市上与黄金等价,绝不常见,怎么会在十二年后,又被尼罗国遗孤以同样的手法再次使用?

如果是巧合,那么也未免巧得过分了,可是如果不是,事隔十二年,两个案子之间难道还会有什么深不见底的联系?

楚明轩看着她惊疑不定的眼神,一字一顿道:"这还不是最巧的。"

"那碗莲子粥……本来应该是我吃的。"

如柏几乎惊得站起来,她问楚明轩:"这事皇上知道么?"

楚明轩面沉如水地摇摇头:"我当时太小了,出了这种事,父皇只会审问宫人,不会来逼着刚刚失去母亲的我回忆事情的经过。"

"当时岳贵人对一切罪行供认不讳,说她对我母妃积怨已久,早就蓄谋要害死她。"楚明轩的目光在昏暗中看不出情绪，"但是我知道这一切说不通，母妃宫里的人几乎都知道每天午后的那一碗莲子粥是做给我吃的，如果真是岳贵人处心积虑蓄谋已久地买通宫人来下毒，她不会连这个最基本的信息都打探不到。"

他揉揉眉心："如果不是我那天恰好没胃口，那碗粥杀的一定会是我。"

"但是在岳贵人的供词里，她的目标仍然只是宁贵妃，而不是你？"

楚明轩沉默着点了点头。

如柏难以置信地睁大眼睛："这么大的逻辑漏洞，为什么没有一个宫人跟皇上禀报？"

"因为案件太清楚。"楚明轩道，"被收买的宫人和背后指使的人都很快被揪了出来，真凶很快招供，细节、手法、动机全都无懈可击，所以很少会有人回头再去细想，想到那碗粥其实是做给我的。"

如柏的手紧紧捏住裙角，紧到裙上的绣纹在她的手上印上了图案一模一样的花纹，良久她才小声道："你今天跟我说这些，是想做什么吗？"

"十二年了，如果尼罗国的那件案子……这两桩案子真的有联系，那么背后的秘密可能远远超出我们想象的深，如果去查的话，搞不好是引火烧身。"楚明轩看似慵懒地靠在软座上，如柏却能看出他在竭力控制自己身体的紧绷，"那是我的母亲，即使过了十二年……我也不能放过真正要害她的人。"

如柏沉默片刻，小心翼翼地问："那么今天……"

"今天你奇怪的表现，又和这一切有什么关系么？"

"岳贵人原来是我四叔——也就是韩王府上的一个舞姬。"楚明轩低声道，"由于她是杀我母亲的凶手，我叫人很细致地查过她。"

"她虽然名义上是舞姬，但最擅长的是琵琶，拜的是江南乐府一个很有名的琵琶女当师父。"

"那个琵琶女已经去世很多年了，在世的时候由于指法稀奇古怪，收的徒弟也很少。"

"为了配合那种古怪的指法，她们弹的琵琶上，最上端都会有一个凹槽。"

楚明轩说到这里，如柏已经意识到了什么，她站起身来，就要冲上楼去。

"不用去看了。"楚明轩按住她，"苏浣溪的琵琶上，全有这样的凹槽。"

"如果我没猜错的话，她大概是岳贵人最小的一个师妹。"

楚明轩轻声说："你应该已经看出来了，有人操控了不长脑子的陆学年……借刀杀人除掉了苏浣溪，我猜是因为……灭口。"

楚明轩说完以后，两个人一起陷入了沉默。

如柏坐在原地，思绪莫名地飘了出去。

她突然很想问问楚明轩——你接近我，陪我查案子，对我这么好，是为了让我用我的能力帮你查出这件事的真相么？

一直心很大的沈二小姐突然惆怅了起来。

虽然这是完全可以理解的，但是……

沈贵妃曾经握着她的手跟她说，皇室里的人是很难有什么真情实感的，大部分的关系不过是彼此需要、彼此利用。

她没说得太明白，但是如柏模模糊糊听懂了。

皇帝与妃子的关系不过如此——皇帝需要妃子为自己繁衍子嗣、排遣寂寞，妃子需要皇帝赐自己锦衣玉食、家族昌盛，这种彼此需要的关系里究竟有几分真心，怕是如人饮水，冷暖自知。

沈贵妃这是在悄然叹息自己并未真正爱过的一生。

这也是如柏当初为什么极力不愿意嫁给太子的原因——和楚明轩这个人本身没关系，她见到了自己姑姑的生活和命运，知道这样权力中心的漩涡里，爱情是多么可遇不可求。

如果楚明轩接近自己是因为想用自己的破案能力，那么也并没有什么错。

然而就是这样么……就真的，仅仅只是这样么？

如柏的神还没出完，就被楚明轩打断了。

"你自己知道就行了，不用放在心上。"楚明轩突然开口道，"我刚才情绪不太稳定……本来不想说的，都是你非要问。"

如柏睁大了眼睛——什……什么意思？

"你灯会上就问过我，是不是想利用你查案子。"楚明轩揉揉额角站起来，"我承认，我之前认识你不久的时候，的确想过你或许可以帮忙。"

"但是南宫晴的事情提醒了我。"他低声道，"这件事情，不管幕后黑手是谁，他都显然背景异常深厚……我怎么可能再把你扯进来？"

"小姑娘别管这种宫里的事儿，安全第一。"楚明轩揉了揉如柏的头发，刚刚得到牵扯旧案的信息，他好不容易才把情绪平复下来，此刻显得有些疲惫，"我自己的事，自己能查。"

楚明轩说完，没有再多做停留，直接跟着孟学然去了大理寺——虽然明知道对方留下线索的可能性极小，他还是打算碰碰运气，再审一审陆学年。

留下如柏目瞪口呆地坐在原地，心潮起伏了大半个时辰。

如柏感觉自己真是个奇怪的人。

楚明轩要是让她帮着查吧，她担心人家跟她没什么感情，和她玩就是为了有朝一日利用她，一点稀有的少女心恨不得碎成渣；结果楚明轩压根儿就不让她帮着查，她又不干。

贱兮兮的沈二小姐一天四趟地往太子府跑，三十六计、七十二变、一百零八种武艺轮番上阵，非要楚明轩把当年案子的卷宗调给她。

楚明轩十分干脆利落，就两个字——"不行"。

开什么玩笑，如果灯会那天被抓走的是如柏，楚明轩觉得自己非疯了不可。

一想到南宫晴为如柏挡了这一次，楚明轩也觉得十分过意不去，不过听如柏偶尔说起，似乎南宫小姐也因祸得福，成功地和梦中情人喜结连理，倒也称得上是塞翁失马了。

而楚翎风和南宫晴的婚事也越来越近。

是夜,雨打窗棂,楚明轩百忙的间隙特意抽出空来问小全子:"礼都备好了吗?"

小全子十分妥帖地取来礼单:"都备好了,殿下不放心的话可以再看一遍。"

楚明轩一目十行地扫过,道:"给韩王妃的礼再厚一点吧——礼金翻一倍。"

"翻……翻一倍?"

"对。"楚明轩云淡风轻地把礼单放回小全子手里,"她会明白的,这只是太子府的一点心意和补偿。"

小全子一边听话地修改礼单,一边感觉自家这位爷真是个闷葫芦——表面像座冰山,私下里已经直接把沈姑娘纳入了太子府的范畴。

"我说殿下也……太含蓄了。"小全子忍了又忍,还是没忍住多这么一句嘴,"奴才觉得沈姑娘这方面……心比较大,殿下不明说的话,可能靠她自己很难理解到这层意思。"

楚明轩本来漫不经心地转着手里的茶杯,听到小全子的话,目光突然微微一沉。

"现在……还不是说的时候。"

无边夜色的宁静终于被一场突如其来的暴雨打破。

皇后被雨打窗棂的声音惊醒,她猛地从床上坐起,保养得当的鬓角并未见得一丝白发,然而此刻却被冷汗浸透。

"娘娘怎么了? 可是又被噩梦魇着了?"皇后宫中的主事宫女秋音闻声走上前来,"三伏天就是容易睡不好……"

她话音未落,手便被皇后一把抓住。

"秋音……"皇后的手上腻的全是冰凉的汗水,她的声音也仿佛脱水一般虚弱,"我梦见宁贵妃了!"

秋音猛地一滞,一时间什么也说不出来。

皇后紧紧攥着秋音的手,片刻后,低声道:"凤印呢?"

照理凤印并不存放在寝殿,然而这一位皇后与之前的不同,她似乎格外需要这么一个东西来让她安心——如果可以的话,恐怕她会用凤印当枕头,日日枕在上面睡。

秋音起身,飞快地从寝殿中一个上锁的柜子里取出了凤印和册立皇后的圣旨宝册,并将整个匣子递到了皇后手中。

皇后将这个颇为沉重的匣子紧紧抱在怀里,半晌儿,才缓缓出了一口气。

她把手指放在冰冷的玉石表面,轻轻摩挲着,温柔得就像抚摸着一个婴儿。良久,她才轻声说:"秋音,你说,为什么本宫没有儿子呢?"

秋音纵然是皇后身边最得脸的掌事宫女,也不敢回答这样的问题,当下就双腿一软地跪下了:"娘娘……娘娘福泽深厚,来日……"

"行了!"皇后厌倦地挥了挥手,"套话就不必说了,我都这样的年纪了,哪里还有什么来日?"

她微不可闻地叹息一声:"除了手里这块死玉……我原本就是,什么都没有的。"

秋音战战兢兢,一个字也说不出来。

"其实原本……连这块玉都不是我的。"皇后伸手把凤印从匣子里捞出来,捧在手中端详着，良久才玩味地笑了一下，那笑容是说不出的冷漠苍凉，"宁贵妃要出身有出身，要资历有资历，要宠爱有宠爱，要子嗣有子嗣……"

"可惜啊……"皇后面无表情地把凤印放回了盒子，她空洞的目光转向窗外，望向无边的瓢泼大雨，"就那么个节骨眼儿上，她死了。"

一道闪电猛地划过夜空，秋音狠狠地激灵了一下。

"皇上那些年，最喜欢的就是宁贵妃。"皇后恍若未觉，低下头轻声说，也不知是说给秋音听，还是根本就在自言自语，"我甚至觉得皇上把太子的位子给老三，就是因为把对那个女人的悼念转到了她儿子身上。否则的话——老六不聪明么？老六就一定比老三差么？老六的母族势力甚至还在老三之上——然而皇上就是立老三做了太子。"

秋音静默了片刻，她到底是服侍皇后多年的大宫女，此刻已经从最开始的不知所措里回过神儿来了，皇后这么多年的心病，这么多年心里筹谋过什么，在乎些什么。她哪有不知道的道理？

轻手轻脚地起身，秋音点上了一束安神香，低声道："娘娘睡吧——皇上喜欢谁不喜欢谁，这后位到底都是娘娘的，太子是这一个还是那一个，娘娘都是尊贵无匹的皇太后。"

皇后似乎终于平静下来了，她的手指再一次轻轻滑过凤印的表面："是……一定是我。"

只是一个无子的皇太后，怎样才能稳固住自己的权势呢？

皇后歪头对秋音道："你叫人去看看……丹阳睡了么？"

丹阳郡主也算是个人才了。

即便楚明轩上次已经明确拒绝了她一起去观韩王世子成婚大礼的邀请,这位娇滴滴的美人儿却仿佛是牛皮糖转世,丝毫不以为忤,仍然不定期地向太子传达那么一波香风。

"表哥尝尝这个雨前龙井,是我在南方做官的表叔托人捎过来的,上次进宫的时候我带了些去,连皇上喝了都说好呢。"

楚明轩没喝她递过来的茶,却敏感地捕捉到了她话里的信息:"皇……母后带你去看我父皇做什么?"

"表哥说的是哪里的话,不做什么就不能请个安了么?"丹阳笑靥如花,"何况皇上也很喜欢我呢,上次还说,'丹阳若是嫁给了外人,怕是就不能再时时来宫里探望了,这可怎么好?'"

楚明轩眉心一震,置若罔闻。

丹阳久久地把茶杯递到他唇边,见楚明轩一直视若不见,丹阳也不生气,只是笑吟吟地把茶杯又拿了回来,放到一边的桌上。

"表哥……"她低声道,"我知道你和沈府的小姐过往甚密,但是……那有什么用呢?迄今为止,宗室里没有什么人知道这件事,谁会认可她呢?"

楚明轩侧过脸来,看着丹阳,足足有半刻钟的时间没有说话。

就在丹阳在他沉而冷的目光下心跳得快要从嗓子里冒出来时,楚明轩突然微微一笑。

他一笑就像阳光骤然刺破了层层冰面,耀眼得让人不敢直视。

"多谢提醒。"他轻轻地说。

楚明轩很快就身体力行地向丹阳郡主解释了什么叫作"向宗室发出无声的通知"。

"坐这儿。"楚翎风与南宫晴成婚的大礼上,他非常自然地拦住了正一头蒙地乱撞的沈小姐。

"……为啥?"如柏看着楚明轩身边的位子,一头雾水。

"就是这样安排的。"楚明轩用一种清冷而平静的声音,有理有据地说道,"按照礼俗,男方的堂兄要和女方最好的朋友位置挨着,这样对新人日后早生贵子很有助益。"

如柏愣了愣,感觉定下这个规矩的老祖宗一定是脑子坏掉了……然而她精力都费在了破案上,别的知识都不太关心,对于婚宴上礼俗约定怎么坐并不是很熟悉。

"楚明轩肯定比我懂……听他的吧。"

抱着这样的想法,沈二小姐十分听话地在楚明轩身边坐下了。

于是在这场盛大的婚宴上,众目睽睽之下,沈如柏就这样堂而皇之地坐到了楚氏宗室的队伍里,坐上了诸位王妃的首席……

连被幸福冲得头脑发昏的新娘子都注意到了这边。

"天啊!"南宫晴在心里默默嘀咕,"这怕是史上最霸气的准太子妃了吧?"

如柏本人压根儿不知道自己被动地完成了"太子妃身份宣言",她全程除了一边观礼一边为南宫晴的幸福激动得热泪盈眶外,就是和楚明轩吵闹。

"那个羊腿你吃不吃? 不吃给我。"

"那个杏仁羹你喝不喝? 不喝给我。"

"那个清炖燕窝……你吃? 吃也不行,给我。"

于是众人又全都目睹了一贯冰雪难消的太子殿下和准太子妃相谈甚欢,还一直其乐融融地给她夹菜。

本来应该冗长琐碎的皇家婚宴过程就这样在这些闹剧里显得并不枯燥,有些人只是看了心里发笑,有些人却是看后心里恐惧暗惊……

楚明轩就这样以绝对的姿态,宣告了沈家二小姐的地位。

从此凡是想要害她的人,都必须要先过东宫这一关。

相比太子这边的无声风波,韩王世子殿下与南宫晴的结合倒是显得中规中矩。

韩王世子风姿绝代,他成婚的消息刚一传遍京城,便有无数春闺少女黯然失色地掉下了伤心泪,更有甚者格外痴心痴情,闹出一哭二闹三上吊的把戏——然而一切都不能阻止二人的成亲。

入夜时分,宾客散去,终于进入了洞房花烛时分。

南宫晴坐在一片黑暗里,头上盖着所有新嫁娘都会蒙着的红盖头,整个人在等待的过程里一直在发抖——说不清是因为幸福还是紧张。

一直到现在,这一切对于她而言都是如此不真实,以至于楚翎风掀开她盖头的那一瞬间,一颗巨大的眼泪直接顺着她的眼角滑了出来。

"嗯,哭什么?"楚翎风笑着弯下腰来,他生而温润,即使是喜衣这样鲜艳的大红色也能被他无端穿出一种君子如玉的美感,"不要害怕,从今往后你就是我唯一的妻子,我会一直对你好的。"

南宫晴的眼泪止也止不住地落下来,她怕哭花了妆,竭力忍着,小声问:"我只是觉得不真实——翎风,为什么是我?"

是啊，为什么是她南宫晴呢？

有那么多世家想把女儿嫁给韩王世子，而南宫府相比之下只是一个小小的太医之家。

有那么多绝世美貌的女子爱慕着墨宝值千金的翎风公子，而她南宫晴只是中等姿容。

那一晚他的救命之恩已经是上苍慷慨的恩予——然而南宫晴从未想过，这个自己还未见过时便爱慕不已的人……居然会娶自己。

"我不够美丽，家里也无法帮你什么……"南宫晴小声啜泣道。

"不哭……"楚翎风定了一下神，缓缓低下头去，把南宫晴的眼泪吻掉。

"我娶你，是因为你是我命中注定的女人。"

"我很早前就想过，我的妻子，她不必多么貌美，也不必有多么显赫的出身。"

"我只是想要一个足够聪明的女孩子，这样她就能够了解我的所有心意，站到和我相同的高度。"

"这个世界上的女人很多，也有很多说过喜欢我，但是她们其实都并不懂我，大部分的女人，其实都并无智慧。"楚翎风低声道，他的嘴唇温柔地覆盖到南宫晴的皮肤上，每一个印记都滚烫到南宫晴浑身发抖，"但是你不同，灯会那天我第一次见你的时候，听到你的推理，就知道你足够聪明……阿晴，你一定是能够懂我的人。"

南宫晴的眼泪突然在那一瞬间全部干涸了。

她僵直着身体，整个人从头到尾凉了个遍。

——那一刻她真正地明白了，什么叫作"如坠冰窟"。

其实南宫晴算不得多么机灵的人。

然而可能是因为两个涉及的人，一个是她把一颗心全奉献出去的意中人，另一个是从小了解到大的朋友……那一刻南宫晴的灵台极其澄明，突然就猜到了可怕的真相。

然而她仍是不愿意相信。

不会的，总不可能那么巧……

她颤抖着，不死心地低声问："是不是我当时，穿着月白罗裙，系着……"

"系着茱萸粉的披纱。"楚翎风低声笑了一下，无限温柔地说，"阿晴……你是在考我么？放心吧，我永远不会忘记的。"

南宫晴沉默良久。

就在楚翎风几乎要察觉到她有些不对劲时，南宫晴突然伸出手，紧紧抱住了他。

"是。"南宫晴低声道，她本就是标准的大家闺秀，声音沉下来之后温和低婉到极致，"翎风，我也永远不会忘记的。"

沈——如——柏——

她在心里低声地念了一遍这个名字。

如柏，不管怎么说，仍然谢谢你。

谢谢你给我这样一段姻缘，如果不是你，我恐怕今生都没有这样幸运的机会。

今生今世，哪怕是永远活在你的影子里，哪怕是永远需要努力扮成你的样子，我也是知足的。

只要眼前这个人在我身边，一切我就都可以接受。

如柏虽然也预感灯会那天发生过的乌龙迟早要被南宫晴察觉到，但是她细细想过一遍之后，觉得并没有太大的问题。

一日夫妻百日恩，楚翎风对自己那不过是一时心血来潮，之后有阿晴一日一日的陪伴，他就算知道了真相想必也不会再想起自己。

至于阿晴，她对楚翎风的倾慕，如柏全程目睹，更是没什么好说的。

总之纵然有点儿误会，但并不会因此有什么差错。

何况如柏现在心里牵挂着更重要的事。

她现在正坐在杏花阁里，然而并不是坐在柳七复那。

"沈姑娘啊……"王鸨母给她倒了茶，小心翼翼地看着她，"上次的案子不是已经查出来了吗？和我们杏花阁真的再没干系了呀……"

"我知道。"如柏抿了一口茶水，"我来只是问你几个问题，你有什么说什么就好。"

"首先，苏浣溪生前——不需要是最近，一个月内，哦不！近半年之内，有没有什么不同寻常的举动？"

王鸨母绞尽脑汁地想了想："这个问题是不是在浣溪出事的时候就已经问过我了……着实是没有啊。"

如柏皱眉："连出门都算上，她的每一次出门都是去了哪里，有没有哪次去的地方和平时不太一样？"

苏浣溪被灭口得实在是太蹊跷了。

就算她是岳贵人的小师妹，知道些别人不知道的事情——那凶手早干什么去了，怎么等了这么多年才动手？一定是近期发生过什么，让幕后的人对她起了杀心。

王鸨母托着涂满了白粉的下巴想了许久，才道："浣溪出去过很多次啊……"

"要单独的。"如柏道，"没有任何人和她一起。"

苏浣溪的秘密显然并没有告诉陆学年，否则也就不会莫名其妙中了借刀杀人之计，死于恋人之手。

如果连亲密如陆学年都没有告诉的话，显然更不可能再告诉别人。

"那就只有上个月上旬的时候，她去探望过一个早年结识的姐妹……"

如柏的心猛地提了起来："在哪里？"

楚明轩和如柏一起远远地望着那座坐落在山中的宅子。

京城四周有一些山，都不算太高，零零散散地住着些人，有些达官贵人们求个清净，便在这里建了宅子，在闲来无事的时候过来住一段时间。

"看来苏浣溪的这个姐妹嫁得不错，宅子修得还挺别致的……"如柏喃喃道。

那座宅子单独坐落在一个小山头上，和周围并不连通，只有一座吊桥架在悬崖上。

楚明轩没搭腔，他对如柏还在坚持要帮他查这件事感到很不满意，因此被如柏拽出来的时候一路上都冷着脸，如柏跟他说什么他都不搭理，顶多回个"哦""嗯""是吗"……

如柏简直有种错觉，那就是刚认识的时候那个冷言冷语没有好话的楚明轩又回来了。

走到吊桥边，楚明轩依然板着一张毫无表情的脸，冷冷地问如柏："你怕高吗？"

如柏其实艺高人胆大，完全没有怕的……

但是鬼使神差地，她感觉自己应该适当地示个弱，于是半带讨好地点点头，说："怕。"

楚明轩微微点了个头，说："那你把眼睛闭上吧。"

如柏："啊？"

虽然口头上十分疑惑，但楚明轩的气场太过强大，她下意识地就服从了，闭上了眼睛。

下一秒，如柏只觉得周身一轻——楚明轩直接凌空把她抱了起来。

如柏："……"

楚明轩的下巴几乎正正好好地在她头顶，温热的呼吸从她的发丝间轻轻穿过，带着幽微而清冷的龙涎香。

如柏觉得这案是没法儿查了，她的大脑已经停止了转动。

她手忙脚乱地一把抱住楚明轩的脖子："你……有话好好说，别在桥上把我扔下去！"

楚明轩用一种不可理喻的眼神看了她一眼，面无表情地稳稳通过了吊桥。

挺短的一段路，如柏只觉得长得像环绕了京城一圈……

楚明轩要把她放下来的时候，她依然死死地搂着对方的脖子不松手，整个人完全没有回过神儿来，同时心跳已经飙到了她这辈子最快的速度。

楚明轩感受得到她"扑通……扑通……"狂跳的心脏，疑惑地一挑眉："你怕高怕得这么严重吗？"

"没没没……"如柏反应过来，赶紧松了手，连滚带爬并恋恋不舍地从太子殿下的怀抱里回归到脚踏实地的状态，"不严重不严重……哦不，非常严重非常严重……"

楚明轩看了一眼满脸通红的沈二小姐，没有对她突然变傻的状态发表评论。他转身迈开长腿，直接向宅子走去。

如柏勉强平复了心情，追上楚明轩，二人一起在宅子的门前站定。

楚明轩叩了叩门。

良久，没有人应。

如柏心下疑惑，用力拍了拍门，扯着嗓子喊道："有人在吗？"

"姑娘……"一个背着柴篓的老山民恰巧路过，他擦了一把汗，远远地对如柏道，"你找错地方了吧，这座宅子空了大半年啦。"

如柏猛地一震，她抬起头来看向楚明轩，在对方的眼睛里同样看到了不可置信的神色。

"等一等！"她叫住老山民，"你的意思是，半年之内，这里一直没有人？"

"没人呀。"老山民的脸上全是沟壑般的皱纹，一看就是在山里经受了几十年如一日的风吹雨打，"我就住这边儿上，你看，那边儿山头上的木头房子就是我家，这有没有人住我还不清楚？"

他们这边正说着话，突然一个少年一路狂奔着蹿了过来，同时一个微胖的妇女在后面大声叫喊道："站住！别跑！"

那老山民躲避不及，被少年撞了个满怀，两个人一起摔倒在路边。

"小崽子！年纪不大就这么坏！"那女人冲上来，一把揪起少年的领子，"你自己说！偷了多少次了！那灵芝是我好不容易采回来的，要给我家小孩换救命钱的！你也偷！"

她一把拉开少年外衣的前襟，两颗晒得半干的灵芝滚了出来，被那胖女人一手抢了过去。

与此同时，一个金光灿灿的物件儿在这一扯一拉之中被连累，也从少年的衣襟里滑了出来，掉到了一边的地上。

如柏正忙着把被撞倒在地的老山民扶起来，随手捡起那个掉落的物件，她嘴里还没忘劝一句架：

"大婶有话好好说，不要动手……"

下一秒，在看清了那个物件是什么的时候，她猛地愣住了。

一根纯金打造的簪子。

如果说这只是让她有些惊讶的话，那么再细看一眼之后，如柏只觉得自己从头到脚都被冻住了。

那簪子由纯金打造，整个簪子呈树枝状，细小的枝干上，以极为精巧的手艺雕了数朵含苞待放的杏花。

——这是杏花阁当年三位花魁占尽风流时，特意为她们三个打造的。

以及那簪尾刻了一个小小的字——"溪"。

——歌魁苏浣溪的簪子！

"你……"如柏一把推开那个还在骂街的大婶儿，盯着少年的眼睛道，"这根簪子是从哪来的？"

那少年梗着脖子不吭声。

旁边的妇人鼻子不是鼻子眼睛不是眼睛地冷哼一声："还能是哪来的？偷来的呗！"

那少年满脸通红，梗着脖子大叫："这就是我的！"

"得了吧，你一个男娃子，揣着根簪子？谁信你的鬼话！"

"我说是我的就是我的！"

那少年吼起来，他不过十三四岁的样子，然而眼神鬼祟而瑟缩——

贫穷已经把这样年轻的一个孩子变成了偷盗的惯犯，然而他做着可恶的事情，说话举止的神态却仍然是一个没长大的孩子，透着青涩和幼稚。

"李婶儿……李婶儿……"不远处，又有一对青年男女出现了，都约摸是二十出头的年龄。

其中的女孩拉过怒气冲冲的女人："小武又给您添麻烦了……他还小，您别和他一般见识，他让您损失了多少钱，我们赔……"

一直怒火万丈的李婶儿看着眼前极力赔不是的女孩，一腔怒火泄了一半儿，剩下的一半儿发也不是，不发也不是，只是无奈道：

"阿若，小武到今天这个样子，实在是你太惯着他了。"

阿若咬咬嘴唇，道："我家状况您也知道，爹娘去世得那么早，就给我留了这么一个弟弟，我家就剩这么一点香火，您看……"

李婶儿恨铁不成钢，对着阿若一句话也说不出来，只能转头看向她身后那个壮实的青年山民："大牛，你媳妇纵容弟弟，你这个做姐夫的怎么也不管管？"

大牛耸耸肩，这是个老实巴交的年轻人，明显十分讷于言辞，只能用肢体语言表现出自己的无能为力。

就在这边一团乱的时候，没有人注意到，宅子的门无声无息地开了。

楚明轩一直站在一旁，本能地感觉到了什么，猛地回过头去。

一个面无表情的年轻人站在门里面，手扶着门框，眼神毫无波动地扫过面前这一圈山民，道："吵什么吵？山里的清净都被你们这样的愚民给毁了。"

众人看到一直没人住的宅子里骤然出现了一个人，全都吓了好大一跳，那先前信誓旦旦地说这里一直没人住的老山民最先开口问道：

"你……你是什么人？"

"在下严子周,是个游历到京城的书生。"那年轻人冷冷地回答道。

"你怎么会出现在这?"

"途经此地,恰逢昨夜暴雨,借宿一晚。"

严子周瞥了一眼那老山民,平声道:"这里门没锁,也没有人住,我便擅做了一回主张,抱歉。"

如柏在心里默默翻了个白眼儿,他住都住完了,还抱什么歉……何况刚刚还嫌邻居吵闹。

当然现下这一切都不是重点,重点在于……那个叫小武的少年手里拿的那根簪子。

那根属于苏浣溪的簪子。

然而小武固执地只会嚷嚷着否认,从他嘴里一时半会儿恐怕是问不出什么了。

不过既然这里土生土长的山民会拿到苏浣溪的簪子,那么王鸨母给出的信息就证明是没有错误的——苏浣溪确实来过这里。

那么这座宅子里没准会有线索。

想到这里,如柏和楚明轩对视一眼,一起迈进了这座宅子。

外面的吵闹声渐渐歇了下来。

然而就在如柏和楚明轩在宅子内四下查看时,他们都不知道的是,外面的人群中,有一个人趁着所有人不注意,将一枚信号弹无声无息地抛到了空中。

"那个老山民说的没错,这里确实不像能住人的样子。"

楚明轩看着落了厚厚一层灰的床铺道:"不过他说的是最近这半年内……那么之前,宅子的主人是谁?"

老山民被如柏唤了进来,如柏塞给他一点散碎银子,问道:"大爷怎么称呼?"

"哦,我姓于,叫我'老于头'就行。"

"于大爷——这宅子在半年前的主人是谁?"

老于头抓抓花白的头发,为难地表示这宅子并没有什么传统意义上长久居住的主人。

"建成了好几年了吧,就间间断断地住过几次人,加起来也不知道有没有一个月。"

老于头道:"是个年轻的公子哥儿,带着手下人,那模样。啧……一看就是大富大贵的人家。"

"每次来也就是小住几天,应该也就是看看风景什么的吧,之后就走了。"

老于头粗糙的手指反复摩挲着如柏给他的碎银子,每道皱纹里都盛满了心满意足。

"你可记得那公子的长相?"楚明轩皱眉道。

京城里大富大贵的公子哥说来说去也就那么几个,应该没有他楚明轩不认识的。

就是不知道这位贫苦的老山民对"大富大贵"的定义是什么了,如果随便哪个穿点金戴点银的暴发户之子也被他判定为"大富大贵"的话,那楚明轩还真没什么办法。

"看您说的,我这样的大老粗,哪能近人家细皮嫩肉贵人的身,左不过是远远地看过几眼,让我说我也说不大上来……不过也有个模模糊糊的印象吧,就记得模样好得很!"

楚明轩气场强大,老于头一直不太敢直视他,此刻回答楚明轩的问题,才多看了两眼:

"别说……我感觉那公子的身形轮廓,长得和您还有点儿像……"

如柏扶住额头。

丑陋的男子大多丑陋得千奇百怪,然而美男子却总是美得相似。

和楚明轩轮廓相似……这京城里长身玉立的公子足有上百号,老于头这话说了和没说几乎没什么区别。

"那没别的事儿了,天色不早了,于大爷赶紧回……"如柏一句话还没说完,就听到外面骤然爆发出了一阵喧闹声。

"又出啥子事儿了?吵吵个没完没了的……"老于头不耐烦地转过脸去。

那个叫"大牛"的年轻山民气喘吁吁地奔了进来,上气不接下气地说道:"吊吊吊吊……吊桥被人弄断了!"

他话音未落,如柏和楚明轩都震惊地站了起来,老于头目瞪口呆地傻在了原地。

八个人齐聚在了吊桥边。

如柏、楚明轩、老于头、李婶儿、小武、小武的姐姐阿若、姐夫大牛,以及那个路过的书生严子周,一齐呆呆地看着断掉的吊桥。

他们这一边的锁链还是固定好的,然而那一边的锁链已经被卸了下来,整个吊桥的重量全被一根不算太粗的麻绳吊着,险之又险地系在那一端。

"本来是两根的……"李婶儿还没从刚才的事情里缓过神儿来,惊魂未定地说,"是小武没注意,直接踩了上去,那边的绳子立刻断了一根,第二根也眼看着就要断,幸好我和大牛在旁边,赶紧把小武拽了回来。也幸亏是小武这样重量轻的,换作大牛这样的,估计直接就掉到悬崖底下喂野狗去了……"

这妇女和沉默寡言的大牛正好相反,一唠叨起来简直停不下来,楚明轩总结了一下她话语的中心意思,言简意赅道:

"简而言之,我们出不去了。对么?"

如柏看了一眼那摇摇欲坠、显然是不能过人了的吊桥,又看了一眼往下一瞧能让怕高的人当场吓得气绝身亡的悬崖,心里无端掠过了一丝阴影。

这个山宅唯一通向外界的路就这样断了。

众人脸色惨白地默认了,阿若胆子不太大,直接小声哭了起来,大牛赶紧把她揽过来,小心地拍着她的后背安慰她。

李婶儿也在旁边劝道:"放心,我一般出来顶多在外边过一夜,第二天晚上再不回家的话,我家那口子肯定要找过来的,到时候让他把那边的链子挂上不就行了?"

阿若仍然在小声抽泣:"那……那今天和明天晚上,怎……怎么办啊?"

"在哪儿不能凑合两晚上?"李婶儿大大咧咧地说,"这山里野果野菜一样都不缺，还能把人饿死啦？何况咱又不是没挨过饿，听婶儿的，别哭啦。"

这胖胖的妇女脾气火爆起来的时候那真是十分火爆，然而本质上确实是个好人，温柔的时候也堪称温柔。

那阿若被她这么一哄，也不哭了，道："也不知道这个宅子住不住得下这么多人。"

"住得下。"

众人一愣，竟然是一直冷冰冰的严子周开口了。

"宅子很大，里面房间很多，一人住一个都够。"

如柏看了一眼严子周。

这位严公子虽然也冷，但和楚明轩的清冷疏离显然不是一个类型的——

这家伙更像是读书读傻了的书呆子，人情世故一概不通，说起话来总是硬邦邦的，脸上也不习惯做什么幅度太大的表情，故而就显得冰冷起来。

严书呆子显然没有察觉到沈如柏对自己的暗中观察，只是以在这里多住了一晚的身份招呼大家道："都跟我来吧。"

第二十八章

山中命案

夜幕无声地笼罩了这座坐落在山中的宅子。

如柏本来自己住一个屋子,然而她抱着被子辗转反侧,越想越不对劲。

吊桥那一端的锁链显然是被人为卸下去的——那个人要干什么?

这个宅子的主人,那个所谓"大富大贵"的公子又是什么人?

还有小武的那根属于苏浣溪的簪子……又是怎么回事?

如柏作为京城第一女神探,胆子并不小,然而黑夜和孤独无端加深了人的恐惧,她躺在床上越想越混乱,整个人几乎毛骨悚然起来。

眼看是睡不着了,如柏一掀被子坐起来,顶着一头被她在床上滚得乱七八糟的头发,纠结了好一阵,终于屈服于自己的内心,选择性地忽视了礼教,抱着被子出了门。

她小心翼翼地在楚明轩的房门上叩了叩。

里面传来了熟悉又清冷的声音:"进来。"

不知道为什么,这个声音一响起来,如柏瞬间心里就踏实了,她几乎是热泪盈眶地扑了进去。

楚明轩一看她的样子就知道怎么回事儿,太子殿下无声地叹了口气,拍了拍床:"你睡上面吧。"

然后他就把自己的被子抱了下来,去柜子里找备用的褥子。

如柏目瞪口呆。

当然她也并没有和楚明轩共睡一床的打算,本来只想找两个椅子随便拼一下躺一宿就好……

她万万没想到,尊贵的太子殿下居然要打地铺!

要打也该是她打好吧!

"不不不不不不……"如柏战战兢兢地冲了过去,"怎怎怎么……能让你睡地上……"

楚明轩非常疑惑地一挑眉:"开什么玩笑?难道我还能让你睡地上?"

如柏默默无语地站立了两秒,静静地感受着感动像一股温暖的泉水在自己的四肢百骸流淌……然后就被找到了备用褥子的楚明轩一脚踢到了床上：

"傻站着干吗呢？别挡着我铺床。"

如柏："……"

瞬间就不感动了！

夜凉如水，有温柔的月光如鎏银般倾泻在地上。

如柏静静地躺在床上，听着不远处楚明轩的呼吸声，心里倒是并不恐惧了……然而仍然并不能入睡。

楚明轩的身上永远带着一股清冽的龙涎香，此刻在室内幽幽地蔓延了开来，如柏只觉得血液的流速都变快了。

良久，她绝望地用被子蒙住头，小声问："你睡得着吗？"

黑暗里传来了楚明轩非常清醒的声音："不。"

如柏绝望地翻身坐起来，顶着一头鸡窝一样的头发，道："那我们查案子吧。"

两个人就这样在伸手不见五指的黑夜里摸出了房门。

楚明轩点了一盏蜡烛灯，幽幽的火光照亮了无边的黑暗，他把手伸给如柏："你跟着我走。"

楚明轩的手温暖而干燥，手指修长，每一个关节都清晰而舒展。

如柏小心翼翼地牵着他的手在院子里前行着，感觉自己的手在迅速地变得滑腻——全是自己掌心渗出的汗水。

然而在如柏还没来得及尴尬之前，她神志里仍然为查案而保持清明的那一根弦猛地被牵动了，她放开楚明轩的手，蹲下来，指着一个放在院落一角的盒子，低呼道："这是什么？"

楚明轩把蜡烛的光凑了过来，如柏打开盒子，瞟了一眼便兴奋了起来："是地契！主人居然把地契留在了这里！这上面应该能找到主人的信息。"

她飞快地把地契翻了出来，上面还有购买者的签名。

然而那明显是个非常不走心的假名，购买者的字不太好看，像个刚学会用毛笔没几天的小孩子，歪歪扭扭地随手签了个"张三"。

楚明轩没有出声。

如柏察觉到了异常，转头问他："怎么了？"

楚明轩沉默片刻道："名字是假的，然而这个字我认识，全京城的公子里，只有一个人写的字是这种笔体。"

如柏一惊："谁？"

这一次是更久的沉默。

良久，楚明轩才低声道："我六弟。"

六皇子？

如柏简直觉得无法置信。

老于头随口说的那句和楚明轩"轮廓有点儿像"竟然意外地说准了……人家根本就是亲兄弟俩。

她和六皇子没什么交往，最深的交集不过是当初在宫里为那块要谋害他的绿豆糕揪出了凶手宋姑姑。

如柏问："六皇子是个什么样的人？"

"我六弟么？"楚明轩道，"绝顶聪明的一个人，就是不太喜欢用功。"

如柏沉默下来，宫里的事，她也或多或少地听说过。

当今皇上儿子不少，有出息的却不多。

皇长子是个地位颇低的嫔所生，性子温顺懦弱，资质也十分平庸，跟着大儒读了那么多年的书，皇上问他治国之道时还是支支吾吾说不出。

二皇子和四皇子倒是颇聪明，只是全都是小时候被母妃娇惯坏了的主儿，恨不得比公主还娇气。

五皇子的母妃早年间家族犯了大罪，自己也被牵连，自尽在冷宫里，故而五皇子本人也不太受宠，在后宫里没什么存在感；再剩下的就都是一帮还在长牙的小孩子了，最小的十一皇子楚明和甚至还在吃奶。

"我父皇其实是个很好的父亲，就算是老五这样不太受他喜欢的皇子，也从来没被亏待过，衣食住行、请的师父什么的，都是最好的，只不过……"

只不过为人父母，也总有一些偏心。

人人都知道，皇上最喜欢的，是三皇子楚明轩和六皇子楚明辙。

"我六弟其实真的哪哪儿都好，尤其是小时候，看上去比我机灵得多。当初立东宫的时候，也有不少朝臣主张立他。"楚明轩叹了口气，"就是太爱玩了。"

六皇子出身高贵，人也聪明，办起事来虽然没有楚明轩稳妥，但只要他肯干，今后成就一代贤王，那是绝对没有问题的。

问题就在于他不肯干。

"我六弟的理想和社稷啊、功名啊完全没关系，他就想当个游遍山水的旅行家。"

楚明轩看着那地契上幼儿一般稚拙的签名，有点儿哭笑不得："这宅子是他买的倒也说得通，他不太喜欢住在京城，随便找个山清水秀的地方一住就是好久，在山里买个宅子是他的作风……就是近些年父皇老了，不太允许他这么瞎玩了，还是希望他能上进些，有些作为。"

两个人对着装地契的盒子大眼瞪小眼了一会儿，楚明轩无奈道："等回去了我问问他吧，不过我怀疑他这样的宅子有十几处，平时粗枝大叶地也不留看门的人，这里发生过什么，他心里也未必有数。"

如柏点了点头，就要和楚明轩一起回去。

然而她站起来的那一瞬，突然脚下一滑。

楚明轩一把扶住她："小心点儿。"

如柏的脸色却突然变得极为难看，她拿过楚明轩手里的蜡烛，低下头细细地看向自己刚才站过的泥土。

那泥土极为湿润，所以才滑得让她差点儿摔倒。

黑夜里什么都看不清，如柏和楚明轩刚刚的注意力又全在地契上，竟然忽略了……

忽略了一直飘进鼻子里的血腥味。

如柏用手指沾了一点泥土，凑到鼻端闻了闻，她的声音在发抖，然而语气却十分肯定："是血。"

她举着蜡烛，小心翼翼地顺着泥土湿润的痕迹，摸索到了一个房间的门口。

那房间的门槛下，血仍然如小溪般静静地流淌着。

如柏抬起头来看着楚明轩，此时此刻，她的眼神里满是恐惧："这是谁的房间？"

楚明轩低声道："小武。"

小武是在睡梦里被杀死的。

一把菜刀直接劈在了他的脖子上，他整个人的血几乎全都流了出来，一直流出了房间，晕染到了院子的土地上。

其余的人已经都被陆陆续续叫了过来。

阿若只看了一眼这充满血的、仿佛炼狱一般的房间，和躺在床上自己的亲弟弟，就一声不吭地晕倒在了地上，大牛手忙脚乱地扶起她，同样吓破了胆，一眼都不敢看。

李婶儿和老于头相较之下算稍微好一点的，然而也几乎魂飞天外——

李婶儿一嗓子嚎了出来，本来看着很有福相的脸白得像刷了一层黯淡的漆，一点儿血色都不剩下；老于头则是吓得后退了三步，一屁股坐在了地上，整个人抖成了筛糠。

倒是那个文弱书生般的严子周没有什么太大的反应，他看了一眼小武的尸体，默默地走到了一边，靠着房门站定——这个书呆子好像对现实生活中的一切都很迟钝。

良久，严子周才直愣愣地开口："他死了吗——被谁杀的？"

没有人回答他。

楚明轩从外面走了回来，这里没有手下可供协助，太子殿下必须自己亲手搜证。

"厨房的架子是空的，这把菜刀应该来源于那里。"

楚明轩看了一眼如柏，发现曾经威风凛凛的京城第一女神探现在仍然吓得像只哆哆嗦嗦的鹌鹑，忍不住叹了口气，一边不动声色地把如柏拉到了自己的身边，给她顺了顺毛，一边把神探的职责先接了过来，环顾着众人道：

"吊桥是外面的人弄断的，是谁、什么目的，现在都还不清楚，但是杀人的事情却没有第二种可能——这个宅子里一共就只有这么多人，凶手必然出在我们中间。"

此刻阿若终于醒了过来，"哇"地大哭了起来，哭声在黑夜里显得分外凄凉，也分外瘆人。

几个人彼此互相打量着，良久，不善言辞的大牛才一边拍着阿若，一边道："不会吧？"

李婶儿惨白着脸道："我从来没喜欢过小武那孩子……但是绝不可能杀人啊！"

老于头仿佛在瞬间变得更加苍老了，这个历经风霜的老山民手足无措道："大家都一起在这山里住了这么多年，怎……怎么会呢……"

阿若根本说不出话来，整个人哭到发抖。

严子周站在一旁，仍然用他那平静得仿佛没有起伏的声音说道："我前天才到这里,我什么都不知道,没理由杀他。"

楚明轩和如柏没有接话,因为严子周的话对他们来说同样适用——他们昨天才到这里,之前根本不认识小武,完全没有杀他的动机。

可是认识小武的人又有什么杀他的动机呢?这样一个十三四岁的孩子,即便不太老实,喜欢偷东西,但总归不可能被人厌恨到极点——谁会这么跟一个半大的孩子过不去?闹到非要杀他不可的地步?

突然,如柏的心里猛地一动,一个不祥的预感在她心头猛地升了起来。

那根簪子。

苏浣溪的那根簪子。

会不会和这件事有关?

小武到底知道些什么?

如柏犹豫了一下,俯下身去,在小武的身上翻了翻。

那根簪子还在他身上。

如柏把这根金光灿烂的簪子拿在手里,对众人道:"请问诸位——尤其是小武的两位亲人,知道这根簪子的来历么?"

她顿了顿,道:"不瞒诸位说,这根簪子的上一任主人,就在前不久……死了。"

此言一出,本来就十分惊恐的众人更加恐惧了。

"什……什么?"李婵儿失声惊叫道,"难不成这根簪……被人下过诅咒?拥有它的人都会死?"

如柏默默无语地站在原地,她本来只是想说明这背后可能存在的阴谋,然而这帮蒙昧的山民立刻把她的意思曲解了,将整个事态直接往恐怖神话传说的那个方向理解。

"鬼知道小武从哪儿偷来的这玩意……"老于头瑟缩在墙角,咕咕哝哝地说。

"不……不是偷的……"

一个微弱的声音响了起来。

众人一愣,循声望去——竟然是阿若。

阿若倚在阿牛的怀里,擦了一把脸上的眼泪,艰难地开口道:"这个簪子,其实是我和大牛捡到的。"

"大概是上个月……也可能更久一点,我记不清了。"阿若轻声道,"应该是一场雨下完之后,当时我和大牛正在后面的林子里采野蘑菇,撞见过一个……一个很美貌的姑娘。"

"那个姑娘行色匆匆,怀里似乎揣着什么东西……"

"银票!"旁边的大牛突然接口道。

阿若深吸一口气,点了点头。

"你们怎么确定的?"

"因为她之间停下来过一次,小心翼翼地把银票又点了一遍,似乎是不放心地再确定一遍数目。"阿若道,"然后她就慌慌张张地走了,我和大牛后来经过她站过的地方时,发现她在那里落了一根簪子。"

她抬起下巴点点如柏手的方向:"就是这一根。"

"这东西太贵重了,我和大牛都不敢要,只想着先替那姑娘收着,等她回来找的时候就还给她……但那姑娘再也没回来过。"

阿若说着,打了个激灵:"直到你刚才说,我才知道,原来她是……死了。"

"有一次被小武看到了……其实小武这孩子并不坏,他只是,只是穷惯了,贪财而已。"

　　阿若没有忍住，又抽泣了起来："如果是这根簪子带着诅咒，给他带来了灾祸，我这个做姐姐的，以后在下面该怎么给我爹娘交代……"

　　没有人能安慰她，众人都沉浸在各自的惊恐里。

　　有楚明轩在身边，如柏勉强平静了一下心绪，让自己的大脑进入了破案时的运转状态。

　　现在宅子和外界的联系都断开了，他们没有验尸的条件，而在这样炎热的夏天，等官府的仵作来了，只怕也已经查不出什么了。

　　如柏思索片刻，只能先尝试着判断出一个大致的死亡时间。她向众人问道："你们最后一次见到小武，都是在什么时候？"

　　众人面面相觑，严子周见一众山民都不说话，便率先开了口："我把你们领进来之后，就回自己屋读书了，外面发生过什么都不知道。"

　　大牛拍拍哭泣的阿若，讷讷说道："我和阿若本来打算让小武和我们一起待一晚上，免得他又惹出什么事来，但小武……不服管教惯了，硬要自己睡，他进房间之后，我们也没再进去看他。"

　　李婶儿和老于头交代的话也差不多——大致情况就是，众人各回各屋后便都睡下了，没有再串过门。

　　如此说来，小武应该是在上半夜入睡之后被杀的无疑。

　　"那诸位上半夜，又都在做什么？"

　　这次的回答依然是众口一词——还能做什么？当然是在睡觉。

　　如柏按了按太阳穴，感到极为头痛——她查案查了这么久，几乎从来没有遇到过这样的情况。

　　如果说杏花阁那次的案件是人人皆有作案动机，那么这一回就是没有一个人有杀害死者的理由。

　　如果说杏花阁那次是人人都有不在场证明，那这次就是人人都没有——

　　每个人的房间都是分隔开的，众人各住各的，唯一住在一个房间里的只有阿若和大牛这对年轻的小夫妻，但是以他们之间亲密的关系，显然互相作证的话也并不能令人信服。

　　就在如柏毫无头绪之时，楚明轩突然轻轻拉了她一下。

　　如柏疑惑地抬起头，就见楚明轩平静地说道：

　　"大牛、严公子——这里大多是老幼妇孺，就请你们二位多照顾一下吧，把大家带到厅堂里聚集在一起，尽量先不要睡。我和沈姑娘再在现场搜查搜查，有什么发现的话会第一时间告诉大家。"

　　众人并不知道他是太子，然而楚明轩谈吐气度都十分不凡，一看便知是身份高贵的某位大人物。

　　山民们遇到这样的事本来就手足无措，因此也都没做太多的询问，昏头昏脑地听着楚明轩的指令，一起到厅堂里去等消息。

　　只有如柏听懂了楚明轩话里的意思，瞳孔顿时一缩。

等众人都离开了,如柏才急急地抓住楚明轩的袍袖,道:"什么意思?你是觉得……"

"把众人集中在一起,每个人都保持清醒不要睡着……好让凶手没有可乘之机。"

"对。"楚明轩点了点头,低声道,"我是觉得小武未必会是最后一个死者,凶手很可能不会停手。"

如柏睁大了眼睛:"哪一条证据能证明?"

"没有证据,只是我的直觉。"楚明轩道,"你想一想,小武不过是个山里的半大孩子,情杀、仇杀,有哪一条和他沾得上边儿?又有谁和他有利益的纷争,能从他的死里获得什么好处呢?"

"都没有——最大的可能性是,因为那根簪子在他身上,有人害怕他知道什么。"

如柏的瞳孔猛地缩紧。

"我们现在可以肯定一件事——苏浣溪来过这里,但是这个宅子里并没有什么她早年间的姐妹,那么当时她来的时候,到底是为了见谁?这个人会不会就在那帮山民之中?"

"还有阿若和大牛提供的线索,苏浣溪不是空手离开的,她从这里拿了厚厚一沓银票走,在这山民们大多贫苦的山里,有谁能给她那么大一笔钱?"

"以及最后,苏浣溪如果真是因为她和当年的岳贵人有关系而被某个幕后黑手灭口,那么为什么当年不杀她,反而要等这十几年?"

"如柏,综合这一切——你能想到些什么?"

如柏沉默下来,试图从这乱成一团麻的信息中梳理出一个头绪来。

"别的先不说,那沓银票——我最先能联想到的,是封口费。"

她闭上眼睛,头脑快速地运转着:

"她有可能知道些什么,试图用这个为自己搞到一些钱——对,她当时想脱离杏花阁,嫁给陆学年为妻,但是凑不够赎身银,所以一定很需要钱。"

"她知道的信息应该来自岳贵人……但是凶手并不知道她知情,所以这么多年来从来没有关注过她,直到苏浣溪以某种方式联系了他,试图从他那里敲诈一笔银子。"

"凶手约她在这里见面,给了她一笔银子……但是并没有真正地放下心来,于是在之后策划了利用陆学年的借刀杀人之案,除掉了苏浣溪这个潜在的隐患。"

楚明轩眸色微沉,传递过来一个眼神,肯定了如柏的推理。

如柏再次抬起手来揉揉太阳穴,大半宿没有睡,她忍不住觉得精力有点儿不济,头脑运转的灵活程度远不如平时。她远远地看着厅堂里的灯光,在那里,一群相貌上敦厚淳朴的山民正在等待着他们的推理结果,然而凶手,也正隐匿在这些看上去敦厚淳朴的人群之中。

如柏叹了口气,刚想继续说下去,然而下一秒,她失去了所有的声音,猛地张大了嘴。

因为她看到,那厅堂里的灯光,突然灭了。

"怎么回事?!"如柏和楚明轩对视一眼,来不及多想,一起向厅堂冲去。

没有点灯的宅子一片漆黑,如柏咬牙冲进大堂,然而她刚冲进去,就感到一个花瓶兜头向她砸了过来。

如柏吓得猛地一闭眼,花瓶在她面前"砰"的一声碎了开来,是身后楚明轩一把帮她挡了开来,同时一声清冷的低喝从她背后传来,是楚明轩的声音:"低头!"

如柏赶紧低头,花瓶的碎片在她的头顶四散纷飞,与此同时,空气里传来一声脆响——是楚明轩用箫架住了一把凌空砍来的刀!

如柏整个人都蒙了,冷汗从她的鬓角上瀑布般流下来,然而她一点都感觉不到,千钧一发之际,只感受到身后楚明轩猛地一动,身形飘移间便挡到了她的面前。

楚明轩刚刚架住这把刀,便依稀看到又有两个黑影向他扑了过来。

太子殿下多年来和大内高手习得的武艺在这一瞬间得到了淋漓尽致的发挥,他凌空起跳,一左一右扫出两腿,竟然直接掀飞了那两个扑过来的人影,与此同时,他手上动作不停,玉箫一起一落,猛击对方的手腕,顷刻间就缴了对方的械,那把刀落进了他的手里。

而在这转瞬的工夫里,楚明轩也明显感受到了一点——对方的功夫并不强,相反,可以说是十分稀松。

那把刀在手里幽幽地转了个圈,楚明轩对又要扑上来的三个人低喝一声:"谁再动就先杀谁!"

太子殿下瞬间爆发出来的强大声势和刚刚展现出来的功夫震慑住了对方,那三个黑影犹豫了一瞬,竟然谁都没有敢上前。

楚明轩低声道:"点灯。"

如柏在他背后胆战心惊地探了个头,赶紧摸索着找到了门边的蜡烛,点了起来。

灯光亮起来了,照亮了对面三个人的脸。

如柏的呼吸猛地一滞——

严子周、李婶儿和老于头。

每一个人都用一种极其戒备而愤恨的眼神看着他们。

这是……这是怎么回事?

她看向楚明轩,整个人都沉浸在巨大的震惊里,根本回不过神来:"总……总不可能这些人都是凶手吧……"

楚明轩神色复杂地看了她一眼。

也许是这么长时间一起查案已经给二人之间磨合出了很深的默契,如柏突然从那个眼神里得到了些许的提示。她难以置信地转过头去,看着那三个人几乎是又惧又恨的眼神。

电光石火间,如柏明白了。

"你……你们……"她艰难地开了口,只觉得声音都艰涩得不像平时的自己,"你们觉得,我们是凶手?"

片刻的沉默后,还是李婶儿先开了口:"不然呢?"

"我们一起在这山里住了这么多年,你们两个陌生人一来小武就死了,不是你们是谁?"

老于头比她稍微有逻辑一点,这个淳朴的老山民昨天还热情地回答他们的问题,现如今的眼神里却全是戒备。

"小武这么个半大娃娃,咋会有被人杀的理由?"老于头沙哑着嗓子道,"我们想破了头,觉得唯一蹊跷的,也就只有那根劳什子簪花了。"

"我们这些山里的大老粗,哪能和那劳什子东西扯上啥关系?能有那玩意儿的,也只有你们这些富贵人家——何况,你们自己也说了,你们认识那东西的主人。"

这些愚昧的山民,在出事之后的第一反应便是抱团一致对外。

在共处了数十年的邻居和根本不清楚底细的外来人之间,他们理所当然地选择相信邻居,非常武断地把外来的人判定为了凶手。

如柏没忍住看了一眼严子周。

李婶儿明白了她那一眼的意思,道:"你别栽赃严公子。"

"本来我们也不是不怀疑严公子的。"李婶儿咬咬嘴唇,"但是起码人家没有支开我们,在小武的尸体边儿上不知道琢磨些啥。"

如柏又气又无奈,简直想跪倒在他们的思维之下。

然而就在这时,旁边的楚明轩突然开口了:"阿若和大牛呢?"

如柏之前一直没有思考这个问题,因为下意识地觉得虚弱的阿若恐怕此刻不知道瘫在哪儿,大牛留下来照顾她了。

然而那两个愚民并一个书呆子却似乎刚反应过来,他们的反应很快证明了如柏的想法是错的。

"是啊!"李婶儿和老于头对视一眼,"说好的一起上,那两个人呢!"

如柏的心头猛地掠过一丝阴影。

她突然厉声对那几个人开口道:"把所有的灯都点起来!"

如柏不管真实性格是什么样，表面上仍然大致有个大家闺秀的模样儿。在这些底层人的眼里，自然是个温和的大户人家小姐，此刻她突然疾言厉色起来，吓了众人一跳。那几个人下意识地听从了她的命令，把周围的几盏烛灯全都点了起来。

厅堂整个亮了起来，明亮的烛火照出了剩下的两个人——阿若和大牛静静地待在角落里。

那一瞬间，整个厅堂极为安静，一根针掉在地上的声音都听得见。

片刻后，李婶儿最先反应了过来，她猛地嚎了一声，冲了上去："阿若！大牛！"

然而那两个人都再也不会回应她的呼唤了。

微弱的月光铺在地上，仿佛给这世间镀上了一层森冷的银。

李婶儿、老于头和严子周全都瑟缩地坐在墙角，每个人的嘴唇都是一片惨白。

如柏冷冷地看了一眼这三个人，李婶儿逻辑混乱，老于头年迈昏聩，于是她十分不客气地一指严子周："你来从头说！"

严子周闷闷地低下头去。

"严公子，不是我说你，你能这么轻易地被山民们给说服了，跟着他们的思路跑，这十几年寒窗的圣贤书都是读到狗肚子里去了吧？"

如柏没法不火大。

楚明轩的安排是完全没有问题的，只要这些人一直乖乖地待在厅堂里，凶手只要敢弄出动静，剩下的人肯定会立刻发出警报，她和楚明轩就会马上赶到。

本来阿若和大牛是完全不必送命的……谁知道竟会闹成这样。

没想到的是她和楚明轩站在小武身边推测这些人里谁是凶手时，这些人也在无声无息地推测着他们。

良久，严子周才低声道："不是我。"

"他们聚在这里谈谁杀了小武，说肯定是外来的人。"严子周低声说，"然后就一起想了这个计划……引你们过来，先制服了再说。"

严子周把头埋在膝盖间："我本来不支持的……但是我也是外来的人，我怕……"

他没说下去，然而如柏已经明白了。

怕他不配合的话，这些山民就会转而怀疑他。

有些人或许读了许多书，但是除了"之乎者也"之外，并未在书里学到一点该有的骨气和决断，在现实里遇到困难时，仍然是这样不堪一击。

"我没下狠手……"严子周低低地辩解着，"你看，我砍你的时候都没有把刀鞘拔下来，我只是想把你敲晕……"

如柏懒得理这个絮絮叨叨的书生了，她转头看去，楚明轩正从阿若和大牛的尸体边走回来。

"怎么样？"如柏问。

她骤然发现楚明轩的脸色极为难看。

他坐到如柏身边，压低了声音道："对方是有功夫在身的高手。"

如柏打了个激灵。

"那对青年小夫妻,是在黑暗里无声无息地被人拧断了脖子。"楚明轩低声道,"大牛那样强壮的山里汉子都是转瞬之间被杀了……没有防备是一方面,另一方面是凶手武功在身,普通人绝对不是对手。"

如柏的心提了起来:"比你呢?"

楚明轩看了她一眼,给了一个安抚的眼神:"比我弱。"

如柏缓缓舒了一口气。

其实这是显而易见的,恐怕凶手现在最忌惮的,就是楚明轩的存在。

如果对方的武功高过楚明轩的话,他完全可以在击杀楚明轩之后,再动手清理掉剩下这些完全没有一战之力的老幼妇孺。

如柏的眼神缓缓扫过严子周、李婶儿和老于头。

凶手就在这三个人中间。

"你怀疑谁?"她压低了嗓子问楚明轩。

楚明轩沉默片刻,道:"他们三个人里,严子周的位置特殊一点,李婶儿和老于头现在几乎是没有区别的。"

"严子周是这些山民里唯一的外人,李婶儿和老于头都是小武一家的邻居。"如柏点点头,轻声肯定了楚明轩的说法,"这样看上去,确实严子周特别一些,但是……"

她和楚明轩同时低声道:"凶手在李婶儿和老于头之间。"

两个人对视一眼,心照不宣。

楚明轩微微一点头,道:"告诉我你是怎么想的。"

"很简单,还是顺着之前我们在后院里谈的那个思路走。"如柏道,"那个幕后黑手要和苏浣溪在这里接头——但是以那个人位高权重的身份,不可能亲自过来,一定是派手下人把银票交给苏浣溪。"

"那个手下成功地办完了主人交给他的活儿,然而他没有想到,小武手里居然有那根簪子。"如柏轻轻打了个冷颤,"那个人怀疑他们的交易被小武看到了。"

"然而就在他杀掉小武之后,阿若的话让他发觉自己杀错了人——阿若和大牛才是真正有可能目睹交易的人,于是他转而要灭这两个人的口。"

"如果那个手下不是本地人的话,他没有必要把苏浣溪叫到这里来。"

如柏轻声说:"也只有一个本地的山民熟悉这里的地形,能极大地降低风险,避免这桩交易被别人发现——然而我唯一的疑惑是,那个所谓的幕后黑手,为什么会安排一个手下一直潜伏在山民里?"

楚明轩平静地注视着她,道:"这个问题我可以回答你。"

如柏望向他。

"你记得这座宅子的主人是谁吧?"

如柏一愣:"六皇子……这和六皇子有什么关系?"

"你还记得当年宋姑姑试图杀十一弟和六弟的事么?"楚明轩道,"如果这个幕后黑手和宋姑姑的目的一样,也是尽可能地杀掉所有皇子呢?如果他在这里留下一个杀手,本身的目的其实是试图找机会杀掉六弟呢?"

如柏只觉得一股寒气从她的脊梁骨蹿了起来——她骤然发现，楚明轩的说法，完全讲得通。

至此，前前后后的案子竟然串成了一条线。

"那么……究竟是李婶儿，还是老于头？"如柏轻声问。

然而，就在如柏和楚明轩两人在心底轮流分析这两个山民时，变故再度发生了。

她说这话的时候活动了一下坚硬的肩颈，那根一直在她怀里的金簪挂得不牢固，便在这一动中被牵动得掉了下来。

那根"被下了诅咒"的簪子落在地上，愚昧迷信的李婶儿和老于头都下意识地让了让。

然而严子周却并没有躲开，他突然颤抖着伸出手去，握住了这根簪子。

也许是黑夜太容易使人变得脆弱，也许是接连的死人让人再难维持住理智和清醒，也许是潜在危险的阴云始终笼罩在头顶……严子周终于崩溃了。

这个一直说话没什么起伏的年轻书生蜷缩在角落里，突然捂住脸大哭起来，嚎啕出了一个名字："浣溪……"

楚明轩和如柏的眉心俱是一跳。

如柏"噌"地一下站了起来，冲到严子周的面前，一把扯开他挡在脸上的手："你说什么？！"

严子周的脸上被涕泪糊满，哀切地看着如柏。

如柏只觉得上下牙床不受控制地碰在一起，发出"咯吱咯吱"的响声，她一把从严子周手里把那根簪子抢了回来，确定簪子尾端那个小小的刻字只有"溪"，而并非"浣溪"后，她不可置信地看着严子周："你……你认识苏浣溪？"

严子周的眼神空荡荡地落在那个小字上，然后又骤然发出一阵嚎啕。

然而这一次，他的嚎啕才嚎出了一半就猛地卡在了嗓子里。

楚明轩把那把严子周父亲留给他的佩刀抽了出来，刀尖抵在严子周的喉咙上。

"哭什么哭？"太子殿下的耐心已经被耗尽了，整个人森冷如一把出鞘的名刀，目光里透着一股刀刃般薄而凉的寒气，"你明明认识簪子的真正主人，却一直瞒着不告诉我们——你应该知道现在你身上的嫌疑有多大，不想我现在就杀了你的话，就快说！"

严子周被那把刀震慑住了，就在他抽噎着刚要开口时，楚明轩突然猛地一紧手腕，那刀尖距离他的喉咙又近了半寸，几乎直接抵到了皮肉里，牵出一丝细细的血痕，严子周吓得魂飞天外，当场"嗷"地发出了一声惨叫。

"等等！"楚明轩低喝道，"先不要说！"

众人不知道他是什么意思，一时间都愣住了，严子周战战兢兢瑟缩着，险些咬到了自己的舌头。

连如柏都蒙了，只能一脸惊疑不定地看着楚明轩，不知道他到底要干什么。

天已经蒙蒙地亮了起来。

楚明轩拎着那把刀，沉默地站在原地，周围的一圈人都望着他，不知道他葫芦里卖的是什么药。

在良久的寂静之后，楚明轩放下刀，对严子周低声说道："你只告诉我，不要叫这在场的任何一个别人知道。"

他把耳朵贴了上去，严子周不敢不按他说的做，只能哆哆嗦嗦地捂住嘴，小心翼翼地冲着楚明轩耳语。

所有人都在观察着楚明轩的表情，然而太子殿下自始至终脸上平静无波，没有任何人看得出他在想什么。

严子周说完了，楚明轩回过身来，正视着他的眼睛："每一句都是实话？"

严子周颤颤抖抖地点头："我……我发誓……"

楚明轩轻轻一点头，那一瞬间，他冰冷绷紧的唇角几乎是弯出了一个微笑的弧度："信息都对得上，我相信你。"

下一秒，他的手闪电般地伸了出去，毒蛇般缠上了严子周的脖子。

严子周的眼睛急剧睁大，然而他一声尖叫还没来得及发出嗓子，整个人就倒在了地上。

楚明轩拍了拍手站起来。

如柏不可置信地睁大了眼睛。

他……他在做什么……

"这就是杀害之前那三个人的凶手。"楚明轩平静地说，"现在已经被我除掉了，诸位不必再害怕了。"

如柏震惊地看着他，然而楚明轩一点要理睬她的意思都没有。这一刻，太子殿下仿佛冷酷得不近人情。

"从现在起，所有人不许离开我的视线，只许坐在原地。"他冰冷地说，"不会再有命案了，所有人耐心等待救援。"

老于头和李婶儿根本没见过这个架势，这两个山民一辈子也没有这么密集地见证过杀人案件，心理防线早就崩溃了，吓得一声都不敢吭。只有如柏小心翼翼地凑上去，然而还没等她靠近楚明轩，太子殿下就冷冷地横过来一个眼神："闭嘴，别过来！"

如柏目瞪口呆地站在了原地。

楚明轩的眼神里短暂地闪过一丝犹豫，然而下一秒，冰冷的神色就恢复了从前的样子，他再不看任何人，只是拎着那把刀，平静而又笔直地坐在原地。

时间仿佛从来没有流逝得这么慢过。

如柏只觉得每一分每一秒都变得极度难熬，有许多次，她都恨不得直接冲到楚明轩的面前，抓着楚明轩的领子向他咆哮"严子周到底跟你说了什么"，然而每一次还没等她把这个想法付诸实践，就又被楚明轩冰冷的眼神吓退了回来。

他们四个人就这样一分一秒地挨着，直到窗外隐隐传来了远方的呼喊声。

第
三
十
一
章

得
救

"哥——"

"三哥——"

外面的呼唤声渐渐大了起来。

起先没有人敢回应,都在打量着楚明轩的神色,直到楚明轩面无表情地说道:"去啊,救援来了,都傻愣在这儿干什么?"

山宅里的人仿佛得到了神谕,终于得到了拯救的老于头和李婶儿拼着最后一口气从宅子里冲了出去,他们跌跌撞撞地扑到吊桥旁边,几乎是热泪盈眶地看着对面来的救世主。

为首的是个年轻的公子,和楚明轩一样长着挺直的高鼻梁和深邃的眼窝,然而下颌还并没有长出楚明轩那样冰冷锋利的弧度,因此看上去平添了几分孩子气。

和楚明轩深沉冰冷的黑眸不同,这个公子眼角上挑,隐隐有那么点眼带桃花的意思,而他不光眼角上挑,唇角也是向上长的,因此即使他没有表情,旁人也会觉得他含着一丝笑意。

楚明轩带着如柏,跟在那几个人身后,看到对面的公子,忍不住一愣:"老六,怎么是你?"

"唉……别提了。"六皇子和楚明轩同为皇子,然而一点都不像一个父皇生的,楚明轩天生清冷疏离,六皇子则天生阳光温和。

"你昨晚上一夜没回府,宫里也没你的影子,可把小全子急坏了,问了一大圈你在哪里——"他看了一眼如柏,桃花眼里带了点促狭的笑意,"后来还是沈府的人说,你跟沈家小姐一起来京城外找一个山里的宅子。"

"我当时和小全子一起找你呢,一听那位置就觉得熟悉,后来反应过来了——那不是我前些年买下来的宅子么,就赶紧带着几个人过来了。"六皇子幸灾乐祸地说,"这吊桥怎么成这样了,三哥你运气真差……"

"老六……"楚明轩低声道,"三哥恐怕是把运气都匀给你了,保着你活到这么大,没死成!"

六皇子从小到大一直和楚明轩没轻没重地互掐，早就被怼习惯了，闻言完全没理解到楚明轩的深意，哈哈一笑道：

"那三哥可是我的真佛了，我明儿可得给三哥立个牌位多上两炷香……"

说话间，他带来的人已经修好了吊桥，剩下的几个幸存者通过吊桥，急急忙忙地想要逃离那个恐怖的宅子。然而都看着楚明轩的神色，不敢抢着自己先过，老于头拉着李婶儿站到了楚明轩和如柏的背后，示意两位贵人先过去。

楚明轩抬了一下下巴，示意如柏先走。

如柏心里仍然存着巨大的疑惑，然而对楚明轩的信任让她最终决定服从楚明轩的命令，于是什么也没问地走过了吊桥。

下一个本来轮到楚明轩，然而楚明轩道："你们先走吧。"

李婶儿犹豫了一下，然而归家的迫切让她没有再推辞，拉着老于头匆匆忙忙地鞠了个躬，就要先走。

当他们经过楚明轩身边时，对面的六皇子才看到这两位山民的容貌，这位一直没心没肺的六殿下仿佛想起来了点什么，突然猛地一愣："嗯，这不是……"

然而没有等他把模糊的记忆捋清楚，他的眼前便寒光一闪。

与楚明轩擦肩而过的那一刹那，老于头手里暴露出一段三寸长的利刃，直接捅向了太子殿下。

然而楚明轩却仿佛早就预料到了一般，飞身闪过，与此同时，在吊桥的那一端猛地发出一声爆喝："六弟！叫你的人准备好！绝不能把这个老头放走！"

电光石火间，六皇子来不及反应，然而下意识地遵从了楚明轩的命令，猛地一挥手，那几个人都是王府的侍卫，立刻冲了过去。

侍卫们冲过吊桥的这短短片刻，楚明轩已经和老于头过了好几招。

那老于头的确功夫不弱，然而已然失去了最佳的偷袭机会，又确实身手不如楚明轩，见那些侍卫们冲了上来，短暂地退开几步，把刀横在胸前。

他不顾不远处李婶儿惊恐万分的目光，只是缓缓地偏过头去，望向楚明轩，沙哑着嗓子道："你……什么时候知道是我的？"

楚明轩道："刚刚。"

老于头的瞳孔猛地缩紧。

"你不愧是被培养出来的死士精英，杀人干净利落，作案现场几乎一点线索都没有给我们留下，因此即便嫌疑人的范围已经缩到了很小，我们也根本无法在你和李婶儿间做出判断。"

"所以我只能用这个办法……诱你出手。"

"我之前就想过，苏浣溪一个弱女子，即便想用手里的秘密敲诈勒索某个权贵，也不可能不做任何安全措施——那样太容易被灭口了，她一定留下了点什么能要挟对方、让对方不在交易过程中把自己灭口的东西，也就是说她应该委托过什么人，如果她死在这儿了，这个人就会把她知道的秘密公布出来。"

楚明轩微微一点头："你应该猜到了——严子周就是这个人！"

"你们做得很聪明，没有在交易现场把苏浣溪灭口，而是利用陆学年去杀她。"楚明轩道,"然而严子周这个一根筋还是觉得不对头,因此按着苏浣溪信里写给他的话,找到了这个山宅。"

"你处心积虑,不惜杀掉那些山民来掩盖苏浣溪来过的秘密,严子周如果当众把这些信息告诉我们的话,你一定会不惜一切手段杀掉所有在场的人。"楚明轩看了老于头一眼,低声道,"我猜对了是不是——你在这里潜伏这么多年,一定有玉石俱焚的手段,这宅子下面埋了什么没有?"

六皇子的一个侍卫颇为机灵,立刻转身冲向了宅子的后院,不过片刻便冲了回来,冲楚明轩拱手道:"启禀殿下,在后院找到了装火油的桶。"

如柏心下一惊——这宅子大多由木材所建,如果把老于头逼到绝路上,他恐怕真会放火与众人同归于尽。

老于头看了一眼那个侍卫,冷冷地笑了一下:"看来我这双老眼还不算太昏花,还能看出你和六皇子长得像……你竟果真是东宫太子楚明轩。"

远处的六皇子完全不知道自己被这个老头盯梢了多年,无数次差点死于非命,此刻一脸蒙地站在原地搞不清楚情况。

老于头看也不看六皇子,道:"所以你就让严子周只把秘密告诉你一人,然后又杀掉严子周——这样让我以为我只要冒险杀掉你就够了。"

楚明轩耸耸肩,对之前那个机灵的侍卫道:"去厅堂里,墙角那有个可怜虫,把昏睡穴给他解开——他要是哭的话就安慰安慰他。"

他回头看向老于头,似笑非笑道:"抱歉,我其实不习惯用杀人的方式解决问题,不过有幸做个样子没被老资历的杀手识破,也算运气不凡了。"

老于头握着刀的手一阵痉挛。

如柏站在原地,心下已经完全明白了。

在当时的情况下,凶手为了掩盖和苏浣溪交易过的秘密,势必要再设法除掉严子周——何况严子周很有可能还是苏浣溪秘密托付过的人。

楚明轩为了保住严子周,把秘密转接到了自己身上,同时打晕了严子周,在老于头的眼皮底下制造了他的假死,使自己摇身一变,变成了凶手必须除掉的人。

而救援的人已经到了,等过了吊桥,众人分开,这个秘密势必会扩散。

因此离开吊桥前,是凶手一定不会放过的出手机会。

楚明轩就这样以自己为诱饵,引出了真凶。

"放弃吧,你已经山穷水尽了。"楚明轩一挥手,六皇子的侍卫们跟着他的手势又逼近了一步。

老于头自嘲地笑了一下,事已至此,他已经辩无可辩。

"我知道你不过是某个人手里的一把刀,把你知道的都说出来,我或许还能留你一命。"楚明轩沉声道,"苏浣溪究竟是知道了什么事情?帮你弄断吊桥的人又在哪儿?以及……"

他深吸一口气:"你背后的人是谁?"

老于头后退两步,怆然地笑了笑。

"主人,"他低声说,"老于尽力了。"

下一秒,伴随着李婶儿的一声惊呼,这个老山民模样的死士纵身从崖上跳了下去,几乎是转瞬的工夫,崖下便传来了一声沉重的闷响。

楚明轩疾速走了两步,俯身望下去,良久,他脸色苍白地抬起头来,轻声叹了一口气。

六皇子在一旁道:"三哥……"

楚明轩竭力试图把紧紧握住的拳松开,然而如柏能清晰地看到他内心巨大的不甘和失望。

回京城的路上,六皇子给如柏和楚明轩单独安排了一个轿子。

如柏打量着楚明轩寒冰一样的脸色,低声道:"严子周和苏浣溪……到底是怎么回事?"

楚明轩沉默片刻,道:

"严子周是苏浣溪在江南乐府学琵琶时的青梅竹马,一个多月前收到了苏浣溪的信,里面是这个山宅的位置。"

"苏浣溪说如果接连一个月没有接到自己信的话,就请严子周写信去杏花阁,向王鸨母询问自己的去向,如果王鸨母说自己失踪或者去世的话,就请严子周速来京城,来这个山宅里寻找自己……"

"如果在山宅里发现自己遭遇了任何意外的话,就速去杏花阁,取自己闺房里那把在江南时一直用着的琵琶。"

"一直用着的……琵琶?"如柏直觉出其中必有什么蹊跷。

"严子周说那把琵琶是宫里赐下来的,苏浣溪跟他说过,是来自一个自己在宫里做皇妃的师姐。"

如柏顿时明白了过来:"岳贵人!"

"对,很有可能。"楚明轩点头,他探出头去,招呼前面的轿夫,"直接去杏花阁。"

楚明轩和如柏不知道的是,就在他们坐在轿子里七上八下之时,六皇子随行的侍卫中,有一个已经无声无息地开始了行动。

"啊……我肚子怎么这么疼,可能是吃坏东西了,你们先回去吧,跟我给殿下告个假……"那侍卫捂着肚子跟同僚打了声招呼,冲进了草丛里。

他默默地等着六皇子和太子的轿子都远去后,转身无声无息冲向了这一队人的末尾。

末尾处是一抬小轿子,虽然严子周已经把他知道的都告诉了楚明轩,没什么别的可交代的了。太子殿下也并未把他扔在这山里不管,而是花钱雇了个山民,从山村里找了抬小轿子,叫他把连惊带吓又被点过穴后虚弱不堪的严公子抬回京城里去。

那侍卫无声地冲上去,在山民的颈后狠狠一敲,那山民便一声不吭地倒在了地上。

侍卫悄无声息地把轿子接住,缓缓地放在了地上——那轿子里昏睡不醒的严公子甚至并未觉察到一丝异样。

侍卫细细地打量了四周,确定没有人后,才对着林子恭恭敬敬地行了个礼。

浓密的山林里缓步走出一个女人来。

如果有旁人在场,一定会惊讶这样的深山老林里,为何会出现一个如此衣着华贵气质不凡的女人。

"主子……"那侍卫低声请示,"里面就是苏浣溪留的余孽……但是我不知道他跟太子说了些什么,现在估计也没什么办法逼他说了。"

那女人平静地看了一眼侍卫,淡淡地说:"不怕,我有办法。"

她抬手从自己绣着繁密花纹的广袖中取出一小块草药压成的香砖,道:"去把这个燃起来,让那个人闻一闻这气味,不到一炷香的工夫……问他什么都会说的。"

那侍卫恭敬地上前双手接过,按照那女人的吩咐去办。

片刻后他便重新回来,在女人面前如此这般地交代了一番。

那女人的瞳孔猛地一紧,她皱着眉头低声道:"倘若不是恰好今天我在这里,一切就全都完了……"

她打了个呼哨,一只信鸽便落在了她的指尖,她从身上摸出一块帕子来,咬破手指,在上面写了寥寥数个字后,绑在了信鸽腿上,抬手放飞了它。

"别担心。"那女人轻声道,"太子的轿子再快,也比不上天上飞的。"

侍卫殷勤地点头称是,随即,他有些谄媚地恭维道:"您真是运筹帷幄,仿佛提前预知到这一切一样赶来了这里。"

听到这,一直神色淡淡的女人却突然恼怒了起来,低声喝道:"住嘴!"

侍卫吃了一惊,不知道自己说错了什么话,只得赶紧住了口,偷偷打量了一眼女人。

那一瞬间,侍卫几乎以为是自己产生了错觉……

因为他依稀看到,那个女人的眼角竟然是无边无尽的黯然神伤。

楚明轩和如柏在一个半时辰后终于赶回了京城,直奔杏花阁。

苏浣溪的遗物还没来得及被收拾变卖,楚明轩的视线在满屋的琵琶上游走一圈后,很快就定格在了其中一把上。

"宫里的匠人做出来的。"他点了点琵琶尾端盖的印章,伸手取过这把琵琶,在上面轻轻叩击着。

如果是柳七复在场,他对这些奇门机巧会更熟悉,不过太子殿下对此也算略通一二,很快就摸到了开关,只听"咔吧"一声响,那琵琶竟从中间裂为了两半。

如柏连忙凑上去看。

下一秒,她愣住了。

楚明轩的脸色在一瞬间变得极为难看。

太子殿下一把抓住身边的小厮:"有谁进过这个屋子?"

"那……那谁知道呢……"小厮结结巴巴道,"二楼的客人都人来人往的,浣溪姐姐的房间也没上锁……"

楚明轩盯着那个中空的琵琶,里面只有一张字条,上面用几乎未干的墨迹,画了一个大大的、丑陋的笑脸。

——那是对楚明轩的嘲笑。

如柏呆呆地站在一边,震惊地看着那张纸条和楚明轩脸上变幻不定的神色。

怎么会……怎么可能?

他们一得到消息就立刻过来了!对方还有什么渠道能比他们更早地获得信息?

片刻后,一丝阴云撞入如柏的心中——她突然猛地想起来了什么。

"严子周呢?!"

他们都以为这一次离成功很近了——如柏和楚明轩都是聪明的人,而聪明人很难免地会对自己的聪明产生一些自负的情绪,眼看着这一次马上就能拿到至关重要的线索,她和楚明轩都松懈了。

再加上一夜未睡的疲惫,使他们的周密和严谨都大大地不同于往日,所以他们犯下了致命的疏忽。

千不该万不该,他们不该认为严子周已经没有用了。

三个时辰后,他们在草丛里发现了昏迷不醒的严子周。

他们最先找到的其实是那个被他们雇来的山民,他们赶到的时候山民正坐在路旁的一块大石头上,一脸痛苦地揉着自己的脖子,楚明轩和如柏问他的所有问题他一概不知——因为早在一开始他就被打晕了,后来发生的事情他一概不清楚。

当听到山民被打晕时如柏已经有了极其不祥的预感,所以当看到失去意识的严子周,那一刻,她的心提到了嗓子眼儿,唯恐严子周也已经被对方杀掉了。

然而并没有,严子周虽然昏睡不醒,但是脸上并无痛苦的神色,他神态安详,竟然好像睡着了一般。

如柏和楚明轩用了各种手段都无法把他唤醒,只好先让人把他搬上了马车,带回了京城。

再赶到京城时,天色已经墨黑。楚明轩直接把严子周送去了一处医馆,然而那医馆的大夫诊了半天,竟然毫无头绪。

如柏心里"咯噔"一声,她转过头,飞速地对身边的人说道:"去韩王府,请世子妃过来一趟——就说是沈如柏有大忙求她帮助。"

南宫晴虽然已经贵为韩王世子妃,然而也并没因为身份变得尊贵就无端生出什么架子来,听到如柏叫她,立刻马不停蹄地赶了过来。

"是一种特制的迷香。"南宫晴诊治了片刻便得出了结论,"一般是老人家才用的……太后有段时间睡眠不好,就是取了很少量的这种香,混入香炉中和别的香一起燃烧,这位公子一直睡到现在都不醒的话,想必是被下了极重的量。"

南宫晴咬一咬嘴唇,道:"极重的量……或许会有致幻的效果。"

如柏闻言心下已是一片冰凉,然而仍然不死心地试图找到些许线索:"这种香是宫中特有的么?"

南宫晴摇头:"不能这么说,但确实造价很高,不是大户人家的话一定用不起。"

如柏绝望地看向严子周——这样的线索和没有线索根本没什么太大区别。

果然,一切如南宫晴推断的那样,迷香确实对严子周产生了致幻效果。

醒来的严子周一脸懵怔地说出了让如柏和楚明轩胆战心惊的话。

"不是沈姑娘你去而复返,要再向我确认一些事情么?"

如柏面沉如水:"确认什么事情?"

"就是浣溪那里到底有什么线索啊。"严子周纳闷道,"沈姑娘你自己不记得了么?"

如柏缓缓坐直,灰色的情绪像一张兜头的网直直落下,将她困于其中。

"你产生了幻觉……那并不是我,有另外一个女子冒充了我。"她低声道。

严子周完完全全地愣住了,片刻后,这个书呆子才猛然反应过来:"我依稀记得你当时再来找我的时候……穿的衣服和之前不同,特别华贵……我还只当是你之前那身沾染上了血迹,见到来接应的人之后就把它换掉了。"

如柏沉默地站起来,深深地吸了一口气后,颓丧地吐了出来。

……线索就这样再一次断掉了。

三日后,大朝会一结束,六皇子便急急忙忙地冲到楚明轩身边。

"三哥三哥……"六皇子明明也是个十七八岁的大人了,然而只要他愿意,随时能化成楚明轩身边一只还没断奶的狗崽子,汪汪地叫着哄他开心:

"你都多少天没精神了,这哪儿行呢……赛马去不去?蹴鞠去不去?我保证大发慈悲手下留情,绝对不让你输得哇哇大哭!"

楚明轩:"……"

经常让六皇子输得哇哇大哭的太子殿下面对这样厚颜无耻的邀请,实在是不知道说什么好,只能以沉默应对。

"你上次打马球扭伤的腿好全了没?就知道瞎闹。"楚明轩在他头上敲了一记,"一天三次的药记得抹,别偷懒,叫你府上那个太医定期来向我汇报。"

楚明轩最后在六皇子头上摸了一把,转身离去:"走了,再让我看到你裹着纱布在马场上疯,不用马摔你,我就先把你的腿打折。"

六皇子摸了摸头,悄悄吐了下舌头,在他三哥冷冷的目光里露出了一个灿烂的笑容。

远远的有朝臣看到这一幕,忍不住私下议论起来。

"唉,自古皇家都是只认权位不认亲情的地方,能处成太子殿下和六殿下这样的皇室兄弟,可真是少见。"

"是啊,当年还有群不懂事的,天天吵三皇子当太子还是六皇子当太子——就这样,也没把人家兄弟感情吵坏。"

"魏尚书……汪侍郎……"

两位老大人猝不及防地被人从后面一下撞上,险些吓得心脏停跳。

勉强缓了两口气后定睛一看,却发现是六皇子不知道啥时候贼溜溜地转移到了二人的背后,此刻没大没小地一边一个勾住两位大人的脖子,阳光一样的笑容兜头映了两位老大人一脸。

饶是六皇子从小和他俩就颇为亲密,小的时候还骑过这两位的脖子,背后议论皇家都是大不敬,两位老人当下出了一身冷汗,然而六皇子打小就没规矩,此刻也毫不在意,只是幽幽叹了口气,正色下来:"唉,老魏老汪,好久没和你们掏过心窝子了。"

印象中两天前才听过六皇子讲了大半天梦中情人是什么样的魏尚书和汪侍郎:"……"

"真没人比我三哥对我更好了,真的真的。"六皇子完全感受不到两位老大人的腹诽,打心眼里认真地说,"我母妃那个情况……你们也不是不知道。"

"当年宫里的人其实对我们母子都不太好……他们以为我小,但其实我都懂。"

"是宁母妃和三哥一直在护着我们……我记得,我真的都记得。"

"我知道这些年还有些人……心里老想着让我当太子。"六皇子压低了声音道,"但是真的,我一点儿都不想和我三哥抢。您二位受累,帮我跟那些大臣们说一声,就说好意我心领了,谢谢他们看得起我,但我楚明辙这一生,志在山水,只求游尽这山

— 157 —

河,而不求拥有它。"

楚明轩告别了六皇子之后,心下也有些混乱。

他找柳七复和孟学然秘密商谈了一番,总结了现有的所有线索。

苏浣溪的这条线已经断掉了,短期内不可能再有什么进展。那么唯一剩下的路子,怕是只能从蕃木蒿上下手了。

蕃木蒿——这产自灭亡了多年的尼罗国的剧毒。

楚明轩他们的秘密商谈并没有告诉如柏。

在灯会与山里的两次经历,已经让楚明轩对和如柏一起查案产生了一些阴影。

对方藏在何处,有什么手段,会在哪里制造危险,有多大的势力,都是他所不知道的。

而他已经绝对不愿意,再把自己喜欢的女孩子放在未知的危险里。

"等雨季结束了……"他低声对柳七复和孟学然道,"我们出一趟远门吧。"

雨季的确是快要结束了。

最后一场雨来得淅淅沥沥,完全没有夏天的雨那种滂沱的气势,反而如秋雨一般绵延而阴沉。

六皇子就是冒着这样阴沉的雨,进宫探望他的母妃。

他在宫门外踌躇了片刻。

那里面的人是他的亲生母亲,他在这个世界上最爱的女人。

然而每次去看望她,他心里都有说不清的恐惧。

他抬手阻止了要去报信的宫人,自己无声无息地走了进去。

走到接近寝殿的位置,不出所料地,他又听到了那熟悉的哭喊声。

"太子……太子……"

阴暗的寝室内,六皇子的母亲,当朝天子的徐淑妃,一个也曾明艳而美丽的女人,此刻虽然仍然身着锦缎华服,然而整个人披头散发,面容憔悴,枯爪般的手死死地伸向空中:"太子……太子!"

"娘娘,您别这样……六殿下马上就来了!"两个小宫女一左一右地架住了她,"六殿下今天进宫来看您呢!"

徐淑妃,这个已经疯了很多年的女人,听到这句话后,浑浊的双目透出了微微的一点亮光:"辙……辙儿……"

她骤然崩溃地大哭起来:"辙儿……太子! 太子!"

六皇子再也听不下去,他一把挥退宫人,冲进来,抱住了他的母亲,把她颤抖的身体按在自己的怀里。

"母妃……"六皇子脸上一贯阳光灿烂的表情不见了,他颤抖着嘴唇,语无伦次地低声道,"你放心,你不要怕,你放心……"

他轻轻拍打着徐淑妃的后背,压低了嗓子,近乎温柔地用气声呢喃道:"太子之位是我的! 谁也抢不走!"

日子如流水般匆匆逝去。

苏浣溪这一支线索断掉后，如柏心里一直记挂着再从别的方向上追查楚明轩这边的案子。

然而楚明轩心里已经有了阴影，生怕一个不小心又让如柏和杀手近距离接触，故而一直强行抵触着不让她管。

楚明轩不让她插手，如柏也真的没什么办法。

于是她记挂也只能默默记挂，表面上还是该干什么干什么。

她如常地去看望新为人妇的南宫晴，如常地去找楚明轩吵架，如常地去看孟学然练刀，如常地去听柳七复弹琴……

直到她在柳七复那发现了一点不太如常的东西。

当然，柳七公子作为一个精通旁门左道的专家，他那儿的所有东西都不太如常，什么刺客傀儡啊、人皮面具啊摞了一柜子。

只要是不会误伤客人的东西，平时都是不上锁的，由着如柏好奇地东摸摸西摸摸。

所以他刻意地锁起来一个柜门的时候，那个柜门就变得特别显眼。

虽然如柏问起来的时候，柳七公子非常淡定地表示那个锁起来的柜子里是一些有危险性的药粉。但是如柏还是察觉到了不对劲——

她悄无声息地观察了一下柳七复的房间，发现他惯用的那把琴不见了，药柜上他常吃的几味药少了一小半，几个平日里防哮喘的香囊也不知道去了哪儿。

如柏不动声色地离开了，然而心里已经有了预判——柳七复很可能是收拾了一个出行用的包裹……他要出远门？

出远门就出远门，干吗瞒着自己？

如柏心里本能地联想到了一些什么……然而她没有明说出来，只是径直去了四肢发达头脑简单的孟氏冤大头那里套话。

"小孟啊……"如柏非常自然地倚在一边，看孟学然平地而起，在空中接连挥出十三刀后稳稳落地，"上次那个案子……陆学年之后还交代了什么有用的信息吗？"

孟学然纵身跃起，手中的长刀划过一道惊人的亮光，径直飞了出去，正中数十丈之外的靶心。

"没了，那小子从头到尾稀里糊涂，根本就不知道被人操纵了。"

"好功夫。"如柏赞叹一声，"这么重的刀能被你当飞刀用，功力纵横当世，只怕再找不出第二个了。"

如柏平时不怎么夸人，因此孟学然难免因为高兴放松了警惕。

"你最近有什么公干吗？"

"太子兄去朱州查看运河沿岸厂房的事皇上已经批了，为了保证安全，皇上点了我陪同。"

如柏继续不动声色，只是平平淡淡又带着恰到好处沮丧地"哦"了一声，十分不走心地应付道："那你们快去快回哦。"

哄完了无知无觉的孟四公子，如柏转头就走，心下已是波澜起伏。

朱州……

朱州是尼罗国的旧址，也是蕃木蒿的产地。

楚明轩要去做什么？

楚明轩最后确定了一遍要带的东西，招呼了车夫一声，出发了。

他微服私访带的人也很少，除了随身伺候的小全子、孟学然和柳七复外，就只有七八个人——其中还包括了三个马夫。

楚明轩这次打着查看运河沿岸厂房的名头去，但确实另有目的，因此只带了太子府几个绝对信得过的心腹——再多的话，他害怕会有对方的耳目混进来。

楚明轩和孟学然、柳七复共乘一辆马车，他没忘了问两个人："都没有说漏嘴吧？"

柳七复道："没有。"

孟学然其实有点儿心虚……楚明轩当时的意思是，可以告诉如柏他要出门，但是不要说出来去哪儿。

然而他依稀记得，自己在练刀练得兴奋时，一个不小心就把地名顺了出去……

但是如柏应该意识不到吧……她当时好像没再问什么……

自欺欺人的孟四公子决定把旁人想得和自己一样傻，于是也跟着道："没有。"

楚明轩其实有点不放心，如柏太敏锐，他很担心露出什么蛛丝马迹会被她察觉。

然而也没关系，就算她察觉到了什么，临到出发时追上来，他不允许她跟着，她还能硬来吗？

不过事态显然比他预期的好，一直到他们出了京城数十里，连如柏的影子也没看到一个，楚明轩这才微微松了口气——同时心底某个看不见的角落悄悄沉下去了一块。

只希望这一次能赶紧回来，不要出什么意外……

现实很快向太子殿下证明了，意外无处不在。

行了半个月的路后,他们已经到达了朱州的边界。

朱州的特点是四面临山,尤其是在南面,大山一座一座接连不绝,当时尼罗国也曾经靠着山势负隅顽抗过很久,直到最后才被琅琊林家的林老将军出奇兵拿下。

行了一段路后,小全子突然一个猛子扎进了车厢:"殿……殿下,有山匪拦路!"

孟学然一惊,提刀第一个冲了出去,楚明轩紧随其后,柳七复略慢一些,他伸手取出自己靠在车厢一边的刺客傀儡,然后掀开车帘,向外望去。

他望到山间的小路上,孟四公子和太子殿下率领着侍卫们,正在和孤零零的一个山匪大眼瞪小眼。

柳七复:"……"

良久的寂静中,孟学然束起的黑色长发在尴尬的空气中无声地飞扬,他沉默了一会后,终于带着一种牙疼般的表情问:

"沈胖,你能不作妖么?"

沈如柏大大咧咧地扯了扯她本身就没戴好的蒙面巾,没理孟学然,直接冲楚明轩道:"查案不跟我说?"

楚明轩立在马车上,太子殿下不愧是冰雪般的贵族,瞎扯的时候也维持着满脸的清冷认真:"查什么案子?我来视察运河沿岸的厂房也要知会你么?"

"喔。"如柏点点头,"你查厂房,带孟学然还说得过去,带柳七复干吗?"

柳七复本来就在后面的马车里,只是掀了帘子的一角,闻言赶紧把帘子合上,试图隐匿一切声息,躲过沈二小姐的法眼。

孟学然虽然总和柳七复不对付,然而干坏事的时候又总是莫名地和他心有灵犀,此刻配合着装傻:"柳七复?柳七复这会儿在杏花阁弹琴呢。"

如柏翻了个白眼儿给他:"我看到他收拾行李了。"

楚明轩在心里暗暗腹诽了柳七复这个靠不住的同盟军。

如柏看了一眼此刻浑然不觉的孟学然,露出微笑:"当然,光知道要走也不行,还得谢谢小孟给我指路。"

楚明轩:"……"

他这都交了些什么乱掉链子的朋友!

如柏成功地一拳一个干掉了两个帮凶,转头直接冲楚明轩将了个军。

她维持着非常礼貌的笑容和语气,道:

"从京城到这里需要十六天,我也就带了十六天的钱,现在全花完了。这山这么大,没准儿还可能有山匪——有种你把我扔在这?"

楚明轩:"……"

这都是什么破招数!

风光霁月的真君子楚明轩败给了厚颜无耻的真小人沈如柏,疲倦地挥了挥手,让她上车了。

柳七复和孟学然由于心虚,都不主动和如柏说话。

他们一个照旧是一身白衣,膝上架着琴,不时伸手拨弄着琴弦,便有泉水般的琴音倾泻而出。

另一个黑发如墨般泼洒在疾驰而过的风里，抱着一把长刀站在马车的前端，维持着他的高手风范。

事已至此，楚明轩也只好认了，满心郁闷的太子爷想要舒缓一下心情，便也拿出了他的白玉箫，顺着柳七复的琴音幽幽地吹了起来，箫声与琴音相和，缓缓逸散在广袤的山川间。

孟四公子的刀、柳七公子的琴、太子殿下的箫——

四大公子有三大都会集在这个小小的马车上，如柏十分满足地感叹，自己真是有着全京城小姐都要眼红的好运气啊！

然而还没等如柏感叹完，就听见外面骤然传来了混乱的人声，几个侍卫一起惊呼："有山匪！"

刚刚有如柏那么一出，三位公子一时间都有点分不清楚状况。

但这次和如柏之前的那个乌龙阵势完全不同，只听得前面的马恐惧地嘶鸣起来，刀剑相撞的金属音惊心动魄地响了起来——外面的侍卫已经和来人交上了手！

空气中泠然一声响，一排羽箭整整齐齐地扎进了马车车厢。

如柏本来坐在靠近厢壁的位置上，千钧一发之际，楚明轩一把把她拽进了怀里，然后猛地转身，让自己的后背冲向了厢壁。

第二排羽箭已经扎了进来，轻而易举地洞穿了已经千疮百孔的厢壁，直直地冲楚明轩扎来。

楚明轩想去抽出佩剑……然而这意味着他得推开如柏。

千分之一刻的瞬间，楚明轩做出了决定，他没有动，只是用尽全力地抱着如柏趴了下去。

那一瞬间，如柏的大脑一片空白，只是依稀闻到了冷冽的龙涎香。

……

好在孟学然和柳七复的反应速度也是绝顶得快，孟学然一把抽出他的长刀，转瞬便是一片刀光晃动，羽箭在这刀光中纷纷被击落。

柳七复宽大的袍袖一展，便有无数细小的暗器从其中发出，准确地击在羽箭的箭头，被击中的羽箭立刻失去了准头，歪歪斜斜地偏向一边——如果有人细看的话，那细小的暗器竟是一枚枚黑白的棋子。

"护驾！"孟学然长刀一横，大声喝道。

精英侍卫们立刻向他靠拢，把楚明轩所在的马车团团护在中央。

如柏的后背直接贴在了马车的底部，极近的距离里，她几乎能听到楚明轩的心跳声。

"你没事吧？"她听到那个熟悉的清冷嗓音在距离她耳朵不足三寸的地方轻声响起。

如柏猛地一摇头，那一刻，虽然她莫名地有点留恋此刻的状态，然而理智让她猛地推了一把楚明轩："我没事！你带好队伍！"

楚明轩飞速地站起，右手一把抽出佩剑，左手把如柏拉到自己的身后，然后一脚踢开已经破烂不堪的马车厢壁。

车外是一团混战，山匪足足有三四十人，仗着人数优势，已经有好几个精英侍卫负了伤。

转眼间，又有一支冷箭袭来，直指如柏的眉心。

楚明轩扬手一剑将羽箭击落，再回头看去的时候，孟学然清晰地看到，他的眼睛里仿佛烧着了两团火。

"黄衣服的那个。"孟学然听到太子以极低的声音道。

"柳兄……"楚明轩对旁边一点头，"麻烦你看顾一下如柏。"

柳七复一点头，长袍翻飞，顷刻间便在如柏身边站定，他低声道："织网？"

楚明轩面无表情，微微一点头。

柳七复骤然张开双臂，宽大的袍袖里荡出无数根极细的钢丝，那钢丝不知经过什么奇怪的炼制手法，每一根都极软而极韧，转瞬间便缠上了每一个精英侍卫的腰。

"蛛丝结好。"柳七复低声道，此时此刻他依然不改风流公子的模样，说话的意态仿佛在吟一首短而有韵的小诗。

"蜘蛛先行。"

他话音刚落，侍卫们就集体再次冲了出去。

钢丝虽束缚在腰上，然而并不影响他们行动，而由于他们每个人之间都有钢丝连接，空当全被填补了起来，敌人完全无法找到破绽——强行穿过的话，那特殊质地的钢丝会像刀刃一样割开他们的四肢。

"蛛网已成。"柳七复缓缓操纵着手里的钢丝，六七个侍卫在他的手中，悄然地结成了一张巨大的网，随时准备侵吞撞过来的猎物。

"蛛王出击！"柳七复突然猛地一收钢丝，低声喝道。

所有的侍卫猛地下蹲，露出中心的楚明轩和孟学然。

正常情况下，蛛网阵只有一个中心杀手，但由于楚明轩和孟学然俱在，竟然硬生生地出现了双蛛王的情况！

孟学然一踩前面侍卫的后背，他没有拔出长刀，带着刀鞘的刀横扫过去，顿时留下一片山匪哭爹喊娘的声音。

而楚明轩则直接凌空而起，他的臂上不知何时已经搭好了长弓，一枚羽箭蓄势待发。

楚明轩凌空射出了那支箭！

远处，一个穿黄衣服的山匪呆愣愣地看着自己头上突然冒出来的血洞，在他反应过来之前，便"扑通"一声栽下了马。

正是之前偷袭如柏的那一名。

山匪们见势不妙，就要散去，孟学然正在犹豫追与不追之间，只听远处又传来了马嘶声。

"谁？！"孟学然一把拽出长弓。

"下官钟洪……救驾来迟！"远处隐隐地响起一个中年男子的喊声，"太子殿下恕罪！"

山匪们眼见大批的官兵追了上来，当即吓疯了，跑得比兔子还快，一转眼就消失在了山里。

那远处的官兵终于上气不接下气地赶到了，为首的男子跌跌撞撞地从马上扑下来，跪到楚明轩面前：

"下官朱州刺史钟洪，让太子殿下遇此大险，下官……下官罪该万死！"

太子刚到地盘上便出了这么大事，钟洪明显是吓坏了，原本打惯了官腔、油嘴滑舌的口齿此刻全不见了，说个话嘴唇都在哆嗦。

楚明轩没应声，只是平静地问道："你是怎么知道我身份的？"

"太子殿下微服出访，然……然而安全要紧，所经过的客栈早把……早把马车的样貌、随行的人数都做了报备。"

钟洪跪地磕头不止："殿下……殿下带的人少，朱州这一带又常有山匪出没，微臣便……便带着人在这儿一直守着，哪知道……还是差一点就来晚了！"

楚明轩沉默良久，道："起来说话吧。"

"谢……谢太子殿下！"

楚明轩的目光幽幽地在他脸上扫过一圈，然后太子拉过如柏，走到了被他射死的那个黄衣土匪的尸体旁。

"这人你认识么？"楚明轩道。

如柏一愣,然而随即就明白了他的意思——

他想让自己趁机查看尸体。

她蹲下来,先是看了看死者的脸——见过无数尸体的沈神探装出一副很害怕的样子:

"全是血!可怕死了!这能看出来什么嘛!"

如柏装作不敢看死者脸的样子,又看了看死者别的部位,扒拉了一下他的衣服,然后才捂着鼻子嘤嘤道:"不认识!我怎么会认识这种土匪!"

楚明轩状若不经意地点了点头:"仇给你报了,就别想太多了——我们走吧。"

他走到战战兢兢的钟洪面前:"麻烦钟刺史带路。"

楚明轩的马车已经没法坐人了,钟洪想把自己坐的让给他——被楚明轩拒绝了,只带着如柏和孟、柳二人挑了个备用的小马车坐下,车夫仍然用了自己人。

"这不是山匪。"楚明轩压低声音道,"山匪的第一目的是劫财,一般会先要钱,而不是上来就先杀人——何况这伙山匪的实力也太强劲了一点。"

他转向如柏:"有线索么?"

如柏低声道:"我不确定……但我猜是官府的人。"

孟学然和柳七复俱是一惊。

"那个黄衣服的山匪,他手上有被弓弦磨出来的茧子,手上也拿着弓,但是弓和茧子并不匹配。"如柏道,"他手上的弓是那种私制的,弓弦很细,然而他手上茧子的痕迹却很粗,位置也和这一把对不上。"

"按照茧子的位置,"如柏伸手比划了一下,"他用的弓大概比他手上拿的这把长五寸,弓弦更粗,虎口处做了磨砂处理……"

武考出身的孟学然一听就明白了:"这是我朝军用弓箭的标准配置。"

他猛地一顿,神情复杂地望向窗外。

大概隔着两个车位,就是钟洪的马车。

"开什么玩笑?"孟学然压着嗓子道,"你得罪他哪儿了?一进他地盘儿就要你的命？"

柳七复道："不能确定是他干的。"

"不是他能是谁？"孟学然道，"不是他的话——那他在这地盘上怎么当老大？还有别的州的官兵大老远跑来在他这儿捣乱？"

柳七复给他传递了一个少安毋躁的眼神，道："我不知道钟洪是什么人——但是太子死在他的地界上，他没法交代。何况现在我们和他没有任何利益冲突，他怎么会平白无故地叫我们死？"

一行人揣着重重的疑虑，同时摸不清钟洪到底是个什么人物，最终到达了朱州城内。

尽管楚明轩在到达前就再三叮嘱钟洪一切从简即可，但这位诚惶诚恐的朱州刺史还在府上设置了豪奢的宴席邀请楚明轩光临。

如柏和柳七复并不属于朝廷人士，故而并不打算跟着一起去宴席，孟学然虽然是皇上钦点的随行官员，然则这位少侠向来不喜欢官场逢迎场面，也找了借口推辞，只让楚明轩一个人去赴宴。

楚明轩没说什么，只是在孟学然告辞前，把一个纸团塞进了他的手心。

"什么情况？"三人离开了钟刺史的府上后，孟学然展开了纸团，随即便是一个皱眉，如柏站在他身边看不到纸条的内容，忍不住出言询问。

"太子殿下的意思是，既然他给皇上说的是来视察厂房，那么起码要在查私事前把该应付他老爹的事应付好。"

"但他由钟洪等人陪着去视察运河沿岸的厂子，恐怕查不出什么东西。"

孟学然道："就算真的有欺压劳工、克扣工钱的事发生，地方的蛀虫官员们也一定会想出办法来压下去，做足表面功夫给朝廷钦差看……当然，并不是说钟洪他们真的会干出这种事情来，这只是一种可能性。"

"所以为防万一，太子殿下的意思是，由我和柳七复一起偷偷潜进去调查一下。"

如柏问："那么我呢？我有什么任务？"

孟学然为难地看了她一眼，道："太子殿下说你能不掺和还是不要掺和……但他说他也知道看不住你，所以如果你非要查的话，就去查一种药……"

如柏心下了然，和他异口同声道："蕃木蒿。"

孟学然沉默片刻，道："太子殿下的意思是，你先在这城里随便逛一逛，做出游玩的样子，之后再去药铺，切记不要引人注意。"

他羡慕地看了一眼纸团的后半部分内容，把它展示给了如柏。

那部分的内容，楚明轩用工整的蝇头小楷列出了朱州一应吃喝玩乐的好去处，连几家水粉胭脂铺子都被列了上去。

……意思明显就是，希望沈姑娘玩得开心，能忘了查案的事那是最好。

如柏："……"

不过她还是决定听从楚明轩的建议，当下就要出发。

柳七复跟着孟学然离开前，给她留了两样东西。

"这本来是我拿来给自己，作为路上的防身之物。"

柳七复介绍道：

"一枚是烟雾弹,放出来不但可有大片的迷雾,还会有刺鼻的气味,没有防备的人只要吸到一口,就会短暂地眩晕失去力气。"

"另一枚是信号弹,你如果遇到什么危险情况,就把它的尾芯点燃,它自己会升到高处,发出紫色的光焰,我们只要看到了,就会立刻来救援。"

"虽然在城内应该不会遇到什么危险,不过你毕竟是个女孩子,一路上孤身一人的话,还是万事小心为好。"

如柏关切地问:"你把它们都给了我,那你呢?"

柳七复笑了一下:"我自有别的防身之物。"

说完,他指了指旁边黑着脸的孟学然,一路扬长而去。

不幸沦为保镖的孟四公子:"……"

二人离去后,如柏捏着纸团,随手拉了一个当地人询问了一番,得知那家叫"快意坊"的店是全朱州城最有名的酒铺子,酿的黑糯米酒乃是朱州一绝,立刻决定把这作为逛朱州城的第一个目的地。

快意坊生意极好,不是饭点儿的时候也是人满为患。

如柏找了个座位坐下,叫了黑糯米酒并煮干丝、凉拌鸡丝各一碟,酒与小菜很快就上来了,如柏呷了一口糯米酒,只觉得通体舒畅,神仙的日子也不过如此。

然而还没等她飘飘欲仙地畅想一下身处仙境的滋味,如柏的神仙日子就被猛地打断了。

"小妹妹,怎么着,一个人出来玩啊?"

七八个一看就是纨绔子弟的青年嬉皮笑脸地围了过来,其中一个麻子脸的青年直接坐到了她对面。

就在如柏心念电转思索脱身方法的时候,一个清凌凌的女声响了起来:"我和你喝一杯!"

如柏和那些纨绔子弟们一起惊讶地回头望去,只见酒铺的一角,客人中有一名姑娘越众而出。

那姑娘一身短打扮,浓眉,眼角上挑,整个人像一把出鞘的名刀。

麻子脸的青年和他那帮同伙没料到有人敢公然站出来和自己叫板,忍不住俱是一愣。

然而随即他们便都反应了过来,那群纨绔中一个格外膀大腰圆的,瞥了一眼这姑娘颇为清秀的相貌,当即凑上去想捏她的下巴:"哟,这还有个挺主动的……"

他的手才伸出去一半,那个姑娘就不废话地身形一矮,单腿扫出,也不见使了多大的力气,很快便又轻松地站了起来。

然而那说话的青年却惨了,整个人被一腿扫翻,直接扑倒在了地上,身旁的两张桌子被轰然掀翻,桌上的茶具"砰砰砰"纷纷摔碎在他身上。

那青年再也顾不得面子,抱着被扫到的膝盖爬也爬不起来,忍不住就地一躺,大声痛呼起来。

"喝一杯就是喝一杯,让你动别的了么?"

姑娘冷冷一挑眉,抬手给自己倒了一杯酒,然后拿起另外一个瓶子,三下五除二地倒进一个空酒杯递给麻脸青年:"干杯!"

麻脸青年的脸色难看到了极致——满满一杯辣椒油。

他有点畏惧,然而到手的猎物就这么飞了,忍不住还是有些不甘心,于是抬眼看了一眼如柏,默不作声地舔了舔嘴唇。

这一幕彻底激怒了姑娘,她直接抬手揪住麻脸青年的领子。

那麻脸青年本来也算高大,然而在姑娘手里毫无还手之力,整个人被拎小鸡一般拎了过来。姑娘直接把他的下巴一捏,逼他张开嘴,把满满一杯辣椒油径直倒了进去。

麻脸青年满脸通红,然而叫都叫不出来,涕泪横飞。那姑娘灌完这一杯,嫌弃地一把把他推开:"喝完了,还不快走?"

麻脸青年有苦说不出,捂着疼痛的喉咙哑声冲姑娘喊道:"你……你等着!"

进行完最后的虚张声势,他预计动武不是姑娘的对手,赶紧带着他的兄弟一溜烟地跑了。

那姑娘扫视了一下周围的人群,伸手去拿挂在腰间的钱袋,要把被她波及的茶具桌椅钱赔给酒铺老板。

如柏伸手按住她,自己从怀中摸出一锭银子,扔给了酒铺老板,然后拉起姑娘的手,飞快地离开了这个是非之地。

二人往外走了快一里路,如柏才气喘吁吁地带着她在一个阴凉无人的地方停下。

"多谢姑娘仗义出手。"如柏道,"萍水相逢……"

姑娘抬手打断她:"不必客气,行走江湖之人,路见不平,拔刀相助是应该的。"

"那些纨绔恐怕有背景……"

如柏背后有当朝太子爷撑腰,自然没什么可担心的,然而忍不住为这个出头的姑娘担心起来。

"不怕,我门派虽离这很近,但并不在城内,他们欺负不到我头上去。"

如柏这才注意到这女孩行色匆匆,眉宇间有掩饰不住的焦虑,忍不住问:"那么姑娘进城……是有什么事情么?"

她犹豫了一下,最终摇了摇头,冲如柏勉强笑了一下,转头就要走。

"等一下!"如柏突然开口叫住她,"你身边是有什么人……失踪了吗?"

那姑娘猛地顿住了脚步,半晌儿,她不可置信地回过头来,盯着如柏。

"我猜的。"如柏迎着她的目光道,"你神情焦急,显然是心里有事,并非一个无所事事闲逛的旅客;那么你出现在那家酒铺里,显然也就并非是要闲情逸致地品酒。去酒铺不是为了喝酒的话,还能做些什么?"如柏平静地说道,"我能想到的,就是酒铺作为人流极多之地,是个打探消息的好地方。打探消息也分两种:打探关于物的,或者关于人的。"

"物的消息大多颇有针对性,想询问古董就去古玩铺子,想询问字画就去装裱行,没必要去酒铺这种消息繁杂的地方问,这么一排除的话,我想姑娘应该是在打听什么人。"

姑娘愣了半晌儿，才缓缓地抱拳弯腰。

"在下宋羡鱼，承师于莫座山临渊堂。"她低声地恭敬道，"敢问阁下尊姓大名？"

"不敢。"如柏不太懂江湖人行礼的规矩，忙跟着鞠了个躬：

"临渊堂鼎鼎大名，我即使并非江湖中人，也颇有耳闻。据闻每一任少堂主都叫作'羡鱼'。如此说来，今日是有幸见到了临渊堂少主——我祖籍青州，常住京城，小字叫如柏。"

宋羡鱼猛地一愣："如柏？你可是……沈如柏么？"

如柏点了点头。

"怪不得……'沈氏有女使海枯'。"宋羡鱼深邃的眼睛猛地一亮，"我曾经到过京城附近，听过你的大名，人们都说你是京城第一神探。"

她低下头，微微踟蹰。

片刻后，宋羡鱼轻轻咬了咬牙，方才缓缓开口道："我来朱州城，确实是来寻人的。"

"沈姑娘想必也知道，我们临渊堂坐落于莫座山上，在朱州北面。一个月前，我的小师妹宋玉儿奉师门之命来朱州城里采办下一年门人子弟的生活用具，按理说，半个月便应该回来了。"

"然而如今已有足足一个月，按理说，我那小师妹虽然不算成器，但是武功也并不算低微，等闲人物轻易也是近不了她的身的，故而应该也没有什么安全问题。"

宋羡鱼低声道："但我不知道为什么，总是有种极其不安的预感，玉儿虽然为人较单纯，但做事总是妥帖的，不会平白无故迟上这么些日子也不托人给我们带个信儿……不怕一万，只怕万一，所以我还是向师父告了假，出来找一找她。"

如柏犹豫了一下，按照她的性格，本来遇到这种事情自然是会帮一把的，然而眼下……

她抱歉地笑笑："按理说我应该帮宋姑娘一把来报答恩情的，只是我还有事在身……"

宋羡鱼明显地失望了起来，然而也不好强迫，便只是随口问道："什么事？"

如柏沉吟了一下。

宋羡鱼的临渊堂就在离朱州不远的山上，她在这里长到这么大，对此地的情况再了解不过了，可以说是一个很好的打听消息的对象了。

然而楚明轩的事情，并不方便向外人透露。

如柏犹豫良久，最终随手捡了根树枝，在土地上粗粗地画了个轮廓："找一味药给我朋友治病——你认识么？"

她随口扯谎，也并不怕宋羡鱼会识破。

蕃木蒿是何等稀奇的剧毒，正常人根本没见过，更不可能凭这么一个粗略的轮廓认出来。

然而只见宋羡鱼神色复杂地盯着那块土地。良久，她缓缓抬起头来。

"蕃木蒿。"她盯着如柏的眼睛道，"你是什么人？"

一瞬间,如柏只觉得一股冰水涌进了自己的脊梁骨,她咬了咬牙,一个字都没有说出来。

宋羡鱼盯着她的脸,观察着她的神色。良久,她试探性地问:"你有朋友被这种毒害死了么?"

如柏既不点头也不摇头。

"看来你不信任我。"宋羡鱼微微一摇头,"可以理解,想必是很秘密的事。"

她轻轻叹息一声:"你们朝堂之上的那些事,我们江湖人从来都很难懂。"

就在如柏以为宋羡鱼不会再提供任何消息、就要默不作声地转头离去时,这个一身侠气的姑娘突然再次开口了,她非常直白地说:

"我只问你一个问题,你也可以选择不告诉我——那个害你朋友的人是不是姓宋?"

如柏的脊背猛地绷紧了。

"当心她!"宋羡鱼道,"她不是我朝的人——她叫尼丽罗娜,是尼罗国的遗孤。"

远离京城千里之外的朱州，一个根本没有涉足过朝堂的江湖女侠，就这样直接地讲出了如柏和楚明轩当年在深宫里查了许久才勉强查出的信息。

此情此景太过匪夷所思，如柏只觉得自己似乎在做梦。

宋羡鱼继续盯着她的脸，缓缓说道："我说对了……是不是？"

如柏回过神来，艰难地开口："你都是从哪儿知道的这些事情？"

宋羡鱼沉默片刻，最终一拱手。

"沈姑娘，虽说强人所难不是侠者所为，但是我寻找师妹的心实在是太过迫切，还望你理解。"宋羡鱼低声道，几乎有些汗颜。

如柏理解了她的话："你是说——只要我帮你寻到宋玉儿姑娘，你就把你知道的一切告诉我？"

宋羡鱼脸颊微红，点了点头。

如柏只犹豫了一瞬，便爽快地点了头："那么成交。"

就在如柏决定帮助宋羡鱼的同时，另一边，楚明轩与钟洪钟刺史的宴席也已达到了高潮。

酒过三巡，钟洪的脸已经泛红，虽然没有喝醉，但是兴头已经上来了，当下便击掌三声道："叫舞姬上来！"

他掌声方落，片刻后，屏风后便转出了一群翩跹的舞女，皆是体态轻盈身段婀娜，只是一个赛过一个穿得极为清凉，袒露着大片的后背和前胸，舞姿也极尽妩媚诱惑之能事。

钟洪看得满脸兴奋，楚明轩却并不喜欢这样的排场，当下便说酒喝得太多，需要出去透透风，带着小全子出去了。

钟洪作为整个朱州的一把手，府邸极大，院子也修得极为精致，可见是个喜欢享乐的主儿。楚明轩信步走了两圈，到了一个假山石背后，突然对小全子道："跟我换一下外衣。"

小全子一愣。

由于是微服出访，所以楚明轩并未穿太子蟒袍，只是随便穿了一身常见的墨缎长袍，头发大部分都披散着，看上去像个富贵人家的闲散公子哥。而小全子也并未穿宦官制服，只是扮作了书童的模样。

"快点儿！"楚明轩已经动手把小全子头上的木簪拔了下来，自己两下把头发绾了起来，顺手把外袍脱下来，"你穿着我的外袍，躺到湖旁那块岩石上，只装作酒醉的样子——要有人唤你就挥挥手叫他们退开，他们不敢打扰太子休息。"

小全子把楚明轩的外袍披上，心下也有点儿明白过来了："那太子殿下呢……"

楚明轩把腰带系好，活动了一下手脚，道："我去钟洪的内院看看。"

之前那帮假山匪，只有两种可能——是钟洪的人，或者不是钟洪的人。

如果是钟洪的人，那么这事也太匪夷所思了——无缘无故的，谁有胆子去杀太子？太子死在朱州的话，不管是不是钟洪干的，他都首当其冲地要被迁怒，乌纱帽和人头怕是都要保不住。

如果不是钟洪的人，那么这事依然匪夷所思——楚明轩想到的唯一一种解释就是哪个别的官员和钟洪不对付，要用这种方式栽赃陷害他。可那样成本也太高了些，谁会用谋杀太子这种方法来对付政敌？

趁着眼下刚好在钟洪的府邸里，楚明轩便想去钟洪的住所碰碰运气，看看能否查出什么蛛丝马迹。

他穿着小全子的衣服，把自己平日里那股清冷疏离的气场收了一收，旁人看了只以为他是个英俊得宠的下人。

楚明轩不熟悉地形，然而绕了几圈后也终于找到了内院，他找了个四下无人的角落，轻手轻脚地顺着墙翻了进去。

钟洪显然过的是纸醉金迷的生活，内院也极为豪奢，造得简直像个微型的御花园——竟然还有假山和鲤鱼池，楚明轩小心地打量着四周——突然，他听到了脚步声。

他当机立断，立刻藏到了假山背后，透过石缝往外看。

来的应该是钟洪的姬妾们，一帮女子长裙曳地、环佩叮当地走过，莺莺燕燕地扯着东家长西家短的闲话，没人发现楚明轩。

等她们走远后，楚明轩松了一口气，刚要悄无声息地转移——突然，他的视线毫无准备地被一双眼睛占据了。

一个人站在假山的另一边，隔着石头缝隙，静静地看着他。

楚明轩猛地打了个激灵，往后退了一步。

假山那边的人没有动，依然把脸贴在石头上，透过缝隙看着他。

缝隙里那人只露了一半的脸，然而仍然可以看出是个极其美丽的女子，黑葡萄似的眼睛里一点光都没有，一眨不眨地盯着楚明轩，一句话都没有说。

楚明轩心念电转，正想着此刻该怎么办，就听到远处传来了别的女子的声音："青襟，又在那儿发什么呆！走啦！"

那个叫"青襟"的女子恍若未闻，只是依然盯着楚明轩，盯得楚明轩一阵发毛。

"哎呀，青苔有什么好看的啦！"其他女子等得不耐烦，直接派了两个丫鬟过来，一左一右地把她架走了。

楚明轩屏住呼吸,静静地看着她们一行人离开——

那个女子被丫鬟们拉走的时候也并不反抗,直到这时,楚明轩才发现,她的眉眼固然美丽,只是毫无灵动,整个人也如泥胎木偶一般,黑葡萄似的眼珠里没有美人所谓的"秋波",反而透着一种呆滞木然的劲儿。

这是……心智不全?

楚明轩强行按下心头的犹疑,他从假山后面绕出来,发现那女子被丫鬟架走时,掉下了一块手帕。

他低头捡起来——那是一块绣着荷花的帕子,角上用绣线工工整整地勾勒出了一个"青"字。

楚明轩随手把这块手帕往袖子里一塞,打算在这内院勘察一下地形,最好能找到钟洪的寝室和书房。

然而太子爷今天恐怕是命犯太岁,运气不是一般的糟糕,他还没走出两步,就在一个拐角处"咣"的一声被人迎面撞上。

楚明轩后退一步,定睛看去——是个侍女模样的女孩儿,恐怕只有十六七岁,此刻虽然跑得满头满脸都是汗,但依然可见鹅蛋脸,杏核眼,一头浓密的黑发,是个一等一的美人胚子。

楚明轩后退两步,文质彬彬地行了个礼表示歉意,随即掏出手帕道:

"我是太子殿下身边的人,刚刚经过这个小院,在门口捡到了个帕子,怕是里面某位姐姐的,便进来问问,着实是冒昧了。"

那个女孩不说话。

楚明轩把帕子递给她,道:"敢问姑娘认识这帕子的主人是谁么?"

女孩说:"啊啊……"

楚明轩意识到什么,猛地抬起头来,但见这个女孩看着他,缓缓地露出一个傻笑。

哑的,而且依然是个傻子——

一股凉气猛地从楚明轩背后升起来。

楚明轩带着小全子回到宴席上时,谁也看不出他刚刚经历了什么,众人只当太子殿下出去醒了个酒,便又回来了。

那帮舞姬的最后一曲刚好终了,楚明轩一眼扫去,由于心里提前做了准备,他很快便发现了端倪。

"这一排——从右数的第二个和第六个,跳得格外好。"楚明轩道,"赏!"

钟洪的笑容猛地一僵。

小全子从小伺候楚明轩,极其有眼力见儿。他按规矩抓了两把金瓜子,递给上前的两位舞姬,习惯性地说了一句:"还不快谢太子爷的赏?"

他把金瓜子递过去,两位舞姬便接了过来,施了个礼,只是二人仿佛听不见小全子那句提示似的,都一声不吭。

小全子一愣,忍不住定睛一看,但见二人的目光都发直,显然不是正常心智的人所拥有的神情。

　　还没等他的疑惑升起来，一旁的钟洪已经出来打圆场了："哟，全公公别稀奇——太子殿下恕罪，这二位都是身世凄苦的哑女，心智也不全，除了像鹦鹉学舌那般学学舞蹈之外，别的礼节事物是一概不懂的。您大人有大量，还请别和她们一般见识。"

　　楚明轩眉梢一挑，面上不动声色，只道："钟刺史是如何得了这样一对颇为稀奇的佳人？"

　　钟洪搓搓手，惭愧道："太子殿下也知道，朱……朱州一带多有匪类，这些年我们这边兵力不够，他们又有十万大山作遮掩……唉，是臣无能，一直未能将他们缴清。"

　　小全子在一旁听得一头雾水，不知道为什么话题一转，突然又到了土匪上。

　　钟刺史接着说道："虽然没有把所有匪寇一网打尽，不过这些年也剿灭了几个山头，这两个女子，就是从山寨里救出来的。"

　　"她们应该已经落入匪寨颇久了，长期被药物戕害，心智已经受到了严重损害，嗓子也发不出声音了，与人交流都做不到。"

　　"她们心智受损，已不记得曾经的亲人在哪儿，又没有谋生的技能，臣看她们可怜，便收留在了府上。"

　　楚明轩拿起酒杯，喝了一口，淡淡说道："如此说来，钟刺史是行了一件善事。"

　　钟洪忙道："岂敢……岂敢……"

　　就在招待太子殿下的宴会继续进行着的时候，突然有钟洪的手下来报。

　　"大人，明公子的车马到了，说是要在朱州住几天，想见一见大人。"

　　"不懂事的东西！"钟洪低声叱道，"看不见我正接待太子殿下么？明公子来了便来了，着人给他安排好驿站食宿，别的先不要来报！我这边还要准备太子殿下明日审查厂房的事务，分不清轻重缓急么？"

　　楚明轩风轻云淡地挥挥手，阻止了他继续呵斥那名手下。

　　"无妨。"楚明轩道，"这位明公子是什么人？"

　　"回太子殿下的话，明车育乃是一名皇商，最近来过一封信，说要途经朱州，采办一些东西……"

　　楚明轩沉默了片刻，突然笑了出来。

　　"明车育……好名字，真是一点心都不肯上的。"他挥挥手打发了一头雾水的钟洪，"这边吃喝的也差不多了，钟刺史先去忙吧，我来会一会这位明公子。"

　　钟洪丈二和尚摸不着头脑，一时间怀疑起这位明公子的来头了——连太子殿下都认识，会不会是什么太子用于和民间联络的渠道……

　　他小心翼翼地问："明公子和太子殿下……有什么关系么？"

　　楚明轩笑着站起来，整了整领子，轻声道："故人。"

　　一处驿站的客房里，明公子正自斟自饮。

　　"朱州佳酿，一醉可解千愁啊。"

　　楚明轩已经来到了门口，他一个眼神制止了要出声通报的仆人，自己走到了明公子的背后。

明公子端着酒壶摇头晃脑,听到有人进来,十分没规矩地说:"是钟刺史派来的人吧?哎呀,钟刺史真是客气——来来来,兄弟坐下来喝一杯……"

他晃晃悠悠地回过身来,抬头一看,正对上了楚明轩似笑非笑的一双眼睛。

明公子猛地怔住了,酒壶从他手里掉了下去,摔了个粉碎。

明公子顾不上殒身的酒壶,他擦了擦眼睛,甚至伸手拽了拽楚明轩的袍袖,在确定了眼前的人确实是真的,自己没有喝酒喝到白日做梦的地步后……

方才还优游哉哉的明公子原地一蹦三尺高,差点儿没直接撞上房梁。

"哥哥哥哥哥……哥!"平时大段话不打一个结巴的明公子直接大舌头了,"你你你你你你……怎么会在这儿?"

"幸会,明车育公子。"楚明轩平静地点点头,"我是……"

他很认真地想了想,勾了勾嘴角道:"……明车干公子?"

明公子:"……"

这位冰霜一样的三哥真是要了他的命了。

没错,这位明公子不是别人,正是楚明轩的六弟,当朝六皇子——楚明辙。

"父皇纵着你出来闲逛?还给你了个皇商的名头?"楚明轩拉过一把椅子,坐到了六皇子对面。

"哎呀,我这不需要歇一歇嘛……"六皇子嬉皮笑脸道,"反正父皇已经有三哥你啦,大好河山有人接手,我只要不太掉链子,不丢列祖列宗的脸就行啦。"

"……你知道朱州以山匪横行著称么?"楚明轩揉着太阳穴问他。

"哎,三哥你放心。"六皇子拉开窗帘,给他看自己在外院休整的随行人员,"看见没,一个几百人的大商队……其实都是侍卫啦,大部分都是我自己府上的,也有十几个是父皇拨给我的御林军。"

六皇子生怕楚明轩还要继续教训他,赶紧转移了话题,急急地跟楚明轩讲起了自己路上的奇闻。

"朱州附近的山势,真是奇绝,从官道上过来,两边侧峰斜出,山泉直下。唉,三哥,你猜怎么着,那泉水竟然天生带着一股清甜!你猜它的水源在哪儿……"

楚明轩日理万机,不打算听旅游家弟弟给他讲解山水乐事,当下就打算告辞。六皇子一看他没什么兴趣,赶紧忙不迭地把最大的梗抛了出来:

"我们在找水源的时候……发现了一群妖精!"

楚明轩一愣。

六皇子看他终于听进去了,忍不住志得意满起来,继续把消息抛出来:

"真的,远远地,我们就看到有几个女子的身影在山间奔跑,看不清楚模样,但是从身段来看,都是极有风韵的……荒山野岭里怎么会有那么多娉婷美貌的女子?不是山石草木成了精又是什么?"

"我们赶紧追上去看,但是根本就找不到她们的踪影,我当时可失望了,就带着人往回走,结果在我们的马车旁边,发现了一个小姑娘。"

"她藏在我们马车的车轮底下,我们把她翻出来以后,她也不会说人话,问什么都'咿咿呀呀'的,瘦骨嶙峋,身上好几个大口子都在淌血,然而好像也不知道饿不知道疼……"六皇子自顾自道,"妖精们原来都是这样没有开化的样子吗?"

楚明轩猛地怔住了,良久,他低声道:"不会说话……心智不全……"

六皇子怔了一下:"怎么了?"

楚明轩沉默片刻,突然一把抓住六皇子的手。

"走!带我去看看你找到的那个小姑娘。"他低声道,"这事太巧合了,钟洪很可能有问题。"

六皇子没把那个女孩安置得多远，也在同一家驿站的小偏房里，楚明轩和他穿过长长的走廊，不多时就到了那个房间。

"我找了两个人守着她，还叫驿站里的婆子给她找了干净的衣服换上，伤口也包扎了一下。"六皇子挠挠头，"那些伤也不知道是怎么弄出来的……"

"皮外伤恐怕都是次要的了，如果事情真是我猜的那样的话……"楚明轩眉头紧锁，吩咐门口的人，"叫个大夫过来。"

二人一起走进偏房。

那个六皇子口中的"小妖精"就瑟缩在房间的一角，战战兢兢地看着他们。

那大概是个十七八岁的少女，即便双颊已经瘦得凹陷了下去，但依然可以看出是个美人胚子，楚明轩看着她那张十分招人喜欢的脸，眉头锁得越发深了起来。

"你说你在山间看到的那些所谓的妖精们……都很美貌？"楚明轩低声问。

"容颜看不清，不过身段都很婀娜，应该都是年轻貌美的女子吧。"

六皇子摸不清楚明轩在问什么，只好老老实实地回答道。

不过一炷香的工夫，大夫就被找来了。

"殿下……"那侍卫压低了声音，附在楚明轩耳边道，"这一位是个两日前才云游到朱州的江湖郎中，人生地不熟，应该和钟洪来不及牵扯上什么瓜葛。"

楚明轩一点头，叫那郎中开始诊治。

一炷香的工夫后，郎中结束了诊断，恭恭敬敬地冲楚明轩一拱手："公子，这位姑娘是您的什么人？她之前……经历过什么？"

楚明轩轻轻一皱眉："我们是因缘巧合找到了她，之前并不认识，经历过什么也无从得知。"

"那么我猜想……这位姑娘可能是从哪个人贩子处逃出来的。"这位郎中大概是医术不错，故而整个人显得颇为自信，井井有条地说道，"依据我的诊断，她现在神志不清且失语，并非病症，而是被人下药毒害至此。"

楚明轩眉心一跳，没有说话。

六皇子急急道："还有得救吗？"

"那药想必如狼似虎，短期内恢复是不可能了，我开个方子，照着慢慢调养，可能少则一年半载，多则三年五年，才能完全恢复到之前的水平。"郎中摇头叹息道，"可怜之人啊！"

六皇子舒了一口气："还有得治就好。"

"如此麻烦大夫了。"楚明轩点点头，示意侍卫带这名郎中到隔壁去开方子，待房中就剩下自己和六皇子后，才低声把在钟洪府上见过多个美貌哑女的事简明扼要地对六皇子说了。

"什么？"六皇子听后便是一惊，"如此巧合？ 不……这必然不是巧合……"

"钟洪老谋深算，把事情全都推给山匪，自己不过是垂怜可怜女子的善人。"

楚明轩低低说道：

"这样六弟，我这次出来没带几个人手，你叫你的人去民间打听打听，问问朱州城里的达官贵人家中，还有没有类似现象的女子。"

就在六皇子的人去民间明察暗访之际，如柏和宋羡鱼正在如火如荼地讨论着如何才能找到失踪的宋玉儿。

"你师妹最后一封信里，提及过她要去哪里吗？"

"她说其余要采办的东西都已经买齐，只剩下一些门内弟子平时治跌打损伤的草药了。不巧朱州城内药商联合在一起哄抬价格，她经费有限，买不下来。"

"你们堂主是怎么回复的？"

"叫她再等些时日，等药市稳定了，或许价格会自己降下来，或者再去找别的货源。"

如柏在街边找了个干净的石台阶坐下来，道："如果令师妹确实去找新的货源了……她会去往哪儿找呢？"

如柏不等宋羡鱼回答，自顾自地说了下去："别的城太远，何况不知道会不会也有这样的抬价，如果药商药农那里都买不到的话……"

她猛地抬起头："你说她会不会出城？"

"朱州城外群山连绵，山中必定有诸多采药人……宋玉儿会不会去找他们碰碰运气？"

事不宜迟，想到这种可能性后，如柏和宋羡鱼当机立断，决定出城去打探打探消息。

"朱州别的特产都不出名，山匪这个特产倒是很有名气。"

赶了整整一下午的路后，如柏和宋羡鱼已经行走在了山间的小路上，宋羡鱼颇为警惕地打量着周围，一边提醒如柏：

"我纵然不算高手，对付个把山匪还是不成问题的，你千万别离我远了。"

"宋姑娘太谦虚了，我虽身在江湖外，也知道能坐上临渊堂少堂主之位的人，必然……"如柏一边客气地回应，一边也跟着打量周围。

山间一片绿意，除了鸟鸣声和风吹过树叶的飒飒声外，并没有太多别的声响，十分安静。

如柏正要继续说下去，却突然被宋羡鱼一把捂住了嘴。

"嘘……"宋羡鱼捂着如柏的嘴，凝神细听了片刻，然后猛地拽住她就往草丛里一趴。

"别说话，有人来了。"宋羡鱼用低到几乎微不可闻的声音说道，"我听到了刀鞘在行走的时候磕到靴子的声音，来的不是寻常人。"

如柏被她捂着嘴，也没法回答，只能骨碌骨碌地转了转眼睛表示自己明白了，同时表达了一下钦佩——刚说完宋少堂主的功夫不是盖的，她就立刻证明了自己的内力是真的强悍，隔着老远就能从一堆杂音里辨听出刀鞘撞击之声。

果然，几乎是她们刚在草丛中趴好，山石的另一端就转出了几个人影。

那是几个汉子，脸上的胡茬都颇为浓密，随身挎着刀，粗布短打扮，有两个的脸上还刺了字。

如柏和宋羡鱼默不作声地对视了一眼，彼此不约而同地做了一个口型——"匪"。

"跟上去！"不知为什么，如柏心里突然猛地一动，对宋羡鱼比划了个手势，立刻轻手轻脚地站起身来，弯着腰跟了上去。

如柏空有一颗足够缜密的心，却没有与之匹配的足够缜密的行动力。

宋羡鱼要把她拦回来已经来不及了，没有武功傍身的沈二小姐很快就一脚踏到了一块落叶堆上，猛地一滑，虽然她很快稳住了身形，但还是发出了说大不大说小不小的一声响。

几个山匪猛地站住了。

"什么人?!"其中一个身形格外彪悍、臂上文了一条黑蟒的汉子当即带着人回身而来，往前走了一步，黑蟒汉子"哗"地一声抽出了手中的刀。

如柏当机立断地趴进草窝，然而她知道对方只要察觉了，便一定会细细地搜，草窝旁边没有什么遮挡之物，她又不会功夫……

眼看着那下垂的刀尖离自己越来越近，如柏狠狠地打了个激灵，只觉得浑身的衣服在顷刻之间都被冷汗浸透了。

然而下一秒，她身后一个黑色的身影凌空飞出。

宋羡鱼在发现躲是肯定躲不过了之后，刹那之间便决定出手。

她轻功了得，凌空而起，飞身落在那黑蟒大汉身后，大汉立即察觉，回身便一刀砍了过去。

宋羡鱼猛地一矮身，闪过这一刀，随后向旁边一扑，掠过了另外两个持刀冲向她的汉子。

六七个山匪围成一圈，这些亡命之徒一点商量不打，全都直接扬刀就砍。

然而宋羡鱼如同一条滑不唧溜的泥鳅，也不见她出刀，整个人只是在刀光剑影中辗转腾挪着，那刀竟没有一把能近她的身。

几乎是几个瞬息的工夫，宋羡鱼便闪到了那黑蟒大汉的面前。

说时迟那时快，宋羡鱼拿出临渊堂最擅长的下盘功夫，猛地抬腿一踢，没人能看清她出腿的角度，然而她的脚尖就是稳准狠地踢中了那汉子的手腕。

　　黑蟒大汉的长刀立刻脱手飞了出去，宋羡鱼轻舒手臂，像在空中拈花一样，将那把分量颇重的长刀拈到了手里，她一个腾挪，刀便已架到了黑蟒大汉的脖子上。

　　"诸位好汉……"宋羡鱼刀上的寒光逼在黑蟒大汉的喉咙边，震慑着周围几个不敢再上前的山匪，她语调貌似客气，事实上却透着一股森然的冷意，"在下临渊堂宋羡鱼。"

　　"临渊堂"三字一出，周围的汉子们都猛地打了个颤。

　　"贵帮什么名头？打劫要劫到临渊堂头上么？"宋羡鱼手持长刀寸步不让。

　　"姑娘误会了。"

　　突然，山里响起了一个平和中正的声音。

　　"什么人？!"如柏和宋羡鱼俱是吃了一惊，二人回头望去，但见清风明月间，一个中年书生站在那里，冲二人微微一笑。

　　"我帮本来并无恶意，只是突然发现被人尾随，忍不住吃了一惊，之后姑娘又锋芒毕露，寸寸紧逼。"

　　中年书生叹了口气："我们这些做山匪的，都是一朝被蛇咬，十年怕井绳，害怕被官府的人发现，故而神经绷得太紧，方才他们做出了这些举动，还请姑娘谅解。"

　　他后退半步，道："姑娘若不能消气的话，我替他们给姑娘赔个礼。"

　　他拱手，深深鞠了一躬，长袖被山风吹着，在山间自由地飘起。

　　极有读书人的风度。

　　"你说……你们？"宋羡鱼不可置信地看看这个彬彬有礼的中年书生，又看看自己身边五大三粗的黑蟒汉子，"你是说，你们是一伙的？"

　　仿佛是在印证那中年书生并未说谎一般，黑蟒汉子带头叫道："帮主……兄弟几个给您丢人了！"

　　"哎，什么丢人不丢人的。"

　　中年书生摆一摆手，笑着对宋羡鱼说道："不才确实是在山寨里坐第一把交椅……姑娘可称在下为'火龙'。"

　　如柏默默地翻了个白眼，这可是货真价实地占山为匪和朝廷作对了，恐怕势头还不小——小的话怎么敢直接称上"龙"了？

　　仿佛是知道宋羡鱼和如柏诧异看上去文质彬彬的自己为什么会有这样的花名一般，中年人道了声"失礼"，然后解开了自己最外面的、读书人穿惯了的长袍。

　　长袍之下，他和那些汉子们一样穿着粗布的短打扮，露出的手臂上，文了一条火红的长龙。

　　"姑娘方才说是来自临渊堂？真是失敬。"

　　火龙道："我这几个手下不长眼睛，冲撞了二位姑娘，不如由我设宴款待二位，就算代他们赔礼了。"

　　火龙虽然身份是个土匪头子，但说起话来一副知书达理的派头，使人忍不住对他生不出太大的敌意，宋羡鱼架在那黑蟒汉子脖子上的刀松了松，嘴上却仍然冰冷道：

　　"抱歉，我不觉得临渊堂和与朝廷作对的山匪之间，有什么共同语言。"

　　火龙并不生气，只是平静应道："临渊堂离朱州尚有段距离，姑娘不了解这里的情况也是正常。"

他转头看向如柏："这位姑娘是本地人么？"

如柏摇摇头。

"这便是了。"火龙道，"二位不在朱州本地，不知道朱州本地的民情……"

如柏和宋羡鱼对视一眼，一起将疑惑的目光投向他。

火龙低低地叹了口气："倘若有吃有穿，平平安安，谁愿意造反？谁愿意落草为寇？兄弟们不过是被逼到没有办法了，才被迫上山讨一条活路。"

如柏沉默片刻，道："还请细说。"

"就在此处么？"火龙道，"我们的寨子离这里不远，姑娘们不嫌弃的话就去喝杯压惊酒吧，席上我们细说。"

"恐怕不得空。"宋羡鱼道，"我们还有别的事情——我们要找人。"

宋羡鱼不是不想行侠仗义，如果真是官逼民反，她很愿意帮这些人一把。然而她现在一颗心全悬在宋玉儿身上，实在分不出来太多的精力了。

她想了想，把刀一收，推了一把那个黑蟒汉子，示意他自由了。然后还刀入鞘，拉起如柏，眼看就要离去。

"姑娘慢着！"火龙突然出声叫道，"姑娘寻的人……可是个女孩么？"

宋羡鱼猛地停下了脚步，转过头去，不可置信地看着他。

"或许是天意。"火龙低低地叹了一口气道，"我为反无道狗官，被迫落草为寇，如今已经这么多年了，仍然一无所成……姑娘既是临渊堂后人，可愿助在下一臂之力么？"

如柏停顿片刻，道："你说的官员，莫非是……"

"对！"火龙点头道，"朱州刺史——钟洪。"

"钟洪这个老狐狸！"

六皇子忍不住骂道。

他的人已经回来了，带来了一些消息。

虽然达官贵人们养的女眷总是藏在深宅大院里，不怎么露面，不过天下岂有不透风的墙，派去打探的人又都是高手，不多时便打听到了三四家豪宅里，都似乎藏了这样貌美却痴呆的哑女。

"这个数量恐怕还不全，必然有一些作风更谨慎的，把人藏得很深，消息不曾传出来。"六皇子转头对楚明轩道，"三哥，这些人都是朱州的官员或者大商户，你说钟洪……会是他们的领头人吗？由他带头，干一件惊天动地却又无声无息的勾当……"

楚明轩沉默半晌儿，道："你把你的猜测说完——什么勾当？"

"三哥……"六皇子清清嗓子，"地方官员强占民女，已经不算什么新鲜的罪行了，不过这种事情很容易被查出来，捅到上面去，让这些官员们丢掉乌纱帽。所以我想，会不会是由钟洪组织，存在那么一条暗线……在这条暗线上，被达官贵人们看中的良家女子被无声无息地掳走，灌下药去，变成无法申诉的哑女，然后再被显贵们出于'好心'收留。"六皇子低声道。

楚明轩揉揉眉心，道："不愧是六弟，很聪明。"

"你的思路和我几乎是一样的——然而有一个很严重的问题没有解决。"

六皇子睁大眼睛，看着楚明轩。

"渠道。"楚明轩低声道。

"这条暗线是通过什么渠道运转的？钟洪通过什么手段把这些民女掳走？"

楚明轩道：

"他肯定不能让官府的人直接出手，官府的武力是经过统一训练的，一出手的话痕迹十分明显，很容易被有心人查出来，那么他还有什么人可以用？才能既不引起民间的口舌，也让受害人的家属乖乖认栽，不来官府闹事？"

"还有……"楚明轩的眉头皱得越发紧了，"朱州这么多年来，山匪之祸从来没有断过，虽然这里的地势决定剿匪注定不会顺利，但是我一直觉得不对劲……太平年间，哪个老百姓会闲得没事儿去当土匪？"

"别是被钟洪逼得落草为寇吧……"六皇子喃喃自语道，"三哥你说，这两件事间会有联系吗？"

楚明轩撑着额头想了一下，片刻后，他才缓缓开口。

"强龙难压地头蛇，我们初来乍到，钟洪什么线索都不会留给我们的。"

"那……那怎么办……"

"这样，你亲自带着人，去查一切和钟洪有关的线索，你知道该怎么做。"

楚明轩一抖袍领，站了起来："线索即如针藏海，沈家有女使海枯——我去找一个人。"

楚明轩也没有带别人，直接去了他留给如柏的那个纸团上标注过的地点。

他估摸着如柏应该会首先去快活林酒铺，于是片刻也没有耽搁，直奔酒铺而去。

酒铺的老板自然还记得那一场风波，于是一五一十地告诉了楚明轩。

"……就是这么一场闹剧，那位姑娘也没出什么事，和另一位女侠结伴而去了。"老板道。

楚明轩听到如柏没什么事后，才不动声色地松了口气，问："知道去哪儿了吗？"

那老板自然是不知道的，然而也是凑巧，一位正在结账的客人恰巧在一边听到了二人的对话，插话道："那二位我似乎是见过的。"

两个女孩结伴而行，尤其是其中一位又是宋羡鱼那样一身惹眼打扮的女侠，路人自然有记忆。

"我之前经过南城门那边的时候，刚好看到过她俩。"客人道，"似乎是要出城。"

"从南城门出城？"老板惊讶道，"两个姑娘家家的，从南城门出去做什么？那边出门不远就是大山，什么也没有啊……"

楚明轩的瞳孔猛然一紧。

都是大山？

总不会是去找山匪的吧？

他匆匆忙忙地告别了酒铺老板，直接回六皇子的驿站牵了一匹快马，又从后院的鸽笼里掏出一只信鸽，用粗绳把翅膀一勒，系在了自己的腰间。

然后他便快马加鞭，直奔南城门而去。

如柏和宋羡鱼一起由火龙引着进入了山寨。

这里的地形着实复杂,大大小小的山似乎全都长得一模一样,不熟悉的人身在其中,恐怕连东南西北都分辨不清。

"亏得有这样的地貌,我们兄弟才能讨到一条活路。"

火龙一边彬彬有礼地在前方为她们带路,一边低声道。

他们左拐右拐,最后终于到达了寨子,火龙一直礼遇有加,宋羡鱼也不便太不客气,已经把黑蟒汉子放了——左右她的功夫在身上,也不怕对方闹什么幺蛾子。

火龙吩咐黑蟒汉子带着几个人去置办一桌小酒席,作为对如柏和宋羡鱼的迎接。

酒席就摆在山寨的大堂里,火龙没叫那些五大三粗的汉子进门,只叫他们在门口听差遣,仅留下自己在席上作陪。

宋羡鱼一路走来,早就又渴又饿,然而她来不及怎么动筷,只是灌了一杯酒后,就匆匆向火龙开了口:"听你的意思……似乎是对我师妹的去向有了解?"

火龙犹豫片刻,低声道:"令师妹失踪多久了?"

宋羡鱼道:"半个月左右。"

"那恐怕……"火龙沉默良久,最终道,"姑娘能接受最坏的可能么?"

宋羡鱼的嘴唇抿成一条细线,双目一眨不眨地盯着火龙。

"我猜想……令师妹恐怕已经中了钟洪的毒计。"

宋羡鱼捏紧了酒杯。

"钟洪明为朱州刺史,一方大员,实则是个荒淫不堪、色欲熏心的小人。"

火龙道:

"这些年来,他一直在操纵着一条暗线——只要他看上哪家的女子,就想办法把她拐走,灌上令人失去神志的毒药,并且弄成哑巴,最后再辗转收到自己的府上。"

如柏捧着一杯酒,小口小口地啜饮着,听到此处忍不住皱眉:"那……那些女子的亲人们就答应么?"

"一个神志不清、不会说话的女孩,就算长得再漂亮,又有谁肯娶呢?"火龙叹了口气,"留在家里也不过是个白白消耗粮食的累赘。这时候有个官员或者富商现身,表示愿意收到自己府上去做丫鬟,有谁会不愿意呢?"

如柏随着他的话音点点头,暗中却在极其飞快地转着心思。

火龙的话提供了两条线索——第一,存在这样一条戕害女子的暗线;第二,以钟洪为首的达官贵人们虽然是这条线的背后黑手,但明着并不由他们出面。

"那么明着是由谁出面?人贩子么?"宋羡鱼急切地问道。

"钟洪会编出种种借口,大部分情况下,他会栽赃给我们。"火龙再次叹了口气。

"有些女孩子会被他抛在山里,然后找人装模作样地营救一番,说是从山匪手中救下来的,那些女孩的亲人们只能认栽。"

他给如柏和宋羡鱼把酒重新满上,低声道:"钟洪在此,我们确实是官逼民反……"

宋羡鱼心焦不语,重新把酒一饮而尽,把杯子掷到桌上道:"这些事恐怕还需以后再议——还有什么方法能救我师妹么?"

她咬紧牙关,眼眶渐渐泛红:"活要见人,死要见尸!"

火龙沉默不语。

如柏的心里却渐渐泛起了一股不对劲儿来。

总感觉有哪个地方说不通。

依照现在的情况来看,被钟洪戕害的女子并非一个两个,而是很大一批。

这样的话,这条戕害女子的暗线必有一定的规模,什么人去诱拐,什么人去灌药,什么人看守着她们以防逃出来……这需要很多人手。

以及在哪里来做这些事情……这也需要很大的场地。

光天化日之下,朱州城内车水马龙,怎么可能容得下这么一大帮人和这么大一个场子?

如果不在朱州城内……那么又会在哪儿?

一定在朱州城附近……可是朱州城附近……

不是只有山吗?

如柏心头猛地一凛。突然,一股强烈的警觉直接冲进了她的心里,她嘴巴微张,无声无息地把嘴里的酒吐回了酒杯里。

火龙刚刚一直说什么"通过种种途径",就是不说出具体的……

是他不知道,还是根本说不出来?!

如柏的反应不可谓不快。

然而已经晚了。

刚刚一直一脸忧色、喋喋不休的火龙猛地住了口,眼神一下子变得阴霾起来。而与此同时,宋羡鱼跟跄了一下,突然连人带凳子翻倒在了地上。

如柏猛地出了一身冷汗。

酒里有药!

她喝得很少,然而也觉得双腿发软,火龙尖锐地打了声呼哨,门口的几个汉子立刻一跃而入。

如柏大脑一片空白，她仓惶地起身。突然，腰间的一个东西磕在了桌子上，发出一声脆响。

柳七复留给她的烟雾弹。

如柏来不及犹豫，当下立刻屏住呼吸，扯开烟雾弹的引信，直接朝冲向自己的汉子们丢了过去。

烟雾弹在空中猛地炸开，浓密的白色烟雾立刻在空气中弥散了开来，火龙和那几个汉子猝不及防地吸入了柳七复特制的药粉，当下便一声不吭地跪倒在了地上。

如柏简单地憋住气，伸手去拽宋羡鱼，然而宋羡鱼在药酒和烟雾的双重作用下，早已失去了行动的能力，如柏力气不大，拽了半天硬是没拽起来。

眼看烟雾就要渐渐散去，远处也响起了人声，如柏咬了咬牙，低头冲了出去。

她自己虽然还勉强维持住了行动能力，然而两腿发软，没走出几步就跪在了地上，顺着山坡滚了下去！

厚实的草丛拖住了她，如柏艰难地立起上半身，只见不远处，更多的土匪已经冲入了她们之前所在的小屋。

她腿上没有力气，站起来也容易被发觉，故而整个人便顺势匍匐在了地上，躲在厚密的草丛里一点一点地爬了出去。

宋羡鱼现在失去了行动能力，对山匪构不成什么威胁，一时三刻里他们不会动她，如柏现在只要能想办法先逃出去找到山民报信，救出她只是时间问题。

身体上用尽全力地爬着，如柏的脑子也没有停下来，事情到了这个地步，很多真相已然隐隐呼之欲出。

和表面表现出的彬彬有礼不同，火龙明显不是一个好人……

更大的可能性是，他和钟洪是一伙的！

他明面上控诉钟洪的无道，只是为了使人放松警惕，事实上，他本人正是帮助钟洪操纵那条暗线的人。

朱州城内是不具备作案条件的，而附近有可能作案的地方里，最具备各种条件、最不引人怀疑的，正是山匪的老巢。

火龙和钟洪很老奸巨猾地想出了一招……明明作为合作伙伴的二人硬生生地装成了对立面，这样无论是谁，无论相信他们中的哪一方，最后的结局都是落进他们共同设下的圈套。

如柏爬出一小段距离后，突然听到了一阵细细的哭声。

她猛地怔住了，整个人一动不动地伏在草地上，片刻后，那细细的抽噎声又响起来一次。

不错！确实是有人在哭！

如柏顺着声音的方向艰难地爬了过去，爬着爬着，她渐渐感到了不对劲儿。

那哭声传来的方向……居然好像来自她的下方！

她小心翼翼地屏住气，将周围打量了一圈，渐渐发现自己身处的这一圈草地的颜色，和周围不太一样。

她找到了一处最浓密的草团，伸手把草叶扒开。

那一瞬间，如柏觉得所有的血液呼啦一声，全部涌到了头顶。

她看到了二十多个年轻的女孩子。

二十多个年轻的女孩子，每一个都身段婀娜，容颜姣好。

然而她们每一个人脸上的表情都是呆滞的、哀切的，每一个人都张大了嘴对着空中，似乎想要倾诉呐喊些什么……然而喉咙已经发不出一丝声音。

每一个人的目光都是那样绝望和疯狂。

如柏整个人仿佛被冰冻住了一般，趴在原地动弹不得。

她听到底下两个负责守卫的汉子正在低声交流。

"昨天跑的那个女孩儿……头儿知道了么？"

"你不要命了啊？头儿要是知道有人逃出去了，还不得把咱俩活活扒皮了？"另一个汉子低声呵斥道，"没事儿，少一个他不会发现的，反正这每天都有那么两个熬不住药性的死掉了……我们就说灌完药以后没活下来，已经被拉出去埋了。"

如柏瑟瑟地发起抖来。

"唉！也真是的，没想到那个小丫头力气那么大……人都傻了，还跑那么快，自己跑也就算了，还连带着拽出去几个……好在其余的都抓回来了，不然真不知道怎么交代。"

"那个似乎是个有功夫的，如果不是被咱们头儿的言语唬住了，也没法儿被弄进来。"

如柏竭力咬住舌头，避免自己的上下牙打颤。

这两个汉子话里说的似乎就是宋羡鱼的师妹——宋玉儿！

怎么？她难道……跑出去了吗？

有没有人救她？！

如果有的话，就算那个小姑娘已经神志不清说不出什么了，但是救她的人也会察觉到不对劲儿吧？！

只要她别是又被钟洪的人发现了……

如柏一颗心怦怦地跳着，几乎要从嗓子眼里冒出去，她想要赶紧从这里跑出去求援，然而药力仍然没有过去的身体根本不听使唤。

就在如柏艰难地又往前爬了一段之际，底下的地牢发出了"砰"的一声巨响——铁门被人打开了。

两个汉子一起戒备地转过头去，看到来人后才轻轻松了一口气，一齐道："八爷。"

那个从铁门走进来的汉子穿着一身看不出颜色的褂子，袒露出的双臂上一片黑压压的刺青，他阴沉着脸，道："大哥那边出了点儿事。"

两个汉子俱是一惊。

"别慌。"八爷摆摆手，"只是这次的猎物跑丢了一只，而且跑的时候丢了个烟雾弹，大哥他们着了道，不过现在已经没事了。"

"猎物肯定还在山里，能抓回来。"八爷沉声道，"我来只是做个预防的准备——

万一她真跑出去了的话……这些人不能留。"

他阴沉地扫视了周围一圈疯疯傻傻哀声哭泣的女人们,道:

"大哥的意思是,现在这些人哪些确实傻了、哪些药劲儿还没到傻得不彻底,实在是一时分不清,她们知道的又太多……如果那猎物真的把消息传出去的话,我们先把这些女的处理掉,不能留证据。"

如柏的动作猛地一滞。

"等我的信儿吧,如果天黑前还没找到那个跑丢的……你们就动手,然后一把火把这儿烧了。"八爷低声道,"钟大人那边来了信,说最近上边有人来,我们务必格外谨慎,一点线索也不能留!"

八爷离开了。

如柏呆坐在原地。

来不及了。

以她现在的行动能力,天黑前也不一定能出去找到救援的人……何况就算找到了几个山民或者采药人,在这上百精壮汉子组成的山匪面前,又算得了什么呢?

她的冷汗一阵一阵地往外冒。良久,她的手指无声无息地按在了腰间那个柳七复留给她的信号弹上。

这是最后的办法了。

但是如果她把这个信号弹放出去,能通知的不仅仅是柳七复他们,还有山匪。

山匪一样能根据这个东西找到她的位置。

到时候柳七复他们远在朱州城内,根本就来不及赶过来……

不管了。如柏低头看着地牢里那二十多个女人,轻声而决然地自言自语了一句:"不管了!"

她一把抽出信号弹的引信,直接把它甩上了天。

信号弹裹挟着紫色的光焰升到半空中,发出一声尖锐的呼啸声,然后在空中炸出了一片紫色的云。

别人尚且不说,离得最近的两个地牢里的汉子立刻发觉了,其中一个对另一个说道:"不妙! 你在这儿看着,我上去看看!"

如柏趴在草丛中,竭力让自己的身形低一点,再低一点……然而没有用。

那汉子的声音很快就在她头顶响起:"找到了!"

如柏面色苍白,咬紧了牙关往上一撞,那汉子一惊之下,当即抽出了随身佩戴的柴刀,一把砍了下来。

柴刀的刀锋带着一股浓烈的腥味劈头盖脸地砍过来,如柏下意识地闭上了眼睛。

然而下一秒,一柄玉箫敲在了那汉子的手腕上。

明明只是一把玉制的箫,然而出手的人带着不容置疑的力度,那汉子当下便觉得手腕以下全部失去了知觉,再也握不住那把沉重的柴刀,眼睁睁地看着它脱手掉下去。

来人猛地踢开那把即将落地的柴刀,一把拉起地上的如柏,就地一滚,直接和那个汉子拉开了五六尺的距离。

如柏只觉得一股熟悉的清冷凛冽的味道包裹了自己……然而那体温却是暖的,几乎可以让她在千钧一发间仍然察觉到来人的一颗心跳得急速而滚烫。

她眼角一颗劫后余生的眼泪急速地坠了下来,低声喊道:"楚明轩……"

"别怕!"楚明轩看出了她浑身无力,退后两三步后直接一个鱼跃,单膝跪地地挡在了她的面前,"上来,我背你出去。"

其实论武功的话,他完全可以杀掉眼前这个汉子,但是如柏此时不知道是个什么情况,他的第一要务是先把她带出去。

火龙出事后整个山寨的巡防变得极其严密,然而仍然没能防住楚明轩,他把马留在了山下,一个人孤身闯了进来。

这里地形复杂,饶是楚明轩智慧过人,也没能立刻分辨出形势,就在他心急火燎之际,他看到了如柏发出的信号弹。

如果再晚来一步……

楚明轩暗暗握紧了拳,他简直不敢想。

这个时候没有在意虚礼的工夫了,如柏不再多言,飞快地趴到了楚明轩背上。

确定自己能保护如柏后,楚明轩明显从容了些许,他背上背着如柏,竟然还不耽误出手,右手飞快地把佩剑抽了出来,就要解决面前这个汉子。

然而已经晚了,在他耽搁的这片刻里,那汉子已经蹿出了十余丈,一把拍向了地牢旁的机关。

警报声顿时大作,四面八方顷刻间骚动了起来。

每一处土房里都顷刻间涌出了一大帮手持利刃的汉子,纷纷朝警报声响起的地方赶来。

如柏纵然身体无法活动,脑子却仍然是清醒的,她四下打量,低声急促道:"沿山坡向下,可以躲到乱石里面去!"

楚明轩当机立断,带着如柏飞速地朝山下一滚,眼看就要藏进层层叠叠的山石之间,然而就在同时,那山匪中突然射出了一排利箭!

"小心!"如柏低呼一声,然而已经来不及了,紧急关头,楚明轩猛地放下如柏,一把把她推到石头后面,他挥剑弹开几支箭,然而还是有一支穿过剑光,直直地插进了他的左肩。

"明轩!"如柏低呼一声,那一瞬不知哪来的力气,她拼命站了起来,将一块石头捡起来丢了过去——那只是一块普通的山石,然而这些山匪刚刚见过如柏的信号弹,一时间不知她丢过来的是什么,于是纷纷闪避,趁着这个工夫,楚明轩飞快地闪进了山石后面。

"这箭有毒!"如柏低声惊呼,楚明轩肩膀处的衣服已经被血浸透,开始血还是红的,很快就变得越来越紫黑。

"不碍事……这些山匪配不出什么厉害的毒……"楚明轩低声安慰如柏,然而眼前已经冒起了一片金星,他身子一晃,头差点磕到山石上,幸好被如柏及时扶住。

如柏小心翼翼地扶着楚明轩在山石之间腾挪着,躲避着山匪的目光,楚明轩的脚步越来越虚浮,如柏知道这样下去不行,山匪的毒箭上抹的毒或许做不到见血封喉,但如果不及时处理,一样会危及性命。

而现在山匪人多势众,无论他们藏到哪里,都会很快被找到。

心念电转,她低声在楚明轩耳边道:"回原地!"

楚明轩怔了一下,立刻反应了过来,二人互相搀扶,躲开了正在搜寻他们的土匪,直奔一开始的地牢而去。

这就是所谓的"灯下黑"——那些土匪满山地搜寻他们,恐怕就是不会想到他们会在绕了个大圈子后又回到原地。

满山山匪吆喝着找人,然而二人已经悄无声息地潜回了地牢旁的草丛里。

如柏身上的药力在渐渐散去,四肢的知觉越来越清晰,然而楚明轩的情况却不容乐观,一进地牢他就倒在了地上,如柏连忙把他扶起来:"你怎么样!"

楚明轩微微摇头,示意自己没事,然而失血和中毒已让他的脸色越来越难看。

如柏咬咬牙,强迫自己冷静下来。

山匪没什么配毒的能力,大概是将有毒的草药取出汁液,直接抹在了箭头上,这种情况下南宫晴是教过自己的——有一种山间的小草可以暂时抑制毒性。

如柏四下环顾,很快,她便发现距离自己十几步的地方便有这种小草。

她三两下将草叶扯下来,然后弯下身来,将楚明轩的上半身抱了起来,男女大防,不过此刻也顾不得这些了,如柏闭了闭眼,低声问:"这箭头有没有倒刺,你感觉得出吗?"

楚明轩微微喘息着,低声道:"没有。"

如柏一咬牙:"那你忍着点……"

她狠狠一用力,把那箭头拔了出来!

楚明轩的身子猛地一晃,然而他咬住了牙,一声不吭。

楚明轩肩头的衣服被血糊住,已经脱不下来了,如柏一使劲,直接把衣服撕开,她简单地清理了一下血迹,然后把那草叶含在了嘴里,嚼碎了之后,如柏将它们吐在楚明轩的伤口上,撕下自己的袖子做纱布,慢慢裹好。

她的嘴唇贴到楚明轩的皮肤上时,楚明轩的身子微微颤了一下。

"怎么,是疼吗?"

楚明轩轻轻摇头。

如柏处理好了楚明轩的伤口,低声问:"感觉怎么样?"

楚明轩低声道:"好多了,谢谢。"

"这样做不到解毒,但至少可以支持到援兵赶到。"如柏低声道,"是我应该谢你……"

她匆匆把自己怎么认识了宋羡鱼、为什么一起来山里、又是怎么被火龙暗算的前因后果三言两语地说了一遍。

"他们这个做法极为狡猾,钟洪指认山匪,山匪指认钟洪,貌似是势如水火的对立面,正常情况下很难想到他们是一伙的。"如柏语速极快地说。

楚明轩的精神好了些,简短几句把自己和六皇子发现的一切说了。

两边的线索终于对接而上,拼成了一个完整的圆。

"钟洪勾结山匪,让山匪掳走良家女子,在山寨里进行处理,之后再倒卖到达官贵人手里。"楚明轩道,"怪不得钟洪当时上来就说那对哑女姐妹是从山匪手里营救出来的——他明白最高明的谎话是真话掺着假话说。"

如柏一挥手:"我们当务之急,是从这里逃出去。"

楚明轩面色微沉,大脑急速地转动着。

山匪足足有数百人,根本不是楚明轩能凭一己之力闯出去的。

"柳七复和孟学然看到了信号弹必然会赶来,然而那也只是多了两个人而已……"如柏道,"何况我们不一定能坚持到他们赶过来……"

楚明轩思索片刻,把腰间那只信鸽解了下来。

山岭间没有笔墨，他直接动手把如柏腰间坠着的手帕摘了过来，想了想，就要咬破手指。

"啊啊啊……"如柏一看金枝玉叶的太子殿下要写血书，吓了一大跳，赶紧从身上摸出了一小盒胭脂递了过去——

这是她在朱州城里闲逛的时候随手买的，还没顾得上拆封："用这个用这个……"

楚明轩看了她一眼，手帕为纸胭脂为墨，听上去实在是说不尽的写意风流，然而事实却是当朝太子在这荒山野岭间，急匆匆地写下了一封求救信。

眼看那鸽子扑棱着翅膀飞走了，如柏才问："这是向谁求救？朱州的兵马想必都被钟洪控制，其余地方的又都太远……"

楚明轩再次偏过头看了她一眼，即便情势危急，然而楚明轩身上浑然天成的那股冷静从容仍然服服帖帖地笼罩在他周身，那平静无波的一眼莫名地让如柏感受到了几分安心。

"很快你就知道了。"楚明轩平静地说。

天微微发黑了。

"我想了一下，这些地牢里的女子只要暂时没有性命危险，不必急着救出来——在我们的人马到来之前，我们也没能力保护这么多人，把她们放出来只是白白给山匪增添活靶子。"

"但是你说的那个宋羡鱼——我们最好尽快把她救出来。"楚明轩道，"她被俘的时间没多长，应该还来不及灌药，但是把她留在山匪手里越久，情势就越不乐观。"

"走。"她站起来。

偌大一个寨子，寻找一个不知道被藏到哪里去的人谈何容易，再加上如柏和楚明轩还要避免被山匪发觉，半个时辰过去了，二人几乎一无所获。

"这样不行。"如柏气喘吁吁地停了下来，"范围太大，目标太小，我们根本找不到人。"

就在她说话间，一只信鸽突然飞了过来，不偏不倚地停留在楚明轩的肩膀上。

楚明轩摘下它脚上系着的纸条，扫了一眼，眉间划过一丝喜色："孟学然和柳七复到了。"

如柏沉吟片刻，说道："那么我们就赌一把。"

"如柏让我们赌一把。"山下，柳七复展开手里的纸条，转头对孟学然说道。

孟学然少见地没和他斗嘴，只是挑挑眉梢，横了横手中的刀："那就赌！"

火龙带着人搜了一下午的山，一直找不到跑丢的人，饶是他处变不惊，城府极深，此刻也莫名其妙地有些不好的预感。

突然，警报声大作，一个小喽啰跌跌撞撞地冲了过来："头儿……头儿！南山底下有兵马打过来了！"

"兵马?!"火龙的额角狠狠一跳，"哪来的兵马?!"

朱州是钟洪的地盘……就算来了个什么朝廷钦差，钦差的手里也没有人马啊！

"不……不知道啊……"小喽啰急得脸都白了，"但是我听巡防的兄弟们说，千真万确是官府的人,服制什么的都是官府的样式,而且一直喊着'剿匪'!"

火龙再也顾不得书生形象,一把推开挡路的小喽啰,双目通红。

在朱州城内,大批的人马……除了钟洪以外,谁还能有这么多兵?

到底是哪里出了娄子?是那个朝廷钦差发现了什么吗?让钟洪立刻把自己卖出来,断臂求生?

火龙和钟洪合作了很多年,但他从来没有一天真正信任过那个老狐狸。

他们是被利益聚到一起的,他来给钟洪做打手,钟洪给他安全和银子——没有什么情谊可言,双方不过是利益交换。

火龙非常清楚,当利益交换被迫中断时,钟洪为了把自己摘出去,第一件要做的事就是把他卖出去。

他只是没有想到这一天会到来得这么快!

"狡兔死,走狗烹。"火龙舔了一下牙齿,突然露出了一个染着点血腥意味的笑容。

"既然都走到这一步了……那么兄弟们,跟我上!"火龙一把拔出刀来,他的喽啰们此刻热血上涌,也跟着纷纷抽刀出鞘。

山寨里的数百汉子集结到一处,一起向南山脚下冲去。

"钟洪!"隔着将近一里远,火龙就看到了那在山脚下整整齐齐列队的官兵,黑压压的一大片,足足有四五百人。

"你以为把我的寨子剿了,你做过的那些龌龊事就没人知道了么?!"火龙双目喷火,高声道,"今日你若执意不给兄弟们留一条生路,那么我们寨子里数百号兄弟,怎么着也能在死前先拉你做个垫背的!"

然而那官兵对他的咆哮无动于衷,只是整齐划一地高声喊道:"为民除害!剿清山匪!"

火龙一咬牙,飞身上马,一行人呼啸而下,直接杀向了官兵的阵营。

他手中的斩马刀舞成了一轮风车,直奔对方的领头人而去。

然而那领头人不知道是不是自恃武功高强,看到杀气腾腾奔来的火龙竟然无动于衷,只是端然坐在马上。

火龙怒意更盛,直接纵马飞奔上前,一刀砍了过去。

斩马刀呼呼生风,只一刀,那领头人便被砍翻下马。

众土匪出师得利,忍不住一起高声欢呼起来。

然而火龙却愣住了,一把冷汗无声无息地从他的手心里浸了出来。

刚刚刀上传来的触感……仿佛他砍中的根本不是个人。

火龙看着倒地的领头人,心里猛地蹿起一股凉意,大声喝道:"拿火把来!"

火把被飞速地递了上来。

火龙瞬间愣住了。

所有的土匪都愣住了。

倒在地上的分明是个草扎出来的人形,只是那稻草人的脖子里被埋了一个小小的人偶,此刻仍然在声嘶力竭地高吼:"为民除害!剿清山匪!"

火龙一脚踢飞了这个人偶,冲上前去看那些官兵——

无一例外,全部都是稻草人。

甚至只有开始的几个是认真扎出了人形,后面的只是用稻草随便一堆,在这星月黯淡的黑夜里,竟然硬是造出了黑压压一大片的效果。

一行冷汗从火龙的额角急速地坠下。

他读过多年的书,肚子里也算颇有墨水,人也算得上聪明,只是多年来一直如同心病般存于内心的对钟洪的不信任一朝被引发,使怒火冲上了头顶,才一时急躁地做出这种举动。

此刻,他的心里浮现出四个大字——

"调虎离山!"

只留了几个岗哨的北山脚下。

"你那些玩意儿管用么?"孟学然一边借着草丛掩饰着身形,飞快地在山林间移动,一边低声问柳七复。

"放心,黑灯瞎火的,只要不是猫头鹰,人眼根本看不出来。"

柳七复紧跟着他,很快就到了岗哨的附近,他看了一眼守在那里的几个土匪,双手一闪,不知道怎么就左手出现了一把精钢打造的蛛丝、右手出现了一包异香异气的药粉,就要冲过去。

"轮得着你吗?"孟学然一把把他拉了回来,往身后一藏,"跟着我。"

武榜第一的孟四公子出手了。

只见他云起雁落,瞬息间便逼近了岗哨,连刀都没有拔出来,无声无息地绕到了一个土匪身后,以掌为刀,在他脖子后面猛地一敲,那土匪便一声不吭地晕倒在地。

孟学然如法炮制,在其他土匪来不及反应过来之前,已经再度出手。眨眼之间,北山这边稀稀拉拉的几个岗哨居然全被他一个人解决掉了。

柳七复平时并没有太多机会看孟学然出手,此刻不禁有点儿发愣。

"看什么看!"孟学然回头瞪他一眼,"带着你有什么用? 还不快过来帮我把他们绑起来!"

南山脚下,火龙身边,一个二把手急切地问:"大哥! 现在我们怎么办?!"

火龙默不作声地思考了片刻。

"我不太清楚对方是什么人,但是显而易见地,如果他手里兵多将广的话,没必要跟我玩这么一出。"

火龙阴沉着脸道:"我感觉现在这些事,很可能和今天跑脱了的那个猎物有关系……这样,留下一半的人,其余兄弟跟我走,我们把这山上掘地三尺,我不信找不到人!"

火龙领着一帮人往回赶了一段,突然问道:"那个最新的猎物,绑在哪儿了?"

他说的是宋羡鱼。

"把她推出来当人质!"火龙沉声道。

于是他们停止了奔向北山山脚的步伐，先直奔寨中，找到了关押宋羡鱼的地方。

一个小喽啰想在老大面前表现，忙不迭地进去提人。

然而良久，都不见他出来。

"怎么这么磨蹭？"火龙等得不耐烦了，抬腿就往里屋迈。

"小心！"他身后的二把手发出一声惊呼。

一个黑影兜头照下，刀锋直指火龙，与此同时，一剑从底下刺出。

火龙吃了一惊，手忙脚乱地闪开，身后几个土匪忙把他护住。

那从上方跃下的黑影还想追来，被剑的主人拦住："宋姑娘不要冲动，他们毕竟人多。"

那黑影正是宋羡鱼。

火龙带着人马下山后，房子都空了，如柏和楚明轩的行动效率立刻高了起来，他们直接肆无忌惮地一个房子一个房子地闯，很快就找到了被关押的宋羡鱼。

宋羡鱼紧紧握着刀，眼眶通红，指着火龙："你们把我师妹怎么样了！"

火龙身为土匪头子，也将将算是个人物，此刻竟然很快从慌乱中平复了下来，冷笑道："还能怎么样？弄成个空有美貌的小傻子小哑巴呗——别着急，你自己也很快就能去陪她了。"

"兄弟们，愣着做什么！他们才有几个人？！"火龙朗声喝道。

楚明轩和宋羡鱼手持利刃挡在前面，一起把如柏护在身后。

然而就是看上去最柔弱无用的如柏，竟然冲火龙笑了一下。

"寨主看看身后吧。"

火龙骇然回过头去，之间跟着他的那一大帮人，竟然从最后方开始，无声无息地一个接一个倒下。

孟学然一身黑色劲装，高高束起的长发发尾飘扬，他的每一记手刀下去，都有一个无从躲避的土匪一声不吭地倒下去。

柳七复没有孟学然的武功，然而他的双掌每一次从袖中露出，便有一大片白色粉末随风飘扬，沾着的土匪立刻头重脚轻地摇晃起来，最终也一头倒在地上。

火龙头一次感到局势极为不妙，他作风谨慎，当即喝住了惊慌失措的土匪们："别慌，我们先去和南山脚下的兄弟们会合！"

然而，还未等他话音落下，就有小喽啰骑着马从南方跑来："头儿……不好啦！南方来人了……"

"什么来人！"火龙怒喝道，"那都是假的！"

"不……不……"小喽啰上气不接下气道，"他们……他们已经打上来了！"

像是印证了他的话一般，他的后方，一辆马车很快地出现，车帘一拉，一张颇为英俊的面容露了出来。

"哟！"六皇子笑起来端的是一派阳光灿烂，"谁说本王是假的？"

紧随他马车的，正是上百名扮成客商的王府家将和大内侍卫。

这些精英们冲入土匪群中，乌合之众一般的山匪哪里是他们的对手，当下哭爹喊娘之声四起。

如柏再不回顾,和楚明轩一起走到一边,静静等着六皇子的人把土匪收拾完。

事态缓和后,几拨人马汇合至一处,各自交流着情况。

如柏把楚明轩悄悄拉到一边。

"这是柳七复给我的药,用了这个,你的伤会好得很快。"如柏掏出一个小瓶。

太子淡淡道:"谁来敷?"

"你……"

"我够不到。"

"……"

在迟迟长夜终于褪尽了黑暗之际,这起在不久之后轰动整个朝堂的买卖人口大案,终于落下了帷幕。

山寨黑牢里的女子们被解救而出,被统一安排大夫进行治疗,之前已经被藏在达官贵人府上的女子们也重见天日,不少受害人的亲属抱头痛哭,感谢太子和六皇子的恩德。

钟洪伏法,除了强占民女、勾结山匪外,有了山匪那边的招供,他的一应贪污舞弊、克扣劳工等罪也在柳七复和孟学然的努力下被迅速查出,朱州一应有所牵涉的官吏全部以雷霆之势被查,很快就纷纷下了大狱,等待定罪。

至此,腐败已久的朱州官场终于迎来了曙光。

而如柏也终于有空坐下来,好好听宋羡鱼讲述她许诺告诉如柏的信息。

临渊堂所位于的莫座山就在朱州北面不远处,其间弟子来来往往,清一色都是不苟言笑的女孩。

宋羡鱼吩咐几个弟子给随行的人安排了休息之地,只带着楚明轩和如柏单独到了内室。

可以看出内室是宋羡鱼日常处理门派事务的地方,里面陈列着笔墨纸砚,厚厚的武学卷宗层层叠叠地码在一边,墙上挂着样式古朴的长剑。

如柏的目光缓缓地从这屋子里的一应物件上滑过,最终定格在了一样东西上——那是一个小小的灵位。

宋羡鱼顺着她的目光望过去,这位年轻的少阁主走过去,轻轻把灵位上薄薄的灰尘拭去,道:"这是我师叔祖的牌位。"

如柏一挑眉——师叔祖,那便是临渊阁上上任阁主的师妹了?

"对,是我师父的师叔。"宋羡鱼看出如柏在想什么,低声回答道,"我刚进临渊堂的时候才三四岁,一直是她带大的,小时候我还不懂门中规矩,一直叫她'婆婆'。"

如柏微微错愕,悄悄瞥了一眼楚明轩,不知道为什么答应讲蓄木蒿的宋羡鱼怎么开场就扯起了这位故去已久的临渊堂前辈来。

宋羡鱼轻声道:"十二年前,我师叔祖收留了一个流亡的女人。"

如柏和楚明轩的眉心俱是一跳。

十二年前,那正是楚明轩的母亲宁贵妃去世的那一年。

"这个女人……"宋羡鱼的腮边绷出锋利的弧度,她咬紧牙齿,从喉咙里发出轻轻的声音,"叫尼丽罗娜。"

十二年前,临渊堂。

彼时的宋羡鱼还是个不谙世事的小女孩,最喜欢的长辈是师叔祖——宋雪雁。

宋雪雁是个温柔慈悲的女子,然而就在那一年的冬天,她违反了门规——收养了一个流亡的女人。

"婆婆,你看我给你折的腊梅花枝。"彼时的小羡鱼一手捏着火红的腊梅花,一手去推雪雁婆婆的房门,然而推开门的那一瞬,她便惊叫起来,"你……你是什么人!"

下一秒钟,一双温暖粗糙的大手捂住了她的嘴,小羡鱼回头一看,雪雁婆婆正皱着眉头,用眼神示意她不要乱喊。

小羡鱼懵懂地点点头,雪雁婆婆这才松开了她,领着她悄悄地走向床边。

床上躺着的是个奄奄一息的女人,她的一头长发凌乱地散着,末端微微卷曲;她紧紧闭着眼睛,浓密的睫毛在下眼睑上投影出一片虚弱的鸦青色。

即使宋羡鱼当时还很年幼,见识也十分浅薄,她还是很容易地就分辨出了这是个外族的女人——她裸露出的皮肤上文了奇怪的图腾,从脖子一直蔓延到锁骨。

"婆婆……"小羡鱼小声问,"这是谁呀?是你的朋友吗?"

雪雁婆婆轻轻摇了摇头,道:"我和她非亲非故,我去山脚采药的时候,她就倒在雪丛里,我再晚发现她半个时辰的话,肯定就被冻死了。"

小羡鱼忍不住吃了一惊,道:"可是婆婆,这个人看上去不是我们国家的啊……"

"婆婆看得出来。"雪雁婆婆低声叹了一口气,"这是个尼罗国的人。"

小羡鱼的眼睛猛地睁大了:"尼罗国……"

她虽然年纪小,但对外界的事并不是完全无所听闻,尼罗国背叛盟约进攻我朝,最后反被宣威将军林烨带人剿灭,最终亡国的事情她自然也听说了。

雪雁婆婆收留的,是个敌国的遗民。

宋雪雁看出了她在想什么,低声道:"战争往往是两国君主的事情,百姓是无罪的,因为对方是来自尼罗国就对她见死不救……这样的事婆婆做不到。"

"救人一命,胜造七级浮屠。婆婆觉得自己做的并没有错,但是毕竟违反了门规,所以切记不可以对别人说——知道了吗?"

小羡鱼乖巧地点了点头,转回头去看着那个女人昏迷中的脸。

不知道为什么,有种不祥的预感在她幼小的心灵里一闪而过。

然而那女人康复之后并未做出什么不好的举动。相反,她对救助自己的雪雁婆婆感激涕零,对小羡鱼也温柔相待。

宋雪雁的小院平时没什么人来往,所以知道这个女人存在的,只有雪雁婆婆和小羡鱼。

那女人也极为坦荡,对自己的身世毫不避讳,她说自己名叫尼丽罗娜,来自尼罗国,丈夫是个将领,还有两个比宋羡鱼还小几岁的儿子,都死在了战争里。

她说这话的时候声音悲伤,却有一种认命般的平静,以至于无论是年幼的宋羡鱼,还是慈善心软的宋雪雁,都没能从这话里捕捉出任何仇恨的情绪。

尼丽罗娜不愿过分地麻烦宋雪雁,在她这里白吃白喝,便在山中采药,定期去山下的药铺换钱。

小羡鱼有一次和她一起去了山里,十来岁的小女孩仍然维持着旺盛的好奇心,见到每一种药材都想知道名字和功效,她看到尼丽罗娜别的药材都采了好大一把,用红绳系起来放在框里,只有最底下的两根草叶是单独用牛皮纸裹了起来,忍不住好奇地问道:"这是什么? 怎么就采了这么一点点。"

"那个啊,叫蕾木蒿,不是我采得少,是本来就很稀有,不好找。"

"治什么的?"

尼丽罗娜背起药篓,没有去看小羡鱼的眼睛,只是轻声道:"就是一种补药。"

小羡鱼认认真真地看了看那两根草叶,努力把它的样子记了下来——这样她下次再进山的时候,万一碰上了就能认出来。

稀少的补药……大概和人参什么的差不多吧? 婆婆年纪大了,刚好可以带回去给她补一补。

后来有段时间,尼丽罗娜不怎么在山上住了,据她说是打算在山下经营个小本生意,最近在选铺子的位置。

忙碌的尼丽罗娜并未忘记救命恩人,她寄来了一个茶包,说用这个泡茶喝可以驱寒去湿,缓解雪雁婆婆的关节痛。

宋羡鱼永远也忘不了那一天,当她像往常一样练完功,跑到雪雁婆婆的屋里看她时——那个最爱她的人已经不在了。

小羡鱼震惊地看着倒在桌边,已经再无任何气息的雪雁婆婆——她的手边放着一杯茶,还是温的。

在她来得及尖叫出声之前,她听到了脚步声。

后来,宋羡鱼无数次地庆幸,在关键时刻,她出类拔萃的武学功底帮了大忙。

足够的敏锐让她提前感知到了危险的逼近,年幼却极有决断的小羡鱼只犹豫了一秒钟,便飞身扑向了西面的墙壁——那里有一个暗格,多年来从未被启用过,只有宋羡鱼和雪雁婆婆两个人知道。

几乎在小羡鱼把暗格的门合上的同一时刻,屋子的门被拉开了。

两个人的脚步声响了起来,一男一女走进了屋子。

小羡鱼的瞳孔猛地一缩——那个女人正是尼丽罗娜!

然而那不再是她熟识的那个女人了。

曾经的尼丽罗娜总戴着披肩和头纱,用来遮掩她身上的刺青。而现在的她穿着侍女们常穿的低胸罗裙,露出来的皮肤干干净净,只是微微地有些发红——她不知道用什么诡异的手法把那些刺青全都洗掉了。

就连那唯一有可能透露出她是异族之人的、有些卷曲的发梢也被用火钳拉直烫平,梳成了高高的发髻。

现在的尼丽罗娜,已经掩去了所有尼罗国人的痕迹,任何人看到她,都会以为她只不过是万千东方女子中的一个。

那一刻,小羡鱼几乎克制不住地想要冲出去,想要抓住尼丽罗娜的领子问一问她——这到底是怎么回事?

然而摇摇欲坠的一点理智牵拉住了她,让她那只扣在暗格门上的手迟迟没有推出去,每一寸肌肉都僵硬到发疼。

尼丽罗娜缓步走了过去——她现在即便是步伐,都变成了世家女子的莲步。

她试了试雪雁婆婆的鼻息,微微冲来的男人点了个头。

小羡鱼这才把目光转向和她一起进来的那个男人身上——

然而她并不能看到那个男人的一丝一毫。

那个男人全身都笼在黑色的大氅里,竖起来的风帽把他的整个脸都笼罩在了阴影之下。而即便这样他仍嫌不够,还在脸上蒙了黑色的面巾。

尼丽罗娜轻声道:"这下可以确定了,我用药的本事仍然在。"

她轻手轻脚地把雪雁婆婆的尸身移到了床上,那男人站在一旁冷眼看着,低沉地开口道:"怎么……难道你还有点儿愧疚么?"

"毕竟没有她,我根本活不到今年开春。"尼丽罗娜叹息了一声,看着男人的眼睛,恭敬地说道,"您放心,我杀都杀了,绝不会后悔!"

"和亡国之仇比……这些都不算什么。"

男人默不作声地看了一眼她,片刻后,才缓缓说道:"所有知道你存在的人,都不能留——除了这个老太婆以外,还有别人么?"

尼丽罗娜略一低头,应道:"还有个半大的小女孩儿。"

宋羡鱼的呼吸猛地一滞。

那男人低声道:"不能留,哪怕是个婴儿,只要见过你的,就都不能留!"

宋羡鱼下意识地捏住了腰上挂的小佩刀,然而这一个下意识的动作害了她。

慌乱之间佩刀的刀鞘撞在了暗格的壁上,发出"叮"的一声脆响。

尼丽罗娜和男人同时转过头来。

尼丽罗娜走了过来。

冷汗源源不断地从宋羡鱼体内流出来,她死死握着刀柄,骨节因为过度用力而呈现出绝望的青白色。

她死死地盯着暗格门的缝隙——片刻后,她看到了尼丽罗娜的眼睛。

尼丽罗娜静静地和她对视着。

宋羡鱼的目光在那一刻变得犹如实质性的火焰——仇恨、恐惧、愤怒、委屈,全部都燃成了一场滔天的大火,她咬紧牙关看着面前的尼丽罗娜。

尼丽罗娜拉开门的那一刻——她手上的刀就会直接捅过去!

然而尼丽罗娜只是静静地看了她一会儿，目光中是说不出的复杂。

片刻后，她转过头去，轻声对男人道："没什么，只是一只耗子。"

她直起身，领着男人向外走去："那个女孩我明天离开前一定处理掉，您放心。"

窗外开始下起了瓢泼的大雨，宋羡鱼跌坐在暗格里，久久地回不过神儿来。

"她居然没有杀你？"

宋羡鱼讲了太久，停下来微微喘了一口气，而如柏便趁着这个些微的停顿插了进去。

宋羡鱼微微摇了摇头。

如柏不可置信地说道："为什么？"

宋羡鱼低声说："我不知道。"

"也许是因为她心底里那一点做过母亲的记忆让她没忍心对一个孩子下手——她曾经说过好多次，她儿子若是长大了，可能也和我一样懂事乖巧……"

"不会。"楚明轩道。

如柏和宋羡鱼皆是微微一愣。

"尼丽罗娜想要复仇的心比什么都强烈，不可能凭那一点微弱的善意放过你！"楚明轩道，"我猜真正的原因是，她也并不那么信任那个男人。"

"尼丽罗娜来自已经亡了国的尼罗国，理论上来说，所有我朝的贵族，都是她的仇敌。"楚明轩的眸子里渗出一层沉沉的光，"而那个男人，显然就是多年前给她造了假身份、帮她入宫的人——这个人一定是在朝中极有势力的人。"

"也就是说，尼丽罗娜和这个人实际上是处于敌对面的，只是在某些方面他们利益一致，所以结为了伙伴。尼丽罗娜未必完全相信那个人，所以她留了一个你，是因为不想让她作为尼罗国人最后的证据也消磨掉。"

"可这样……她就不怕羡鱼去告发她么？"

楚明轩微微点头，如柏问的问题，同样也是他的疑惑。

太子殿下看着宋羡鱼手里的灵牌："恕我冒昧——这么多年了，宋姑娘从来没想着为雪雁前辈报仇么？"

宋羡鱼不是胆小怕事的性子，但凡给她一丝机会，她一定会去揭破这个阴谋。

然而事实是，这么多年了，她并没有。

"那夜我冒雨去找了我师祖，把一切都告诉了她。"宋羡鱼咬紧牙关轻声说道，"然后……"

"然后我就再也没有见过她。"

如柏悚然一惊，此刻天边突然传来一个炸雷的声音，瓢泼的夏雨降了下来，骤然冰冷下来的空气裹挟着雨气飘进了室内，使如柏骤然打了个激灵。

她看了楚明轩一眼，发现那双幽冷如湖水的眸子里此刻全是悲哀。

如柏突然就明白了。

"你……你师祖去找了钟洪。"

宋羡鱼抱着雪雁婆婆的灵牌，无声地默认了。

如柏震惊地坐在椅子上，久久地回不过神儿来。

临渊堂虽然是江湖人士，但是一样属于平头百姓，身边发生命案，宋羡鱼的师祖当然连夜就去报了官。

然而之后临渊堂得到的消息却是，她们的掌门因为"试图袭击朝廷要员"，被下了大狱，短短几天之内就莫名其妙地感染了鼠疫，死在了狱中，甚至没能等到她的弟子们去营救。

临渊堂的人都不是傻子，深知她们严于律己、十分守矩的掌门绝不可能干出袭击官员的事情，那么唯一的问题……只有可能出在官员本身身上。

想想那是多么绝望的一件事——在命案发生后，正常人的第一反应便是报给当地的父母官。

然而父母官……却藏着另一副豺狼的嘴脸。

尤其是，如果钟洪不能信任的话，那么又怎么能判断别的官员是否也在那个神秘男人的势力范围之内呢？

朗朗乾坤之下，这冤情竟是无处可诉。

只有那因为行了善事而反遭横祸的雪雁婆婆的冤魂在世间无声地游荡。

"现在我们起码确认了一件事，钟洪是为那个幕后黑手效命。"楚明轩低声道。

宋羡鱼微微点头："我为了保住临渊堂，不得已选择了忍气吞声，不敢让人四处去告发。这些年来一直愧对雪雁婆婆，如果能查出真凶的话……还请太子殿下和沈姑娘尽快告诉我一声。"

楚明轩沉默片刻，一抖袍袖，起身道："事不宜迟，立刻回去提审钟洪。"

宋羡鱼将他们送到门口时，如柏突然想起了什么，转头道："尼丽罗娜走后便再未与你通过信……你怎么会知道她用的伪装名是姓'宋'？"

宋羡鱼不出声，良久，才细细地呼出一口气。

"我猜的。"她轻声说，"这些年来我虽然恨她，但也渐渐想明白了一件事——尼丽罗娜本身来说未见得是多么坏的人，只是仇恨逼疯了她，让她变成了不择手段的人。"

"她会杀人，但是她并非那种杀了人后可以冷酷得不在乎的人。"宋羡鱼低声说，"她姓宋，因为宋氏临渊堂……是这个王朝赋予她生命的地方。"

她拱一拱手道："既然你们说尼丽罗娜已被绳之以法，那么临渊堂也无法向死人复仇——但是那个男人是谁，临渊堂仍然记着这一笔账，随时准备跟他清算。"

从莫座山骑快马到朱州城只需要半个时辰，如柏和楚明轩快马加鞭。

而与此同时，自钟洪出事的消息传出朱州开始的那一刻，有人就和他们一样在快马加鞭。

朱州关押重犯的大牢里，钟洪躺在一堆肮脏不堪的稻草上，曾经威风凛凛的朱州刺史此刻像一只无精打采的落水狗。

突然，牢门"吱呀"一声开了。

一个狱卒领着一个瘦高个的中年人走了进来，道："大人，照理来说，这间牢房里的犯人是不让探视的……"

来人似笑非笑地看了他一眼："怎么，嫌我刚刚给你的银子不够？"

狱卒贪婪地摸了摸怀里那一锭沉甸甸的银元宝，识趣地闭了嘴。

然而那中年人却笑了，道："嫌不够就直说，来，再给你加一锭。"

狱卒嘴里说着"岂敢"，身体却不受控制地凑了上去。

说时迟那时快，那中年人从怀里掏出的并非银元宝，而是一把闪着寒光的匕首，狱卒只觉得眼前一花，那柄匕首就已经完整地没入了他的胸膛。

中年人冷漠地看着狱卒倒在了地上，才急走几步，到了钟洪身边，低声道："钟大人，我是被主子派来救您的！"

他将虚弱疲惫的钟洪从那堆肮脏的稻草上扶了起来，道："钟大人可还好吗？外面的马车很快就到！"

钟洪一双眼睛里全是血丝，眼泪都快掉下来了："主子没忘了我……主子居然……"

"钟大人鞠躬尽瘁这么些年，主子忘了谁也不能忘了您啊！"中年人讨好地一笑，殷切说道，"钟大人，主子还有些事情要向钟大人确认，急等着我回信呢，要不钟大人现在就给我个信儿？"

钟洪点了点头——然而不知道为什么，也许是多年在官场混迹的直觉提醒了他，钟洪的心里突然猛地闪过了一丝不祥的预感。

主子……

那个人……真的会在他全无价值之后，还念着旧情来救他么？

"什么问题这么急？"他故意把声音放得更虚弱些，"我现在实在是没精力……"

与此同时，他无声地动起了那只中年人看不见的左手，在稻草堆里悄悄地摸索着。

"您别担心，其实关键的也就只有一个问题。"那中年人赔笑道，"不耗费您什么力气的。"

那只摸索着的手终于找到了一根顶端烧黑的炭棒。

钟洪不动声色地拉长了音调问:"什么问题?"

炭棒的顶端抵住了地牢粗糙的石板,无声地滑动着。

"那就是尼丽罗娜当年留下来的那条运送蕃木蒿的路径……您没和别人交代吧?"

炭棒停止了移动。

钟洪知道自己躲不过去了……他缓缓地、绝望地说:"没有……你们相信我……我不会背叛主子的……"

那中年人轻声道:"是,主子相信您……"

他缓缓放开钟洪,而钟洪就像突然丧失了所有的力气一般,颓然地倒在了地上。

——刚刚中年人扶过钟洪的地方,插着一根细小的针,被它插过的皮肤周围已经泛起了一圈乌青,可见毒性的迅速和猛烈。

中年人继续用那种轻而平稳、宛如毒蛇嘶嘶吐信般的声音补全了自己的话:"主子只相信死人。"

他探了探钟洪的鼻息,确定他已经死透后,细细地打量了一下周遭,确保没有任何异样后,这个中年人便无声无息地立起了领子,仿佛一个刚刚完成探视的官员一样,踱着四方步不紧不慢地走了出去。

……他没有注意到的是,钟洪倒下的时候,一只手被压在了身体的下面。

而那只手,到死都没有松开那根炭棒。

"可恶!!!"

如柏震惊地看着地上的尸体,上下牙床猛地一哆嗦,几乎咬到了舌头。

为什么?! 为什么对方总能先他们一步毁灭掉证据?!

楚明轩低声道:"是我疏忽了。"

如柏一愣,看向他。

楚明轩眼里的自责是真真切切的。

从杏花阁里那把提前被对方取走纸条的琵琶,到这一次钟洪抢先一步被对方灭口,每一次,他们都疏忽了绝不该疏忽的东西,导致了致命的后果。

如柏发现,事涉母亲,楚明轩总是容易自乱阵脚,失了他原有的敏感。

她犹豫片刻,最终也没能说出来什么安慰的话。

有些切骨的痛,旁人再怎样长篇大论地关怀,也不过是隔靴搔痒,根本无法体会到当事人的心情。

203

如柏原地沉默了一会儿,最终拉了拉楚明轩的袖子,轻声道:"不是你的错。"

然后她蹲了下来,仔细地看钟洪的尸体。

楚明轩静默地站了片刻,直到如柏的叫声把他从神游天外的状态里拽了回来。

"你看!"如柏一把把楚明轩拽了过来,指着地牢的石板地面道,"你看这是什么!"

刚刚她翻动了钟洪的尸体,此刻,两个用炭棒写下的,漆黑潦草的字触目惊心地映入了二人的眼帘。

"福?寿?钟洪写什么呢?"如柏丈二和尚摸不着头脑地看着两个漆黑的字。

楚明轩蹲在她身边,轻声道:"钟洪要留下这么个信息……说明他临死前可能有预感,猜到自己有可能会被灭口。"

"那么这个信息就并不是留给他背后的人,而是留给……我们?"如柏接过他的话,"如果我是钟洪的话,死到临头……我还有什么信息想留下来?"

她轻声自言自语道:"如果我一直效忠的主子要杀我灭口……我一定会在悲凉之余感到无可言说的愤怒,在这种情况下,我很有可能会出卖他。"

她的第一反应是留下幕后黑手的名字,然而这两个字明显并不是哪一个人的人名。

什么信息会比幕后黑手的名字还要重要?

"我想到一种情况。"楚明轩突然开了口,"我觉得钟洪如果真的想要报复他主子的话,与其留下那个人的名字,不如留下证据!"

如柏似有所悟:"因为顺着证据可以把幕后黑手调查出来……但是只留一个名字而不留证据的话,那个人位高权重,很有可能扳不倒他。"

那么钟洪手里,关于那个人最重要的证据又会是什么?

长久的寂静后,如柏和楚明轩对视一眼,同时意识到了什么。

"蕃木蒿是从朱州运出去的。"

"那么钟洪执掌朱州这么多年,一定知道这条运送路线。"

"福寿……是个地名!"

半个月后的京城。

楚明轩向皇上叙述完毕了在朱州经历的一切,为了不打草惊蛇,他选择性地隐瞒了钟洪背后仍然有人的事实。

下朝后,楚明轩发现如柏在等他。

"我来看我姑姑,刚好没事儿,就来等一下你。"如柏道,"探访福寿楼的事我已经有了个初步的计划,到时候给你看看。"

楚明轩一边走到她身边,一边随口问道:"许久不见承松了,他也没送你过来么?"

"我哥估计在家补觉呢。"如柏摊摊手。

如柏回到京城还没几天,然而已经明显感受到了沈承松回家的时间一天比一天晚,恨不得把吃饭睡觉的时间全花在刑部里。

如柏问起来的时候,沈承松只是揉了揉他那憔悴了不少的脸,一脸疲惫地说:"刑部的一个同僚出了事,我这两天在负责严查此案。"

"怎么回事?"如柏一惊。

"就是不久前,在酒楼里被人毒杀。"沈承松缓缓说道,"我们查出来他名下有很大一笔银子……大概一万两,以俸禄来说他不可能攒下那么多钱,因此很多人都怀疑他是贪污后畏罪自尽。"

"但我总觉得哪里不对劲……"沈承松叹了口气,挥了挥手,"你刚回来没几天,路上跑了那么久,回来就先歇着吧。"

而如柏也确实奔波得人困马乏,故而接连几天蒙头大睡,并没怎么帮她哥破案。

此刻已经临近傍晚,漫天的晚霞在重重朱红宫墙上投下嫣色的光芒。由于忙于公务的沈承松没有来接妹妹回府的觉悟,楚明轩便坚持要送如柏回沈府。

这次他没用轿子,离开片刻后,很快骑着他的黑马出现在了如柏的视野里。

如柏遥遥地看着丰神俊朗的太子爷骑着那匹同样丰神俊朗的千里马缓缓从远处走来,骑马了就好,这次总算不用两个人挤在同一个逼仄的小轿子里了……

等会儿,轿子呢?

楚明轩慢悠悠地驾着马走到正期待地往他身后看的如柏面前,说道:"往哪儿看呢?上来啊。"

如柏目瞪口呆。

楚明轩看她傻站着没动,神态自若地伸出手来:"上来。"

"你不是带了轿子来吗……轿夫呢?"

"病了。"

"那没有别的马了么?"

"都病了。"

"怎么会都病了呢?"

"被这匹马传染的。"

"那这匹马呢?"

"刚痊愈。"

在见识了太子爷面不改色心不跳的瞎扯能力之后,如柏原地发愣了五秒钟,最终选择乖乖地伸手握住楚明轩的手,被他拉上了马。

这种情况下,她和楚明轩的距离比之前坐在轿子上还要近,紫檀香贴着她的后背传过来,将她整个人包裹起来。不知道为什么,今天如柏的心莫名其妙跳得格外快,她只好没话找话分散注意力:"这马很不错啊,叫什么名字?"

楚明轩清冷的声音从背后传过来:"我驯服它之后也没管那么多,还没给它起名字呢。"他顿了顿,"你取一个吧。"

"唔,既然它通体乌黑,不如就叫……"如柏冥思苦想,用自己贫乏的想象力联想一些同样乌黑而美好的事物,"芝麻糊?"

她感到楚明轩环过她握着缰绳的手明显一僵。

片刻的寂静后,高贵的太子殿下平静地道:"好。"

如柏不知道的是,为了不在皇子们一起去马场比试的时候陷入尴尬,她起的这个名字导致楚明轩在这之后动用东宫的威严把五皇子的"小赤兔"改成了"红豆沙",六皇子的"黄龙驹"改成了"玉米粥"……

马场的侍从们最近老觉得自己饿得特别快。

这一刻的感觉过于静好了,以至于楚明轩总觉得自己似乎因为这静好忘掉了什么事。

刚刚在上朝时,他似乎依稀听到有大臣提到"沈",还引发了什么激烈的争论……但是从朱州一路奔波回来的车马劳顿,使楚明轩这样原本兢兢业业的人也有些吃不消,在本就肃穆压抑的朝堂之上没有压制住困意,站着闭上眼睛打了一小会儿盹。

而那件事的决定就好巧不巧地发生在了他打盹的这片刻里。

彼时,楚明轩并不知道他错过了多么重要的一件事。

彼时,如柏也并不知道,自己的人生,即将发生重大的变故。

夕阳西下,两人一马缓缓向沈府的方向前行。楚明轩选了条没什么人的小路,一路上也没有别人发现二人。小路不长,弯弯延延,绕过身边这堵灰墙再往里一拐就能直通沈府的后门。

希望哥哥今天公务别太忙,能回家回得早点儿,这样还来得及一起用晚饭。如柏坐在马上打了个哈欠懒懒地想。那个同僚贪污畏罪自杀的案子真是累垮他了,几乎没有一天能在天还亮的时候回家。

晚饭没法一起吃的话还有夜宵嘛……如柏心里盘算着夜宵吃什么。

就在她无论脑海里还是心里都被各种各样的汤水小食塞得满满当当时,一声呼喝突然打断了她所有的思绪。

"后门安排好人手了吗?看好了,一个人也别放出去!"

"沈承松贪了那么大一笔银子,不可能平白无故就没了!掘地三尺也要把它刨出来!"

此时马几乎已要拐过最后的巷口,千钧一发之际,楚明轩猛地勒住了马,一手环住差点儿从马上掉下去的如柏。

两个人惊魂未定地对视了一眼——两个在京城待了这么多年的人同时意识到了这个阵仗是在干什么，然而他们全都不愿意相信。

如柏已经完完全全地蒙了，楚明轩还算理智，他一夹马腹，驱马到了一个角落里，使得那些来往的官差不能发现他们，同时无声地从侧面绕了过去，绕到沈府的正门，暗中观察着眼前的一切。

如柏几乎是魂飞天外地看着一个个她熟悉的面孔被缚着手，由官差押了出来，那都是她熟悉得不能再熟悉的人，稳重妥帖的老管家、一直跟着他哥跑腿的家生小厮、老在半夜给她开小灶的厨子……甚至是女孩子们，那些经常和如柏笑着闹玩成一团的丫鬟们也脸色灰败着，一个一个被领了出来。

与此同时，大量的器件被扛了出来，大到沈承松书房里那把价值不菲的红木太师椅，小到如柏房里楚明轩私下送她的夜明珠簪子……但凡是名贵的、值钱的物件，全都被一样一样地抬了出来，两个模样白净的官差在一旁忙着记录，他们手里忙着，嘴上也不闲："沈家不愧是大户人家！这一个府里哪怕就兄妹两个，也有这么多好东西！"

"那废话！沈承松贪了多少银子啊？能不给他府里添置点值钱的东西么！"

哥哥……哥哥在哪儿？如柏已经不能运转的大脑猛然地想起了这个问题，这一切……和哥哥有关么？

如柏急得眼泪都要掉下来了，下一秒钟，她突然睁大了眼睛。

沈承松被五花大绑着，数个官差押着他，从沈府的大门里走了出来。

如柏感觉自己已经很久没有注意观察过哥哥了，不知道是不是早出晚归的查案让他太过劳心劳力。此刻看上去，沈承松整个人瘦了一大圈，面色憔悴发黄，他似乎要说些什么，然而刚一开口，就被后面的官差推了个趔趄："有什么话在这儿说没用！等审你的时候，有的是你说话的机会！"

如柏探出身去，她刚要急切地喊出来什么，就被楚明轩一把捂住了嘴。

二人脸上俱是一片死寂，只听到一墙之隔的沈府仍然喧嚣不已："所有人都带走！一个也别放过！指不定哪个是他的共犯！"

楚明轩仍然牢牢地捂住如柏的嘴，几乎没有丝毫的迟疑，立刻掉转马头朝着远离沈府的方向奔去。

二人离开沈府几乎一里之后，楚明轩才把手从如柏嘴边放下来，他以为她会立刻歇斯底里地吵起来，但是如柏没有，她像泥胎木偶一样端坐在马上，一句话也没有说出来。

如柏觉得自己的心已经狂跳到了她不堪承受的地步，她是官宦人家的子女，这样的场景她知道是在干什么，她也不是没见过什么富贵如烟云繁华转眼成空，但是当这一切真的发生到自己家头上的时候……她仍然没法相信。

"沈府……被抄了？"楚明轩听到那个少女用轻而发抖的声音说，"为什么？"

他沉吟了一下，用仍然平静的声音说："不清楚，但是你现在显然不能回去，跟我去太子府。我派人去打听,有了消息第一时间告诉你。"

其实作为一个大户人家的小姐,家里发生这种事后仍然能有现在这个表现,如柏已经算相当理智和镇定了。但她心里仍然像有一团火在烧:"我不去太子府……我哥哥被他们抓走了,我得去找他……我得去找他问明白情况……"

她说着就要从马上跳下去,楚明轩一把把她拉了回来:"你要去大牢里找他么?"

如柏一愣,眼泪终于缓缓地流了下来。

楚明轩沉默了一瞬,他顿了顿,再开口时,清冷的嗓音中掺进了极为少见的柔和:"现在和承松有关的所有人都不能脱身。如果你也进大牢了的话,谁把他捞出来?"

"听我的话,跟我去太子府。"他以很轻的动作拍了拍她的头,"别哭了,有什么好哭的,天塌下来,不是还有我给你撑着么?"

如柏头一次觉得太子的书房是这么宽阔，宽阔得让人感到空旷而寒冷，入了夜之后，即使放上再多的炭盆也没法让空气暖和起来。

她的手脚都是冰凉的，眼睛里凝了没有流出来的眼泪，在寒冷中几乎快要在睫毛上结成冰。

如柏轻轻地闭上了眼睛，脑子里晃着的全是她和沈承松小时候的事儿。

据娘说，如柏还在她肚子里的时候，还是小毛孩子的沈承松是很期待要个可以和自己一起舞刀弄枪上树掏鸟蛋下河摸鱼虾的弟弟，结果天公不作美，给他整了个妹妹出来。

是妹妹也就算了，当初他们小少年们聚在一起玩，也会带着自己家的小不点出来——人家公子的跟班儿小妹妹大多是个玉娃娃般粉雕玉琢的小天仙，只有他沈公子后面跟着的是个圆咕隆咚的球儿。

如柏的记忆里，沈承松从来没当过那种宠妹妹护妹妹的好大哥，人家的哥哥给妹妹买衣服买首饰买桂花糖松子，而沈承松只会一边把如柏手里的糖松子抢过来塞到自己嘴里，一边哀嚎："我的妹啊，我又胖又丑的妹啊，我除了吃啥也不会的妹啊……"

然而如柏有段时间想喝云腿粥，京城里没有好云腿，她本来想实在不行就拿次一些的火腿替代……结果两天后沈承松就非常嫌弃地把一个大礼盒推到她面前："我朋友从临州那边捎过来的，我不要，给你吧。"

沈大少爷面不改色心不跳地扯谎，说得跟他在临州真有朋友一样。

然而那时候如柏不知道这些，只是兴冲冲地把这一大盒的云腿拿到了小厨房，胖乎乎的大厨面露难色："我说小姐……这夜宵要不还是少吃点儿吧，您忘啦，上次刘府的公子还笑话您来着……"

如柏抱着礼盒的手猛地一僵——她确实为那事儿好生郁闷了一回，立誓不吃夜宵了……然而沈二小姐对美食的热爱根深蒂固，此刻忍不住犹豫起来："那……那我就吃一小口……"

如柏还没怎么样,倒是旁边的沈承松面色猛地一沉:"刘子赭说什么了?"

如柏道:"还能说啥,说我胖呗。"

沈承松阴沉着脸对厨子道:"该做的饭还是要做! 小孩子长身体呢,哪能少吃!"说完他就一声不吭地走了。

第二天傍晚的时候如柏才知道刘府的公子被人打了。

"哥……你干的吗?"

沈承松当然死不承认,但是如柏小小年纪已经初具破案天赋,短短两个回合就抓到了证据。

逼着沈承松认了下来之后,如柏忍不住问:"他咋得罪你啦?"

沈承松不吭声。

如柏想了半天,终于后知后觉:"不会是因为他说我胖吧?"

沈承松依旧不回答,只是用鼻子冷冷地哼了一声。

"不会吧?"如柏翻来覆去也没搞懂其中的逻辑,"他说我胖关你啥事? 而且你自己不是天天说吗?"

沈大公子面无表情地说:"我是我,他是他,亲哥说你胖是亲哥的事——刘子赭是什么玩意儿,什么时候轮到他来点评我妹妹了?"

他拍拍如柏的头:"我是你哥,只有我能欺负你,所以如果还有别人欺负你的话,你就回来告诉哥。哥保证不打死他——记住了吗?"

说完沈大公子就准备扬长而去,走到一半又想起了什么,折了回来,绷着脸对如柏说:"别听他瞎说,你不胖,是刘府的小姐都像豆芽菜一样……该好好吃饭要好好吃饭。"

他见如柏默不作声,立刻板着一张稚气未脱的脸提了音量:"听到了没有!"

如柏:"哦……"

沈承松那张要够了大哥威风后扬扬得意还要绷住不让妹妹发觉的脸渐渐消散在了梦境的深处。

如柏睁开眼睛,只觉得眼角极其酸涩,片刻后,她怔怔地看着天花板,一行温热的液体从她眼角急速地坠下,洇湿了素色的软枕。

楚明轩不让任何人进书房,只留了心腹内监小全子在书房里陪她。小全子性格偏憨厚,此刻手足无措地站在她旁边长吁短叹,翻来覆去只会说:"沈小姐别伤心,太子殿下会有办法的……"

楚明轩在天快亮了的时候回来了。

他脱下沾满露水的外袍,走到如柏身边,缓缓蹲下来,平视着她的眼睛。

如柏看着他的眼睛,两人谁都没有说话。

良久,如柏轻声问:"证据确凿?"

"嗯。"

即使早就料到了这一切,真正听到消息的这一刻如柏还是感到自己的心猛地一颤。她强自镇定地说道:"多少?"

楚明轩沉默了一下,垂下了眼帘:"他们说承松贪污了十万两银子。"

如柏听清这个数字后手紧紧抓住了椅子的扶手,几乎要将那坚硬的红木勒出痕迹一般。

十万两?

翻转了整个沈府都没有这么多钱。

楚明轩以为如柏要哭出来了,但她没有,她只是面无表情地看着他,睫毛颤抖如战栗的蝴蝶:"你信么?"

楚明轩认真地思索了一瞬,缓缓摇了摇头。

"我也不信。"如柏后仰靠在椅背上,轻轻呼出一口气,"可是要怎么办?怎么才能救他?"

"我会尽我最大努力让朝廷从轻审判。"楚明轩唤过小全子,"去赵大人、洪大人府上,叫他们上折子给父皇求情。"

"对了……有件事,我不知道你听说了没有?"如柏刚要谢他,却猛地想起什么来,"我哥出事前在查的最后一个案子是他刑部同僚的案子,那人也有贪污的罪名……后来在酒楼里喝了有毒的酒,官方给的说法是畏罪自杀,但是我哥不信……"

她看到楚明轩的脸色猛然变了,他把前脚刚踏出书房的小全子叫了回来:"去跟他们说,东宫这边的意思是要求严惩沈承松,流放灵州。"

小全子吓得瞟着如柏的神色直给楚明轩摆手:"太子殿下,灵州是极北的苦寒之地,流放到那里,一辈子的仕途毁了不说,能不能活下来都是问题啊。"

"你不懂么?这摆明了不是一般的人在害沈承松。"楚明轩站了起来,"他留在京城更活不下来。"他侧过头去看着如柏,"你放心,我会派人跟着他保他周全。"

他看着如柏的眼睛,神色郑重:"我答应你,时机一到,我们立刻翻案。"

如柏作为京城最有名的神探之一,也不得不承认,在这种朝堂筹谋之中,楚明轩的深谋远虑是她远远不及的。

沈承松贪污的证据几乎是板上钉钉,刑部的账簿和最后从沈家一处在郊外的宅子里发现的两本假账、刨出来的十万两白银都铁证如山地指认了他的罪。再加上他出事前最后查的案子,楚明轩很快感受到了背后真凶庞大的势力和非凡的手笔。

对方谋虑得太深,在一无所知的情况下,他们能做的最好选择是让对手暂时称心如意,麻痹大意后放沈承松一条生路,而不是让他成为下一个"贪污后畏罪自尽的刑部官员"。

楚明轩的想法是对的,事实证明,沈承松一直到离开京城前往灵州,都起码是平安的。

由于贪污的额度太大,罪行严重,所以沈府一切家产皆被官府查抄没收,家人们也纷纷被波及。

只剩沈府的二小姐,莫名地失踪了。

不是没有人怀疑沈二小姐是藏在之前几乎快要定了亲的太子府上,但是沈承松的审判期间太子殿下多次上书陛下要求严惩罪犯,很快就打消了人们的怀疑。

并没有人把沈二小姐失踪的消息告诉沈承松,所以沈承松临出发时,还是给妹妹留了一封家信。信的内容中并未对自己的罪行做什么解释，只是简短地交代叫妹妹去青州投奔父母、切勿太过伤心还是要多多保重身体云云。

既然没有沈二小姐的音讯，差役便随手把这封信留在了已经败落的沈府宅子里。

此时，这封信被楚明轩带了回来，放在如柏面前的书桌上。

二人正在翻来覆去地研究它。

"承松一定是查出了什么，不然不会被害。"楚明轩沉吟道，"这封信是他最后把他知道的东西说出来的机会，他不可能错过！"

他摇摇头："但是这封信的内容一定会被真凶先查过一遍，他或许只能用一些很隐晦的方式留下极少的信息。我已经研究很久了，把文章的段首段尾横着竖着都连起来读过，得不到任何有用的信息。"

如柏拿着那张信纸凑在光下。

没有任何异常。

就在她也几乎快要放弃的时候，突然，一阵淡淡的味道从信纸上飘了出来。

如柏下意识地一愣。

这是一种叫金繁缕的小花的香气，如柏记得沈承松出事的前两天她刚用那花的花粉给哥哥做过一个香囊，结果没想到沈承松对那花过敏，只要闻到就不停地打喷嚏，于是很快就把那个香囊扔到了抽屉里弃之不用。

他被抓前带上那个香囊做什么？

如柏心里猛地一惊，如果沈承松对自己即将出事有预感的话，那他确实有可能会带上这个香囊……

因为金繁缕的花粉与清油混合后，会有一种奇怪的特质。

她猛地抬头对小全子喊道："拿水来。"

银盆里盛着水，倒映出如柏此刻焦灼的面孔。她深吸一口气，将信纸展开，泡了进去。

墨迹很快氤氲开来，变得模糊不清，但另外四个清晰的大字，渐渐浮现了出来。

这就是沈承松于危险中以混了金繁缕花粉的清油写下的，他最需要传递给妹妹的信息。

如柏从水中把信纸捞起来，缓缓展开，小心翼翼地辨认着上面的字。

在她清晰地阅读出那四个字之后，湿漉漉的信纸从她的指尖掉了下去，她抬起头，看着楚明轩，睁大了眼睛，一句话也说不出来。

楚明轩疑惑地从地上把信纸捡起来摊开看，只有四个字，能传递什么？真凶的名字？真凶所在的地点？

看清那四个字的时候他忍不住愣了。

偌大的信纸上只有这四个字，一笔一划仿佛都是写字者担忧而用力的提醒——

"太子小心！"

韩王府，灯火如昼。

"世子殿下回来了。"早有伶俐的小厮传了话，南宫晴忙带着侍女迎上去。

楚翎风带着一天的风尘匆匆走了进来，迎接他的是满桌精致的菜肴，南宫晴走上来，亲手为他脱下外袍，随手交给一边的侍女，然后拉着楚翎风落座。

"殿下辛苦了，快吃点儿东西吧，这乌鸡老参汤是我今儿个亲自看着人炖的，炖了足足三个时辰呢，殿下看看合不合胃口？"

他们成亲到现在还并不算太久，南宫晴的脸上仍然带着新妇特有的娇羞，然而气质上温柔贤淑，把韩王府打理得井井有条，对楚翎风的关怀更是无微不至。

韩王府上到韩王，下到丫鬟小厮，都对这位世子妃满意至极。

然而南宫晴心里总有那么一丝惶恐不安。

"怎么样……味道还好吗？"南宫晴紧张地看着楚翎风。

楚翎风把那勺汤喝下去，礼貌而平静地应道："很好。"

他看了一眼如坐针毡的南宫晴："你也吃吧。"

"啊……好……好。"南宫晴这才反应过来，忙不迭地去拿筷子。

然而她精心准备的这一桌色香味俱全的菜肴到了她嘴里都仿佛淡得如同白开水一样，南宫晴食不知味。

纸是包不住火的——南宫晴从小就听说过这句话。

楚翎风不傻，一日一日的相处，他已经本能地察觉到了什么不对劲。

开始时，他只是略略做了一些试探，而南宫晴下意识地极力掩饰。

楚翎风感兴趣的对象是如柏，而并不是南宫晴，她只是冒名顶替了上来。

这个事实永远像一根刺一样扎在南宫晴心里，每说一句话前，她都在极力地思索——如果是如柏，如柏会怎么说？每做一件事前，她都在苦苦地设想——如果是如柏，如柏会如何反应？

她不能失去楚翎风的爱，为此她愿意付出一切代价。

然而她和如柏毕竟是完全不同的两个人，即便她再努力，也无法模仿出和如柏一样的感觉。

最近她明显地感觉到，楚翎风的态度冷淡了下来。

但楚翎风毕竟是以温润著称的四大公子，即便冷淡，他也仍然维持着一如既往的温和，对南宫晴以礼相待——仅仅是以礼而已，那其中并没有爱的火焰在烧。

楚翎风吃了两口，就放下了筷子。

南宫晴立刻惶恐起来。

"是……是不合胃口吗？"她手足无措地站起来，紧张地说，"你想吃什么，我叫小厨房再去……"

"不必了。"楚翎风摆摆手，示意南宫晴坐下，"阿晴，我近日公务繁忙，一直没什么时间陪你，今日没什么事情，我们聊聊天吧。"

南宫晴的脊椎绷成了一条直线——楚翎风的嘴角仍然带着温和的笑意，然而眸光沉沉，眼睛中却有那么一丝严肃的意味。

她直觉这并不是简单地聊聊天。

"今日在宫里见了太后，聊起小时候的事。"楚翎风闲话一般地淡淡开了头，"聊及我和三哥——哦，也就是如今的太子兄一起做算术，老是比谁更快，还说起来当时有道题我们都答不上来，凑在一起琢磨了一晚上。"

楚翎风眼里满是回忆，他自顾自地笑了一下，笑容温暖如春风吹过山泉："我还记得那道题呢。"

他缓缓背起来："九百九十九文钱，时令梨果买一千。一十一文梨九个，七枚果子四文钱，梨果多少价几何？"

他转向南宫晴，嘴角上温暖的笑意突然消失了："阿晴，你知道么？"

南宫晴愣在了原地，冷汗从她的后背上汩汩而出，浸透了那绣了繁密花纹的纱衣。

她依稀地想了起来，如柏从小到大就很喜欢这些东西，老是在她旁边叨叨什么"一百馒头一百僧，大僧三个更无争，小僧三人分一个，大小和尚各几丁？"要不然就是"竹原高一丈，末折着地，去本三尺，竹还高几何？"

还记得那时候她总是一边绣着绷子，一边带着点儿无奈的眼神看着如柏："阿柏啊，你一天到晚研究这个有什么用？"

如柏总是一边拿着树枝在沙地上划来划去地算着数，一边念念有词地反驳她："哎，聪明的人都得会算术！这东西很锻炼脑子的！"

南宫晴叹了口气，把如柏绣过的绷子拿过来瞧了瞧，看着那上面歪歪扭扭的针脚恨铁不成钢："岂不闻'女子无才便是德'，那些事情都是男儿们去研究的，你一个女孩儿家，《女训》《女戒》背不熟，女红也做不好，天天琢磨这些有的没的，以后有的是你后悔的……"

言犹在耳，然而这一次，后悔的却是南宫晴。

她不会这个——如柏在她旁边念叨过那么多遍，可她一次都没有用心听过，更别说和她一起去琢磨怎么算。

她呆若木鸡地坐在原地，只会傻傻地看着楚翎风的眼睛。

完了——这是南宫晴心里唯一的念头。

楚翎风良久地看着她,久久地,眼睛里风云变幻,不知道是什么情绪。

良久,他突然开口对南宫晴道:"过来……"

南宫晴呆愣愣地坐在原地。

"过来……"

南宫晴犹豫着起身往楚翎风的身边迈了一步。

楚翎风站起来,快速地上前一步,直接把南宫晴拉到了自己的怀里。

南宫晴猝不及防地撞进了他的怀里,她的头刚好贴在楚翎风的胸前,一股淡淡的草木馨香弥散在她的鼻腔里。

"阿晴……"楚翎风低声道,他的嗓音本来就温润得好似含着一块莹润的玉,此刻低沉下来后,带着百转千回得让人想要落泪的温柔,"辛苦了。"

南宫晴微微睁大眼睛,睫毛像受惊般不受控制地颤抖着。

"发生过的事情我不会问。"楚翎风温柔地说,"你也不必害怕,做你自己就好——你为我做过的一切,我都知道的。"

"辛苦了,阿晴,谢谢你。"

一大颗眼泪从南宫晴颤抖的睫毛上掉落下来,直接掉进了楚翎风的领子里,温热地洇湿了他的里衣。南宫晴哽咽着问:"你……你都知道?"

"是。"楚翎风摸了摸她的长发,"我都知道。"

窗外漆黑一片,而窗内灯火辉煌,两个紧紧依偎在一起的人影投到窗上,美好得宛如一幅轮廓极为精致的剪纸像。

太子府的书房。

如柏、楚明轩和孟学然、柳七复无声地对坐着。

"这里是一份近期官员变动的简单记录。"孟学然将一份卷宗放到桌上,"如果仔细看就会发现一件很让人吃惊的事。"

他一字一顿地说:"在我们去朱州的这段时间内,朝堂上在发生无声无息的洗牌。"

如柏接过那份卷宗细看,她对官场不太熟悉,并不太分得清这些官员都谁是谁……但是她还是很快就发现了一些端倪。

"林、程、孟、沈……"如柏吃惊地看着那份卷宗,"这些被贬的人几乎全出自四大家族。"

琅琊林家、徽城孟家、临州程家、青州沈家。

"对,近期犯错的官员有很大一部分都是四大家族里的人。"孟学然道,"之所以到现在为止都没人找到这个规律,是因为发生的地点太分散了,而且事情也大多并没到出人命的地步,有些是降职,有些是革职,很容易就淹没在浩如烟海的奏折里。"

对此如柏和孟学然都完全有体会,他们二人都是四大家族出身,然而本家的根基都不在京城,沈家远在青州,孟家远在徽城,且都是繁盛的大家族,一些子弟在当地的官职发生了调动,消息根本就传不到他们这里来。

"而承松之前在调查的那个因为贪污而自杀的刑部官员……是临州程家的长子。"孟学然道，"也是四大家族里第一个在京城出事的人。"

在此之前，这场骚动还只零散在各地，不敢出现于权力的中心，出现于天子脚下的皇城。

然而或许是风暴蕴积得久了……漩涡的中心终于也出现了端倪，最显眼的京城，到底也开始有人出事了。

而且一出事就比所有地方都要严重，第一个直接丧命，第二个也在鬼门关上走了一遭。

如柏打了个冷颤，低声道："所以我哥不是第一个。"

孟学然默然点头："而且很有可能也不会是最后一个。"

柳七复坐在一边，按理说，这些朝堂上的事和他并没有什么关系，四大家族无论出了什么事都牵扯不到他一个平民琴师身上。

然而不知道为什么，如柏敏感地察觉到柳七复的坐姿有些紧绷。

"为什么？是巧合……还是有人蓄意？"如柏问，"如果有人蓄意……他的目的又是什么？"

而且……沈承松留下的最后讯息。

"太子小心！"

难道这一切最终的指向……如柏下意识地将目光投向楚明轩。

楚明轩低头喝了一口茶，这个有可能陷于危险风暴最中心的人此刻依然镇定自若。

"你现在有什么想法么？"他冷静地看向如柏，"怎么给你哥哥翻案？"

如柏掩上卷宗，她脸上仍然透着这几日连续哭泣后疲惫的青白色，然而整个人已经冷静了下来。

她沉默片刻道："我决定先不为他翻案，继续顺着我们之前得到的线索查。"

此言一出，剩下三个人都颇为惊讶地看着她。

"我相信我哥一定是冤枉的，但现在看来，这件事规模之大，并非简简单单一两个人诬陷栽赃他这么简单，而是一股巨大的势力。"如柏冷声道，"这和我们之前对很多真相的推测是一模一样的。"

"我们不就一直在找一个握有巨大势力的幕后黑手么？"她用指关节轻轻叩叩桌面，"这样庞大的势力难道还能满大街都是，存在着很多股么？"

"最大的可能就是……害我哥哥的人，和我们一直在找的人，根本就是同一个。找不到这个人，其他努力都是治标不治本罢了。"

她转头对楚明轩说道："何况我哥已经去了灵州，又有你的人看护，短时间内不会出什么差错，即使官爵什么的都丢了，但是毕竟算是远离了是非之地，身家性命算是平安了。"如柏解释，"但是你不同，你还处在漩涡的中心。"

如柏举起茶杯，在桌面轻轻一顿："所以我的提议是：保持原计划，继续查。"

剩下三人对视一眼，最后同时开口道："同意。"

如柏闭上眼睛，钟洪临死前那歪歪扭扭的炭字依稀浮现在了她的眼前。

"福"和"寿"。

大理寺。

孟学然看完了手上的几个卷宗,浓烈的剑眉之下是已经流露出倦色的眼神,他揉揉额角,问身边的同僚:"什么时辰了?"

"还差三刻就戌时了。"同僚忙中偷闲地回答他,"你可是鼎鼎大名的拼命三郎,今天怎么这么早就累了啊?离你平时回家的点儿还差快一个半时辰呢。"

"走人走人,今天不干了,我那几个弟弟还在家等着我指导剑术呢,剩下的几桩案子明天再看。"孟学然披上外袍和各位同僚打招呼离开,"我先回府了。"

杏花阁。

有伶俐的小厮为柳七复披上风裘:"天气凉下来了,公子身子不好,可要小心别着了凉。"

小厮一边为柳七复系好袍带,一边说道:"今儿晚上有好几位贵客来看华倾城姑娘带领梅、兰、竹、菊四位姐姐表演那首《月影竹驳》的舞蹈,柳公子可要去弹琴?听说这几位客人出手可阔绰呢。"

柳七复只是淡淡地一笑:"几时了?"

"还有两炷香的工夫就戌时了。"

"今晚月色甚好。"柳七复一笑,转身出门,"贵客们我就不见了,毕竟,千金难买赏月的良宵啊。"

太子府。

如柏绾好头发,将一张出自柳七复手笔的人皮面具小心仔细地粘贴在脸上。

贴好后她反复检查,发觉柳七复果真技艺非凡,这面具贴在脸上严丝合缝,现在的她容貌虽仍然清秀俏丽,但已完完全全看不出本来的痕迹。

她看了一眼时间。

戌时整。

她深吸了一口气，快步出门，身影很快融入了夜色。

皇后宫中。

楚明轩坐在椅子上，戌时已经到了，然而他仍然无法离开："母后还有事么？没有什么要事的话，儿臣想告退了。"

皇后端庄地应道："没有什么别的事，母后只是来提前知会你一声，有关你的婚事……"

她一笑："我和陛下商议过了，已经给你定下了丹阳。"

楚明轩面色一冷："之前不是定的沈家小姐么？"

"明轩这是说的什么糊涂话！"皇后摇摇头，轻轻抚摸着涂满了丹蔻的指甲，"今非昔比，沈氏已是罪臣之妹，其身份如何担得起太子妃的重任？"

"她是谁我不太关心。"楚明轩淡漠应道，约定的时间已经到了，他面色平静但是内心已经有焦灼的火在烧，"但是我以为事情已经定了，现在不太想改。"

他起身："儿臣告退。"

"站住！"皇后道。

楚明轩无奈停步。

"你一定要娶沈如柏么？！"

片刻的寂静后，皇后听到他清晰地应道："嗯。"

"可是她现在连人在哪儿都不知道，你难道要一直等下去吗？"

"等啊。"楚明轩淡淡道，"又不是等不起。"

"看来是我和你父皇平日里太宽纵你了。"皇后冷笑，"你真以为这事是你可以做主的么？"

楚明轩低头不言，他心里越来越急，行动需要他，然而皇后这边情绪越来越激动，丝毫没有放他走的意思。

时间不断地流逝，最终楚明轩不顾皇后仍然在喋喋不休，他站起来，丢下一句"儿臣告退"后便径直离开。

但愿赶得上——他一边急促地向长春街走去，一边在心里默念。

长春街，福寿楼，灯火辉煌。

这家酒楼的菜一直做得很中庸，起码在美食林立的京城里谈不上有多少竞争力，而菜品价格又高得离谱，因此一般食客很少会选择这家酒楼。只是不知道为什么，每到入夜却总是这家酒楼的生意最好，几乎夜夜笙歌，人们不醉不归。

曾有不明就里的外地食客见这里热闹，忍不住想来一试，却总被京城里的老人告诫——正经人没事儿别往那里蹿。

这一日的戌时，福寿楼的客人数量几乎已经达到了巅峰，准备通宵饮酒尽兴的人们刚刚落座，就被一阵不太友好的响声惊动了。

"严查严查，有没有什么违禁物品，搜出来的话绝不轻饶！"街巡队长王彪声势颇大地带着人闯了进来，福寿楼的老板连忙挺着肥胖的肚子迎了上来："官爷官爷，咱家是老实的生意人，做的也都是正经买卖，这正是生意最好的时候，何必打扰客人们吃饭呢？"

他一边说着，一边向王彪递去询问的眼神。

王彪用目光示意他放心："大理寺的大人突然到访，想检查一下我们的工作，所以今天增加了一次依例寻访，整条街都要查的，并不是对你们家有什么格外的疑心。"

福寿楼老板看向站在王彪身边的大理寺官员，那年轻人剑眉星目气质硬朗，只是不苟言笑地冲自己点了点头。

说话间街巡的几个捕快已经回来了："队长，一切正常。"

只见那大理寺年轻人平淡地"嗯"了一声，就带着整个街巡队出去了。

福寿楼老板一笑，走回柜台，早有眼力见儿的小伙计送上茶水："哎哟老板，可吓死我了。"

"怕什么？"老板饮一口茶水，"有王队长罩着咱们，还怕查出来什么不成？"

他惬意地伸了个懒腰："跟大家伙说，今晚可以少些担惊受怕，平日里不敢出手的货可以试着今天买卖，官府刚查完一趟，不可能再来了，这个时候反而是最安全的。"

孟学然跟着王彪出了福寿楼，道："王队长辛苦了，之后的几家酒楼我也就不跟着看了，时间不早了，我家里人还在等着我回府用晚饭呢。"

王彪一抱拳："那大人快回去吧，我们兄弟几个就不送了。"

孟学然点点头，道声告辞后，转身离去。

在他脱离王彪等人的视线后，便飞快地进入了一个小巷，官服被他脱下来随手一卷，露出一身精干的夜行衣。

他看了眼重重叠叠还插满了碎玻璃的高墙，不屑一顾地牵了牵嘴角，算是勉强在那张不苟言笑的正经面孔上牵出了一丝冷笑。他后退两步，凌空而起，整个人便如飞燕般悄然滑向了福寿楼的后院。

福寿楼的一楼坐了个女孩，此刻正悠闲地自斟自饮。

她身上绫罗绸缎不少，高耸的发髻上坠了一颗颗大红大绿的廉价宝石，浑身珠玉颇多，成色却都实在一般，离高门大户中的小姐相去甚远，显然只是个颇有几分小财的市井人家。

她抬头将杯中酒一饮而尽，放下酒杯时，原本空着的对面已坐下了个穿白衣的公子。

那公子面带几分病容，然则面孔实在是实打实的好看，女孩下意识地脸一红，随即便立刻大胆地递了一个娇艳欲滴的眼风过去："公子也是一个人来喝酒么？"

白衣公子轻轻地一笑："是，不介意的话，我想请姑娘喝一杯。"

酒很快就被温好端了上来，白衣公子一饮而尽，低声咳起来："可惜了，人说一醉解千愁，只是这世上有些快乐仍是酒无法带人达到的，却有些别的东西能。"

女孩下意识地警觉起来，但她认真端详着白衣公子，看他身形单薄面有病容，确实是很像那一类人——于是她甜声道："公子可是要买什么东西？"

身着白衣的柳七复抬起眼眸,淡淡地说出那个他们彼此心照不宣的答案:"五石散,这里有么?"

京城文人曾经风行吸食五石散,吸后会有如坠云端的快乐幻觉。但是此物伤身,后来朝廷令行禁止市面兜售此物了。

只有黑市上仍在交易。

女孩不说有也不说没有,只是妩媚地凝视着他:"公子看着很面生,似乎不是福寿楼的常客。"

柳七复一笑:"姑娘这是不信我。"

他站起来,溜达到窗边,扶着窗棂让夜风吹凉自己喝过酒后发热的面孔:"在下琴师柳七复。"

女孩心中一动,柳七公子,那是自己很多姐妹爱慕的对象,多少人拼尽了运气也无法听他弹奏一曲,如今此人竟然就在自己面前,与自己对饮。

"我之前孤陋寡闻,并不知道福寿楼是怎样的所在,是一位常去杏花阁听琴的客人悄悄告诉了我。"他一手扶着窗棂,一手将一块丝绢塞到了女孩的手里,"今天见到姑娘,觉得无论能不能买到东西,都算不虚此行了,一点心意,权当给姑娘丰富妆奁了。"

女孩隔着丝绢握紧那块被包在其中的硕大金锭,又看着面前白衣公子如春风般淡然温暖的笑容,她咬了咬牙,缓缓开口道:"你要的东西,这里有。"

她没有注意到,柳七复悬在窗外的那只手骤然一松,一粒白色的棋子无声无息地掉了下去,落在窗外。

一炷香后,如柏走到窗边,捡起了那枚白色的棋子。

她抬头望向福寿楼巨大的招牌。

这是柳七复传达给她的信息——

"找对地方了。"

如柏走进福寿楼,无视了凑上来招呼她的小厮,径直走向柜台处,在那里,福寿楼的老板正缓缓饮着一盅茶。

"我家主子派我来取一批货。"她面无表情地对老板说。

福寿楼老板慢慢地将她上下打量了一圈,道:"姑娘是头一次来福寿楼?之前似乎没有见过你。"

如柏平静道:"之前来的人犯了错,被主子罚了。以后来的都会是我。"

老板看她一眼,放下茶杯:"不知姑娘的主子是福寿楼的哪一位贵客?要的是'海鲜'还是'野味'?"

如柏犹豫了一下,他们对福寿楼的信息掌握得太少,类似的暗号她并不是太懂,但是她表情平静不露一丝破绽:"这次有些改动,不方便在这里说。"

她伸出手,一枚小小的玉环从她指间落在了老板面前。

那是他们在钟洪的尸身上找到的,钟洪把这个东西严密地用纸包了好几层,缝在了自己里衣的夹层里,极其隐蔽,杀他的人没能从他身上把这个东西搜出来带走。

老板看了眼那个玉环,眼中的戒备之色少了几分,他转头对小厮说:"带这位姑娘去楼上,我稍后就来。"

小厮引了如柏向三楼走去。

行走在楼梯上,如柏不动声色地观察着福寿楼,一楼是寻常酒肆的模样,一个个圆桌列放在宽阔的大厅里,人们邻桌而坐,推杯换盏好不热闹,二楼则是一个个的包间,供一些不想被外人打扰的客人吃饭聊天。

脚步刚踏上三层,就有一个男人挡住了如柏,如柏抬头看了一眼,那人身上穿着寻常酒楼小厮的衣裳,但是魁梧高大,露出的小臂上肌肉虬结,目光阴沉而凶狠。

是这个黑市的"保镖"。

"是客人,验过了玉环的。"小厮对那男子说道。

保镖点点头,上上下下地把如柏打量了一番,似乎是要把她的长相牢牢记在脑海里。然后他让到了一边,对如柏做了一个"请进"的手势。

如柏跟在小厮的身后进了一个雅间,厚实的木门隔音效果十分好,关上后只要不是以极大的音量说话,外界基本上听不到。如柏在桌旁坐下,自己给自己倒了杯茶:"我是第一次来,主子给我交代得也不太仔细,如果有什么不懂规矩的地方,大哥不要笑我。"

小厮赔上一个殷切的笑脸:"姑娘说笑了,我们这儿哪有什么规矩,不过是一手交钱一手交货,之后双方都保证嘴严——再简单不过了。"

"我上来时看到二层、三层都是包间,可有什么区别么?"

"二楼那些包间客人们是可以提前预约的,您也知道,很多客人知道福寿楼树大好乘凉,所以借着这地方做些私下的买卖。三楼这些雅间儿却是订不到的,只是我们专门接待您这样和本楼直接交易的贵客用。"

小厮道,他对面前这个看起来相当无害的姑娘没有太强的提防,不过也仍然存了足够的警惕心:"您的主子是哪一位?给咱家知会一声,咱家也好按照贵客的喜好多做做准备。"

"我家主子……"如柏举起茶杯刚要说话,眉头便皱了起来,"你家就是这么招待客人的么?这茶里怎么还有只飞虫?"她扬起茶杯,"你自己看,这不是飞虫是什么?"

"客人肯定看错了,咱家的茶杯绝对干净。"小厮凑上来细看,"哪里有飞虫……"

他话音未落,一把粉尘就直接扬到了他的脸上,一股奇异的香气飘散开来,他只觉得天花板骤然旋转起来,很快眼前就是一黑。

如柏拍掉手里柳七复调出来的药粉,把人事不知的小厮勉强拖到墙边,扯下桌上的桌布把他的手脚捆了起来,又团起一块手绢塞到了他的嘴里。做完这一切,她走到门边,悄悄从门缝里往外看。

三层的走廊很长,两侧各有一名保镖看守,使得走廊里没有任何死角。

她犹豫了一下,按照楚明轩之前的安排,她摸清福寿楼的内部构造后就可以尽快脱身了,之后最危险的任务由他来接手。但是此刻,根据他们事先约定好的信号,楚明轩还没有到达福寿楼。

是被什么事情拖住了吗?如柏可以感到自己一颗心怦怦跳得很快,她知道楚明轩今天要按例进宫向皇上、皇后请安,但是应该是可以按时赶回来的——是出现了什么突发情况么?

她走到窗边,打开窗户,让冰凉的夜风把她心里的燥热吹散开些。

不行,一个个环节间的链条是不能断的,错过了这次机会,下次或许就再难有查清的可能了。

如柏咬了咬牙,从窗户翻了出去。

福寿楼的外侧在窗下只有很窄的一条木板,如柏小心翼翼地贴在墙边,缓缓向旁边的包间挪去。

窗户的隔音效果并不如门,门外做不到窃听的话,窗外可以。

就在她已经挪动到旁边那扇窗户旁时,突然,她听到自己之前所在房间的门,被人打开了。

不会是福寿楼的老板,一楼的柳七复会在她上楼后想办法拖延那个老板上楼的时间,他不可能这么快就找上来……

那么是谁?如柏心下冰凉,进来的男子呼唤着刚刚陪如柏上来的那个小厮的名字:"主子找你……"

他的目光随即移动到了墙角那个小厮被捆得结结实实的身体上,声音陡然变了调儿:"怎么回事!"

顾不上管躺在地上的小厮,他目光在周遭扫视了一圈,很快落到了大开的窗户上,他一个箭步冲了上来,大声喊道:"什么人!"

千钧一发之际,来人的头很快就要伸出窗外,如柏紧紧贴在墙壁上动弹不得,心脏在胸口处跳得仿佛擂鼓一般,巨大的惊慌让她重心一个不稳,眼看就要从楼上跌下去——

身边的窗户突然开了,一双有力的手伸出来抓住了她的手腕,将她飞快地拽进了隔壁的房间。

如柏震惊地回头,身边的男子宽袍大袖,温文尔雅,只叫人忍不住想起"君子温润如玉"这样的形容来。

如柏在一瞬间猛地睁大了眼睛。

她认识他,他却并不认识她。

韩王世子——楚翎风。

隔壁房间的男子把头伸出窗外后并没有发觉有人,立刻转身下楼去叫人,几乎是片刻后,原本寂静的三楼就喧闹了起来,福寿楼的老板亲自领了人上来搜查,如柏只听到走廊里的房门一间一间被大力地敲开,随即便传来了翻箱倒柜的巨大声响,她的一颗心几乎要在胸腔里跳得炸裂开来。

楚翎风温和地看着她:"你想要我救你么?"

不要慌,如柏在心里默念,冷静下来,不要慌。

她对着楚翎风深深施了一礼:"求公子救我!日后必将当牛做马地报答。"

楚翎风把她扶了起来:"但是你总要告诉我,你是什么人,现在这一切是怎么回事?"

如柏轻轻咬了下嘴唇,没有说话。

"你可知道我是谁?"

如柏抬眼认真地打量他,柳七复那张毫无破绽的人皮面具现在是她心里最大的支柱,为她带来最后的安全感。心念电转间,她轻轻摇了摇头,但随即应道:"虽不知道公子是谁,但想必一定是有办法的贵人。"

楚翎风沉默地看了她片刻,轻声道:"我可以先帮你,但是他们走后,你必须给我一个详细的解释,可以么?"

如柏犹豫了一下,点了点头,几乎就在同时,他们房间的门被敲响了。

门外是福寿楼老板的大嗓门:"福寿楼出了事,还请里面的客人多多担待,叫我们搜查一下,查完后立刻就走,不打扰客人的正事。"

楚翎风走到门边:"陈老板,是我。"

门外的声音瞬间安静了下来。

"我和我的客人在见面,不想被打扰,你们有什么格外要紧的事么?"

片刻的寂静后,只听福寿楼的老板收敛了嗓音,低声道:"打扰您了,隔壁的房间出了事,我们的人被捆了起来——我们正在查犯事的人。"

"我这里没有。"楚翎风礼貌而疏离地应道,"不过是下人被捆了起来——伤着性命了么?丢了什么贵重的东西么?"

福寿楼老板低声回复道:"不曾。"

"那么也不是多么要紧的事。"楚翎风点点头道,"我和客人自有要事处理,还请不要打扰我们了。"

良久,只听福寿楼老板低低地说了声抱歉,便带着手下去搜查下一间房了。

楚翎风从房门边走回来,自顾自地倒了一杯茶。

如柏走上前去,暗地里深深吸了一口气,她明白自己真正的考验才刚刚开始。

"坐吧……"楚翎风露出一个安抚的微笑,同为皇族之子,他身上没有楚明轩那种清冷疏离、纵横捭阖的霸气和傲气,只有一身谦谦君子般的文雅温厚,让人觉得分外地平易近人,"如果你不愿意先开口的话,那我先介绍一下自己。我叫楚翎风,家父是当朝皇上的四弟,也就是韩王殿下。"

他笑笑:"这儿的老板知道我的身份,多少会看在父亲的分上给我些面子。"

如柏心下对他是谁再清楚也没有了,此刻却要装出一脸受惊惶恐的表情,震惊得当即就要跪下:"世子殿下。"

他没有说谎。

明明是在福寿楼这种地方,他却一点隐瞒身份的意思也没有。

楚翎风连忙起身把她拉住:"这又不是在宫里,闹这些虚的做什么。"

他重新落座,给如柏也倒了一杯茶,塞到她手心里:"轮到你来介绍你自己了。"

如柏的手紧紧握住那个瓷杯。

楚翎风可以被相信么?

他是楚明轩的堂弟、阿晴的丈夫……然而此事事关重大,如柏不敢相信任何人。

她要编一个最圆的谎。

"殿下不必知道我的名字……殿下只需知道,我来这里,是为了找一样东西。"如柏在楚翎风询问的目光里缓缓说道,"蕃木蒿……"

"蕃木蒿?"楚翎风一惊,"那不是当初十一皇子出事时,凶手要用来害他的毒药么?你究竟是什么人?"

如柏心知自己在身份这关上是糊弄不过去了,她脑子里飞快地调动着所有自己知道的人物关系,低声道:"民女名叫……司徒月竹。"

楚翎风细细一品这个名字,随即便问道:"太医院的药房里,负责司药的司徒掌事是你什么人?"

"是我父亲。"如柏缓声道,"因为十一皇子受害一事,我父亲因为监管药品不力被革职查办——可是我偷偷去太医院的药房里查过,那乳娘用来毒害十一皇子的药品蕃木蒿,并未在太医院少了一分一毫!她的药根本就不是从太医院拿到的,我父何曾有过失?"

"但这样去跟皇上说的话根本不会被相信……蕃木蒿价值连城,不从太医院偷的话,哪还有地方可以弄到?"如柏深吸一口气,"我辗转得知了福寿楼可能有不明不白的交易,就私下里过来查看……"

她看着楚翎风的神色,小心翼翼地说道:"世子殿下似乎对这里不是正经地方……并不感到意外?"

楚翎风放下茶杯,温和的神色也变得有些沉郁:"是。"

他侧过头来,看着如柏认真说道:"司徒姑娘对我坦诚,那我也对姑娘说实话好了……我来这儿的目的,也是查一件事情。"

这个房间的隔壁,福寿楼的老板靠着墙壁静静地站着。

原本每个雅间的隔音效果都是很好的,但是福寿楼老板身边的墙壁被他悄无声息地推出了一条通道,把吸音的砖块从通道中取出后,隔壁的谈话一字不差地落入了他的耳朵。

"去把'药房'处理掉。"良久,他面沉如水地低声对手下人说,"总楼……也不要留了。"

"老板,这是咱们多少年攒下来的家底啊。"手下十分心疼,"这小姑娘知道的也不算多啊。还没有到要破釜沉舟的地步吧?"

"你懂什么?快去!"福寿楼老板皱着眉不耐烦地说道,"别的黑货都无所谓……但是蕃木蒿不能被查出来,这里面牵扯的事情太多了。这个小姑娘现在的确知道得不多,但是已经不能再往深里查出更多了。"

老板顿了顿,道:"况且连她都能查到这个地步,说明蛛丝马迹已经流出去了……我们不能等惊动到大人物再来收拾烂摊子,毕竟……我们还有更重要的东西要保住啊!"

福寿楼后院的孟学然悄然埋伏在一棵巨树的枝干间,繁密的树影完美地遮挡了他漆黑的夜行服。

他依然维持着一副镇定严肃的面孔,但心里仍然有些许的慌乱。

计划出现了岔子,楚明轩没能按时出现。

他不担心别的,以他的身手,即使遇到再大的危险,从这个酒楼里脱身出去总不是问题。柳七复么,以那个油嘴滑舌的家伙长袖善舞的本领,再加上他那些不上道的杂七杂八的小玩意儿……恐怕是能勉强保住性命,在之后的生活中继续烦死自己了。

他就怕如柏会出事。

现在还没有什么大的动静,这让他的心略略地放下来,只要运气别太坏,以那个小姑娘的聪明应该是能自保的。就在孟学然想稍微松一口气的时候,一阵奇怪的味道顺着他的鼻子飘了进来。

他本能地感到不好,一个鹞子翻身飞速地落到了地上,但是他动作再快也来不及了,只见不远处的福寿楼,从一楼开始,熊熊燃烧了起来。

福寿楼，尖叫声、哭喊声已经响成了一片。

作为一个客流量极大的酒楼，福寿楼有多个厨房，最近的就在一楼，这个厨房不知怎么的，突然烧了起来，伴着几个"吱呀乱叫"的厨房伙计慌慌张张地从其中逃了出来。酒楼的小厮们慌慌张张地拿着水桶扑上去救火，然而不知为什么，火势似乎越来越大。

一楼的客人们连忙全都跑出了大厅，二层雅间的客人们趁着火势还没有波及楼梯，也各自飞快地跑下了楼，其中不乏被烧伤烫伤的，刚刚还一片饮酒划拳之声的酒楼此刻只听得鬼哭狼嚎之声。

三层。

刚刚经过福寿楼老板毫不客气的敲门后，大多数客人直接离开了，只剩下楚翎风与如柏还在房间里。

"怎么着火了？"楚翎风拉开门向外看了一眼，回头对如柏道，"要查的事情以后再说！我们先赶紧从这里离开！"

如柏静静地听着楼下的人群传来惊慌失措的叫声，道："不对！"

楚翎风道："什么？"

"福寿楼地处京城的繁华地段，朝廷为了确保安全，对这种人群颇为集中的酒楼，全都特意找工匠做了防火处理，他们建厨房的木料全都刷了特制的漆，一般的火燎上去是根本烧不着的。"如柏语速飞快地说，"除非用特别的手法去引燃。"

"这火不是意外，是人为的——我们谈话的内容被泄露出去了，有人想要抢先一步毁掉证据！"

如柏开始在房间里四处摸索，然而还没等她动身，便突然被楚翎风一把拉住了。

如柏抬起眼睛，正对上楚翎风的眼睛。

她看到了一双隐隐暴动着的瞳孔，里面倒映着滔天的火光。

如柏猛地意识到自己露馅了，然而已经来不及了。

"是你……对么？是你。"楚翎风轻声道，"我终于找到你了！"

一瞬间，如柏的心情起伏到无以复加的地步。

"世子殿下在说什么呢？我听不懂……"

"我在灯会上遇到的那个人是你。"楚翎风干净利落地打断了她的话，"你做推理的语气，你的神态……这些是骗不了人的，那种熟悉的感觉……"

那一瞬间楚翎风的喉头涩住了，他几乎感到自己说不下去了。

他想跟如柏说，你知道我们短短相逢的那一瞬间，多少次地出现在我之后的回忆里了么？

而迄今为止，你连一个真名都不愿意告诉我。

"世子殿下……"如柏艰难地开口道，"你已经成亲了，听说世子妃是个很贤惠的人。"

楚翎风愣了一瞬，他的所有气息在那一瞬间跌落了下去。

"你说的没错。"他低低地说，"阿晴是个很贤惠的人。"

"然而那是一个错误……你知道这错误是因为你。"他抬起眼睛看着如柏,然而如柏发现那双清澈温润的眼睛里没有怒火,有的只是无穷无尽的悲哀,"我要是遇不到你也就算了……可是为什么,又让我再见到你?"

如柏的喉头一时间哽住了,她完全不知道该怎么回应楚翎风。

好在迅速蔓延的火势使她也没有时间回应楚翎风了。

此刻二人的情绪一起稍微平复下来,才发现在他们耽搁的时间里,火势已经蔓延到了楼梯上。

他们下不去了。

楚翎风望着着火的楼梯愣了片刻,随即拉着如柏跑到了窗边:"没有办法了,只能从这儿下去。"他看了一眼如柏,道,"你别害怕,我先下去,然后在底下接应你。"

如柏面色苍白,咬着嘴唇点点头。

楚翎风跨过窗栏,小心翼翼地踩住木板,再一点一点向下踩去,几个瞬息过后就落到了地上,他抬起头,向如柏张开双臂:"下来吧,别怕,即使掉下来了我也能接住你!"

如柏朝下看了一眼,在楚翎风以为她就要跨出窗栏的那一刻,她突然掉头跑向了门边。

这一切不可能是凑巧,如柏心中暗想,如果现在走了,很多证据恐怕就被无声无息地掩盖在这场大火里,今后再也查不出来了。

我不能再错过这次机会了……这次我一定得查清楚!

片刻后,如柏在滚滚的浓烟里冲进了隔壁房间。

她看到了墙上那个没来得及恢复的窃听通道。

如柏站在原地,陷入了短暂的沉默。

火势或许已经蔓延到了二楼,如柏并不知道还有多久会烧上来,也不知道自己能不能出去——她和楚翎风只是萍水相逢,她没信心他会一直守在那儿等她。

计划几乎已经是板上钉钉地失败了——他们本来是想在福寿楼里找到蕃木蒿,好确定下一步的侦查方向,揪出一直在寻找着的幕后黑手,但现在一切很快就将走向死无对证。

火就要烧上来了,如柏几乎已经能闻到糊味,但是她的心莫名地冷静下来,她走到那个窃听通道旁边,盘腿坐下,认真地思考起来——

如果是我,我会怎么把赃物证据的基地毁掉?

片刻后,她一个激灵,站了起来。

对,没错,他们都很轻易地被对方一个小小的障眼法迷惑住了。

他们还没失败呢。

还有最后的机会。

楚明轩赶到福寿楼的时候,火已经快烧到了三楼。

他看了一眼熊熊燃烧的福寿楼,觉得自己的血一下子全冲到了头顶。

如柏呢……如柏还在火场里么?!

五内俱焚的太子殿下刚要不管不顾地往前冲。突然,他感到自己的眼睛被一个小小的光点晃了一下。

与此同时,柳七复和孟学然也都陆续被那个小光点晃了一下。

接着,那个小光点离开他们的身体,在草地上缓缓地游走起来。

柳七复盯着地上的光点,片刻后,他悄无声息地动了起来,很快就消失在人群中。

孟学然盯着地上的光点,片刻后,他突然几个云起雁落,飞快地冲向了后院的门口。

微薄的月色下,一切事物都变得模糊不清,孟学然在黑暗中轻轻地向空中伸出手去……

他握住了一个男人的手腕!

只听"咔嚓"一声脆响,对方手上的柴刀和还没点起来的火折子便随着他竭力压抑着的短暂痛呼落到了孟学然的手里。

听到同伴的痛呼,几个黑影蓦地停住了脚步,当他们看清面前一身黑衣、蒙着面孔的孟学然时,脸上都露出了凶狠的神色,随即一声不吭地包抄了过来。

孟学然松松地拎着柴刀,看着面前的穷凶极恶之徒们,心里默默地点着数——十八,十九……一共二十来个?

声势很不错,我很欣赏。

很高兴你们不想打草惊蛇,我也不想。

柴刀在手中轻飘飘地打了个转儿,他很满意地扯动了一下嘴角,随即无声无息地朝着面前的男人扑了过去。

三楼的如柏在自己的周围摆了一圈铜镜,小心翼翼地转动着手中的蜡烛。

拜托可一定要看到啊……拜托了。

只听"哐啷"一声脆响,离她最远的镜子直接摔到地上碎了。如柏惊讶地回头,对上了一个蒙面的男人,和他那双她已经很熟悉了的沉如夜色的双眼。

她被拉进了一个温暖的怀抱里。

灼热的空气里,淡淡的、幽冷的檀木香无声无息地包裹住了她。

"你傻么?这种时候还查什么案子?!"楚明轩的声音清冷得像碎冰,但是他的手臂温暖而有力,如柏在他的胸前能听到他心脏快速跳动的声音,"第一件事就是跑啊!跑路你都不会么?"

异常短暂的拥抱过后,楚明轩一把拉住她冲向窗台,此刻三楼也已经快要被火吞噬,整个墙壁热得仿佛要把人烫化掉。

楚明轩看了一眼地面,一把揽过如柏的腰,纵身跳了下去。

其实以太子殿下的身手,轻松落地毫无问题。

但是不幸的是他还带了一个人,重心和他平时自己跳的时候很不一样,如柏又没忍住恐惧,下意识地挣扎了好几下,两人的平衡立刻就被破坏了,横着摔了下去。

最后一刻,楚明轩在空中强行扭转了一下,让自己的后背作为了两个人落地的基石,如柏只听到他低低地哼了一声,吓得赶紧问:"没事儿吧?"

"有事,内出血。"楚明轩一个翻身站了起来,拉过她就往小巷里跑,回头看了一眼如柏一脸震惊担忧的神色,太子殿下没忍住翻了个白眼,"被你气的。"

片刻后，共同度过了惊魂一夜的四人聚齐在了小巷的深处。

在确定如柏平安无事后，所有人都松了一口气。

楚明轩面色仍然清冷无波，但众人都能看出来他因为自己迟到而让如柏陷入危机所产生的巨大愧疚，如柏安慰地拍拍他的肩膀："没关系，毕竟我的命也是你救的，功过相抵了。"

柳七复扬扬手，一个纸包在他的手中，被微弱的月光照得发亮。

那是一整包的蓄木蒿。

如柏微笑起来。

她最后想清楚的事，果真挽救了整个计划。

其实最后她想明白的也无非只是一件事——那帮人先烧的地方，不一定是藏东西的地方。

先烧起来的地方，一定会是人们集中先救火的地方，那么多桶水泼上去，就算火势仍然蔓延开来了，但总会有些边边角角的地方被扑灭，这样罪证烧不透，反而会在之后调查火灾的过程中被取证查出来。

第一场火应该只是用来掩人耳目，甚至是调虎离山转移注意力的，那么真正藏着罪证的地方，应该是离酒楼最远的地方。

最可能的地方就是——福寿楼的后厨。

她用镜子把反射的光点投向了后厨的方向，果然柳七复和孟学然明白了她的意思，一个飞快地奔向后厨拿到了证物，另一个挡在了去后厨的必经之路上，阻止了即将去销毁证物的亡命之徒们。

"这次要谢谢七复兄的机巧之术，我在楼里能够自保全靠它们了。"如柏点头致意，"也要谢谢小孟，听说一个人在后院扛了二十多条疯狗？"

"别客气，应该的。"孟学然用一副他在上朝时专用的不苟言笑的表情回答道，一股"为人民服务是官府在职人员义不容辞的责任和义务"的味道，然后他面无表情地看了一眼身边的柳七复，"也不用谢他。他干吗了？陪女孩说了说话，然后跑了个腿，一个做不成大事的病秧子。"

他心情不太好，刚才一对二十还是有些凶险的。天太黑了，导致他很难确保每一个被他撂倒的人都是真的昏过去了。一个最早被他打晕过去的人好死不死地在中途又醒过来了，在他离去的时候朝他掷了一把飞斧，虽然他听到风声及时避开了，但后肩还是被划开了一条长长的口子，血凝固在上面没有擦，此刻有些难受的痛痒。

突然，一片冰凉的药贴准确地贴在了他的伤口上，孟学然下意识地要说"谢谢太子兄"，却发现楚明轩正坐在他前面不远处，他又要说"谢谢沈胖"，却发现此刻如柏正站在楚明轩旁边强迫他让自己看看后背到底摔得严重不严重。

孟学然："……"

如果不是他不太信鬼神，他真宁可相信这片药是此地某个游荡的女鬼见到他后心生好感给他贴上的，也不愿意记起来这地方还有第四个人。

他原地踌躇了几秒，最终转过头去。

那个一身白衣做不成大事的病秧子却已经哼着曲子走远了。

"快,再快一点!"

楚翎风匆匆找来人手赶到福寿楼时,这场大火已经快要熄灭了。

灰头土脸的陈老板带着福寿楼的一众伙计看着这断壁残垣,一副愁眉苦脸的样子。

楚翎风一把揪住他:"人呢?有没有人还在里面?!"

那陈老板乍一见到楚翎风,先是吃了一惊:"啊,世子殿下……"

然后他仓惶地反应过来楚翎风在说什么:"客人们都逃出来了,没人伤亡啊……不信,不信您问街巡队的王彪队长!火一灭他就进去了,刚刚在楼里清点完一圈!"

楚翎风骤然松开手,一口无形的气从他的胸口泄了出去。

陈老板挺着大肚子站在一边,见楚翎风良久都沉默着不说话,忍不住小心翼翼地问:"世……世子殿下,您没事儿吧……"

楚翎风摆摆手,他直起身,把目光投向了空无一人的远方。

她又走了么?

原来终究只能是……错过么?

"臣女给沈贵妃请安。"一身素色长裙的女孩盈盈行礼,"臣女乃司徒公瑾之女司徒月竹,有幸得太子殿下赏识,被荐到宫里为云齐公主请平安脉。"

此时已经是傍晚时分,宫灯被点了起来,照得屋中一片暖黄色的光亮,沈贵妃的面孔却是憔悴而苍白的。

人人都知道,沈家家门不幸,出了巨大的变故,沈贵妃在宫中虽身居高位,但对于此事一样是无可奈何,再加上沈二小姐又失踪了,她这些天一直忧心如焚,此刻脸上也有掩饰不住的愁容,只是勉力朝女孩说道:"天气凉下来以后云齐已经哭得不多了,饮食也都正常,劳烦太子挂心了,代我谢谢他。"

女孩略一点头,还是走上前来给云齐号脉。半晌儿,她松开手,行礼如仪:"公主的确一切康健。"

沈贵妃点点头，用手疲倦地支撑着下巴，尽力维持着宫妃的风度客气应道："往日都是南宫医女来诊脉，如今瞧着，司徒医女的医术也很牢靠。那么便有劳司徒医女了。笙卢，来，给司徒姑娘赏……"

她话音未落，突然看到云齐眨着一对黑宝石般的大眼睛，盯着面前陌生的姑娘，片刻后露出一个开心的笑容："姐姐……"

沈贵妃蓦然一惊。

"姐姐……酥糖！"云齐挥舞着粉嘟嘟的小拳头欢腾地嚷了起来。

沈贵妃猛地低下头去，盯着这个之前从未见过的姑娘。

那位司徒姑娘抬起头来，冲她粲然一笑。

沈贵妃从那笑容里飞快地辨别出了一丝熟悉的味道，随即，她便冲身边的人一挥手："你们先退下。"

待宫人都散去后，她颤抖着指尖拨开了眼前这位司徒姑娘右侧的头发——耳垂上赫然一颗小小的朱砂痣。

沈贵妃几乎滴下泪来："你是……如柏？"

她的手颤得越发厉害起来，不知是激动还是伤心，只是飞快地拿起手绢捂住脸："承松……承松他……"

"姑姑别伤心，哥哥有太子的人护着，没有事的。"如柏费了好大力气才安抚住了沈贵妃，时间紧迫容不得耽搁，她简略地交代了几句近况之后便直奔主题。

"姑姑，你入宫多年，不知和当年的……宁贵妃，有无交情？"

沈贵妃的两弯柳叶眉之间重重一跳，她勉强平复下如潮的心绪，抬起双眸看向如柏："宁贵妃已经故去这么多年了……她活着的时候你还小，也从来没有见过她，怎么会突然提起她来？"

她皱着眉思索片刻，突然恍然大悟："是……是明轩在查么？"

如柏顿了一下，道："太子殿下认为其母去世的真相并非当年查出的那样简单。"

出乎如柏意料的是，沈贵妃听到这话并没有太过惊讶，她只是静静地坐在原地，眼中渐渐涌起了如柏看不懂的风云。

"姑姑……你是知道些什么吗？"

沈贵妃摇摇头，片刻后，她开口道："但是很多人都有类似的感觉。"

她看着如柏道："你来找我，是想让我以过来人的身份，给你讲讲这宫闱间的秘事么？"

如柏点头。

沈贵妃沉吟片刻，道："那么便从皇上的第一任皇后去世说起吧。"

"先皇后身体多病，早早就去世了，留下后位空悬。"沈贵妃轻声说着，指尖缓缓抚过红木的案几，就像抚摸着一段已经流逝的岁月，"当时被认为有可能继位的妃子有两人，一人是宁贵妃，另一人便是惠贵妃，也就是当今的皇后。"

"先皇后病逝的那一年没有举行选秀，只是由太后私下选了一些世家女子入宫，我和十一皇子的母亲苏贵妃都是这样进宫的。"

"而罪人岳氏……也就是当年的岳云纹岳贵人，并非世家出身，原本只是韩王府的一个小小舞姬,是皇上在王府做客的时候偶尔看中,带回宫里的。"

"也许是出身卑微的缘故,岳氏教养极差,且最爱争风吃醋,用尽各种手段争宠。"沈贵妃叹了口气,"而皇上心里最爱的,一直是宁姐姐。"

"就因为这个缘故,岳氏对宁姐姐深恶痛绝,一直找着法子挑衅。宁姐姐性子好,大多不和她计较,然而架不住她有时会欺负到明轩头上去,便也狠狠罚了几次。"

如柏低声道:"所以宁贵妃出事,最终查出来的结果是岳贵人干的,顺理成章,没有任何人会质疑。"

沈贵妃犹豫片刻后,说道:"因为虽然后宫是纷争之地,但宁姐姐的人缘实在是极佳的,也想不出还会有谁杀她。"

如柏沉默良久,最终缓缓说道:"姑姑,不是我内心阴暗,只是杀人动机,除了仇恨外,还有一点便是利益之争——能从宁贵妃的死亡中获利的人,一样有动机杀她。"

沈贵妃默然,良久,才承认道:"我知道你指的是什么……这些年来,宫中不是没有这样的怀疑。"

她停顿片刻,话锋突然一转:"柏儿,灯会上那件事……"

如柏平静道:"我知道是谁做的。"

"你知道?"这下轮到沈贵妃惊讶了。

"阿晴是被楚翎风的人救下来的。"如柏面无表情地说,"楚翎风贵为韩王世子,然而仍然不敢公然违抗那个人,把真凶是她这件事说出来——能让韩王世子如此忌惮的,全京城有几个人?"

"再加上,对方的目标其实是我……"如柏挑一挑眉,"姑姑,我就算在某些方面略迟钝了些,但也不是完全傻。那一位想把丹阳郡主嫁给太子的心昭然若揭,而那个时候关于我的流言已经四起,她怎么会不想给我一个恐吓和教训?"

"姑姑,丹阳郡主是她的内侄女,那一位热爱权力的心可见一斑——安知她不会为了皇后之位,杀了和她无仇无怨的宁贵妃?"

就在如柏在沈贵妃宫中和姑姑暗暗讨论之时,皇后的宫中也并不平静。

"娘娘,韩王世子驾到。"

皇后慈和地挥挥手:"快叫翎风进来。"

几个子侄里,皇后还是很喜欢楚翎风的。

皇室子弟大多傲气,王爷们的儿子又大多不像皇子那样严格地受教育,很多被宠得不像样子,进宫来拜见帝后的时候也是一个赛一个的没规矩。

楚翎风不一样,这个年轻的皇室子弟温润得像一块成色上品的翡翠,说话永远不紧不慢彬彬有礼,做事永远稳妥有度风度翩翩,对谁都是和风细雨,体贴、温柔、懂事、会照顾人……仿佛有说也说不完的优点。

京城四大公子里,楚明轩清冷孤傲,孟学然潇洒不羁,柳七复离经叛道,都不是什么有长辈缘的家伙,独独一个楚翎风,仿佛是男女老少都会喜欢的样板一般。

然而这一次,楚翎风却不像往日那样闲庭信步,他裹挟着一阵风匆匆地冲进皇后殿里时,皇后几乎从这个一直端厚儒雅的年轻人眉目中看到了一丝锐意,她忍不住心惊起来。

"翎风……"皇后皱着眉头,把不悦的意味渗透到自己端庄的话音之中,"好端端的,跑这么快做什么?不知道的人还以为你来寻本宫的仇呢。"

楚翎风抬起头来看了她一眼。

皇后心里猛地一跳,突然意识到自己在仓促之中说错话了。

她本来只是打算随口开个玩笑——然而楚翎风的这一眼突然提醒了她。

她和楚翎风之间,说起来,或许真是有仇的。

皇后平缓了一下心神,对身边的人吩咐道:"你们都先出去吧。"

待宫人们全都退下后,皇后才端然地在美人靠上坐下,取来一盏茶,不紧不慢地饮了一口:"怎么,现在又来找本宫的不是了?本宫确实对不住你那小媳妇,但是如果没有本宫的助力,你们也没缘分能认识啊。"

楚翎风一扬眉毛,他平日里都温和地称皇后为"姊姊",然而此刻只是阴沉着脸回应道:"你当初想绑的人不是南宫晴!"

皇后的脸色猛地一变。

"你不用否认,也不用猜我是怎么知道的。"楚翎风深吸了一口气,"因为在认人上,我和你犯了一模一样的错误。"

"我当初把绑架南宫晴的那些人原封不动地交还给你的时候就说过,你别因为我这一次出手救人而找我的麻烦,我便也永远不会把这件事说出去。"楚翎风低声说,"君子一言既出驷马难追,我不会食言。"

"那你又来找我做什么?!"皇后忍不住失声叫道。

"我要知道那个女孩儿是谁!"楚翎风咬紧牙关,一字一顿地说。

他想了整整一宿,终于模模糊糊猜到了灯会那一日的大致真相。

他本就感到奇怪——南宫晴一个医药世家的女儿,和各方势力都扯不上关系,皇后怎么会动到她头上去?

然而这一夜他突然就想明白了——也许是弄错了。

从头到尾,所有人都弄错了。

包括皇后,也包括自己。

存在那么一个女孩,和南宫晴刻意交换了身份,闹出了那一整晚的乌龙。

那个女孩既是皇后的目标,也是自己一直在找的人。

他定定地看着皇后的眼睛:"告诉我,她是谁!"

皇后身体紧绷地坐在原地,和楚翎风对视了一瞬。

在楚翎风那压迫性的目光下,这个一直要风得风要雨得雨、然而最近频频遭遇不顺的尊贵女人终于再也压抑不住自己的怒意,她狠狠地一抬手,茶杯带着整杯滚烫的茶水一路泼洒翻滚下来,撞到地上,发出一声剧烈的脆响。

"那个女孩到底是什么样的妖精!为什么你们一个个都对她念念不忘!"

皇后再也顾不上维持自己母仪天下的端庄高贵,声嘶力竭地吼道。

然而怒气上涌的她没有注意到,楚翎风在听到"你们一个个"时,瞳孔紧缩了一下。

他心里有一种极为不祥的预感——他预感自己最害怕的那个猜想会成为现实。

果然，下一秒，皇后愤怒地喊道："她叫沈——如——柏，罪臣沈承松的妹妹！"

她随手抓起身边的花瓶掷了下去："去吧！你们这帮龙子龙孙，都去跪倒在一个罪臣之女的裙下吧！"

花瓶碎裂在楚翎风的脚边，碎片飞溅而起，差一点就划到了楚翎风的脸。

连皇后都吓了一跳，忍不住懊悔起自己的莽撞和失态——楚翎风真有什么三长两短的话，她没法向韩王、皇上、太后和太皇太后交代。

然而楚翎风只是恍若什么都没有看见、什么都没有听到一般，怔怔地站在原地。

沈如柏，果真是她。楚翎风很早便有预感，而如今这预感终于在皇后这里得到了彻底的验证。

沈如柏……之前京城人人尽知的准太子妃。

倘若没有沈承松那一场变故，他们两个人的亲事只怕已经定下来了。

然而现在沈承松被查出贪污，已经流放灵州。

太子……绝没有可能娶一个罪臣之女，就算楚明轩自己愿意，皇室也绝不可能准许。

然而不知道为什么，想到这一切，楚翎风心里没有半分欢愉。

线索即如针藏海，沈家有女使海枯。

聪明的女孩儿，楚翎风一生都在追求的伴侣。

可为什么我遇到你……遇到得晚了呢？

"翎风……"皇后后悔刚才的言行太过激烈了，此刻平复了心情，好言好语地安慰道，"事到如今，你也已经成亲了，听说南宫家的丫头十分贤良淑德，就算你不喜欢她，以你的身份，貌若天仙的侧室立个十位八位都不算出格，贤妻美妾都有了，何必对一个并不出挑的罪臣之妹念念不忘呢。"

楚翎风怔了半晌儿，才缓缓地弯腰行礼："姨姨说的是。"

韩王世子殿下恢复了一如既往的温和有礼，皇后松了一口气，端庄地微笑道："本宫一直觉得，这一辈的孩子里，最懂事儿的就是翎风你了，一点就透，比明轩、明辙他们那帮死倔脾气强得多。"

楚翎风的身体震了震，他把腰弯得更低："岂敢与三哥和六弟相较。"

"没什么事的话，侄子便先告辞了。"

楚翎风走出皇后的宫中，宫外栽植的大片牡丹花晃花了他的眼。

听说那个女孩最喜欢的颜色是天水青。

听说那个女孩十分不像个世家小姐，闺阁女子该会的她一样都不会，破案倒是一把好手，整天和刑部的人称兄道弟，风里来雨里去。

如——柏。

楚翎风看着满眼争奇斗艳的牡丹花默念。

那个女孩不是一朵花。

她是一株树。

第四十七章 情动

被楚翎风在心里来来回回地默念了许多次名字的如柏连打了几个喷嚏。

"怎么,可是着凉了?"沈贵妃忙关切地问道。

"姑姑,你没听说么? 这是有人想我了。"如柏大大咧咧地一挥手,"指不定是哪个人品才学都一流的美男子呢。"

沈贵妃没忍住笑了出来,伸出手指,怜爱地戳了戳如柏的额头:"你啊你……说起来也得亏你有个这样的性子,松儿出事后,我以泪洗面这么些天了,也就你还能逗我笑一笑。"

"姑姑笑一笑,柏儿的笑话就算没白讲。"如柏吸吸鼻子,"之前说到哪儿了……哦,宫妃斗争。"

"这事那一位嫌疑很大,然而也不能确定下来就是她做的。"如柏道,"宫中的事情我不清楚,太子殿下当年也还是个半大少年,还是请姑姑给我讲一讲吧——所有宫妃的情况,不拘是什么,也不必非和宁贵妃相关。"

沈贵妃回忆片刻,道:"所幸那个时候皇上的妃子还不算太多,一个个讲起来,倒也不算太花时间。"

"我和十一皇子的生母,那时候不过是沈嫔和苏嫔,进宫不太久,连皇上的面儿也没见过几次,出了事之后虽然念起宁姐姐的好来悲痛欲绝,但是也因为年轻不懂事,觉得凶手已经被抓,这事儿便算了结了,所以反而没有太过害怕——现在想来,真是不知水的深浅。"

"六皇子的母亲徐淑妃,当年和岳氏住在同一个宫里,出了那件事后受了大大的惊吓,渐渐便疯癫起来。"

"疯癫?"如柏吃了一惊。

六皇子她是见过的,阳光般美好的一个少年,居然有一个疯了的母妃?

他的身上……着实是看不出一丝身世悲惨的迹象。

沈贵妃点点头,接着说道:"宁贵妃死后,明轩便被太皇太后主动领走养在宫里了,徐淑妃疯了以后,太皇太后虽也心疼六皇子,但实在没精力养下两个孩子了。太

— 235 —

后又多病，自顾不暇，最后六皇子便被皇后收养了去。"

如柏心下便又是一惊。

宫斗的事情她并不太懂，然而显而易见的是，皇后没有儿子，收养了一个各方面都资质极佳的六皇子后，焉知会怎样利用他？

"你猜得没错……皇后待六皇子并不好。"沈贵妃惘然地叹了口气，"先前徐淑妃待六皇子……亲娘么，自然是极好极好的，但皇后只将六皇子视为争权夺势的工具，从早到晚盯着他习文练武，一刻也不许停歇，就连病了也不准许休息——她小算盘打得好着呢，病得晕倒在学堂里，才能更引起皇上的注意。"

"立太子的时候，六皇子的呼声也是极高的，皇后出身高贵，其母族势力很大，和诸多朝臣都有联姻的关系，因此很多大臣都站出来为六皇子说话，但是没有用。"

"即便明轩不争气，那么仅仅凭着皇上的宠爱也可以和明辙分庭抗礼了——皇上对宁贵妃的感情那样深，又补偿不了亡人，自然只能补偿到她唯一的儿子身上。"沈贵妃缓缓说道，"何况明轩的各方面和明辙比起来都只赢不输，最后东宫之位落到他头上也是理所应当。"

"六皇子失去成为太子的可能后，皇后对他视如弃子，态度变得更是恶劣。"沈贵妃摆摆手道，"不说了不说了，所幸明辙已经平平安安地长大了，也已经封了王府，住了出去。这孩子在这种环境下长大，性子倒是没有长歪，对自己的亲生母亲徐淑妃十分孝顺，对作为养母的皇后也堪称礼遇。"

沈贵妃幽幽地叹了一口气："柏儿，如今姑姑看到你平安，已经再欣慰也没有了，过去的事便让它过去吧，人总得向前看不是么？"

"姑姑……"如柏平静地说，"伤疤之所以痊愈不了，是因为刀一直插在伤口上面，这么多年从未拔出来。就算我们罢休，凶手也未必会收手。"

她深吸一口气："姑姑，此事盘根错节难以想象——甚至我哥哥出事，很有可能和整件事的真相都有关系。"

沈贵妃猛地吃了一惊，险些失手打碎茶盏。

如柏道："我们必须把幕后黑手揪出来……无论他是谁。"

"岳氏有亲人么？"

沈贵妃想了想："她从小应该是孤儿，被江南乐府收留，学习歌舞，唯一的亲人是个相依为命的妹妹，她来京城之后，也跟着来了，在韩王府做侍奉洒扫的活儿。"

"姑姑请帮我调一下有关岳氏的所有卷宗——我们需要查一查她的这个妹妹。"

如柏从沈贵妃宫里出来的时候，天色已近黄昏。

远远地，她看到层层宫墙中有一个高挑的人影，骑在高大的黑马之上，遥遥立在漫天的夕阳之下。

那一刻如柏突然有片刻恍惚，仿佛还是当初他从沈府接自己去太皇太后宫里的时候。

那个时候的他，仍然独自一人，默默地守着巨大而沉重的秘密。

母亲的死永远是楚明轩心底最深处的心结，而身处权力漩涡的中心，这么多年来，他从不敢轻易地将一颗心赋予任何人看。

……却在仅仅和她数面之缘后,便主动给她留下了一条通往他心底最深处的通道。

而现在,尽管事情的真相仍然掩在重重迷雾之后,一些从开始时便埋下的心迹,已隐隐在时光的磨砺下露出了浅浅的一线。

如柏叹了口气,她的手指放在自己的脸上,摸出了人皮面具与皮肤所不同的冰凉温度。

——楚明轩尊贵依旧,自己却再不是那个无忧无虑的沈府小姐了。

楚明轩的马缓缓行到她面前,太子殿下伸出一只手来,把如柏拉了上去。

如柏的头刚好到楚明轩的胸口处,他的呼吸从上而下地覆盖下来,从如柏每一个发丝的缝隙间穿越而过。

"沈贵妃那里有什么信息么?"楚明轩低声问道。

"宫中还有一些当年的卷宗,姑姑想办法偷偷给我调了出来,我已经都誊抄了下来,到时候让柳兄和小孟去查就是了。"如柏回答。

楚明轩沉默片刻,低声道:"调查福寿楼的那次……对不起。"

如柏笑了一下,摆摆手:"你都道过多少次歉了……有完没完? 我不是都说了没关系嘛。何况来得早不如来得巧,你要是到得早的话,我们按原计划行事,也不见得会有收获。"

楚明轩问道:"你不问问我因为什么耽搁了么?"

如柏愣了一下,这她是真没仔细想,楚明轩毕竟是东宫太子,协助皇上处理事务,大事要事一大堆,哪件都能拖住他。

"我当时……在皇后宫里。"

如柏的心蓦地一下沉了下去。

事情发展到现在,她已经在某些方面有了一些该有的敏感,几乎不用楚明轩再解释什么,她就猜出了皇后找他是做什么。

"你不用担心,她说的话,我一个字也不会听进去的。"楚明轩的声音在晚间的风里飘散开来,清冷的质地无端被暖风镀上了一层温柔,"但是她提醒了我,我觉得我这边的行动,不能比她那边的慢才对。"

如柏的脊背猛地一僵,一直放松着的手缓缓握了起来。

"在我很小的时候,我母妃问过我,以后想娶一个什么样的女孩子为妻。"楚明轩的声音低沉而温柔,"那个时候我还什么都不懂,我跟她说——'只要长得漂亮就都可以啊。'"

他自顾自地笑了一下,继续说下去:"我母妃跟我说,可是这世上美貌的女子有成千上万,然而妻子只能有一个。"

"那是一场只有我们两个人的对话,我母妃悄悄地给我讲了很多她真实的想法——她说无论我以后是成为皇帝,还是成为王爷,都会有很多位妾侍。但是她说,其实爱情是很唯一的东西,人可以去干很大的事,但只能有一颗很小的心。很小的心只能装下一个人,再多的话,那就不是真正的爱了。"

"我记得她当时问我……"楚明轩轻声重复,"'轩儿,你想要很多很多的女子,还是很多很多的爱?'"

如柏屏住了呼吸。

"我跟她说,我想要很多很多的爱。"楚明轩低声回答,"所以我的心里就只会留下一个人的位置,用跟她一个人的爱,来填满我的心和我这一生的时光。"

"我希望……"

我希望这个人是你。

我希望把我的一生和你的一生绑在一起。

我希望余生的时光,是你和我共度。

然而楚明轩没能有机会把他的话说完。

如柏突然打断他:"别说了!"

楚明轩平静地停止了话音,然而他的眸光却在一瞬间黯淡了下去。

如柏深吸一口气,她不知道该说什么。

她真的想把楚明轩说的这些话,一个字一个字地,小心翼翼地包裹起来。然后穿过这段历经艰险的时光,回到那个曾经无忧无虑的沈府小姐的面前,把这个包裹递给她,对她说,你一直喜欢的、期待的人,最终会给你回音。

而不是现在这样,即使胸腔里涌着巨大的温暖,也只能强迫自己冷静下来。

她只能把这些话一个字一个字小心翼翼地包裹起来,然后埋藏在心的最底层。

因为她已经不再是青州沈家的小姐了——她一直引以为傲的哥哥已经被发配到了苦寒之地,她一直居住的家已经败落。

如果再举行选太子妃的仪式,那么人们非但不会在宴席上给她预留一个位置,反而会在她出现的那一刻把她抓进大牢,和沈府剩下的人关在一起配合调查。

无数贪婪着权力的人躲在看不见的阴影里,随时准备把楚明轩这个太子拉下马,而他居然打算娶一个罪臣之妹。

如柏不敢眨眼睛,她怕自己的上下眼皮只要一碰,就会把睫毛上的泪水碰落下来。

抱歉,我不能用我的真心,去答复你的真心。

因为那会害了你。

而我只希望你好好的。

"太子殿下……"她竭力压制住自己声音里的哭腔,让自己的声音显得平和而冷静,"此时此刻危机四伏,儿女私情容易妨碍殿下对很多事情的正确判断。"

楚明轩没有说话。

如柏沉默良久,突然把手放在了楚明轩的手上,轻轻地握了握。

"我会一直站在太子殿下这一边,是殿下最得力的朋友——"

楚明轩顿了一下,突然猛地抬起手,把如柏的头掰了过来,强迫她和自己对视。

在看到如柏通红的眼眶那一瞬间,楚明轩立刻明白了。

太子殿下突然笑了起来:"说什么傻话?"

"没关系,都没有关系。"楚明轩拍拍如柏的头,"如果这路上仍然存在一些障碍让你心存犹疑的话,那么就等我把这些障碍一一扫平的那一天,你再答复我。"

"没人和你是朋友,傻瓜。"他在如柏的脑门上轻轻地弹了一下,然后猛地一夹马腹。

黑马在漫天的夕阳下扬起四蹄,载着两个人朝着看上去无边无尽的远方奔去。

"就是这里了。"柳七复放下手中的纸条，抬起眼望向前边低矮房屋鳞次栉比的民巷。

纸条上是一个地址。

"那还等什么？赶紧的啊！"孟学然大踏步地走了过去。

这条民巷地方偏僻，住的大多是没什么钱的底层百姓。

巷口一个半老不老的中年妇人支了个小摊卖着青瓜，孟学然走过去，拿起一个青瓜颠了颠，转头对柳七复说道："都入秋了，日头还这么晒。"

"客官买两个青瓜吧，最脆生解渴的，不甜不要钱。"妇人立刻殷勤地招呼道。

孟学然付了钱，拿了两个青瓜，认真地比对了一下，自己留下了大的，选了一个又小又丑又畸形的递给了柳七复。

柳七复也不跟他计较，接过来一口咬了下去，甜而冰的汁水瞬间滋润了干渴的喉咙。

妇人在一边笑着问孟学然："这位公子平时吃青瓜吃得多吗？"

孟学然心不在焉地"嗯"了一声。

妇人笑道："怪不得呢，一看就是行家，知道那种小的长得疙里疙瘩的才最甜。"她转头对柳七复说道，"看你哥多疼你。"

孟学然："……"

他愿意多给这个卖瓜妇人十倍的钱换她少说两句！

孟学然和柳七复一时都陷入了尴尬的沉默，不约而同地一起埋头做出专心啃瓜的样子。

不过再大的青瓜也有啃完的时候，不一会儿两个人就都解决了战斗，柳七复一边掏出块素白的手巾把手上的汁水擦净，一边对妇人露出一个淡淡的笑容：

"方便找个安静的地方说话么？"白衣公子的声音在烈日下仿佛一泓温和的泉水，却透着淡淡的凉意：

"我们有几个问题想问你，岳大娘。"

民巷里的房间都很破败,但是卖瓜妇人的住处虽然简陋,也算干净整洁。

孟学然和柳七复在小桌旁坐下,他俩身形都颇高,在逼仄的空间里很是伸不开腿,但是此刻也没人有心计较这个了。

卖瓜妇人面无表情地在他们对面坐下:"我男人去城外进货了,估计晚上才回来。"

她停顿了一下,目光中露出惊疑与恐惧:"我姐姐死了十二年了,我也隐姓埋名地藏了十二年了……你们是来抓我回去的么?"

孟学然打量着面前的妇人,她并不美丽,即便有很多老去的成分在里面,但也可以大致推断出她年轻时的五官也只是普通——与她能够被皇上看中的姐姐相去甚远。

"岳云纹,原韩王府舞姬,在一次宫宴上被皇上看中,遂被韩王送入宫中,位分为贵人。"孟学然用不带任何感情的音调说道,就如同念那些大理寺冰冷的卷宗一般,"十二年前因为害死宁贵妃,惹得龙颜震怒,被赐自尽于宫中。"

"这是宫中能查到的,关于你姐姐的资料。"他顿了顿说道,"关于当年那件事,我们希望能听听你都知道些什么。"

"我……我什么也不清楚。"妇人低声嗫嚅,"我姐姐在深宫里,并不是时时与我联系……我……我怎么会对这件事有什么消息?"

"你撒谎!"孟学然的两道浓眉突然立了起来,突如其来的厉声喝问让本就战战兢兢的妇人浑身一激灵,"岳氏在出事前无缘无故给过你很大一笔钱,你怎么可能对这件事毫不知情?"

妇人的面色骤然一白。

孟学然和柳七复心照不宣地对视了一眼——猜中了。

他们其实也不知道岳氏给过这个妇人一笔钱,但是假设岳氏背后真的还有人在指使她,那么几乎不可能不许诺给她一大笔财富。

她此去害宁贵妃,必然是有去无回的了,这笔钱最可能的去向,就是留给她唯一的这个妹妹。

柳七复看了眼孟学然,孟四公子只要不笑,那就是浑然天成一张不苟言笑的严肃面孔,何况他这么多年来又是做捕头又是做大理寺少卿的,天天不是追犯人就是审犯人,后天上把这种威慑力又加剧了。

此刻见他唱白脸唱得十分得心应手,柳七复也默契地自动接过了红脸的职责,冲妇人露出了一个安抚的微笑:

"你不用太害怕,我们不会把你姐姐犯的罪算到你头上,但是怎么说呢,如果你明明知道些什么却瞒着我们——这可就有罪过了。你有丈夫对吧……有孩子么?不想牵连他们吧?"

看着妇人越发苍白的脸色,柳七复突然声音一沉:"岳云绣……想必你自己也能模糊地感觉到,你姐姐岳云纹是被人利用了吧?事情已经过了十二年了,你不想知道是谁害了她么?"

"把与你姐姐有关的所有事都告诉我们,不一定非要说和那件事相关的,有什么说什么就行。"

妇人垂着头沉默良久,终于缓缓开了口。

"我和我姐姐都是孤儿,姐姐在江南乐府出师之后,就带我来京城闯荡,偌大一个京城,我们所幸被韩王府收留了。姐姐长得美,又天生讨人喜欢,就做了舞姬,我身无所长,且身体多病,不过是在王府中做一般的洒扫丫鬟。"

"后来,姐姐就入了宫,十二年前……"她的呼吸急促起来。

柳七复递了一杯水给她:"你慢慢说。"

"十二年前我患了严重的肺病,大夫都说好不了了,我写信给姐姐,只当是临死前的告别……姐姐回信叫我别慌,她知道有药可以治好这种病,后来她的确托人把这种药给了我,还有一大笔钱供我养病用。"她浑身抖了一下,"她在信里让我离开韩王府,找个地方安顿下来,不要给别人说是她的妹妹,我从小到大一直听她的话,也就没有问为什么,直接照她说的做了。然后,然后我就听说她……"

孟学然凝神一字不漏地听了,打断了即将啜泣的孟云绣:"你姐姐寄给你的药叫什么?"

"天……天朱兰。"

柳七复递了一个探寻的眼神过来,孟学然无声地点点头——这个药和蕃木蒿一样,都是黑市上才能搞来的。

"你姐姐生前有没有和你说过她跟什么宫外的人往来过?"

"没有,姐姐的性格其实是……有些暴躁的,当初在韩王府也没有太多朋友。"岳云绣讷讷地说道,"或者就算她与谁往来……也未必会告诉我。"

眼看是再也问不出什么了。柳七复沉吟半晌儿,站起来点点头:"你之后如果还想起来些什么,去杏花阁找我。"

最后,柳七复轻声道:"除了药品和银票外,她没有留给你任何东西么?"

岳云绣摇了摇头。

"你一定要说真话……如果真留了什么的话,这个东西很可能会为你带来杀身之祸。"

岳云绣吓得一哆嗦,然而还是摇摇头:"真……真的没有。"

柳七复沉默了一瞬,拱拱手,和孟学然一起走了出来。

"你信她的话么?"孟学然问。

柳七复没有直接回答,只是反问道:"你信不信?"

"信。"孟学然沉吟了一瞬,道,"我们本来期待岳氏会像留琵琶里的纸条给苏浣溪那样,也留一条线索给岳云绣,但现在这个推论被证明并不可靠。"

"是的。"柳七复点头,"岳云绣和苏浣溪不同,她是岳云纹在这世上唯一的亲人,太显眼了,幕后的人一定盯她盯得很死,给她留线索的风险和难度都太大。何况岳氏别的不说,对这个妹妹应该还是很有感情的,应该不愿意让她以身犯险。"

"走吧。"孟学然道,"回去和太子兄、沈胖一起合计一下,看看下一步要怎么走——也不知道他们对怎么利用福寿楼这条线,想出什么新办法没有。"

在又一次以为云齐公主请脉的名义从姑姑宫中出来时，如柏刚出了宫门就遇到了故人。

楚翎风从轿子里探出头来，认出了她："司徒姑娘……"

如柏停下脚步，回头看到是楚翎风的那一瞬间，她下意识地有些不知所措，只想赶紧跑开，然而在她一愣神儿的工夫里，楚翎风已经从轿子里走了下来，走到了自己的面前。

"我该叫你司徒姑娘……还是沈姑娘？"

如柏的心猛地一颤。

"民女是司徒公瑾之女，司徒月竹。"

"是谁都好。"楚翎风轻声说，"你没事就好——上次在福寿楼，你没有受伤吧？"

如柏一心只想找机会逃走，赶紧摇了摇头。

"你没事儿就好，前两日我还特意亲自去你家，想看看你的情况。"

如柏并不担心有人去司徒家核实她的身份，司徒公瑾和太子府一直有交情，楚明轩早已派人打点好，保证如柏这个假身份做得天衣无缝。

然而楚翎风却压低了声音接着道："贵府一片荒凉，门上贴着封条，我才反应过来，姑娘并不住在那里了。"

如柏的心里"咯噔"一下——楚翎风去的是沈府。

"小门小户的，确实不甚繁华，让世子殿下看笑话了。"如柏随口胡诌地应付着，满心想的都是如何摆脱楚翎风那清澈得如同两潭湖水般的目光，"我还有事，就不和世子殿下闲聊了，告辞……"

如柏说完，转身就走。

"司徒姑娘……"楚翎风在她身后追问道，"你就算不看在我当初对你施以援手的那点恩情的面子上，难道也不想知道我当初在那里查什么吗？"

如柏猛地顿住了脚步。

完了，她这个人，最不缺的就是好奇心。

"蕃木蒿……"楚翎风低声说道，"我和你查的东西一模一样，我在查蕃木蒿。"

如柏不可置信地回过头来。

"司徒医术这样高明，不知道韩王府有没有面子请姑娘前去出诊？"楚翎风伸手对轿子做了个"请"的手势，朗声问道。

同时他压低了声音对如柏说道："如果姑娘有兴趣的话，我或许可以把我知道的一切告诉你。"

如柏愣了一瞬，随即上了轿。

韩王世子总算是没有太子殿下永远抬着个单人轿出来的坏习惯，轿子内部空间十分宽阔，如柏和楚翎风相对而坐。

如柏小心翼翼地问："不知世子殿下去福寿楼，到底要查什么事？"

"一桩旧事。说起来或许也有十几年了……"楚翎风抬起头，轻声道，"你或许没有听说过，其实我也是长大了之后听我们家的老仆人偶尔说起才知道的。"

"我们家十几年前，曾经有个舞姬叫……岳云纹。"

夕阳西下。

太子府中摆了丰盛的晚宴,沈如柏、孟学然、柳七复围桌而坐。

"后来呢,楚翎风之后又说了些什么? 他到底是要查什么东西?"孟学然问。

如柏应道:"此事或许还要从头说起。"

"岳贵人是韩王府的舞姬出身,她在宫里犯下这样的大罪,导致韩王殿下很长一段时间都对皇上相当过意不去……"

"所幸皇上生气归生气,最终没有把账算到韩王府的头上,但此事难免会成为韩王府心中的一根刺。"

"这也就导致楚翎风在听到害十一皇子的毒物是'蕃木蒿'后,下意识地敏感了,他本能地感觉到,这两件案子之间或许有关系。"

"这和我们一开始的预感很近似。"柳七复点点头,"但他怎么可能直接知道福寿楼的存在?"

"楚翎风那边的信息远比我们丰富,所以并没有像我们那样兜那么大的一个圈子。"如柏道,"岳云纹毕竟曾经是韩王府的舞姬,根基都在那里,楚翎风直接一个一个地排查,查她入宫前常去什么地方。"

"难道岳氏最常去的地方便是福寿楼?"

"不,岳氏经常光顾的地方有很多,楚翎风用的是笨办法,他一家一家地查,一家一家地排除,最后才查到福寿楼头上。"

如柏道:"不过速度也已经比我们从朱州的钟洪那边得到信息,要快了一大圈。"

她问一旁的孟学然和柳七复:"你们找到岳云绣了么? 那边情况怎么样?"

"岳云绣的证词基本可以确定当年岳贵人背后还有人指使。"孟学然说道,"但是更多的,我看她也不清楚了。"

三人一同沉默了片刻,柳七复突然道:"明轩呢? 让小厨房给我们做了这么一桌菜,自己怎么不来吃?"

"寝殿里呢。"孟学然夹了一筷子青笋炒火腿丝:

"南边又发洪灾了,皇上把在京城调动赈灾物资的活儿交给他了,听小全子说忙得三更天都睡不了。今天下朝了总算得了点儿空,补一补昨天晚上基本没睡的觉。"

"那也总得吃点东西,再不来吃菜都凉了。"柳七复道,"去叫他来吃吧。"

孟学然看了一眼柳七复。

柳七复看了一眼孟学然。

一直不太对付的两人此刻以高度默契的状态传达了一个暧昧模糊的眼神,然后同时转头看向如柏,异口同声地说道:"你去。"

如柏:"……"

在太子府也算住了很久了,但这还是如柏第一次进楚明轩的寝殿,大床被层层的帷幔笼罩着,空气里全是清幽凛冽的紫檀香。

如柏走到楚明轩床边,太子殿下的床意料之外的简洁。

并没有太多镶金镶玉的装饰,只是以梨木雕出蟒样的纹路,乍一看并不华艳,却自有天潢贵胄特有的大气。

楚明轩靠在深红色的靠枕上,如柏发现了平时里觉得他眼睛深邃的重要原因之一——

他的睫毛密而长,只是平时受他清冷刚硬的气质影响,并不太让人察觉,此刻闭上眼睛就一览无遗地显现了出来,在他的眼睑上投下两片小小的阴影。

一卷翻到一半的卷宗摊在他的手边,楚明轩眉心微蹙,看上去睡得并不踏实。

如柏凑上前去,正要拍醒他,突然变故发生了——

楚明轩突然抬手抱住了她。

如柏一愣,下意识地想推开,却又在刹那间发现了不对劲。

楚明轩只穿了一件贴身的寝衣,此刻几乎已经被冷汗浸透了。

如柏贴在他的胸膛前可以感到他心脏跳得莫名得快,整个身躯都在微微颤抖。

如柏心头没来由地划过一点恐惧:"太子殿下,太子殿下……明轩?"

她感到环抱自己的手臂猛然紧了一下,之后就立刻松开了,楚明轩睁开了眼睛。

"做噩梦了?"

楚明轩沉默,良久才低低地应道:"嗯。"

如柏从来没有见过这个样子的楚明轩,仿佛笼罩在巨大的阴影里,眼神叫人心痛得不忍触碰,整个人带着一种来不及收拾好精神状态的潦草和憔悴,像是承受了太多这个年纪不该承受之重的少年——

如果说唯一一次见过类似的神情,恐怕还是上一次在轿子里听他谈到自己母亲的死。

"什么噩梦啊?"

气氛有点儿尴尬,虽说按常理讲,现在应该是楚明轩为刚才那个没头没脑的拥抱做出解释和道歉的时刻,但显然他现在的精神状态已经兼顾不了一个正常的社交礼节了。

片刻的沉默后,楚明轩突然低声道:"可以先别问么?"

那语气里透出的竟然是如柏从未从楚明轩语气中听过的虚弱。

"不是不信任你……"楚明轩的声音渐渐微弱了下去。

"……能。"不知道哪来的胆子，如柏突然握住了楚明轩的手，轻微用了些力气，"等你觉得合适的时候再说，我们不着急。"

"走吧，吃饭去。"她一把掀开楚明轩的被子，拉着他站了起来，把外袍递给他之后便径直走出了寝殿。

如柏他们没等多一会儿，太子殿下便已经衣冠楚楚地出现在了饭桌上。

楚明轩没着急动筷子，他低垂着目光，神色变得沉郁起来："我今天查到了一个……或许有些惊悚的消息。"

他转头看向如柏："你哥哥'贪污'的钱……远不止十万两。"

如柏的筷子"哐当"一声，掉到了地上。

"刑部的账簿对出来是少了十万两，这和之后在沈家外宅搜出来的假账记录和银子都对得上，现在承松已经被重重处置了，恐怕没有人会再深究下去。"

楚明轩道："但是我为了从这件案子里找到更多头绪，又把账簿仔仔细细地从头对了一遍……"

"结果就是，对不上。"

"刑部少的银子林林总总加起来一共有将近二十万两，除了承松罪名底下的这十万两和那个所谓'服毒自尽'的刑部官员名下的一万两，还有至少九万两不知去向。"

孟学然转动着酒杯："难不成还另外有别的人贪污？"

"有这种可能性。"楚明轩挑挑眉：

"但我更倾向于另一种说法……那就是包括承松以及另外那个刑部官员的贪污金额在内，整个二十万两银子从一开始就是另有人拿去用了，事后栽赃给了这两个替罪羊。"

"为什么选择这两个人？他们两个有什么相同的仇家么？"

楚明轩摇头："有很多地方解释不通，明明搞出来了二十万两银子，为什么栽赃的时候还要留下九万两？"

"错了！"如柏突然开口道。

"我们的思路从开始就错了。"她放下筷子，缓缓地开口：

"在我们的思路里，幕后真凶谋划这一切的动机，是要加害那个死去的刑部官员和我哥哥，所以他们从刑部的公款里设法弄出了二十万两银子，然后栽赃给了这两个人。"

"但事实上，这件事的先后顺序很可能是反过来的——是他们先需要钱，所以搞出来了二十万两银子，然后或许留下了什么蛛丝马迹，被刑部的官员发觉了……"

"所以最快处理掉的方式就是从赃款里拿出来一部分钱让握着自己把柄的人赶紧获罪。"

如柏道："这就解释了为什么会仍然有九万两不知所终——幕后真凶的目标本

来就是钱,他当然要在力所能及的情况下给自己留一些。"

"这个说法讲得通。"孟学然点点头:

"我也查过那个死去刑部官员的档案,他家境普通,为一万两银子'畏罪自尽'在外人看来是成立的。"

"而承松这边,可能是真凶害怕沈贵妃等人为他求情导致皇上从轻发落,所以一下子拿出了十万两银子好让他'罪无可恕'……"

"的确是在能达成目标的前提下,以最节省的方式用那笔钱。"

楚明轩静静地听着,良久,他喝了一口茶,说道:

"九万两不是小数目,如果不入明面上的账,太子府都没法一下子拿出来这么一大笔钱——"

"那么就存在一个很严峻的问题,这剩下的九万两银子,被用到什么地方去了?"

柳七复一直没有说话,此刻心念电转,问道:"你们在福寿楼那边查得怎么样了?"

"很困难。"楚明轩回答:

"大概从他们想要烧楼起就已经做好很多准备了,那陈老板滑头得像条泥鳅——问到黑市交易的话就承认,但是提起蕃木蒿什么的就一概不知情。"

"更奇怪的是,他把账本什么的都交出来了,上面确实没有蕃木蒿的交易记录,我们还抓了几个福寿楼的老客户,都交代说并没有听说过福寿楼的交易货品里还有这么一项东西。"

他沉吟了一瞬间低声说道:"所以我怀疑,使用蕃木蒿的人并不是福寿楼的客户,而是福寿楼的老板——当然不是那个姓陈的胖子,而是他背后的人,也就是我们一直在找的幕后黑手。"

"但那一把火烧得太麻烦了——现在福寿楼出事,陈胖子首当其冲会被严查,他幕后的人肯定会第一时间把他身边的网清理干净。"

如柏皱着眉头一脸苦相。

孟学然揉揉眉心,有些头疼。突然,一道灵光像闪电一样划过他的脑海,一个人的面孔猛然浮现了出来:"去从另一个人身上找突破!"

在众人的目光里,他沉声说道:"街巡队队长——王彪!"

屋子里点了灯,但不知道为什么,总有一种昏暗深沉的感觉。

两个人在小桌旁相对而坐,茶壶里沏的是浓而酽的普洱,喝到嘴里有些涩得发苦。

"没有想到居然能被他们一直查到福寿楼……"

阴影中一个男人轻声说,他披着一件并不华贵却显然做工精良的外袍,腰间一块碧玉雕成小蛇的模样,不甚显眼地坠在丝带上:

"现在福寿楼暴露出来了,对我们很是不利。"

"不用这么焦虑。"另一个人轻轻笑了一声,这个人穿了一身暗色的家常衣服,声音里透着笃定:

"最危险的地方往往也是最安全的,暴露出来的东西,往往是他们最容易忽略的东西。"

暗色衣服的人饮了一口普洱茶,轻轻呼出一口气:

"大局上我们仍然占着优势,沈承松已经滚远了,沈家的老家伙远在青州,出了什么事根本是远水救不了近火,沈贵妃——不过是个妇人罢了,沈家已经没有力量对我们要做的事情做什么阻止了。"

"那么就是孟家——除了他们家那个老四外,其他都是不成气候的文人,孟学然也被我找人想办法弄到了文职上,他们手里没兵没将,目前不用我们操太多心。"

"四大家族里,地方上难搞的都被清理掉了,京城也该动一动了。"暗色衣服的人低声说,"我唯一担心的变数是楚明轩。"

"但是不知道寻的是什么晦气,这些年来,我一直找机会想杀他,却一直杀不掉。"

"算了……"暗色衣服的人放下茶杯,手在桌面上重重一顿,"短期之内恐怕是解决不掉他了,我们还是先做我们该做的事吧——找人去叫王彪来。"

"查王彪的话,谁去查?"

"大理寺可以以监管不力的罪名去审他……但是如果连宫里都已经遍布了对方的人手,那大理寺很可能也已经不干净了,我不确定哪些人是对方安插的暗线。"孟学然道,他转向楚明轩,"太子府私查或许会更安全。"

"不行。"如柏抢在楚明轩之前说道,"太子府直接出动的话,很可能直接打草惊蛇。"

她犹豫了一下,陷入了沉默,但是这样的话他们确实无人可用了。她沈如柏现在还是罪臣之妹,总不能亲自去查,一旦暴露了,对方不单很有可能加害远在灵州的哥哥,恐怕连楚明轩也会被自己牵连。

一直沉默的柳七复突然开口道:"要不……用我的人吧。"

"没……没想到我王彪……这么大的面子,能有幸跟倾……倾城姑娘一起喝酒……"

酒过三巡,王彪舌头已经大了起来,他脸色通红地看着面前的华倾城,小眼睛已经笑得眯成了一条缝。

华倾城云鬓高耸,丰唇在嫣红色胭脂的点缀下显得分外撩人,她抬起手捧住酒壶,十指纤纤如同葱段,每个指甲都细心地涂了丹蔻,莹红色的指甲与翡翠的酒杯交相辉映,无声无息间便营造出一片纸醉金迷的氛围来。

华倾城不动声色地为王彪再斟一杯酒:"大人,天色不早了,我们何必在这个小酒馆里继续逗留呢?不如……回您府上?"

王彪的小眼睛骤然亮了起来:"倾城姑娘愿……愿意去我府上?"

旁边有家丁凑上来道:"大人,这不妥当吧?您今晚还要去……"

王彪已经喝得烂醉,正事全抛到了九霄云外,一把推开家丁:"去去去,一边待着去。"

王彪为了跟华倾城独处,把所有下人都赶了出去,只留华倾城和她的两个丫鬟在室内陪自己喝酒。

华倾城从丫鬟手中接过一杯酒递给他:"王大人好酒量。"

"那……那是自然……"王彪接过酒来一饮而尽,不知道为什么,一直号称千杯不倒的他似乎已经喝到了极限,喝完这杯后突然感到一阵猛然来袭的昏昏沉沉,他挣扎了一下,最终还是陷入了一阵漆黑的睡眠中。

华倾城站起来,妩媚的丹凤眼眯成了一条细线,冷静地在周围扫视了一圈,她一使眼色,两个丫鬟中的一个立刻守住了门口。

华倾城拔下头上的银簪,那簪头形状独特,似乎与寻常的簪子有些细微的差别。她把簪头往抽屉上的锁眼里一捅,片刻后,锁头发出一声微不可闻的"咔吧"声,开了。

她就这样把抽屉一个一个地拉开,轻手轻脚地在其中翻动着,再小心翼翼地恢复成原样。最终,在睡得不省人事的王彪紧靠着的抽屉里,她翻出了一本账簿。

华倾城的嘴角露出了一个无声无息的笑容,她双臂一展,从宽大的袍袖里取出一沓特殊材质的纸,一张一张地夹进账簿,然后用力地压了下去。

就在华倾城影印账簿时,一个声音响了起来:"大人,大人!时间快到了,咱们该过去了……"

是之前那个家丁。

门口的丫鬟立刻拦了上去:"这位大哥,王大人和华姑娘在里面呢,不想被人打扰……"

那家丁看都没看她一眼,很不客气地绕开她闯了进来。

华倾城已将影印好的纸张全部收进了袖子,此刻站起来朝那家丁温婉一笑:"王大人喝醉了,现在不太清醒呢。"

她轻轻拂一拂鬓角,似无意间问道:"王大人今晚可是另外约了什么人?那倾城不便打扰,就先告辞了。"

她领着丫鬟施了一礼,便出了王彪的府邸。

离去时她回头用余光扫了一眼,只见那家丁要去拍醒王彪。嘴角悄然蔓延上一个微笑——不到天明,王彪是不会醒的。

她领着丫鬟找了个隐蔽的地方躲了起来。果然,片刻后,只见那叫醒王彪无果的家丁焦急地出了府,直直地向城中心的方向奔去。

华倾城轻轻抬起手一挥,那两个看起来文弱清秀的小丫鬟便立即展动了身形,在黑暗中无声无息地跟了上去。

"所以最后,王彪那晚是要去谁的府邸拜访?"隔日晚,太子府书房,如柏问应约前来的华倾城。

华倾城放下茶杯,不紧不慢地答道:"根据我从王彪那里取得的秘密账簿来看,王彪每个月都能从福寿楼拿到近百两的红利,利润非常惊人。至于他那天晚上约见的人么……"

她微微一顿,报出了一个惊动众人的名字:"平远将军林烨。"

所有人的脸上都是不可置信的神色,只有柳七复脸上一丝表情都没有,眉心却剧烈地跳动了一下,似乎包含着说不出的复杂情绪。孟学然看了他一眼,想要说什么,最终却没有开口。

"琅琊林家是有名的军旅世家……平远将军林烨战功赫赫,忠心不贰。"楚明轩低下头喃喃道,"他怎么会和王彪这种人牵扯到一起?"

"除了账簿之外,我还在王彪那儿发现了另一样东西,我看不太懂是什么,但是保存得很好,是和那本秘密账簿锁在一起的,想必是很重要的东西。"华倾城从袍袖中递了几张纸过来。

楚明轩接过来,他低头看去,猛然变了脸色。

如柏看着他的神情,忍不住一惊:"是什么?"

楚明轩抬起手来,纸上是一幅幅工笔细绘的图样。

"这是……军用兵器的图纸。"他低声说道,"如果这是真的,恐怕那九万两银子花到什么地方去了就已经很清楚了。"

"私造兵器……是……谋逆之罪。"

饶是处变不惊的孟学然,此刻也被这样巨大的信息量所震惊,他用力摇了摇头,喃喃道:

"但是这样就说得通了……为什么对方要害所有的皇子,为什么对方下手的对象是作为中流砥柱的四大家族……如果是谋反的话,就都说得通了……"

"那么我们现在的第一疑犯是……"他一愣,声音突然低了下去,"林……林烨将军?"

一片寂静。长久的沉默后,楚明轩把头深深地埋了下去:"即刻以监察不力的罪名逮捕王彪,审查的时候就以'有没有人指使他庇护福寿楼'的名义去挖他背后的人。"

他疲惫地揉了揉太阳穴:"叫小全子去请林将军过来……即使是真的,我也想在事发前亲自和他聊一聊。"

"也许是误会……谁去拜访谁,未必见得谁和谁是共犯。"他轻声说道,"在王彪的审讯结果出来前,一切还当不得真。"

如柏在第二天见到了林烨。

那是个很英俊的男人,并不年轻了,但依然可以看出刀削斧凿般硬朗刚毅的轮廓。大约是刚在兵营操练士兵回来,林烨的身上仍然披着铠甲,越发衬托出了他身上那种尚武的气质。

如柏扮作侍女的模样,与小全子一同立于楚明轩后,看那个功绩彪炳的将军认认真真地行礼如仪:"微臣拜见太子殿下。"

"林将军不必多礼。"楚明轩淡淡应道,他叫小全子为林烨看座上茶后,与之略略寒暄了几句,随即便直奔了主题。

"街巡队前任队长王彪……听说是将军保荐的?"

"是。微臣听说他最近监管不力被撤了职,此事是微臣查人不明所致,陛下若有怪罪,微臣愿受惩罚。"

楚明轩轻轻摇了摇头:"大人当初保荐他,可有什么原因?"

"微臣只是觉得他身手甚好,办事也还算细心,并无别的意思。"

林烨一言一行都几乎可做官员的范本,浑身都流露出一种耿介的严肃和刚正。楚明轩看着这个满朝闻名的忠臣,最终还是没有忍住:"如果朝廷有什么对不住林将军的地方……将军其实可以尽管告诉我。"

"太子殿下何出此言?"林烨一惊,随即重重一低首,"我林家世代受皇恩浩荡,家中上下皆愿效犬马之劳,万死不辞。"

楚明轩用手撑着头,坐在书桌旁沉默了片刻,最终只是说:"时候不早了,林将军想必还有许多别的事要忙,不送了。"

林烨的眼神中略带疑惑,但他很快恭敬地一拱手:"是。"

"微臣告退。"林烨施了一礼,就在他要转身离去的这一刻,孟学然和柳七复踏进了书房的门。

在林烨与柳七复的目光对接上的那一瞬间,气氛突然变得极度古怪,柳七复愣了一瞬,垂首站到了一边。

林烨突然踏上一步,孟学然下意识地挡在了柳七复身前,却见那一身重铠的武将只是表情冷淡地收回了目光,一言不发地走出了书房门。

待那个身影消失在视野尽头的时候,柳七复突然深深地叹了一口气,他似乎忘掉了自己是来找如柏和楚明轩的,沉默地转身直接走出了房门。

如柏丈二和尚摸不着头脑,她打量着楚明轩和孟学然的脸色,小心翼翼地问:"林将军和七复兄……之前认识么?"

楚明轩和孟学然俱是短暂地沉默了一下。片刻后,孟学然略带尴尬地开口答道:"林将军……是他哥哥……"

他停顿了一下,随即补充道:"不过……现在已经不是了。"

如柏在湖边找到了柳七复,他背靠着假山坐着,手上拎着一壶酒,天光云影倒映在他的眼睛里,他的表情平静而又带着淡淡的悲伤。

"许多年没见过了。"良久,他低低地叹了口气,"他也老了。"

如柏沉默地抱着膝盖在他身边坐下,有点儿不知道该开口说些什么。

"我没给你讲过我的身世吧?"柳七复道。

其实他不是没有讲过,而是讲过很多,一起天南地北海聊的时候,柳七复经常讲自己的故事,每一个版本都不一样:

有时候他是什么西域某国的皇子,因为体弱多病被父亲放弃,被押到本朝来做人质,后来流落到了民间;有时候他是某个武林盟派的下一任继承人,因为要躲过仇人的厮杀才隐姓埋名装成了一个手无缚鸡之力的琴师……

反正没一个靠谱的,每一次都遭到了孟学然极尽所能的嘲讽。

柳七复随即自己也反应过来了这个,忍不住扯扯嘴角笑了一下:"那些假的不算,西域皇子什么的都是我瞎扯的。"

"按血缘其实我是琅琊林家的人,我父亲血战沙场,很早就过世了。我哥比我大十几岁，长兄如父，我其实算是他带大的。"

徽城孟家世代白衣风雅，结果出了个孟学然；琅琊林家世代名将热血，结果出了个柳七复。

造化总是如此弄人，说起来这倒算他们俩难得的共同点——都是自己家族里的异类。

孟学然桀骜不驯，柳七复看上去比他文气得多，骨子里却是加倍的离经叛道。

"我哥你也看到了，就是那种很典型的流着林家血脉的武将，他继承了我爹的遗志，又特别害怕没有把我教育好，对不起林家的列祖列宗。"

柳七复喝了口酒，低声咳了一下。如柏一皱眉，伸手抢过他的酒壶，他也不介意，只是继续说道：

"我哥相信棍棒底下出孝子这种话，想用枪杆子把我打磨成一个合格的林家武将。但是我对打来打去什么的一点儿兴趣也没有，小时候那一点血性全用来和他对着干了。"

"我天天带着我的琴去各种青楼楚馆里混，朋友遍布三教九流。林家家风很正，我哥看到我这样气得要命，频繁地把我锁在家里让我练武。最后我自己给自己配了副毁身体的药，把身体搞垮了，连枪都拎不起来。"

柳七复平日里只是个温和的白衣公子，对如柏的所有请求几乎都是有求必应，好说话得一塌糊涂。如柏根本无法想象他曾经有这样破釜沉舟的叛逆时期。心底蓦地一酸："然后……"

"然后我哥就把我扫地出门了。"柳七复自嘲地笑了笑，"我走的那天他泪流满面地去列祖列宗的牌位那里磕了头，说真的，从小到大那是我唯一一次见到他流眼泪。他说自己无能，没有把我教育好，从今往后只当没有我这个弟弟。"

于是从此后，京城里不再有琅琊林家的小儿子，而多了一个风流天下知的柳七复。

"你……对林大人有什么怨气么？"

柳七复望着平静的湖面，认真想了想，最终没有说一个字。

起风了，湖面上的凉气被吹到他的身上，柳七复幅度很小地打了个冷颤。下一刻，一件厚重保暖的狐裘就被丢到了他的身上。

他回过头去，看到孟学然走到他身边，却一眼都没有看他，目光只是盯着湖面。

"我跟你说个事……"孟学然沉默了良久，突然严肃地开了口。

如柏下意识地心头一沉，不知为什么，一种不太好的预感突然涌上了心头。

"大理寺那里刚刚得到了消息，街巡队队长王彪交代，指使他庇护福寿楼的人是……"

他顿了一下，声音骤然轻了下去，许久才艰难地吐字道：

"平远将军林烨。"

楚明轩躺在重重锦被里，依稀间又回到了他那个永远逃不出的噩梦中。

梦中的他还是个手无缚鸡之力的小孩子，身形可以缩成小小的一团，藏在他母妃寝殿外的门边而不被任何人发现。

母妃和另一个男人的影子映在门纱上，影影绰绰，有些失真地变形。他可以模糊地听到他们的对话，却没有办法听懂。

只听到那男人的声音冰冷而刚硬："所以你妥协了么？那我们这么多年来的情分算什么？"

母亲的声音除了他熟悉的温婉，还添揉了一丝无可奈何：

"这并非我的妥协……上天这样安排，或许自有他的道理，我们并没有缘分。你的情谊我永远会记在心里，今后如果有什么需要我们母子帮忙的，我们一定义不容辞……"

画面突然像被投入了石子的湖面一样扭曲破碎了起来，然后情境猛然一变，楚明轩的眼前变成了一个漆黑的缸底——他的头被浸在水缸里。

他完全不敢呼吸，水"咕噜咕噜……"地直往喉咙里灌。他四肢乱动地拼命挣扎，然而扼住他脖子的那只手像钢铁一样有力。

他的肺像要爆开一样，眼前因为缺氧而出现了一块块的斑影，窒息的感觉中他听到母妃歇斯底里的哭喊和那个男人无动于衷的冷漠声音：

"这是你和他的孩子……你说，我怎么能眼睁睁地看着他活着呢？"

宁贵妃不顾一切地扑到水缸边，把整个上半身埋进水里，梦里的楚明轩拼命地想要抱住母亲探过来的身体——

黑暗肆无忌惮地压了过来。

楚明轩猛地睁开了眼睛。他的眼前是太子府的天花板。

床头燃着蜡烛，柳七复坐在一边，把摆在蜡烛上的药盘拿了下来：

"我研究了一个多月才配出来这个药方，这次你能多想起来些什么吗？"

楚明轩疲惫地按按额角，低声应道："多谢柳兄——这次确实比以往更清晰一些了。"

他被这个奇怪的梦困扰,已经很多年了……

期间他也曾经找过太医,让他们给自己开些治疗梦魇的偏方——然而药也喝过几十服,一点儿效果都没有。

噩梦并不可怕,可怕的是他每次醒来后,心中都有一种奇怪的直觉——仿佛他真的经历过这样一个浸泡在水里的情境,只是这经历他无论如何也想不起来了。

所以当初在楚明轩对柳七复的本事略有了解后,他便随口把这个情况告诉了他。

柳七复很快便发现了这件事的不同寻常。

"之前给你开药的太医都是名手,如果是正常的梦魇,不该治不好。"当年柳七复从白衣中伸出清瘦的手,搭在楚明轩脉上沉默片刻后说过,"我怀疑这是一种邪术。"

楚明轩皱眉:"什么意思?"

"这个噩梦无法消除,是因为它的本质并非噩梦,而是你的一段记忆。"柳七复低声道,"只不过现在这段记忆被通过一些手段压在了你记忆的深处,它不甘心就这样被压住,于是通过这种梦的方式,一次又一次地试图挣脱束缚。"

楚明轩沉吟了一下,道:"有什么办法恢复记忆么?"

柳七复答道:"我可以尝试——但是不敢保证。"

柳七复的药物在渐渐起作用,这几年来,楚明轩每隔一段时间,梦到的内容就会多一点。

最开始,他的梦中只有无边无际的水域。之后,他渐渐发现,那并非无边无际的水域,而是一只巨大的水缸。再之后,他发现他之所以无法挣脱那个水缸,是因为有一只大手牢牢地把他压在里面。

而现在,他终于开始模模糊糊听到了男人说话的声音。

也许是这次柳七复的药终于配对了,楚明轩这一次梦到的内容空前得多——这件事居然和他的母亲有关。

他记忆中并没有自己的母亲和一个陌生男人说话这档子事,并且他是皇帝的儿子,会有什么人敢用这样的方式将他几乎置于死地?

除非是皇帝自己生了大气要教训儿子——但梦中的男人冰冷而陌生,显然并非他的父亲。

柳七复听楚明轩把梦中的内容复述了一遍后,沉默了一会,说道:

"其实这一次的药方虽然比上一次要精进一些,但是总体而言,差得并不太多。"

"由于怕大改特改会出岔子,我每次对药方的改动并不会太多,所以你能够多想起来的事情也都是有限的。"

柳七复道:"事实也的确如此,你之前每次能多梦到的内容,都是循序渐进,有时甚至用药半年才有点儿效果——这一次怎么会一下多梦到这么多?"

他低声说:"这不合情理,唯一的解释是,有什么别的事情和药效配合,一起触发了它。"

楚明轩挑起眉,无声地示意:"什么别的事情?"

柳七复摇摇头:"这需要你自己来想——理论上来说,是一件和这段回忆带给你的感受非常相似的事。"

非常……相似?

这段回忆带给他的感受是什么?

恐惧、危机四伏……仿佛一个无法挣脱的强大力量要不惜一切代价地摧毁自己。

楚明轩的眼睛微微睁大——他记起来了。

如果说有什么事情带给他类似的感受,那么只能是那一件——

那张沈承松留下的字条——"太子小心!"

太子小心!

那张纸条唤起的是一种他很熟悉的感觉,和这段梦境带来的感觉一模一样——冥冥之中,从小到大,似乎一直有一个暗处的人,想要杀掉自己。

楚明轩心里无声无息地涌起了一股冰凉的寒气,但他并不愿意让自己的情绪影响别人,于是只是不动声色地对柳七复道:"辛苦柳兄了。"

柳七复起身告辞。

就在他的身影即将消失在楚明轩的视野中时,楚明轩突然开口,低声道:"我叫人打了招呼,真相大白前,不会让林将军在牢里吃什么苦的。"

柳七复猛地停下了脚步,清瘦的身影一僵。

"七复……"楚明轩轻声说,"我大概知道你是什么人,在民间有多大的力量……但是你不要冲动,我向你发誓不会冤了他,你不要瞒着我做任何傻事。"

柳七复停顿了片刻,转过头来,这个风流自在、仿佛什么都束缚不了他,他也什么都不在乎的白衣琴师此刻眼眶轻微地有些泛红。

"太子殿下,林家世代为将,满门忠烈……"他沙哑着嗓子说道,"你信我,不可能是他,他不会的!"

楚明轩平静地看着他:"那你也信我——楚氏不负任何一位忠臣的心。"

柳七复微微一点头,他的身影随即消失在门外黯淡失色的阳光里。

柳七复离开后,楚明轩摁着太阳穴思考了一会儿,最终放弃了继续想下去。他把小全子唤进来:"去看看如柏在干什么,她要是没什么事的话,跟我去牢里看一看林烨吧。"

大约半个时辰的工夫后,楚明轩穿戴整齐,出现在了太子府的门口,如柏已经站在那里等他了。

楚明轩还没来得及说什么,如柏看着他便是一愣:"发生什么事了? 你的脸色怎么这么差?"

楚明轩罕见地犹豫了一下,最终只是简短地说:"没什么。"

为了不让如柏再细致地观察,他赶紧抬腿迈向了轿子。

如柏在后面沉默地站了一会儿,最终还是没有再问,顺从地跟了上去。

自王彪把背后主使的人说出来以后,显赫多年的林家立刻被查了个底儿掉,林烨被火速关进了大理寺。

楚明轩带着如柏穿过阴暗的地牢,看到了那个一生视荣誉为性命的男人。

"太子殿下……"林烨瘦了很多,原本就没有什么肉的两腮此刻深深地陷了下去,"这种时候还来看我,真是有劳了。"

楚明轩照旧不和他拐弯抹角,他让如柏站在牢门外,自己毫不介意地在牢中铺满稻草的肮脏地板上席地而坐,把手中的纸包打开来。

里面是一壶花雕酒,一盘牛肉,他看了一眼林烨严肃的表情,自己先丢了一片牛肉到嘴里,低着头漫不经心地问道:"林将军是被冤枉的么?"

林烨沉默了片刻,看着楚明轩的脸低声回复道:"太子殿下,我十五岁就在朝廷为官,到现在已经二十多年了,虽然只是个习武的粗人,但是也明白现在的情状——这个问题的答案根本不在于我说是或者不是,而在于太子殿下或者皇上信或者不信。"

"证据非常确凿。"楚明轩缓缓地嚼着那片牛肉,定定地望着他,"如果是有人要冤枉你,那一定是谋划了非常久、考虑得非常周密,林将军和谁有深仇么?会被这样陷害?"

"太子殿下……"林烨平静地说,"林家手里有兵权啊!"

楚明轩咀嚼的动作停顿了一下,抬起眼来看着林烨不说话。

"现在所有的证据都指向我们林家,我不求太子殿下能信我。但是微臣还是想说,这件事最可怕的部分在于,他未必是冲着我们林家来的,手握兵权的林家不过是皇上的一把刀——对方最终想害的也许是刀的主人。"

林烨一直被称为琅琊林家的将星,就在于他不仅有足够过硬的血战沙场的本事,还有常人所不及的谋略和眼界。

此刻身陷囹圄,依然能显现出这样的高瞻远瞩:"也许是微臣想多了,但是不怕一万只怕万一——还请太子殿下务必小心!"

太……子……小……心……

又是这句话,为什么每一个臣子在朝不保夕的时候,都反而在叮嘱自己要小心?

来自那个噩梦的不安全感袭了上来,楚明轩忍着冷意将它强行压了下去。

从有人帮助敌国遗孤谋杀所有皇子,到四大家族的人接连出事,再到此刻最有能力的将星被扣上镣铐关进大牢,最显赫的将门一朝陨落。

再联系那些私造兵器的图纸,联系像钟洪这样位高权重的一方要员背后的幕后黑手……

仿佛有一条看不见的线,把迄今为止经历过的一切无声无息地串联了起来。

楚明轩猛地起身,他留下酒和肉,站起来就要离去。

"太子殿下请留步!"林烨突然开口道,楚明轩停下脚步,回头望着他。

"谋反是大罪,微臣一家恐怕都将受到株连。太子殿下……是知道……柳七复和琅琊林家的关系的,对么?"

"微臣只有这一件事求太子殿下……"那平时并不太爱说话的武将小心翼翼地寻找着措辞,然而寻找了很久都没有找到,室内一时间静寂无声。

还是如柏率先意识到了,轻声道:"林将军是想说柳七复的事情么?"

林烨顿了顿,微微叹了口气。

楚明轩点头道："林将军有什么话,就请直说吧。"

"他……是您的朋友,您清楚他绝对不可能参与到这种事之中……"这个戎马一生的男人声音忽然软了下去,"他和我们家断绝关系很久了,就不要再被这种事牵连了……太子殿下可以答应我这个请求么?"

楚明轩原地静默了一瞬,走过来半蹲下来:"你还对这个弟弟有牵挂么?既然这样,当年为什么要赶他出门?"

林烨笑了一下,嘴角皆是苦涩:"我当年太气盛了,管教的很多地方可能都十分不当,那孩子大约是很恨我的,我怕再留他下去反而会害了他。"

"华倾城是你派去保护他的人吧?那样好的身手,也就是琅琊林家能调教得出来了。"如柏突然在一边开口道。

原来这么多年,这对早已断绝关系的兄弟,仍然在用无声的方式守护着对方。

"做哥哥的总是有很多地方对不住他。"林烨闭上眼睛,靠在牢房土黄色的墙壁上,"太子殿下若不介意的话,代我对他说声抱歉吧。"

楚明轩静静地看了他一眼,道:"我不会帮你说的。"

林烨睁开眼睛。

楚明轩看着他,漆黑的眼睛里全是认真:"林将军,如果你真是被冤枉的,我楚明轩绝不希望一个忠臣是以这样的方式收场。"

"柳七复跟我说,存着谋反的心思的人,绝不可能是林将军,他是我多年的朋友,我决定信他一次。"

"那么既然我信林将军是清白的,就也请林将军相信我,我不会让任何一个忠臣蒙冤。"

"还请林将军一定挺住了,活着从这里走出去。"

他站起来,抖了一下沾满灰土的袍子:"留着你的这些话,自己对他说。"

第五十二章 定情

　　楚明轩和如柏在傍晚时分回到了太子府，却见到一个熟悉的身影候在院内。

　　平时如柏的脸上都罩着"司徒月竹"的人皮面具，并不担心身份暴露。于是二人径直走上前去，却发现是皇帝身边的贴身大太监冯公公。

　　冯公公笑容满面，见到楚明轩便快走几步上前作揖："恭喜太子殿下，贺喜太子殿下。"

　　楚明轩眉头一皱，莫名有种不好的预感："何喜之有？"

　　"哟，太子殿下还不知道呢，皇上做主，决定八月份就给您和丹阳郡主成亲啦！"

　　冯公公自以为是天大的喜事，完全没注意到楚明轩的脸色瞬间阴沉了下来。

　　同样没注意到楚明轩脸色的还有他身旁的如柏。

　　这完全是顺理成章的事，如柏这么告诉自己。

　　但是不知道为什么，她突然觉得身体的某个角落瞬间空荡了下去，像裂开了一个大口子，呼呼地透风，让她的心裸露在傍晚的寒风里，很快就被吹得冰凉。

　　楚明轩脸上的表情看不出丝毫波澜，他的声音也是一如既往地清冷："皇后出了不少力吧？"

　　冯公公点头。

　　楚明轩略一停顿，冯公公已忙不迭地上来献宝："皇后娘娘可心疼殿下了呢，赐了一支鸾凤和鸣的钗子给殿下，叫殿下以此作为给丹阳郡主的定情信物。"

　　锦盒打开，露出一支金光四溢的宝钗，通身以纯金打造，七七四十九颗夜明珠相缀其间，又配以翡翠、玛瑙、珍珠……端的是流光四溢、华贵非常。

　　楚明轩沉默地打量着那支簪子，片刻后，他低声问道："正式的赐婚圣旨什么时候拟？"

　　冯公公应道："皇上说明日就拟。"

　　时间紧迫已刻不容缓，楚明轩锁紧了眉头。

　　"有劳冯公公了。"楚明轩微微一点头，"礼物拿回去。"

　　"啊？"冯公公张口结舌，一时间愣是没有反应过来楚明轩在说什么。

"把礼物还回皇后宫中，就说我不收。"

冯公公捧着盒子思忖片刻，这个跟了皇上一辈子的老人儿也是个察言观色的好手，很快就猜出了七八分原因，低声询问道：

"太子殿下可是对这门亲事不满意么？"

楚明轩没有说话，然而他的眼神无声地默认了。

"唉……"冯公公重重地叹了口气，"照理说咱家一个做奴才的，没资格对主子说三道四，只不过老奴还是仗着看太子殿下从小长到大的这一点情分，斗胆说一句——殿下可别太任性啦。"

楚明轩不说话。

"婚姻大事，自古都是由父母做主的。"冯公公叹着气，久在宫中，他对楚明轩和皇后间多有不和的事情也算了解，"老奴说个掏心窝子的话——皇后娘娘毕竟是皇后娘娘，是所有皇子的嫡母，殿下再不满意她的安排，又有什么本事能和她抗衡呢？"

他看着楚明轩面无表情的脸，低声说道："皇上如今一心全在前朝的政务上，对后宫的事情不怎么上心。皇后娘娘又毕竟是后宫之主，这宫里再无人压得住她了。"

楚明轩突然笑了。

"多谢冯公公提醒。"他低声笑了笑，"我之前居然一直没有想到，真是蠢。"

"簪子给她送回去，余下的我自然有办法。"

打发走长吁短叹的冯公公，楚明轩一挥手把小全子叫了过来，如此这般地耳语了一番后，连一直敦厚木讷的小全子脸上，都立刻露出了一点坏笑。

他冲楚明轩点点头，去后院牵了一匹马，急急地奔驰进了微薄的夜色中。

如柏看着小全子的背影远去，依稀能辨认出他是去了宫里的方向。

她站在原地，很想说点儿什么，又觉得此时此刻，她什么也说不了。

楚明轩看了她一眼，问："你饿不饿？"

如柏点点头。

楚明轩："……你下午那么多点心都白吃了？那赶紧吃饭，吃完饭跟我出去一趟。"

毫无疑问，如柏是那种能化悲痛为食欲的人，郁闷的她面对着面前的糖醋排骨爆发了空前的战斗力。

眼看着第五盘也快下去了，楚明轩无奈地揉揉额角："吃饱了没？"

如柏不回答，继续啃。

"别吃了！撑坏了还要吃药。"楚明轩把如柏从堆成小山的盘子里拽了出来，"走了。"

"去哪儿？"如柏把最后一块排骨啃干净，嘴上问着，腿已经下意识地迈动着跟了上去。

如柏很快发现，楚明轩居然带着她，也是去了宫里。

依然是两人一马，楚明轩坐在她的身后，两个人缓缓地穿行在后宫的无数楼苑之中。

如柏起初以为楚明轩是要来找皇后,后来发现他似乎并没有一个明确的目的地,只是漫无目的地牵着马,缓缓地从一个个宫门口走过。走到皇后宫前的时候,他没怎么做停留,直接走了过去。

"认识吧?这是未央宫,皇后的居所。"他突然开口道。

如柏莫名其妙地点点头,不知道他要干什么。

再往前走是沈贵妃的宫了,楚明轩同样在经过宫门的时候开口说道:"这是永和宫,沈贵妃生了云齐公主之后就被封在这里。"

"这是永福宫。"楚明轩低声道,"曾经岳贵人住在这里。"

如柏一惊,然而楚明轩并没什么要讨论案子的意思,只是低声说道:"现在只剩当年和她同住的徐淑妃了,徐淑妃神志不清已经多年,然而父皇念在她生育了六皇子,于社稷有功的分上一直对她很是不错。"

"这是长喜宫,十一皇子的母亲苏贵妃就住在这里。"

"这是墨阳宫,林贵嫔是主位,带着几个宫妃同住在此。"

"这是华阳宫,方昭仪是主位,带着几个宫妃同住在此。"

"这是玉阳宫,梅嫔、洛嫔、贞嫔和芳贵人同住在此。"

越往后的宫就越是清冷,如柏明白,这意味着皇帝的宠爱和临幸越来越少。

最后他们走到了永巷。

他们一起看着仿佛永远笼罩着夜色的永巷,如柏轻声说:"不用介绍——我知道这是废妃居住的地方。"

迄今为止她都不明白楚明轩到底在干什么,他只是带着她把三宫六院游览了一遍。

楚明轩带着她离开了永巷,他们在御花园的千鲤池前停了下来,楚明轩在一块石头上坐了下来,把如柏拉到了他的身边坐下。

良久,楚明轩开了口。

"人们常常羡慕帝王,因为可以坐拥后宫三千粉黛。"楚明轩的声音清冷而柔和,就像千鲤池中层层叠叠荡漾的水波,"但是其实我知道,男子坐拥多少佳丽,就有多少女子拥有无比寂寞的长夜。"

"就像我的父母,其实他们是很相爱的。我毫不怀疑父皇对母妃的真心,但即便这样,我母妃仍然是寂寞的——因为我父皇没法把一颗心都给她。"

如柏静静地听着。

"我小时候,每次走过那些冷清的宫门,听到里面若有若无的压抑着的抽泣声,心里其实都很难过。但我知道,我已经没办法为她们做些什么了。"楚明轩低声道,"但是我可以在之后,让更少的人变成她们。"

"你明白我在说什么吗?"他转过头来,看着如柏的眼睛。

如柏看着楚明轩的眼睛,那眼睛清澈幽深,带着一种无可置疑的认真。

她的心里突然有个角落猛地震颤了一下:"你是说——你要废掉六宫……"

"对。"楚明轩满意地轻轻笑了一下,随即神色恢复了认真,"这是从她们的角度上想,而从我的角度,我这一生,其实只想要一个人。"

如柏的呼吸微微地滞住了。

"这样我爱她,能和她爱我一样多,我们可以携手,度过这漫漫的余生。"楚明轩低声说,"我不在意她是什么出身,不在意她是什么相貌……"

如柏失声问道:"那你在意什么?"

楚明轩停顿了片刻,他看着如柏,如柏也看着他,他们两个的瞳孔都干净而清澈,倒映着彼此的影子。

"之前我也不知道我到底在意什么……"楚明轩低声说道,"但现在我知道了。"

"我在意她是不是你。"

那一刻,仿佛响应着这一句话般,月亮突然从云缝中钻了出来,大片的银光洒向波光粼粼的千鲤池,无数鱼群浮上水面,争相跃出,就仿佛在湖面上架起了无数道绚烂的虹桥。

"你不要害怕,也不要有顾虑。"楚明轩的声音沉了下来,温柔得好像一潭山底的湖,"你冲我点一个头就够——只要一个点头,其余的所有事情,我都可以解决。"

如柏沉默了片刻。

月光洒在她的头顶,这一刻,周遭万籁俱寂。

她没有点头。

她只是踮起脚尖,抬起头,直视着楚明轩的眼睛。

下一秒,她闭上眼,把一个吻轻轻地印在了他的唇上。

月光洒落在两个人的头顶,就像天穹的诸神洒下了无尽的祝福。

楚明轩没有骗如柏,他说他可以解决,就是真的想到了解决的办法。

小全子进宫后直奔永寿宫,片刻后再出来时,已是胸有成竹。

"老将出马,一个顶俩。"他在心里得意扬扬地想,"太子爷真是太聪明了。"

一个时辰后。

"太皇太后看看,这是我的内侄女——丹阳。"永寿宫中,皇后端庄地微笑着,牵出身边盛装打扮的丹阳郡主,"去,去给太皇太后瞧瞧。"

丹阳踏着宫廷的小碎步上前行礼:"丹阳见过太皇太后。"

太皇太后今天一反常态地和蔼慈祥,连咆哮体都没用,完全就像一个已经老得半糊涂不糊涂、十分好糊弄的老太太。她拉过丹阳的手,笑得咧开了不剩几颗牙的嘴:"这孩子好看。"

"太皇太后喜欢就好。"皇后心头一喜,趁热打铁,"启禀太皇太后,臣妾的母族也没什么别的出色的女子了,但是这个丹阳确是真的好,容貌漂亮不说,德才都是最出挑的。"

她曼声说道:"臣妾想着,丹阳这样的姑娘,是可以……嫁给储君为妻的。"

这话说得大胆了些,皇后自己一时心急,出口后自己都有些埋怨自己冒失了。哪知太皇太后听了竟然频频点头,十分肯定地应道:"皇后说的是,这样的好孩子,不嫁给储君,实在是埋没了。"

皇后的脸上露出了由衷的笑容。

太皇太后看着皇后,慈爱的脸上亦露出了由衷的笑容。

下一秒,她就立刻回到了咆哮体的状态,声如洪钟地喊道:"完颜阿细逻!"

"带着你和你的使团出来吧!"

"太皇太后奶奶。"一个留着金色小短须的胖子愉快地从内殿转了出来,带着他身后一堆扎着小辫子披红挂绿的使节们,"您不是说我不宜见宫里的年轻女眷,才让我躲到后殿去的么?"

"那是刚才!"太皇太后愉快地咆哮着,"现在是一家人了!晚见不如早见!"

"我来介绍一下!这是完颜阿细逻!西域卡里吉亚国的皇子!以后就是卡里吉亚国的国王!"太皇太后伸手点一点丹阳郡主,"这位呀,完颜阿细逻你也听到了!天生该当未来国母的女子!"

太皇太后高兴地看着皇后:"那么这事儿就这么说定了!"

皇后:"……"

毕竟是在深宫中混过多年的女人,皇后连忙说道:"其实陛下已经将丹阳许给了……"

毕竟是在深宫中混过更多年的女人,太皇太后一副人老了耳聋听不见的样子,转头吩咐身边跟了她快一辈子的老姑姑:"也去跟小斌儿说一声!就说这事我做主了!大家都很满意!"

皇上的名字叫楚元斌……

太皇太后老当益壮地扶了一把几乎快要虚脱在地上的丹阳郡主,老眼昏花地无视了面色阴沉得要滴出水的皇后,然后以一种焕发了神秘年轻光彩的声音冲白白胖胖面相喜庆的西域皇子吼道:"完颜阿细逻!今天我真高兴啊!"

夜已经深了,但是丞相的客厅中仍然灯火通明。

孟学然身着官服,行礼如仪:"卑职拜见丞相大人。"

丞相漫不经心地看了他一眼,连句"免礼"都没说,就让他那么在地上跪着,问道:"什么事?"

人人都知道,当朝丞相是有名的大儒士,但他并无读书人的傲气,对武人也绝无半分轻慢,即使对大字不识一个的士卒,也会极尽礼遇。

唯独不知道为什么,对前途无量的大理寺少卿孟学然从来都没什么好脸色。

"卑职是来为镇远将军林烨请愿的。"孟学然伏在地上,他是素来一身傲骨的人,但是此刻撤掉了膝下的黄金,"林烨将军乃本朝忠良,绝无可能谋反,卑职人微言轻,希望丞相大人能够在皇上面前进言,请皇上明查。"

丞相大人手指敲着手中的茶杯,缓缓说道:"你是为了什么?"

孟学然的额角滴下一滴冷汗:"为了社稷……"

"也许有社稷。"丞相大人点点头,"但是……有没有你自己的私心?"

孟学然沉默片刻,最终实话实说:"有……为了一个朋友!"

丞相深深地看了他一眼,半晌不语。

最终,丞相朗声说道:"要我帮你进言,不是不可以……"

他话锋一转:"但是你要去谢家登门道歉。"

孟学然呆了半晌儿才反应过来——谢家好像有个小女儿叫谢萱来着。

可是自己为什么要道歉?"萱"的意思本来就是黄花菜啊!

孟学然直起身来,很无奈地往地上一坐:"爹,你能不玩我了么?"

周围的侍从们:"……"

他们每天看父子两人上演官场诛心戏码,已经见怪不怪了。

就在孟学然在跟他老爹死缠烂打的同时,楚明轩一个人骑了马,在一个小小的偏门停了下来。

他把马拴好，一个人从偏门走了进去，转过几道石墙后进入了一个小院，径直走进了厢房。

房中几乎没有任何家居摆设，只有一道厚重的帘子把房间完整地隔成了两半，帘子的这一端摆了一把椅子，楚明轩坐上去，轻声说道："皇叔……"

很难有人想象，这个偏僻的小院居然属于韩王府。

"好久没来了啊。"帘子那头传来低低的沙哑的咳嗽声，"是最近有什么要事在忙吗？"

只要听过韩王说话的人，都立刻会明白楚翎风那一身温润如玉的气质是从哪里继承来的——有其父必有其子，韩王本人的声音便透出一股温文尔雅的气质，且由于上了年纪的关系，还有一种楚翎风所不具有的慈爱。

只是由于多年的肺病，即便气质上仍然温文尔雅，那声音本身早已经沙哑不堪了。

楚明轩沉默了片刻，没有直接回答，良久只是平静地问道："上次带的药皇叔吃了吗？有效的话我叫大夫再开。"

"别麻烦了。"帘子后的男人笑了一下，"老毛病，得过且过吧。"

"翎风不在家么？"

"他最近忙得很。"韩王沙哑的声音像一面残破的锣。

一时间二人都沉默了下来，片刻后，韩王低声道："明轩，有什么话，直接对皇叔说就好，不必顾虑。"

"皇叔……"楚明轩停了良久才轻声开口，"只有你才可以帮我了。"

韩王静静地等待他开口。

楚明轩的眉心锁成了一道深深的沟壑——问出这个问题，比凌迟还要让他感到痛苦。

"我想请皇叔来给我讲一讲……我的兄弟。"

韩王怔住了。

楚明轩的脸色白得像一层脆弱的金纸，他抿紧了嘴角，下颌的弧线锋利如刀。

良久，韩王反应了过来，不可置信地问："怎么？难道你怀疑……他们中有人会对你不利？"

夺嫡，是所有皇子们兄弟成仇的根本原因，历朝历代都无法避免。

金光闪闪的龙椅对每个皇子而言都有致命的吸引力，每个流着皇族血脉的男人，都很难不想坐上那至高无上的龙椅，都无法抗拒对那天下至尊权力的渴望。

楚明轩不愿意恶意揣度他的任何一个手足同胞，然而……

"我没有办法，皇叔，我真的没有办法。"

楚明轩低声说道："皇叔久在病榻之上，可能对京城最近发生过的事情不太了解……"

"我听说了的。"韩王打断他，"第一军武世家林家一夕之间没落，林家家主、镇远将军林烨以谋反的嫌疑被捕……明轩，这样大的事情，叔父怎么会不知道？"

"不止如此……"楚明轩低声说道，"还有四大家族的官员纷纷出事，之前有尼罗

─ 264 ─

遗孤谋害皇子……"

他抬起头，看着那个帘子道："我怕幕后黑手的势力，就在内部。"

福寿楼搜出来了私造兵器的图纸。

四大家族的人出事，权力的结构被无声地洗牌。

对皇帝忠心耿耿的将军被查出谋反罪名。

多个皇子差点儿被毒杀。

先前，他们的思路一直是"有人要谋反"，而现在想来，其实还有另一种可能性，或者说另一种更为准确的说法——

逼宫夺权！

想杀皇子的人，未必不能是皇子本身——除掉了兄弟，便是除掉了竞争对手，自己才更有继位的胜算。

"明轩……"韩王沉默良久，突然低低地叹了口气，"怎么都长这么大了，又像活回小时候一样了呢？"

楚明轩一愣。

"小时候你就是这样，明明心里有答案，怕说错，就是不敢说，非要我告诉你了，你才肯配合地点点头。"

韩王饱读诗书，乃是一代贤王，几个皇子都在他膝下接受过来自皇叔的启蒙教育。而这些皇子中，他最喜欢的是楚明轩，教导时间最长的也是楚明轩。

"现在也是这样——你来问我，其实你心里早就有了自己的答案。"韩王叹气道，"你们那几个兄弟里，不是身有残疾，便是天赋平庸，再不就是母族卑微，真正有能力与你竞争皇权的……还有谁呢？"

楚明轩沉默良久，道："不会……不会是老六吧？"

韩王无声地透过帘子望着他，浑浊的双目满含苍凉和悲悯。

"老六志不在此……他跟我说过，此生最大的志向就是游尽大好河山，为各地风土人情和奇闻逸事著书写传……"

韩王低低地咳了一声，轻声说道："明辙是个好孩子。"

楚明轩满含希望地抬起头，似是期冀着韩王赶紧将自己这些疯狂而痛苦的怀疑念头打消掉。

"但你别忘了……他是谁养大的。"

楚明轩的一颗心猛地沉了下去。

徐淑妃疯了之后，六皇子楚明辙由皇后抚养。

那么多年的耳濡目染，那么多年的谆谆教诲……老六真的能在一个对权力那样孜孜钻营的养母影响下，仍然长出一副只喜欢游山玩水的闲散性子么？

可如果他是装的……那么这么多年，从他还是一个小孩子的时候就开始装，这样深的心机，真的是他那阳光灿烂的六弟所能有的么？

"明轩，皇叔教导过你，但是现在皇叔已经老了，皇兄也已经老了——天下，很快就将是你们这年轻一辈的天下了。"韩王低声叹了最后一口气，在帘子后的榻上疲惫地卧下，"皇叔……实在是精力不济了啊。"

楚明轩沉默地站了起来，行了个礼："皇叔好生休息，药材补品一类，我府上马上会有人送来。"

"还有……"韩王突然想起来什么，叫住了他，"你梦魇的那个毛病，好些了么？"

楚明轩停住了脚步，回过头来。

"皇叔，那个梦……后来变得更清晰了。"楚明轩低声说道，"最新一次，我梦到一个男人在和我母妃说话。"

韩王低低地吸了一口冷气。

"你先前说这可能不是单纯的噩梦，而是一段被强行压制住的记忆时，我还不信——宫里的孩子嘛，身处权力的中心，大多都会习惯妄想自己要被人谋害。"韩王眉头紧锁，"但噩梦确实不可能一直发展，像你这样不断衍生出更多的细节……"

他颓丧地躺下去，说道："或许是我错了……你的推想，或许真的有道理。"

从韩王府回来之后，楚明轩许久都没有回过神儿来。

然而他本来就是喜怒不形于色的人，下人们并没能从自家主子身上看出什么异样。

楚明轩一个人在书房中还没待片刻，便被欢欢喜喜走进来的小全子打断了思绪。小全子捧着一把牛角长弓，弓尾的镀银被他擦得锃亮："殿下殿下，三年一度，又是这把宝弓亮相的时候啦！"

楚明轩揉揉眉心才缓缓想起来——最近诸事繁忙，他几乎要忘了最近又是三年一围猎的日子。

"围猎？！"

如柏得知楚明轩要去参加围猎的消息后非要跟去不可。

楚明轩有点儿为难，按惯例，这种三年一度的皇家出猎到时候是由皇帝本人亲自带着儿子们从宫中出发，诸位皇子公子们都只带几个心腹家丁亲兵而不带女眷，叫如柏跟着队伍一起随行实在太奇怪了。

"要不我先送你过去。"楚明轩片刻后便想出了办法，"然后第二天我再回宫跟父皇他们一起去。"

事实证明，如柏确实不是当小姐的料子。

作为沈家这一辈唯一的女孩儿，她做个女红会扎到自己的手，读个《女戒》可以一炷香的工夫内睡着三次，对和别家的小姐们一起在后院望着落花掉眼泪这种事情深恶痛绝……

偏偏对"上山打老虎"这种事情兴致盎然。

此刻她骑马跟在楚明轩身后，非常愉快地在猎场里转悠。

这个最大的皇家猎场依山而建，范围包括了几乎一整座山。随着马蹄踏过繁密的青草，如柏能看到各种小兔子、小松鼠在林间穿梭而过。

"西南方那个山头儿别过去。"楚明轩在前面回过头来嘱咐她，"会有熊和虎，是每次狩猎快要结束时父皇才带着我们一起过去的地方。"

"天啊！"如柏吓了一跳，下意识地去摸自己背后背着的小弓——

其实摸了也没什么用,她的射箭本领和孟学然的唱歌本领基本在同一个水准,这把弓背在她身上也就是一个装饰性工具:

"它们不会跑到这边来吗?"

她深感此事的危险大大超出了她的预料,只能把希望全部寄托于楚明轩:"熊来了我们还可以装死,老虎来了怎么办?"

这辈子弓下索过无数熊命、虎命的楚明轩淡淡应道:"等死。"

如柏:"……"

楚明轩到底还是收起了自己恐吓如柏的不良趣味,很耐心地给一脸恐惧的如柏解释:

"最后的狩猎步骤会在那个西南山头进行,我们称之为'夺旗',由父皇开弓先射下一只猛兽,开了头彩之后,我们这些小辈才开始狩猎,结束时收获猎物最多的人会得到父皇的嘉赏。那些猛兽其实都是关在笼子里由专人豢养的,夺旗的时候才放出来。"

楚明轩挑挑眉:"不然你以为都是穷凶极恶的猛兽,以我爹那种天天久居深宫里不锻炼的体质,怎么能一箭入魂显示他'天子的神威'?"

太子殿下大不敬地嘲讽自己的皇帝老爹,本以为在这深山老林之中只有天知地知自己知如柏知,结果他话音未落就听到了第三方的马蹄声,以及一个温和而明朗的声音:"太子兄,大白天的这么出言无状,你要小心我告诉皇上啊!"

楚明轩闻言转头,看清来人后长舒一口气:"翎风……"

太子殿下黑铠黑马深邃凌厉,韩王世子白铠白马温润如玉,剩下如柏骑着她的小红马夹在两个京城最绝代的公子之间。

楚翎风骑马缓缓而来,虽说是对着楚明轩打了招呼,然而目光却始终落在如柏身上。

如柏虽然罩着"司徒月竹"的人皮面具,然而仍然在手心里出了冷汗。

她很害怕面对楚翎风的目光。

那清泉一样清澈温润的目光,和湿漉漉的被睫毛包裹的黑色眼睛,都让她心中有无限复杂的情绪——

他对她有意,这一点几乎明明白白写在了眼睛里。

然而她爱的人并非他,他也早已娶了她最好的朋友为妻。

但她也无法出言指责些什么,因为楚翎风没有强求任何东西。

相反,在如柏和楚明轩需要他的时候,他提供了所有力所能及的帮助,把自己的调查过程和查出的线索成果毫无保留地交给了她。

他只是怀揣着满腔的心意,一个人消化着自己的情谊和心伤,而这让如柏更加难受。

她和楚明轩,他和南宫晴——这样彼此安稳地走下去,便是最好的结局了。

但人的感情却不能因为这样的理由而被控制,否则这世上便也不再有那样多的红尘怨偶,那样多的痴心求索。

如柏微不可闻地叹了口气,轻轻夹了夹小红马的马腹,十分自觉地绕到了楚明轩的身后。

楚明轩看了一眼楚翎风的眼神,聪慧如太子殿下,只一眼就能看出太多的情绪——然而他同样不便多说什么,只是平静地问道:"翎风怎么来了?"

"每次出猎我手气都不太好。"楚翎风一笑,"今年来提前观察一下场地,到时候就往狍子最多的地方跑。明轩兄和司徒姑娘呢?"

"司徒姑娘最近给云齐配了个方子,有味药据说只有这一带的山上有,我就带她过来看看。"楚明轩向来冰山面孔,说真话的时候淡淡的没表情,随口瞎扯的时候更是从容不迫一点儿都不心虚。

楚翎风早就知道了如柏的身份,然而此刻也不戳破,只是淡淡一笑:"说起来,不仅是我来了,诸位皇子也都提前来过了,只是巡查了一圈后便又回了京城。"

"我那几个弟弟向来对打猎没什么兴致的,往年不过是跟着父皇来点卯交差……怎么今年全都这么积极?"楚明轩问道。

"六皇子带着来的。"楚翎风说道,"我来的路上刚好碰见他带着几个皇子回去,六皇子说最近前朝频繁出事,闹得皇上心情也不好,如果他们还像往年那样交不出什么战利品的话,皇上肯定要训斥他们不争气了——为着不挨那一顿罚,这才提前过来熟悉熟悉场地。"

他一大篇话交代完,突然转头看向如柏,低声说道:"许久不见,司徒姑娘似是清瘦了些许。"

如柏立刻汗毛倒竖——楚翎风这是当太子殿下不存在吗?!

然而还没等她变脸色,楚翎风就低声道:"'司徒'姑娘和我家阿晴同有父辈在太医院做事,想必是熟悉的吧?"

如柏立刻哑了火。

楚翎风娶南宫晴,很大程度上是因为自己在第一面时留下的名字制造了乌龙,至于他知道真相后能不能爱上南宫晴,如柏心里一点儿把握都没有。

如柏害怕自己对楚翎风疾言厉色的话,他会对南宫晴冷淡……好朋友在对方手里,如柏委曲求全地沉默了下来。

他们这几个,真是一个克一个。

"熟悉……"她低声应道。

"阿晴和我说,她许久没有见你了。"楚翎风温和地说道,"不如司徒姑娘什么时候得空,来韩王府坐坐吧,阿晴想必有许多话想对你说。"

他顿了顿,又补充道:"我也有许多话想对你说。"

此言一出,如柏简直不敢去看楚明轩的脸色……

她冲楚明轩的方向努努嘴,朝韩王世子殿下瞪眼睛,意思是——"你看不出我和太子是什么关系吗?"

楚翎风坦荡地回视,意思是——"你们的关系既然未公布,那便不能正式作数。那么我与他公平竞争,又有什么错?"

如柏快被这个表面温柔好说话实则内心固执得要死的韩王世子殿下弄得闹心死了,还没等她说什么,就听楚明轩在一旁开了口。

他的声音听不出什么情绪,仍旧是往日的清冷:"世子有什么话,不能现在说么?"

楚翎风毫不示弱地看向楚明轩:"太子兄在场,许多话就都不便说了。"

"如此么?"楚明轩一点头,"那么我回避一下。"

如柏目瞪口呆。

然而没等她开口,楚明轩就调转马身,真的离开了。

"喂……喂?"如柏简直惊呆了,这是楚明轩的作风?太子殿下的脑袋被驴踢了?

楚明轩看都没有看她一眼,很快就消失在了二人的视野中。

这不对劲儿,楚明轩今天绝对不对劲儿,他表现出的和自己的疏离……如柏只觉得心里有一把钢刀在搅。

如柏一口血压在心头,也顾不得别的了,直接冲楚翎风翻了个大大的白眼儿:"你到底要干什么?"

山间的风带着湿冷的气息吹拂过来,楚翎风低声说道:"我想要的是什么……你不知道么?"

从第一次见面,我就告诉过你。

我想要的,只是你的心而已。

"世子殿下……"如柏冷声说道,"世子殿下再聪明不过了,难道不明白这世上有些东西注定不可得的道理么?"

楚翎风的眼神黯然下去。

片刻后,他轻声说:"是因为我来晚了么?"

他的声音极其认真,使得如柏也不由自主地认真思考起来。

是因为他来晚了么?

如果在如柏还不认识楚明轩的时光里,有这样一个极致英俊而又极致温柔的人爱着自己……

"不是。"如柏平静地说,"世子殿下不必遗憾,不是因为谁到得早而谁到得晚……"

"人会爱上什么人,不仅仅与对方有关,最重要的还是取决于自己——你很好,只是恰恰不是我所钟情的那一种罢了。"

她诚恳地说道:"就像阿晴……她在爱上你的时候,甚至都还没有见过你的面,只是听说过你的风采,看过你的书法而已,但她就是喜欢你,喜欢到藏也藏不住的地步。"

楚翎风的眼睛垂下去,目光显得极度哀伤。

如柏还要再说些什么,突然,她听到了什么声音,猛地滞住了。

一声低低的猛兽吼叫声突然传了出来。

如柏一愣,转眼望去,她来不及出声提醒,就见一只斑斓猛虎从层层叠叠的树丛中一跃而出,径直扑向了楚翎风!

楚翎风感到了身后袭来的腥风,猛然一惊,下意识地甩脱了马镫翻滚而下,他那匹白马躲闪不及,脖子直接被猛虎一爪破开,当即气绝身亡,喷出的马血顿时飞溅到了二人身上。

如柏没有近距离地接触过如此原始血腥的屠戮现场,大脑在浓重的血腥气中几乎停止了运转,倒是楚翎风久经猎场,此刻还能勉强稳住阵脚。

他从地上翻滚而起,抬手摘下如柏身上的弓,直直地挡住了猛虎扑来的一爪,如柏那弓虽只是摆摆样子,但到底是精铁铸就,生生帮楚翎风挡开了致命的一爪。然而那猛兽力量太大,弓随即就被震得飞了出去,楚翎风猛地缩回手,只觉得虎口处疼痛欲裂,连带整个右臂都麻了。

如柏到底有寻常女孩儿没有的冷静心智,没有像一般姑娘那样在危急时刻只知道哭和尖叫,她手忙脚乱地把楚翎风拉上了自己的红马,试图催马逃命。

然而那小红马驮了两个人,根本跑不过那斑斓猛虎,几乎转瞬间他们就觉得一股腥风袭到了脑后。楚翎风咬紧牙关,伸手一揽如柏,二人一同从马上滚下。

这一次那猛虎没有再管马,径直向他们俩扑了过来。

血盆大口张开的那一瞬,如柏紧闭双目——这次死定了!

不知道为什么,死到临头,她既没有回顾自己这短暂人生的经历过往,也并未追溯什么悲欢喜乐,她那来不及遗憾来不及惆怅的内心只是电光石火地划过一个念头——为什么这老虎总追着他们不放?

这是不合常理的,猛兽嗜血,一般情况下,那匹白马倒下的时候,那老虎应该眷恋它的鲜血才对。但是那猛兽并未有片刻迟疑,直接弃马尸于不顾而奔向了二人。

时间并没有给如柏什么思考的余地,那猛虎的血盆大口转瞬间就到了二人的身边——

凌空一声尖锐的破风之声,一支羽箭准确地射进了那斑斓猛虎的嘴中。

那老虎吃痛地大吼一声,然而羽箭早已深深没入了它的喉咙,片刻过后,它终于倒在地上,没了气息。

如柏惊魂未定地转头看去——

楚明轩面无表情地立在黑马之上,缓缓放下了手中的弓。

如柏劫后余生的狂喜和疲惫一同涌了上来,她想站起,却发现楚翎风的双臂仍然环绕在自己身上,二人以一种紧密相拥的姿势一起倒在了地上。

还没等如柏尴尬,楚翎风自己先回过了神儿,他飞速地站起来一拱手:"失礼了。"

如柏摇摇头,望向楚明轩。

那猛虎的血盆大口仿佛仍在眼前,她的心仍然擂鼓般地疯狂高速跳动着,震颤得她脑海里什么想法也没有,此刻只想到楚明轩怀里得到一个温暖而有力的拥抱。

然而楚明轩只是平静地用目光在她身上转悠了一圈,在看到她除了受惊之外没有什么伤之后,楚明轩很快就转移了视线。太子殿下的脸上没有任何表情,他驱马缓缓走了过来,问楚翎风:"没受伤吧?"

楚翎风摇摇头,深深一揖:"多谢太子殿下救命之恩。"

楚明轩点点头,这才转头看向如柏,礼貌而不失距离感地询问道:"司徒姑娘呢?"

如柏只觉得喉头涩涩的,不知道为什么,那股不对劲儿的感觉在她心里越来越盛。良久,她才艰难地开了口,学着楚翎风的样子回应道:"多谢……太子殿下救命之恩。"

楚明轩不咸不淡地点了点头,十分有条理地安顿布置了一下:"翎风失了马,就骑司徒姑娘那匹红马走好了。"

他语气平淡,但楚翎风莫名地在其中听出了一丝"恕不远送"的意思,已经被如柏讲开所有话的韩王世子终于不再多言,知情识趣地跨上了红马,再度一拱手后飞快地离去了。

直到他的身影消失在了二人的视线之中,如柏还是没明白楚明轩这唱的是哪一出。

如柏在原地踌躇了半天,结结巴巴地向楚明轩解释道:"我们刚刚……"

"不必说。"

楚明轩语气平淡地打断了她的话,他的眼睛依然不看如柏。

如柏犹豫了一下,蹭过去想给他一个拥抱,却被楚明轩不动声色地躲了过去。他冲那匹黑马抬抬下巴:"上马。"

如柏刚刚从死亡危机中解脱出来,满心满腹的惊魂未定,原本以为会得到楚明轩的安慰,结果现在看到太子殿下冰冷到这个地步,压抑不住的委屈几乎要化成了怒火。

她气哼哼地往马上一跨,一拉缰绳就要抛下楚明轩直接离开。

行出了几十步如柏见楚明轩没有跟上来,忍不住回头看去,却发现楚明轩真的没有动。他站在原地,望着山里,不知道在想些什么。

"喂!"如柏的火气已经全都冲到了头顶,整个人都不会思考了,直接怒气冲冲地冲楚明轩吼道,"你走不走啊!不走自己留在山里!等会儿要再出来只老虎什么的你就自己死在这儿吧!我可不想陪你死!"

面对自己口不择言的嚷嚷,楚明轩遥远的身影似乎轻轻抖动了一下。如柏心里有一丝后悔掠过,但是太子殿下随即就又回归了古井无波的状态,让如柏怀疑刚刚的那一下颤抖只是自己眼花看错了。

她鼓着腮帮子驱马回去,行至楚明轩身边,从马背上跳了下来,在旁边戳戳他:"喂,你怎么啦?"

"没怎么。"楚明轩淡淡说道,"你自己先走吧,我不方便和你骑一匹马。"

如柏一惊,猛地缩回手,她从楚明轩的语气里听出了一个不好的意味。

"你……什么意思?"

"我以为沈姑娘是很聪明的,不需要我说那么明白。"楚明轩平静地说道,"我厌倦了,就这样。"

如柏瞪大了眼睛。

"还要我解释什么?"楚明轩看她原地不动,不耐烦地皱皱眉,"我的意思是,我对你没兴趣了。"

"曾经确实觉得你挺有趣的,但是现在看来,随便来个男人都能对你产生兴趣的话,那你也未必有什么特别的。我堂堂东宫太子,审美何必和别人一样?"

楚明轩的语速比平时略略快了一些,带着极度的烦躁。

如果是往常,以如柏的敏锐,很快就会发现楚明轩刚刚说的这一大段话根本没有任何逻辑,和胡言乱语都没什么区别了——但每一个爱情中的少女在情绪激动的时候都很难保持平时的聪明才智,因此她竟然愣是把这话当真了。

如柏睁大眼睛瞪了他片刻，突然缓缓微笑起来："我和太子殿下共骑一匹马不方便……那是不是我住在太子殿下府上也不太方便……孤男寡女的，未来的太子妃会怎么想？"

楚明轩面无表情地说道："我回去叫小全子给你收拾些细软，明早就送你去青州你父母那里。"

如柏紧紧地盯着他，突然伸手掰过他的脸，强迫他和自己对视，然而楚明轩的眼神平静而深邃。太子殿下自幼长在深宫的城府一旦运用起来，等闲人根本无法通过他的眼神看到他的内心。

如柏竭力忍着，不让她的眼泪掉下来："你开玩笑的吧？"

楚明轩冷漠地看着她。

"你当初带着我环绕整个后宫，说过的那些话……"

楚明轩突然笑了起来，他面容清冷又俊美，那一丝笑意却在他的唇角牵出无限的冷漠与薄情："那些么？讨女人欢心都用这些手段啊——你们不就都喜欢听什么'愿得一人心，白首不相离'的鬼话么？那就讲给你们听啊。"

如柏的手落了下来，她的心从来没有像此刻一样寒冷过。

是啊，本就不需要什么原因，帝王家的皇子皇孙们看待女人永远不过如此，喜欢了就金银珠宝地都拿来讨你的欢心，厌弃了也根本不需要什么理由。

她骤然想起很久很久以前，沈贵妃在听了自己不愿嫁给太子的决断后，失神了一会，淡淡地说道："也许有道理。"

"因为君王，是这个天下掌握最大权力的男子，这也就意味着，这世上没有他得不到的女子。"记得当初姑姑轻轻叹气，"他的选择太多了，能留给你的感情就只有很稀薄的一点——而且你并不知晓这一点什么时候就会消失。"

如柏觉得心间蔓延过海潮般无声无息的疼痛。

自己家业凋零的时候伸出的援手，福寿楼的大火中义无反顾冲上来的身影。

他们一起走过那样多的路，经历过那样多的事情。

患难与共，情深义重。

绝不可能！绝不可能最后真的只是帝王家那种只靠新鲜感的喜爱。

她沉默地看了楚明轩半晌儿，猛地掉头离开。

仿佛所有阴沉的、见不得人的秘密谈话，都应该发生在夜晚。

这一夜月亮被浓云所遮，四下里俱是一片黑暗。

屋内只有一点如豆的烛火，年轻人的脸被烛火照着，脸上映着深浅不一的阴影，而他对面穿暗色衣服的人则完全坐在烛火照不到的阴影之中，叫人看不清神色。

年轻人的手指摩挲着腰间青蛇状的玉佩，缓缓说道："该做的事情我都已经做好了。这次——真的不会太冒险了么？"

暗衣人摇摇头："确实操之过急了些。但……再拖下去的话，我们就被动了。"

暗衣人停顿了一下，语气中带着一丝欣慰："何况这次计划周全，时机掐得准的话，楚明轩，甚至皇帝……全都跑不了。"

那配青蛇玉佩的年轻人亦微笑起来："是啊,拉开弓捕获猎物的时候,有谁会想到,他们自己才是猎物呢?"

太子府,如柏在房间里,面前摆着一样四色的小点心,不知道为什么,楚明轩不再善待自己的消息似乎还没有传开。

太子府的下人们并不知道眼下这位姑娘已经失了太子的真心,如柏仍然要什么有什么。

面对眼前这只有在太子府才能吃到的精致吃食,如柏并未撒气般地狂塞一气,而是慢悠悠地捡了一个放进嘴里,姿态中竟有一种莫名其妙的气定神闲。

"太子殿下……"气定神闲的沈二小姐慢慢把点心咽了下去,才不慌不忙地开了口,"我屋里没什么东西,太子殿下要看尽可以进来看,不用在窗户那里待着,不知道的人还以为您要做贼呢。"

楚明轩面无表情地从门口走了进来,神情也并不见什么尴尬:"我来看看你东西收拾好没有。"

"喏。"如柏丢一个包袱给他,那包袱体型巨大,被塞得鼓鼓囊囊的,随着如柏大开大合地一抛而被掀开了包袱皮露出里面的内容,"太子殿下好好看看,别被我顺走了什么太子府的镇府之宝。"

"这儿的东西你随便拿,我会叫人给你雇好车马,载一车黄金走也可以。"楚明轩平静地说道,一副好聚好散的模样。

即便那个大包里塞的全是太子府最名贵的珠玉他也无所谓,然而下一刻,楚明轩的余光无意间扫过了那被打开的包裹,整个人不由得一愣。

巨大的一个包裹里满满当当,有干粮、行军水壶、长剑、短刀、弓箭、马鞭、打火石……

有那么一瞬间楚明轩甚至以为如柏要效法花木兰从军去了。

但他很快意识到了如柏要去干什么,那里面有一双牛皮做的靴子,是为在山里行走特制的。

一向泰山崩于前而面色不变的太子殿下突然没了台词。

"你以为接下来的故事该发生什么了?"如柏放下点心盘子,过去都是楚明轩气定神闲胸有成竹地看着自己,这一次换自己以相同的方式看着他:

"你瞒下苦衷决定一个人承担一切,于是刻意让我对你心灰意冷后把我送到安全之地——太子殿下,不是我说你,可见你的心绪确实已经乱到极点了啊,不然以你的聪明才智,怎么会使出这么老套的一个手段?"

至于她不久前刚被"这么老套的手段"糊弄住的事情,如柏倒是闭口不提。

她站起来,把那个包裹整理好,系紧,非常艰难地猛一使劲,把它扛在了自己肩上:"你要是不想跟我说你在山里到底看到了什么,也行,我自己去查。"

她抬腿就走,背后的包袱被楚明轩一手揪了下来,里面的东西叮铃哐啷地掉了一地,伴着一声低喝:"你不要命了么?"

如柏转过身来,把散了一半东西的包裹丢到一边,半蹲下来看着楚明轩的眼睛,这一次被看穿了心思的太子殿下没有和她对视。

"明轩……"如柏轻声唤道,"如果我能在困难的时候接受你的帮助,那么反过来你是不是也应该这样对我呢?"

楚明轩低头看着她,他黑沉沉的眼睛里神色莫辨。良久,他轻轻出了一口气:"去青州待一段时间,没事了我会立刻去接你的。"

他摸摸如柏的头,带着不容置疑的口吻说道:"听话。"

如柏盯着他的眼睛,在楚明轩收回手之前猛地抬手抓住了他的手。

那只手几乎是冰冷的,只有掌心深处才有微微的一点暖。

"有多严重?"如柏一字一顿地问道,"事情还没有发生——你难道就觉得自己没有生路了吗?"

楚明轩转过眼睛不看她,口风严密地一个字都不说。

如柏盯了他半晌儿,抬手就去收拾那个散落的包裹。

"西南……西南方的那个山头上有六门重炮。"楚明轩伸出手一把拦住如柏,轻到微不可闻的声音从他喉咙中艰难地发出来,"埋在山石里做了非常逼真的掩护,但我天生对火药的味道异常敏感。"

怪不得楚明轩当时的脸色那么不对……他是闻到了火石的味道!

他表面上是回避楚翎风和如柏的单独交谈,实际上是去了西南方向查看。

"我查看了,那些火炮全被改造过了……不是用来打敌人的,而是一引燃火线自己就会炸膛。"

如柏心下一片冰凉,她已经明白了七八分。

西南的山头是皇上带领皇子们夺旗的必经之地,到时候只要有人把随便一丝火星丢下去,六门重炮一个挨一个地连锁式炸膛……天降神兵也阻止不了皇上和他的儿子们集体化作飞灰。

"那你……也不用这么紧张吧。"如柏勉强露出一个安抚的笑容,"你把这事告诉皇上,大家别去出猎不得了,又不是必死无疑。"

楚明轩疲惫地摁住眉心,如柏想得简单,他作为太子心思却不能不缜密:"皇家猎场在出猎的前三个月都是有御林军巡视的……六门重炮,不管怎么运进去的,几千个守在那儿的御林军会眼睛瞎了看不到?"

如柏的心猛地沉了下去,她握着楚明轩的手骤然一紧。

"这意味着……御林军可能已经是对方的人了。"楚明轩低声说道,"你想过没有,既然御林军能够反水,那么还有没有可能有更多的兵权已经在我们不知道的时候交接了?"

如柏对政治军事方面了解不多,但联系之前谋害皇子私造兵器的事,哪还有不明白的道理。

"有人要谋反,而且他们的势力大得惊人。"楚明轩说道,"主谋就在京城里,而且可能已经把手伸向了京城的方方面面,甚至可能皇族在京城的力量已经不足以跟他们抗衡了。"

"出猎夺旗的那天就是他们彻底揭竿而起的那一天……时间很紧,从外面调兵肯定来不及了。京城里能维护皇族的只有大内的锦衣卫和宫外的御林军——再就是城外的大柳营。御林军已经被策反了,谁知道大柳营和锦衣卫是什么情况?而且对方的真正兵力还不知道在哪儿……"

京城里很多高层的武官都有家将家丁,只要有兵器盔甲,凑起来就是一支实力不容小觑的军队。

"那些重炮被我发现了,并不意味着我们不会死。"最后的最后楚明轩低声道,"只能说是死得不那么容易了……但是真的血拼起来,皇族或许已经处于劣势了。"

如柏沉默地在原地坐了一会儿,突然开口道:"不对!"

楚明轩眉头一皱,望向她。

"林烨将军基本上可以确定是冤枉的了,对吧?"如柏说道,"他人在大牢里被监视得死死的,没本事运筹帷幄把六门火炮送进皇家猎场。"

"后天就是夺旗的日子……他们很快就要撕开真面目了。"她的指尖轻轻敲打着桌面,"这么快的话……他们之前千辛万苦地找林烨将军做替罪羊干什么?力气太多没地方使了吗?"

楚明轩看着她:"你是说……他们原本是找好了替罪羊打算一步一步稳着走的,现在这种很快就要明着撕破脸的做法并非本来的计划?"

"对!"如柏点点头,"所以你好好想一下……从林烨将军入狱到现在为止,发生过什么变故么?"

楚明轩的目光变化不定。良久,他的瞳孔突然一震。

"这样……我们把最近发生的所有事彼此说一遍,保证我知道的事你全都知道,你知道的我也全都知道,有问题吗?"如柏试探性地问。

楚明轩面沉如水,缓缓地点了点头。

半个时辰后,太子府书房的门被猛地打开了。

"叫柳七复来!"应声而出的楚明轩唤过小全子,"还有孟学然……到了之后叫他们在书房里等我。现在叫人给如柏备马,尽快! 我们没有时间了!"

太子府的马蹄声震响了无边的黑夜。

六皇子读完了今日该读的书,已经歇下了,还没等他睡实在,就被小厮推醒了。

"干……干什么!"很多人都知道,六皇子生平最烦的事情就是睡到一半被人叫起来,此刻忍不住冲着小厮发起脾气来,"明天就要跟父皇出猎了,师傅不会还要我四更天起床读书吧?"

"殿下醒醒。"小厮道,"太子府来了人,说有人命关天的大事,必须现在见您!"

"三哥? 他派人来干什么?"六皇子揉了揉眼睛,到底是不敢拿自己哥哥的人撒气,听了这话终于撑着困意爬了起来,"叫进来吧。"

"殿下……就在卧房吗……这……"小厮有点儿为难。

没等他为难完,太子府来的人已经裹挟着一阵风冲了进来。

六皇子没料到进来的是个姑娘,虽然寝衣穿得很严实,依然没忍住大叫了一声,四处找东西想把自己睡成一个稻草窝的头发遮住。

如柏理都没理在意自己风度的炸毛六殿下,上来就开口问道:"今天有人给六殿下送礼了么?"

"没有啊,我最近又不过生辰……"六皇子捂着自己的头发。

"六殿下,你好好想一想。"如柏静静地站在窗边,缓缓说道。

六皇子是她寻访的最后一位皇子了,如果还找不到需要的东西的话,那只能说明她和楚明轩的推断错误了。

她严肃的神色影响了六皇子,六皇子坐在床上,也认真地回忆起来。

"真的没有啊……"他捶捶脑袋,一脸苦恼地看着如柏,捶着捶着突然想起了点什么来。

"你是三哥府上来的人是吧?"六皇子压了压他脑袋上的乱毛,伸手去床头柜里翻东西,翻了半天,终于把一个小小的香囊翻了出来,"倒是没人给我送东西,不过有人托我把这个给三哥。这玩意儿异香异气的,我养的那只鹦鹉闻了都嘎嘎地怪叫……你赶紧带给我三哥吧。"

如柏的脸色猛地沉了下来。

"六殿下……"如柏缓声说道,"你现在手里有人么?"

她的神情严肃得可怕,使得六皇子心里猛地一紧,不由得也郑重起来:"府上的侍卫随时可以听我调配。"

"那么立刻带人进宫!"如柏低声说道,"我接下来说的话可能会令人难以置信,但是请务必相信我,我们没有时间了!"

天牢。

林烨坐在牢房里，他是朝廷的重罪犯，并不和别的犯人一同关押，漫漫长夜里也并没个伙伴可以说上几句话宽解一下孤独。不过林烨也早已习惯了孤独，他面对着斑驳的墙壁，静静地回想起自己的戎马一生。

后悔么？

其实或许是不的。林烨自嘲地笑笑，他没有什么可后悔的，琅琊林家世代热血，这一生四处征战只为保家卫国，个人的荣辱算得了什么！

何况还有太子殿下临走时那句："我楚明轩绝不希望一个忠臣是以这样的方式收场！"

其实他并不是期待太子殿下能做出什么救他的举动，这次害他的人谋划得太深了。皇室里，陛下已经老了，皇子们一个个不是年轻没经过世面就是根本还是个孩子，太子殿下能有这份心就已经让林烨觉得足够了。

只是或许还是会有些不甘心……

林家陨落了的话，唯一的残存血脉就是七复，那个肩不能扛手不能提的孩子……

这些年来一直是自己在默默保护着他，自己走了之后，那个孩子的能力足以自保么？

脚步声打断了林烨的思绪，有狱卒朗声道："钦差大人到……"

一个中年男人出现在了林烨的牢门前，狱卒为他打开牢门，那男人走了进来，展开圣旨，扬声宣读。

那些字句从林烨的左耳朵进去，就很快从右耳朵跑了出来，他没什么心思听——看到钦差带的那个宫中特制的酒壶还不明白吗？

很奇怪，谋逆之罪一般会处以极刑，很少有赐毒酒赏个全尸的——是念在他们林家几代的军功么？

林烨无暇细想，圣旨里只提了赐死自己，却没有提及家人，而家人们被牵连了多少正是他死前一定要弄清的。于是他忍不住低声应道："谢皇上恩典。只是……钦差大人可知道林氏其余人如何处置么？"

那钦差一副不耐烦的样子："死到临头了管那么多干什么？"

不知为什么，林烨听出了这钦差话音里的一丝焦急——他赶时间么？

这让这位心思颇为缜密的武将心头猛然绷紧了一根弦，钦差怎么会深夜来？

他抬头看着钦差，心头慢慢凉了下来——朝中为官十数载，朝臣和皇上身边的人即便不认识，也早已混了个脸熟，但他发现这个钦差面生得很。

"是皇上亲笔写下赐死我的圣旨么？"

那钦差并未多想，不耐烦地点头。

"圣旨拿来我看看。"林烨缓缓说道，"这一辈子领了无数次圣旨，让我死前最后一次看看皇上的字吧。"

不出他意料，钦差的脸色变了。

"来人！有人夜袭天牢！"林烨猛地一声大吼，然而下一秒那钦差就猛地拔出了剑冲他刺来。

林烨是当世名将，身手当然不凡，即便身无寸铁也躲过了凶险的数剑，然而他手脚全被铁镣铐锁死，行动终究不便，很快便失去了主动权，眼看那假钦差一剑刺向自己的面门——

莫名地，林烨的最后一个念头是："不知道我那个不成器的弟弟……现在在做什么？"

未等他想完，那钦差却突然倒了下去。

狱卒拍了拍手中的粉末，从脸上撕下一张精致的人皮面具。

那身属于狱卒的褐色外袍在行动中敞开了领口，露出了里面那身风雅的白衣。

月上中天。

这一夜注定非同寻常。

福寿楼旧址，孟学然在一片漆黑中摸索着。

之前他们在福寿楼搜出蕃木蒿后，便再未把目光投到过这里。

然而经过一晚上的分析推断，他们怀疑，此处的秘密不止于此。

"想想看，当时我掌握的证据并不算多，为什么会把福寿楼的老板逼到烧楼的地步？"如柏说道，"因为他怕别的东西被我们搜出来——那里一定还藏了比蕃木蒿更重要的东西。"

果然，一炷香前，他在福寿楼被烧成废墟的后厨旁发现了一个隐蔽在假山后的石门。

很奇怪地，那扇石门没有任何上锁的措施，孟学然犹豫了片刻，还是朝着深不见底的漆黑探了下去。

洞中一片黑暗，一丝光亮都没有，孟学然没有带蜡烛，只能缓缓地靠摸索朝前探去。他的手扶在墙壁上，感受到了那黄土的壁上有一点点湿润。

他把手凑到鼻子边闻了闻，熟悉的气味——是为了防止兵器生锈而涂在上面的油。

那么这个地下洞穴在之前确实存放过大量的兵器。

也不知道这个洞穴到底有多大……再往前走应该就能拿到兵器了吧。

孟学然的心有点儿后怕，如果不是提前知道了一些事情，正常人的思维恐怕都是继续往前走。

然而那清油的气味实在是太浓重了，孟学然的浓眉无声无息地一皱，保护兵器需要这么多的油么？

他看着面前的黑暗，挪动了脚步。

地面上，两个黑影守在一处天井旁，那天井直通底下的洞穴。

"你听到脚步声了么？"其中一个黑影无声无息地向另一个比了个眼色。

另一个黑影比了个噤声的手势。

他们无声地对了个眼神："有人来了。"

不多时，他们正下方的位置便传来了孟学然的惊呼："这么多私造兵器！"

来了！两个黑影一对眼色，燃着了的打火石随即丢了下去。

火光立刻冲天而起,那洞穴里填了大量的清油,一点就着,他们丝毫不担心孟学然还能从里面活着跑出来。

"幸好主子运筹帷幄。"一个黑衣人低声说道,"料到了他们会再来这里查。"

另一个黑影搬来一块大石头,堵住了天井,然后挥手招呼同伴:"把入口也堵上,咱们就可以走了。"

同伴却并未回答他,黑影下意识地一惊,回头只见自己那身手了得的兄弟已经无声无息地躺在了地上。他刚要发出惊呼,一把刀却在下一秒无声无息地抵住了他的后心。

黑影汗流浃背的同时,听到了大石头堵住的天井之下,烈火中,依然有个声音不屈不挠地隔片刻就重复一遍——

"这么多私造兵器!"

"这么多私造兵器!"

"这么多私造兵器!"

……

孟学然一边不慌不忙地掏出绳子把黑影们绑上,一边想:"那个病秧子做的发声玩偶防水又防火,倒是很不错。到时候找一个能放他弹的曲子的发声玩偶搁我床头每天听听,不知道能不能改掉唱歌走调的毛病?"

深宫之内,锦衣卫统领韩常正在做惯例的夜巡。

"韩叔……"一个声音远远地从背后传来。

"什么人!"韩常猛地一惊,拔刀向后看去,却见遥远的宫灯之下一个修长的身影摇曳,"太子殿下?这么晚了,您入宫做什么?"

"我查了一晚上,确定韩叔可信。大柳营情况不明,御林军已确定被策反。"楚明轩走到韩常面前,开门见山地说道。

"什……什么?"韩常被突如其来的信息量砸晕了,但他作为大内第一高手,心智也非常人可比,很快就进入了应急状态,"消息确凿么?"

楚明轩点点头。

韩常的手心很快被汗水腻满,这位锦衣卫统领飞快地从那数句话中提取出了让人胆战心惊的事实,即使冷静如他,也不由得结巴起来:"四……四千御林军谋反?那还有什么人护驾?"

"可调动的锦衣卫还有多少?"楚明轩面沉如水。

韩常被他的冷静所感染,立刻跪下:"一千锦衣卫愿肝脑涂地保卫圣驾!身死皇城也在所不惜!"

"韩统领不必如此。"楚明轩扶他起来,"传令所有锦衣卫准备平乱。再叫几个身手好的兄弟跟着我,我们得想办法出城联系上大柳营。"

如柏从六皇子府上出来,一路疾驰向太子府奔去,由于赶时间,她选了条没什么人的小路。

奔驰到一半,一辆马车突然出现在她的视野内,车帘一掀,一张温和却焦急的面孔露了出来。

如柏心中一惊："世子殿下？这么晚了你怎么还在外面？"

楚翎风眉间全是焦急，见到如柏后神色一松："司徒姑娘在就好了。"

"阿晴久久得不到你的消息，一直想见你。"楚翎风说道，"我……我保证不再有任何非分之念，你去见见她可以么？"

如柏匆匆忙忙一拱手："今夜实在不方便。"

她心下一片冰凉，调转马头就要跑。

然而身后一个个韩王府的家丁早已无声无息地围了上来，堵住了她的全部去路。

如柏拼命地想要驾马冲出去，然而家丁们一个个无声无息地抽出了闪着寒光的铁刃，封死了她的全部去路。

如柏绝望地缓缓回过头来。

"如柏……"

楚翎风轻轻地把外袍掀开，袍子下是一身精干的铁甲。

他的腰上，一个青色小蛇的玉坠正在摇摇晃晃，在黑夜中闪着温润而危险的光芒。

"跟我走吧！"这个一直以温润著称的公子终于露出了最后的面目，他的眼神清澈却危险，含笑的嘴角仿佛带毒，"看看我怎么……杀掉楚明轩。"

如柏没有哭,尽管她心里已经惊惶到了极点。

她只是面无表情地按照楚翎风的指示上了马车,一炷香的工夫后,她被楚翎风带到了韩王府的一个小屋内。

两个家丁走了过来,把她绑到椅子上。

自始至终她都没有反抗——因为反抗也没有用。

"你知道是我?"楚翎风看着她的眼睛,问道。

如柏静静地点了一下头,一大颗眼泪从她的睫毛上掉了下来。

"什么时候?"楚翎风沙哑着嗓子问道。

"半个时辰前。"如柏说道,"在六皇子告诉我你托他赠送一个香囊给明轩的时候……虽然在此之前,指向你的线索也足够多了。"

只是她从来没有往他身上想过。

不仅仅是因为他看上去那么温和无害。

更因为他是南宫晴的丈夫。

想到南宫晴,如柏的眼泪决堤一样地流了下来:"你做这些事……阿晴知道么?她会怎么想?"

楚翎风看着她,突然扯动嘴角,笑了一下。

如柏在他的一个笑容里突然明白了一切,她坐在原地,打了个冷颤。

南宫晴那么……那么地爱他……

你说她会怎么想?

一阵推门的声音响起来,如柏猛地回过头去。

一个衣着华贵的年轻女人走了进来,她没有看如柏,只是静静地坐到了一边,目光微垂。

南宫晴,仍然是那样温婉贤淑的模样。

只是她再不是那个一身布裙在院子里晒草药的女孩儿了,重重锦缎包裹之下,她究竟是谁,恐怕连她自己也说不清了。

如柏通红着双眼。

她们两个，曾经是世上最好的朋友。

也很久没有见面、没有说说话了。

然而此刻俱是无言。

"你刚刚说到哪里了？"楚翎风的声音打破了屋内的寂静，他看都没有看南宫晴，只是目光玩味地看着如柏，"很多线索指向我？怎么个说法？"

如柏冷笑一下："你还需要听我说么？"

"当然。"楚翎风温柔地半跪下来，把如柏凌乱的发梢拂到她的耳后，"我这么喜欢你，你说什么我都愿意听。"

不远处南宫晴静静地坐着，泥胎木偶一般。

如柏闭上了眼睛。

"其实非常简单，那天那头老虎违背嗜血的本性，一直不管不顾地朝着我们扑过来，这就很奇怪了。我问了明轩，得知那虎是为了皇家出猎特地养的，平时都关在笼子里，每天放出来一个时辰，性格温驯，轻易不会伤人的。那天是驯兽的下人刚把它放出来，它就冲着一个方向奔了出去。"

如柏平静地说着，目光不投向任何地方："所以应该是有什么奇怪的气味刺激了它。"

"香囊！"如柏道，"我连夜走访了所有皇子，最后在六皇子那儿发现了这个东西。"

"那应该是你想用来害人的东西——你原本是要把它给六皇子的，然而由于还没送出手，就先放在了自己身上。"

"当时围猎还没有开始，本来是不会有任何危险的，只是人算不如天算，你没有料想到会有老虎意外跑出来。"如柏说道，"结果自己反倒成了被攻击的目标。"

"有了火炮害人的手段还不足——还有猛兽这一道，不得不说，世子殿下的杀人手法，真是算无遗策。"

楚翎风笑了笑："那倒不是，火炮本身已经够保险，不需要再叫那老虎去伤人，楚明轩也未必会被老虎杀死——不过你想想，楚明轩从六皇子那儿收到一个这样的香囊，对他们的兄弟反目、互相怀疑，是不是有巨大的帮助？"

如柏不回答他。

"你继续说。"楚翎风笑了笑，甚至亲手给她倒了杯茶，递到她唇边。

如柏没有接，只是说了下去。

"在西南山头放置火炮的行为和诬陷林烨的行为在逻辑上冲突了，让我们不得不怀疑其间出了什么变故，让幕后黑手不得不狗急跳墙。"

"那么最有可能的一件事是——明轩记忆的复苏。"

"此事知道的人极少，连我和小孟都不知道，只有一直为他治疗的柳七复知道内情。而另一个知情的人，是明轩一直视如恩师的韩王殿下。"

"不是我们想要怀疑韩王府——我们秉着大公无私的原则思索了一下，觉得柳七复实在是没有诬陷他哥哥的理由,何况这个琴师要有造反心思的话,当年实在没必要自毁健康从权势彪炳的琅琊林家跑出来,那么就只剩韩王殿下了。"

"从福寿楼开始,很多事就有着另外的解释——你不是去查案的,你本身就是福寿楼的老板。"

"为什么福寿楼那个陈老板听到你的声音就立刻退走了?那种情况下,难道一个韩王世子的面子就能让他放过可能会毁了福寿楼的我?真正的答案是你是他的主子,他知道我落在你手上的话不会出什么事。"

"再加上岳贵人……之前是韩王府的舞姬,所有的线索串成一线,指向的,全部都是你!"

楚翎风静静地看着她片刻,然后轻轻地鼓了鼓掌。

"很聪明。"他笑起来,"我一直求索一个足够聪明的女人,来和我一起完成父亲和我的大业。"

如柏终于还是没能看向他身后的南宫晴——南宫晴仍然面无表情地坐在原地,仿佛泥胎木偶一般。

"现在你知道了一切,有什么想对我说的呢?"

如柏看着南宫晴,不可抑制地,她的眼泪流了下来。

"收手吧,世子殿下,还来得及。"

"来得及?"楚翎风笑了笑,轻轻地摇了摇头,"怎么可能还来得及呢?"

他在如柏身边坐下来。

"你知道么?本来我父王,是很有可能成为皇帝的。"

如柏的瞳孔微微一震。

她忘记了,忘记了很多恩怨,是从上一辈就开始的。

"是皇帝抢了他的……不光抢了他的皇位,还抢了原本属于他的女人。"

如柏猛地打了个激灵。

"对。"楚翎风静静地看着她,"楚明轩的生母宁贵妃,是我父亲的青梅竹马。虽然这样说对我的母亲很不尊重,不过恐怕事实确实如此——那是我父亲这一生最爱的女人。"

"那他杀了她?"

"不!"楚翎风道,"楚明轩没有告诉你么?那碗毒本来是给他准备的。"

如柏哆嗦了一下,她想起来了。

"我父亲对我说,宁贵妃或许察觉到了什么不对,她知道那食物里有毒……然而那是个好心且软弱的女人,她想着,也许她死了,我父亲和皇帝之间的恩怨就了结了,而我父亲也会放过她和皇帝生的孩子。"

"我父亲的确因为她的死而沉沦了很长时间,这是为什么楚明轩最终还是活着长大了……然而我父亲怎么会放弃呢?"

"她的死,最终不过是让他更想复仇而已。既然已经得不到她了,那就要更努力地,去得到这个天下。"

"钟洪、宋姑姑……背后的人都是你父亲?"

楚翎风平静地点了点头。

"我父亲讨厌楚明轩!"他说,"但又会抑制不住地对他有些好感,因为他长得很像宁贵妃——这只会让我更加地愤怒!"

他顺着如柏的视线,看向了南宫晴——南宫晴的腰上,仍然系着当年他题过字的那把扇子。

楚翎风笑了笑,把扇子取了过来。

"我字写得好不好看?"他问如柏,语气仍然是温柔的。

如柏不说话。

"其实你知道么?我并不喜欢练字。"楚翎风看着那把扇子,突然抬起手,缓慢地把它撕了开来。

扇面崩开的声音在室内发出一声清晰的裂帛声,南宫晴无声地抖了一下。

"但是我父亲很喜欢,据说宁贵妃在闺中的时候,曾经以一手好字闻名。"楚翎风浑然不觉,只是自顾自地笑了笑。

那笑容仍然是玉一般温润,只是此刻也多了些玉一般的哀凉。

"我父亲不够喜欢我母亲,连带着我也一起不够喜欢。"

楚翎风想了想,补充道:"当然也谈不上不喜欢,只是……你懂得吧?不够。"

"所以我小时候总是想做得好一点,再好一点,想着这样就能让他多喜欢我一点。"

"世子殿下……"如柏轻声说道,"但是这不包括谋反——为了你父亲的那一点喜欢去做这种事情,你觉得值得吗?"

楚翎风笑了笑:"没什么值得不值得的,我喜欢而已。"

"看来你这一生……真的缺人爱你啊。"如柏轻轻说道。

"无论是活成世间大多数人期待的翩翩君子,还是现在野心勃勃地去篡位……都只是想证明自己,让自己多获得那么一点爱。"

如柏说道:"你根本不敢成为你自己,只是想要活成别人会喜欢的自己……你尚且这样不爱自己,又怎么能指望别人来爱你?"

楚翎风突然愣住了。

良久,他平静地笑笑。

"沈姑娘不爱我就不爱罢了,何必讲这么一大篇状似有道理的话?"他唇角带笑,然而目光却是躲闪的:

"我不是楚明轩……他那么小就被立做了太子,全天下的人都认可他、期待他,但是我……我没有啊……"

这么多年,即使世人全赞他温润如玉,他又何尝有一日开心过?

剥开所有的皮囊,其实楚翎风根本就不知道自己究竟是谁。

他也不敢去想自己究竟是谁。

"所以你看,我父亲恨当今的皇帝,我恨楚明轩,这样的恩怨早在父子两代间根深蒂固。收手……怎么可能收手呢?"

楚翎风还要再说什么,突然,一个报信的小厮冲了进来。

他凑到楚翎风的耳边急速地说了些什么，楚翎风的脸色猛地变差了。

"是不是天牢那边林烨失踪，福寿楼的人也失去了联络？"

如柏看着他的脸色，冷笑了一下。

楚翎风起身，回头看了她一眼："你们很聪明，行动很快，然而没有用的。"

他凑到如柏耳边："被策反的不光是御林军……还有大柳营。这都是我父亲的人。"

如柏的心猛地缩紧了。

锦衣卫只有一千人，御林军有四千人，大柳营有六千人。

查出了真凶又怎样？他们的兵力根本抵不过韩王的势力。

楚翎风一甩袍袖，出去传令道："通知父亲，今夜就行动，御林军皇城内待命！大柳营在城外集结整队！"

楚翎风率众出去了，屋子里只剩下两个人。

南宫晴和如柏静静地对坐着。

当一切人声都远去后，南宫晴突然站了起来。

她直接走到了如柏身边。

如柏看着她，她却没有看如柏。

她伸出手，解开了如柏身上绳子的死结。

然后她又面无表情地走了回去，在原地坐了下来。

如柏看着她，咬牙切齿地看着她，然而南宫晴一句话都没有说，也不回应任何一个眼神。

她只是解开了绳子，打开了门，连一个多余的"我放你走"都没有说。

如柏咬了咬牙，最终还是飞快地站起身，冲进了门外的夜色里。

小半个时辰后，楚翎风回来了。

他看着空空如也的椅子，又看着仍然坐在椅子对面、然而已经泣不成声的南宫晴，并没有感到太意外。

良久，他只是幽幽地叹了口气："如果到了现在这个地步，她仍然愿意和楚明轩死在一起的话，那就随她去吧。"

"她不是属于我的啊。"楚翎风低低地说，他转向南宫晴，站在她面前，捧起她满是泪水的脸，"你呢？你是属于我的么？"

南宫晴哭到说不出话来。

"为什么不告诉她呢？告诉她你劝过我很多很多次。"楚翎风半跪下来，"我知道你是个什么样的人，在你的认知里，我这样的人叫……乱臣贼子，对么？"

他叹了口气，松开南宫晴的脸。

"你们这些人啊，教条啊礼义啊……在你看来，我就算当上皇帝，一样是谋逆篡位对不对？"

"你走吧。"他轻声对南宫晴说，"我不需要你跟着我造反。"

他站起来，转身离去。

突然，他的脚步顿住了。

南宫晴从身后抱住了他。

那一瞬间，楚翎风突然明白了。

这是她给他的回答——我是属于你的。

"翎风……"南宫晴轻声开了口，她的每个字都在抖，"无论你做什么，我都跟着你。"

你爱不爱我都没关系啊……因为我是这样……这样地爱你。

楚翎风叹了口气，回身抱住了她。

"韩王府地处中心，容易被波及，西郊有一处小楼，你去那里等我。"他低声地安排好她的去处，然后放开了她，起身披上了战袍。

南宫晴走到他面前，为他把袍领系好。

这一幕就如同即将出发远征的将军，和深爱他、为他送行的妻子。

那一瞬，不知道为什么，楚翎风的耳边突然闪过了沈如柏的声音——

"看来你这一生……真的缺人爱你啊！"

"阿晴……"楚翎风突然开口道。

南宫晴为他整理袍领的手指微微一顿。

"如果有来生，你还愿意和我做夫妻么?"楚翎风平静地看着她，那双曾经温柔得仿佛含着整个春天的泉水的眼睛，此刻仿佛冻结了一般，目光沉得宛如拥有了实质般的压迫感。

南宫晴的指尖从他的领子上轻轻地划过。

"我愿意。"她抬起眼睛，泪盈于睫，然后她露出了一个微笑，"翎风，我愿意！"

楚翎风面无表情地看着她。良久，才轻声而冰冷地说："我不愿意！"

南宫晴愣住了，一大颗眼泪从她的睫毛上掉了下来，砸到地上，像一颗已经碎裂到不能再碎裂的心。

"来生你嫁给别人吧。"楚翎风自己把战袍最后的带子系好，把长刀挂在腰间，他低声说，"别再遇到我了。"

他轻轻地开口，温润的声音低沉了下去："但是这一辈子，既然已经这样了，那我不负你。"

"等我和父亲赢了天下，我继位那天，立你做皇后。"

他大步地走了出去。

南宫晴急急地转身。

"翎风!"她看着他的背影喊道。

楚翎风的脚步微微停滞了一瞬间，然而他并未就此停下来，而是继续大步流星地，消失在了南宫晴的视野中。

与此同时，楚明轩和如柏已经会合，他们沉默地站在门口，身后是韩常率领的一千御林军。

明明是最危急的时刻，然而两个人却仿佛在聊闲话一般。

情势到了这个地步，所有能够派出去求援的人都已经派出，能做的都做了，急也没有用。

因此他们只是一起跨坐在马上，缓缓地说着话。

"你说楚翎风这么想当太子，你就让给他呗，反正当太子也没什么好的，一天到晚累得要死。"如柏没轻没重地说着玩笑话。

大概是情人眼里出西施的缘故，她这点完全没幽默感的话竟然让冰山一样的太子破天荒地笑了笑："那可不行。"

"为什么这么想当太子呢？"如柏问楚明轩，"为了权力么？做皇帝要背负的东西太多了，很累的——我看当只管舒舒服服看花遛鸟的闲散王爷就很好。"

楚明轩想了想，反问如柏："如果在沈小姐和沈神探的身份里选一个，你更喜欢哪个？"

"当然是神探。"如柏想也不想地脱口而出。

"为什么？"楚明轩问道，"当神探也很累，风吹雨打，追歹徒验尸体，不时地还要和杀人凶手同处一室，面临生命危险——当个吃吃喝喝的名门小姐不舒服么？"

如柏愣住了。

良久，她才轻声地说道："我小时候就很喜欢思考问题。"

"别的女孩子不喜欢不感兴趣的，像什么算术啊推断啊，我都喜欢得不得了。"她缓缓说道，"我哥进了刑部之后，我也能因为他的缘故听说好多案子，有的凶手能被很轻松地抓住，有的……被害人怎么死的永远是个谜。"

"我就想啊，这些悬案的真相到底是什么呢？我得去把它们查出来啊，查不出来的话我吃什么好吃的都没味道。"如柏摊摊手，"其实真的没什么太复杂的理由，就是这样。"

楚明轩说道："所以你放着好好的大家闺秀不做，追求的就是真相？"

"是啊。"如柏说，"我别的也不会，作诗绣花什么的都很糟糕……就这方面脑子转得还算快。"

"所以其实真的没什么别的理由，我就想着，上天既然肯给我这样的才能，我就应该去该去的地方，承担这个才能的责任。"她看着楚明轩的眼睛说，"如果我都不愿意给受害者们一个交待了……那么还有谁能给呢？"

楚明轩静静地看了她片刻，说："这也是我的理由。"

如柏一怔，突然有些懂了。

"你说得很对，上天给了你这样的才能，你就该去相应的位置上承担相应的责任。"楚明轩说，"还记得灯会那天我带你登上的那个城墙么？"

"我被立为太子的那一天，我父皇也带着我登上去过。他当时牵着我的手，指着京城里熙熙攘攘的百姓，又指了指远处的江山，跟我说——"

楚明轩低声重复着父亲对他说的话：

"轩儿，从今往后，你可要好好用功了。你要学着读书习文，知道怎么划分田产，怎么修订赋税，让你的百姓吃得饱穿得暖；你要学着武艺骑射，知道怎么抵御外敌，让你的百姓不受流离之苦。你一定要时刻记得你身上的担子，方能——"

古代无数贤王的灵魂在冥冥六合之外俯视着他，楚明轩低声说："方能不负这河山！"

"所以我是太子，我容不得有人以暗杀之术、弄权之道、阴谋之计篡国。"

楚明轩一把抽出佩剑，指向天空："诸将听令！韩王谋反，其罪难容，愿诸将浴血奋战，与我一同讨伐逆贼——楚翎风！"

"是！"

隆安二十四年秋，韩王谋反，起兵围困京城，大柳营、御林军被策反，四处人心惶惶。

太子楚明轩携锦衣卫奋起，誓讨叛贼。

"你说楚翎风的第一个动作会是去哪里?"如柏一边纵马飞奔一边侧过头问楚明轩。

楚明轩低声道:"韩王多年来一直称病,但如今看来,很可能是假的,根据我们的情报。御林军和大柳营都已经被策反,那么现在楚翎风和韩王需要做的第一件事,便是带领御林军与大柳营会合,然后围困京城逼父皇交出皇位。"

如柏点头道:"我之前在韩王府的时候听到了下人交谈,楚翎风今天撞上我是偶然,但他出门却绝非闲逛——听下人们的口气,他应该是在联系韩王在城内的势力,估计是一些已经投靠他的官员,只是现在我们拿不到具体的名单,也不知道会有多少人。"

楚明轩点点头。

他和如柏一起沉默起来。

显而易见地,他们现在最大的问题,是兵力不够。

今夜京城濒临沦陷,然而竟不知有谁人可以守城。

韩王经营多年,此番虽然因为楚明轩和如柏有所察觉而被迫提前了起兵的日子,行动有些仓促,却仍然有着足够充分的准备。

而皇帝在太平年间生活太久,多年来一直未能发现这个兄弟的狼子野心,待到此刻,京城周遭已俱是韩王的势力。

就在二人都以为状况已经坏到不能再坏之时,上天将更坏的消息降临到了二人眼前。

远远的一阵马蹄声传了过来。如柏和楚明轩都一惊,二人急速勒马,马高高地扬起了前蹄,一时间沙尘四起。

而在飞扬的沙尘中,他们远远看到一名长身玉立的公子带领着身后的军队急速前来。

"三哥!"六皇子马不停蹄,一路飞快地行至楚明轩面前,上气不接下气地连声喊道,"出大事了! 三哥! 真的出大事了!"

六皇子平时一直是个万事不挂心的闲散模样儿,鲜少有这样狼狈不堪的时候,还不等楚明轩和如柏开口问他,他就一拳砸在马背上,绝望地说道:"韩王进宫了!"

楚明轩和如柏的眼睛同时瞪大了。

"怎么会?!"如柏大声问道,"我不是让你去宫中传信了么?!"

"是!"六皇子气喘吁吁地转头对楚明轩说道,"沈姑娘在我那儿发现了香囊的秘密后,就基本已可确定韩王和世子有问题了,她立刻让我去宫中给父皇报信,我一刻也不敢耽误,当即只带了两个亲信侍卫一路赶往宫中。"

"但是,待我们赶到时,御林军已经把整个内宫全围起来了!根本不让我们进去!说是韩王正在里面和父皇商讨要事,即便我是皇子也没有资格旁听。"

六皇子焦急地说道:"三哥!这分明是韩王带着御林军去逼宫了!"

楚明轩心下一片冰凉,他缓缓转过脸来,和如柏对视了一眼。

如柏在那一眼中猛然意识到了什么,顿时如同坠入了冰窟一般,手脚全都凉了。

其中固然有韩王逼宫、情势万分紧急的原因,但是这并非全部的理由。

真正让他们从内心深处感到寒冷的……是这件事根本不对劲儿。

按照他们之前得到的消息,韩王是预计在狩猎之时才会有动作的,在他的计划中,他并不会在今晚就开始行动。

是如柏和楚明轩推断出了真相,才使得韩王父子不得不提前起兵。

但是六皇子在如柏通过香囊找到楚翎风心怀不轨的证据后就立刻马不停蹄地赶往宫中了……为什么韩王会到得比六皇子还早?

不管他是怎么知道太子这边已经推测出真相的,都不应该比第一时间得到消息的六皇子更快。

唯一的可能是……早在如柏他们在太子府书房里做推理的时候,就已经有人无声无息地把这一消息报给了韩王。

也就是说……

如柏轻轻地闭上了眼睛。

在那个太子府的书房里,周围无不是楚明轩最信任的亲信,以及孟学然、柳七复这样的挚友……

而他们中间,有韩王安插进来的"内鬼"。

"三哥,三哥!"六皇子看到楚明轩和如柏一起出神,忍不住出言唤道,"现在怎么办?"

如柏看向楚明轩:"我建议排查……"

"不用。"楚明轩突然低声打断了她。

如柏一愣。

"来不及了,现在父皇那边不知道已经是什么情况,就算排查出来也没有用。"他安抚性地摸摸如柏的头,眼神空茫地飘向远处,"而且或许我猜得到是谁……"

他拍拍如柏的头,突然转头对六皇子说:"谢谢。"

六皇子愣住了,他看着楚明轩,眼中一时间闪动着不知该如何描述的情绪。

楚明轩看着他的眼睛,微微地露出一个笑容:"谢谢这种时候,你是在我身边的。"

六皇子怔怔地看着楚明轩的眼睛。

两个人都没有再开口。良久,六皇子才轻声说道:"三哥你说什么呢,应该的。"

他们的语气都平静而温和,并没有什么过于激烈的情绪在其中溢出。

然而只有二人明白,这一刻,他们兄弟间多少年来一直避而不提的裂痕终于消融。

六皇子深深吸了一口气,指指身后的兵马。

"其余几个兄弟们的情况三哥也知道,不是骑不了马就是拿不动枪,怕上阵反倒给三哥添麻烦。"

六皇子轻声说道,月光照耀下,他眉眼硬挺,仍然透露着那股昂扬的味道,不曾被深宫里十几年如一日的压抑摧毁:

"得到消息之后就把府里的兵全都托给了我,让我带着他们来帮三哥。"

六皇子紧一紧臂上搭着的长弓:"三哥贵为储君,不可冲锋陷阵,老六今日来给三哥当这个马前卒。"

楚明轩看着六皇子的脸。

那是一张介于少年和青年之间的面孔,然而不知道为什么,楚明轩从那张面孔上看到的,却是一个小男孩的影子。

那是一个总有些郁郁不得志的小男孩,他的背后是一个懦弱而胆小、不能给他提供任何帮助的母妃,在深宫里胆战心惊了多年的女人总有些神经质,老是抱着幼小的男孩小声抱怨:

"我儿子要是太子就好了啊……母妃就再也不用受别人的气了……"

然而即便是这样无能的母妃,对于男孩来说也是极为珍贵的,毕竟那是他的生母,她给他的是货真价实的母爱。

而那之后,他再也没有得到这种珍贵的感情,即使抚养他的是全天下最尊贵的国母。

"辙儿,你难道就不想吗……你三哥可以做到的,你凭什么就不能呢?"

没有感情,她抚养他,也理所当然地利用他。

然而楚明辙还是没有长成皇后期待的样子,在楚明轩的记忆里,这个男孩阳光的气质之下是难以掩盖的一丝桀骜叛逆——

在父皇立楚明轩为太子,然后抚摸着六皇子的头谆谆教诲:"辙儿要和你三哥齐心,在父皇百年之后,好好当个贤王辅佐明君"的时候,这个还没有长大的少年歪歪头,直截了当地拒绝了:"父皇知道我可是要当旅行家的——三哥的烂摊子自己收拾,我才懒得管他。"

他热爱游山玩水——一方面是性情所致,兴趣所在;一方面是,这是他逃避深宫权谋斗争的唯一方式。

然而就是那个口口声声说懒得管自己的小男孩,终于有朝一日长出了青年的面孔,他提着刀佩着弓站在自己的面前,轻声而又坚定地说:"我来给三哥当这个马前卒。"

——权谋无情，然而还是没磨掉兄弟骨血里的那一点情。

楚明轩重重地一点头，对六皇子说道："让你的人归入队中，你在我左翼！"

六皇子策马并入楚明轩左侧，与如柏一左一右跟在楚明轩身后，擦肩而过的那一瞬，他终于还是没有忍住心里想要说的话，低声对楚明轩说："三哥，其实我……"

楚明轩回头看了他一眼，轻轻扬了扬手，示意他——不必说。

有什么可说的呢，三哥都懂啊。

深宫里的那么多年，先是被懦弱无助的母妃视作唯一的希望，接着又被掌握着权柄的女人用作夺嫡的棋子，原本阳光灿烂的男孩不得已地被命运之手推着，一遍又一遍地催眠自己也许诺别人："我会当太子，我会当太子……"

隔着漫长的时光，楚明轩轻轻伸出手，拍了拍那个小男孩的肩膀。

——我不怪你。我知道那从不是你的本意。

"老六，三哥相信你。"楚明轩低声说道，"就像你一直以来相信我一样。"

"这些年辛苦了。"

下一秒，楚明轩再不回顾，他扬鞭策马，领着各王府的精英一同朝宫中奔去："诸将随我救驾！"

六皇子随着他策马冲出，夜风微凉，覆上他微微泛红的眼眶。

有传令兵飞速地从远处策马而来。

"太子殿下，韩王府已空。"传令兵回禀道，"留在里面的都是下人，韩王的家眷全都不见了。"

韩王其实根本就没有什么家眷——楚翎风的母亲多年前就过世了，韩王除了楚翎风外还有个长女，已经远嫁。除此之外就是一些韩王自己根本不当回事儿的侍妾，和下人基本上是一样的。

而韩王本人虽然身子已经不济事了，但也仍然是叛军的主心骨，被楚翎风安排在一辆轻装马车上，与楚翎风一起前去与大柳营会合。

但是——不该是空的。

"韩王世子妃呢？"如柏问。

传令兵道："不曾见到，属下抓了下人逼问，只说一个半时辰前韩王世子用一辆马车将世子妃偷偷送走了，行事十分隐秘，并不曾派人随同，下人们都不知道送去了哪里。"

如柏握着缰绳的手无声地捏紧了。

事到如今，还是想知道你在哪里啊。

阿晴，你——真的要和他一起谋反吗？

"我知道在哪儿。"六皇子突然开口。

楚明轩和如柏一起侧过头看着他。

"我的贴身内监小安子，他的叔父是南宫府的管事。自我从沈姑娘那知道楚翎风有问题后，就叫小安子去联系了他叔父。"

六皇子说道："我和韩王世子妃有过数面之缘，她那样的女子不是临大事时有决

—— 293 ——

断的样子。我赌她就算逃走，也会给家里报信。"

他轻声说道："我赌对了，她果然派送自己的那个马夫去给南宫家送了信，没有说自己在哪，但是我的人顺着马车的车辙很快还是判断了方向——来自京城的西南方向，我的人打听了一下，那有一处一直空着的小阁楼，多年都没人居住，如果没猜错的话，可能是楚翎风很早置办下的产业。"

如柏的心钝涩地一下一下跳着，不知道是什么样的心情。

"三哥……"六皇子转头对楚明轩说道，"不如我们兵分两路！你先带人去救父皇，稳住韩王的动作。我去围了那栋阁楼，以世子妃为要挟逼楚翎风和韩王收手！"

楚明轩看了一眼如柏。

如柏沉默不语。

六皇子急了："我们没有时间了啊！你们还在犹豫什么?！沈姑娘，我知道韩王世子妃曾与你交好……但这不是讲究儿女情长的时候！我们根本没有别的手段让楚翎风罢手！"

"还有三哥！这是国家生死存亡之际，曾经的私情先都放一放吧！楚翎风若是得到了皇位，他会对我们讲情谊么?！"

六皇子懊恼地一挥手："就算你们都不赞同我也要去！说什么也要想办法阻拦韩王父子！"

他策马就要带着自己府上的亲兵冲出去，然而如柏突然开了口。

"六殿下且慢。"她艰涩地说道，"如果非要去的话，我……我和你一起。"

六皇子叹了口气："都到这个地步了，你还是怕我伤害她么?"

如柏仰头看着天空，夜里的阴云遮住了月亮，似乎是一个要下雨的夜晚。

"让我去吧……我和她今后能见的面，恐怕也不太多了。"

不见星云的夜笼罩着城内,也笼罩着城外。

急行的韩王队伍里,楚翎风阴沉着脸推开了附在自己耳边汇报的传令兵。

"真的可笑,沈如柏和楚明轩那么聪明的人,怎么会犯这种错误?"他冷冷地勾起唇角,"我根本就不爱那个女人,怎么可能为了她放弃起兵?"

"殿下……不打算救世子妃么?"那传令兵还是个愣头愣脑的年轻人,之前一直相信韩王世子夫妇是恩爱的,此刻闻言忍不住有些发愣。

"救什么救?!回去一趟战机就全耽误了!"楚翎风一鞭子抽向自己的马,把那个传令兵甩在身后,"蠢材!"

世人为什么都这样愚蠢呢?

这个传令兵也是,那个女人也是。

他不觉得他欠她什么,感情上的事愿赌服输,没有谁欠谁的,不是说她爱上了他,他就一定要拿出等量的爱回报。

至于她每晚在王府里备好晚饭等着自己,每天为他打理王府里的事情,甚至在山宅里对严子周用药套话来保自己……

她的确为自己付出过很多东西……不过他不也许诺了她封她做皇后么?

如此说来二人银货两讫并不相欠……并不……并不相欠……

楚翎风扬鞭策马,风从他的耳边呼啸而过。

是啊……

他承诺了……要封她做皇后的啊。

锦衣卫已将小楼层层包裹,就仿佛这阁楼中藏着什么稀世的珠宝或是令人胆寒的怪物,值得这样多的高手们在此排兵列阵。

然而都没有,那阁楼里只有一个女人。

而此刻她还没有露面。

如柏没有进楼——她实在不知道应该以什么样子去面对南宫晴。

突然,"吱呀"一声,阁楼二层的窗户打开了。

女人清瘦的手指扶在窗棂上，她低头向下望去。

说是女人或许有些不准确，因为那仍然是一张少女的面孔，黑发披散，面孔干净素白，弧度柔和的眼角看上去温婉又哀伤。

南宫晴。

如柏之前从来没有觉得南宫晴是那种特别漂亮的女孩子，事实上她的确也不是。世家小姐中有太多貌美过人的女孩子，南宫晴并不是她们中的一员。

然而此刻她从上方俯身看下来，如柏才发现南宫晴真是美，她那样温柔又那样决绝，每一个眼神都像是最深情的诉说——

爱情让一个容颜平凡的女孩美到了惊心动魄的地步，尽管这种美苍白又羸弱，像是一碰就碎的瓷器。

而这个女孩是她这一世最好的朋友。

如柏看着南宫晴，一瞬间所有的情绪都涌到了她的心里，但是一种也表达不出来——她根本不知道该说什么。

怎么会这样呢，曾经她们是多么要好的两个人呀，笑也一起笑，哭也一起哭，什么话都凑到一起说。

怎么会变成现在这个样子呢？

良久，如柏才艰难地开口叫了一声："阿晴……"

南宫晴俯身望着她，她们一起沉默了很久很久，久到天空开始下起了细细的小雨。

南宫晴从窗口飘出的长发被雨丝润湿，良久良久，她轻声回应道："阿柏……"

她牵起嘴唇微微地笑了，笑容悲伤而温婉："真好，阿柏，你还愿意叫我的名字。"

如柏沉默地看着她，那一瞬间她真的很想冲上楼去，抓住南宫晴的领子扯住她的头发，大声哭喊着问她：你到底知不知道你在干什么？你怎么会傻到这个分儿上？然而她仿佛被定住了一样站在原地，一个字也没能说出来。

时间仿佛忽然回到了很久前的一个午后，她拽过南宫晴腰上的扇子，对着上面楚翎风题过的字咋咋呼呼，然后南宫晴在这平凡的对话里无声无息地红了脸。

那时候她们都还是无忧无虑的少女，不懂得前路的爱恨嗔痴皆是苦。

"我们不会伤害你的。"良久，如柏只说出来了这样简短的几个字，"等他来了，就劝他收手吧。"

南宫晴轻轻摇了摇头："我无数次地祈求他不要走出那一步，但是他现在已经走出去了……我只祈求他不要再走回来。"

如柏的目光微微一震。

"事到如今，他回头又有什么用？反了就是反了，他回来你们就不杀他了么？"

六皇子骑在马上，手里轻轻握着缰绳："如果他肯投降，让百姓免于战火，我楚明徹愿以皇子之名起誓，一定会在父皇面前求情，务必保住他的一条命。"

南宫晴平静地看了他一眼，微微地再次摇了摇头："你不了解他，你不知道他是多么骄傲的人——你不杀他又怎样？他终其一生都将是失败的叛逆，那样还不如让他死。"

南宫晴的手扶住窗棂,那手在微弱的光线下呈现出一种近乎透明的素白。

她把目光投向细雨中朦胧的远方,京城的千百座楼台陪她在雨中黯然神伤:"何况啊……阿柏,你难道想不明白么?他不会来的。"

她垂下眼帘,睫毛浓密地覆盖下来:"他根本就不喜欢我啊,怎么会为了我回来呢?"

"他喜欢谁——你不知道么?"

如柏的喉头猛地哽住了。

细雨渐渐地停了。

南宫晴疲倦地放下窗帘,她憔悴的面容隐在了厚厚的帘幕之中。

六皇子走到如柏的身边,之前他一直没敢过来打扰如柏,此刻才缓声说道:

"韩王世子妃说得有理,是我之前欠考虑了……楚翎风鹰视狼顾,本身就不是儿女情长的人,拿家眷威胁他或许是没有用的。"

如柏轻轻点了点头,就在他们商量下一步要怎么办时,地面突然震动了起来。

一阵马蹄声由远及近,一个御林军骑快马赶来:"报——"

他一个翻身从马上翻了下来,在六皇子面前站定:"韩王世……逆贼楚翎风带兵来袭!"

如柏头上的窗户被猛地推开了,南宫晴不可置信地看着那个御林军。

"他来了……他居然肯来?"南宫晴喃喃地说。

她几乎不敢相信。

然而这座阁楼里只有她一个人,楚翎风不可能是为别人而来。

她久久地沉默着,突然,她低下头去,看着如柏。

"阿柏……"她轻声地唤,"对不起。"

"你知道么?我是一个无趣的人,从小到大,没有别的女孩子喜欢跟我玩,你是我这一生,唯一的朋友。"

南宫晴轻声地说着,她唇角带笑,然而眼泪一颗一颗地从眼睛里掉了出来,从楼上掉落下来,砸在如柏的脸上,就仿佛下起了细细的小雨:

"所以你千万不要难过,你没有做错任何事情……是我,亲手推开了你。"

南宫晴缓缓直起身——马蹄声阵阵,楚翎风的队伍已经离这里不远了。

那是来救她的队伍。

她扬起头看向远方,然而什么也看不到。

真想再见他一面啊。

真想能再抱他一次,他的胸膛里有草木的清香。

也真想问问他——你对我到底,有没有那么一点点的……爱?

然而都再没有机会了。

翎风,去做你想做的事情吧……

我不拖累你。

南宫晴是什么时候无声无息地从窗口消失的,谁也没有注意到,所有人的注意力全都在即将到来的楚翎风身上,各自屏息凝神地拿着武器准备迎敌。

直到背后一阵热浪猛地袭来,接着,扑天的大火烧了起来。

如柏猛地回头,隔着数步远的距离,六皇子听到如柏骤然发出了一声撕心裂肺的尖叫。

"阿晴——"

她不顾火苗从阁楼外往里蹿,不要命般地扑了过去,要把南宫晴从火场里拖出来。

然而那道阁楼的门早就被锁死了,任如柏怎么哭着喊着拼命拍打,也冷漠无情地纹丝不动。

热浪袭来,一根椽木燃烧着掉落了下来,六皇子飞身扑上去,把如柏拉了开来。

燃烧的椽木将整个阁楼的门烧得一片通红,烧成了一道残忍的生死线。

"阿晴——阿晴!!!"六皇子拼命地把如柏从那向外燎着火焰的阁楼旁拉开,而如柏眼睁睁地看着那座阁楼在她眼前渐渐地坍塌,陷落。

有个从童年起便亲密无间的朋友和她永不再见了。

两里之外,楚翎风怔怔地看着那座燃烧的阁楼。

他勒住了马,身后的大军和他一起停了下来。

楚翎风的瞳孔里倒映着铺天盖地的火光。

"殿下……"有部下大着胆子凑上来,"现在怎么办?我们还过去么?"

楚翎风一言不发,他的脸上没有任何表情。

"蠢女人。"他调转马头,冷漠地说,"回程。"

他率领着大军转身奔原路返回,脸上平静无波,这么多年的隐藏,他的脸上早就戴了无数层的面具,平常人根本看不出他的悲欢喜乐。

部下们看着世子殿下仿佛什么事都没有发生一般行出去半里地。突然,他猛地扬起马鞭,一鞭子狠狠地抽了下去。

战马嘶鸣,拼命地朝前跑去,然而楚翎风一鞭接着一鞭地抽了下去——

就仿佛那座着了火的阁楼是会不断膨胀的怪物一样,他逃得再慢一点,自己就会被吞噬其中。

他自始至终没有回头看一眼,不知道是因为不屑,还是因为不敢。

无边无际的风从楚翎风耳边呼啸而过,他扬鞭策马,身后是再也回不去的时光。

"我立你做皇后。"

……原来他和她何止是没有来生。

他连今生的约定也没能践行。

他一生都在渴求一个足够聪明的女孩来做自己的伴侣,然而南宫晴太蠢了,从始至终,都是那么蠢。

他骤然勒住马,战马长嘶一声,高高扬起前蹄,然后才稳住重心,缓缓在地上站定。

楚翎风就这样骑在马上,掩住了脸,一动不动。

部下们没有一个敢上前,他们开始窃窃私语:"世子殿下哭了……"

"是世子妃的死让他太伤心了吧……"

"世子还是爱世子妃的吧……"

不对，楚翎风想，他们说得不对。

他现在心里想的，并不是南宫晴的死。

他想的是……

如果生命能重来一次的话，他再也不会练习书法了。

这样就不会有哪幅笔墨莫名其妙地传了出去……误了某个最爱他的女孩的一生。

宫中，韩王和皇帝正一起在御花园中漫步。

"四弟今夜怎么这么好的兴致，想起来进宫看我了？"皇帝笑笑，"四弟的声音听上去已没有平日里那样沙哑了，想必是多年来的肺病已然缓解了，是不是最近看了什么医术绝顶的大夫？"

韩王却似乎在出神，他仿佛没有听到皇帝的话一般，在锦鲤池旁站定，看着一条条锦鲤浮上水面吐着泡泡。

"臣弟许久不进宫了，这千鲤池倒是一如既往的热闹。"韩王幽幽地叹了口气，"叫我平白想起一位故人。"

皇帝笑道："哪一位？"

韩王低声应道："曾经的宁家四小姐——宁珏。"

皇帝似是不可置信一般猛地愣了一下，下一秒，他转过头来。

"四弟……"皇帝低声问道，"你这是什么意思？"

杏花阁,王鸨母看着突然冲进来的人,惊吼道:"全公公怎么来了,可是太子殿下有什么吩咐?"

小全子满头大汗地挥挥手,直奔柳七复的房间而去。

柳七复人离开了,房门也就自然地上了锁,小全子用力地撞了撞门,黄铜打造的锁坚固无比,纹丝不动。

小全子咬咬牙,冲跟在后头的王鸨母大喊一声:"有斧子么?"

王鸨母意识到小全子要做什么,她看着那扇造价颇高精雕细琢的木门,忍不住犹豫道:"这……"

"来不及了!"小全子吼道,这个憨厚木讷的小太监头一次这么疾言厉色,吓得王鸨母一个哆嗦,"东西取不出来的话,今天晚上殿下怕是要把命丢在宫里啦!"

这话威慑力太强了,王鸨母一刻都不敢犹豫,飞速之间就给小全子找来了斧子。

小全子狠狠抡起斧子,一劈之下,那扇木门应声而裂。

小全子飞快地补上几斧,然后极速破门而入,时间紧迫,他也顾不得许多了,直接抡着斧子劈开柳七复所有上了锁的柜子和箱子,在里面拼命地翻找着。

片刻后,他看着一排黄铜打造的管子,微微松了一口气,然而瞳孔却抖动得愈发剧烈起来。

他拿起放在一旁的牛皮纸包,打开,把里面的粉末悉数倒入管中,然后对身边杏花阁的小厮说道:"来搭把手,系在我身上。"

小厮大概看出了那是个什么玩意,一时间都恐惧着不敢上前。

"来啊!!!"小全子吼道。

小厮们战战兢兢地走上前去,帮他把铜管绑在身上。

小全子闭上眼睛,浑身微微颤抖。

依稀记得还是九岁那年,他们一群人被师父领着,给皇上磕了头,然后皇上笑着对身边的少年说:"轩儿先挑吧。"

小全子按耐不住好奇心,悄悄地打量过去,看到一个身材高挑、穿着华贵的少年立在一旁,灿烂得仿佛大殿中央的一颗夜明珠。

他的光芒那样逼人,小全子根本不敢直视,他低下头去,自惭形秽起来。

这么多小太监里,他最矮,最瘦弱,不知道怎么说讨巧话儿招主子们开心,师父老骂他笨。

然而那个夜明珠一样的少年缓步走了下来,他的目光一个一个地扫过小太监们,最终定格在了小全子身上。

他看着小全子,小全子知道自己应该像他的师兄弟那样,抬起头来冲他笑笑——师父教过他们要怎么笑才讨主子喜欢的。

然而小全子全忘了,他低着头,根本不敢抬头看少年的眼睛。

他不会要我的。

他怎么会要我呢?

然而小全子听到那个少年回过头去,声音清冷:"父皇,我就要他了!"

与正常人听到消息后震惊地抬头不同,小全子猛地低下了头去。

余光里,他看到那个少年缓步走到自己面前。

"我是楚明轩,从今天起,你跟着我。"

小全子摸着胸前的黄铜管,在心里轻声道:

殿下,我只是想要证明一次,你当初没有选错人。

小全子那天被你挑出来,这一生就都是你的死士。

内宫后门,御林军把守。

这只是个很偏的小门,一般供宫中的太监们运送水桶用,故而看守的御林军并不算太多,然而仍然有四个御林军守在这道窄窄的小门旁。

一个年轻男人从远处迈着小碎步跑了过来,四个御林军远远看到,立刻同时把手放在腰间的佩刀上:"什么人?"

那年轻人一路小跑着到达四个人的面前,微微汗湿的脸上全是郑重之意,他细声细气道:"有紧急的事需要告知主子,请军爷们快让我进去,晚一点的话会误了大事。"

见御林军神色中的狐疑一点不减,年轻人从腰间拿出一块挂牌,双手奉到了四人的眼皮底下。

——一块自由出入宫禁的腰牌,背后加盖了东宫太子的玉印。

四个御林军彼此通了一下眼色,俱是缓了一口气——是他们的自己人,主子早就安插在太子府的内应。

为首的御林军一点头,示意年轻人赶紧进去,年轻人赔笑着点了下头,行色匆匆地从四人中间小跑了进去。

然而下一秒,四个御林军同时感到,身后一阵劲风袭来,四人大惊之下同时回头。

他们看到了一张冰冷如霜雪的脸,年轻人之前脸上战战兢兢的神色完全不见了,取而代之的是绝对的冷意。直到这一刻,他身上那股冰冷而英挺的气息才完全地释放了出来。

四个御林军大惊失色,意识到此人绝非小可,他们同时抽出了刀!

然而已经晚了,师承于大内高手的武功绝学,意味着只要能抓住对手放松懈怠的那一刹那,就绝不会再将主动权拱手让给对方!

年轻人猛地弯身,从靴中带出一把牛皮裹着的短匕首,时间紧迫容不得他拆封,然而他也无需拆封。不出鞘的匕首被当作钝器,横扫之间稳准狠地击在四个御林军的后颈处,四个人的四双眼睛几乎是同时一翻,立刻委顿在地。

"拿下叛军!"年轻人低声喝道。

远处立刻无声无息地闪现出了一个个人影,王府中保卫皇子的都是精心挑选出的高手,行事利索,丝毫不拖泥带水。

"太子殿下!"一个领头的低声喊道,"都处理好了,我们现在进去么?"

楚明轩擦掉了脸上用于易容的涂粉,一抖身上的袍子,当他站直了身体,那股无形的贵气被释放出来后,这身太监的衣服穿在他身上就显得稍稍有些不伦不类。然而只要他愿意,他就可以随时扮演成任何一种人而不留破绽。

"宫里不知道是什么情景。"楚明轩低声说道,"我担心父皇已经落到叛军的手里,那样妄动的话无疑会伤到他。"

"小心行事!"楚明轩冲着跟随者们耳语几句,随即便微微躬身,又无声无息地消失在了夜色中。

宫内,韩王平静地和皇帝对视。

"皇兄,你方才不是问我,今日为何进宫么?"他轻声笑笑,"我进宫是为了拿回……属于我的东西啊。"

皇帝面无表情地看着他,而不远处侍奉在侧的大内总管冯公公已然勃然大怒。这个侍奉了皇帝快二十年的老太监已经预感到不好,但仍然上前一步,大声呵斥道:"大胆韩王!怎可如此与陛下说话!"

韩王斜眼瞟了一眼他:"我没记错的话……冯丰年是父皇当年指给你的小太监吧?"

他扯起嘴角冷笑了一瞬,突然低声喝道:"不长眼睛的东西!我们兄弟说话,也有你这条老狗插嘴的份儿么?!"

他一挥手,身边一个人高马大的侍卫径直走到冯公公面前,直接抬手狠狠给了冯公公一个耳光!

冯公公年事渐高体力不济,哪能承受得住这样重的掌掴,当下被打得直接摔坐在了地上,眼前一片金星乱冒。

皇帝上前一步,震惊地望着韩王。

片刻后,他似乎终于是相信了眼前的一切,皇帝瞪着韩王,咬牙切齿地说道:"老四,你今日是要谋反么?"

"皇兄说笑了!"一片冰冷的气氛里,韩王骤然大笑出声,仿佛皇帝真的讲了什么有趣的话一样,"谋反是用来形容那些妄想改朝换代的泥腿子们才用的词吧?我本来就为楚氏正统,皇室血脉,只不过是来拿我应得的东西而已!"

皇帝龙颜震怒,还未等他发话,冯公公已挣扎着从地上爬了起来:"御林军何在!韩王叛乱,快快将其拿下!"

韩王大笑起来,他挥挥手,四处巡逻的御林军立刻向他靠拢。

那些身披甲胄、原本担负着守护皇宫之职的御林军无声无息地包围了过来,他们围绕着皇帝和韩王站定,同时抽出了佩刀。其中一个上前两步,一脚踢开挡路的冯公公,将手上的刀架到了皇帝的脖子上。

一片哗然,几个跟随着皇帝出来的小内监瑟瑟发抖,都看着他们的师父冯公公。然而此时此刻,冯公公已看清了局势,明白所有的挣扎都是无用的,只能脸色灰败地跌坐在地上。

皇帝看了眼脖子上架着的刀,看了眼持刀的人:"御林军统领——吴景峰……本无一寸军功,是朕念在你祖上曾随林老将军一同在平尼罗国之乱的战场上死战,才将此位给你。"

"原来陛下觉得这个小小的御林军统领之位还算是给我的奖赏了?"吴景峰切齿冷笑,"陛下见不到我的才华,韩王殿下可以见到,那么恕臣只能追随韩王殿下了。"

韩王在一边轻轻抖了抖领子,笑道:"皇兄不愧坐了这么多年龙椅,气度倒是很不凡,被人刀架在脖子上了还能这么气定神闲。"

皇帝冷眼看着他:"你想做什么?"

"还能做什么?"韩王冷笑,"无非是请陛下签一道授位于我的诏书罢了。"

皇帝看着他,良久,突然大笑起来。

韩王脸上的笑容收了起来,他盯着皇帝的眼睛,面色阴沉得可以滴出水来。

"老四啊老四……"皇帝笑够了,轻轻地摇摇头,浑然不在意脖子上那把吹毛立断的利刃,"当年父皇说过的你不懂的道理,过了这么多年,你依然还不懂么?"

"直到今天,你都仍然认为为天下君者,需要做的就是在宫中这点方寸大的地方争权夺势?"皇帝不断地摇着头,"我写一道诏书认你做皇帝,你就坐得起这龙椅了么?为天下君者,乃万民众望之所归,你得不到天下人的认可,在这里逼我认可你,又有什么用呢?"

"我不需要你认可!"韩王猛地吼了起来,"当年父皇是这样说,你也是这样说,可你们又有什么资格来点评我?!我不过是最后给你留着一分面子而已,真当我稀罕你来认我做皇帝么?事到如今,你认不认可又有何用?!"

"你当不成皇帝的。"皇帝平静地说道,"即便你现在可以杀了我,但是我立了太子,明轩是我多年来认定的储君。我死了,他继我的位,没有轮到你的道理。"

"那就看看楚明轩有没有足够的兵力打过翎风带领的大柳营吧!"韩王放声大笑,"翎风已经在前去调兵的路上了!"

这一刻,皇帝的脸色才真正地变得苍白。

韩王满意地远远端详着皇帝的面色,他抬手冲持刀的御林军统领吴景峰说道:"既然陛下事到如今仍然自恃高贵,不肯配合,那么……唔,还是应该留一条命给他的,让他看看他儿子是怎样死在我儿子手里——那就先砍掉一只手臂吧。"

吴景峰会意,高高地扬起了刀。

"住手！！！"

一个尖厉而凄绝的声音突然从远处响起，而与此同时，吴景峰震惊地看着自己的手腕——

一柄飞刀无声而极速地飞驰而来，直接齐腕切掉了他拿刀的右手。

吴景峰呆呆地看着自己的手和刀一同掉落在地上，下一秒，鲜血喷涌而出，他这才一头倒在地上，发出惨绝人寰的痛呼声来。

皇帝毫无防备，吴景峰手腕上巨量的鲜血飞溅在他眼前，使得一直神经紧绷的他眼前猛然一黑，差一点坐到地上。然而下一秒，一双温暖的手扶住了他，这双手的主人声音却是清冷的："父皇……"

皇帝震惊地望向身边，那一刻他几乎以为是自己出现了幻觉，身边这个年轻的御林军刚刚从吴景峰背后一击得手，便赶来扶住了自己。

年轻的御林军揭开罩在下巴上的护具，露出的脸英俊而清冷——正是皇帝的第三子、楚氏的储君楚明轩。

"轩儿……"一直强撑着云淡风轻的皇帝终于老泪纵横。

"父皇没受伤吧？"楚明轩低头仔细查看了一下皇帝的身体，发现没有大碍后，便把他交给了此刻已跌跌撞撞赶过来的冯公公。

楚明轩站起身来，他和韩王的目光，一起落到了那个远方的人影上。

那正是刚刚发出一声凄厉的呼喊，吸引了众人注意力的人。

那是个瘦弱的年轻人，此刻浑身都在颤抖着，淋漓的大汗把他整个人的衣服由里到外浸了个透湿，然而他紧紧咬住苍白的嘴唇，用力扯开自己衣服的前襟。

在场的所有人都倒吸了一口凉气。

一排火药管被牢牢地绑在年轻人的胸口处，尽管浑身都在冒汗，但年轻人显然一路赶来都小心地维持住了胸前这一片衣服的干燥，他颤抖的手紧紧握住两块打火石——只要一点火星，这一排火药管就会同时炸开。

没人知道那装着火药的黄铜管会有多大威力——事实上，如果这东西由匠人改制过的话，把周围十几个人同时炸上天完全不是问题。

年轻人浑身上下都在发抖，他大声喊了出来，声音尖锐，根本不是寻常男声，然而带着一股惊心动魄的赴死决心："放了陛下！否则我跟你们同归于尽！"

韩王紧咬牙关，盯了他许久，才低声说道："你疯了吧？你老娘和两个姐姐的命都不要了？！"

年轻人咬住嘴唇，声音带了哭腔，然而坚决之意丝毫不减："我……我杀了你……你就杀不了她们了……"

他的嘴唇流出血来："她们要是知道我成了这么个畜生王八蛋……做鬼都不会放过我的……"

楚明轩远远地看着他，突然低声开口道："小全子……"

年轻人怔了一瞬，他一直太过激动，眼睛被泪水糊满，根本没看清站在皇帝身边那个一身御林军装束的年轻人是谁。

他缓缓转过头来，在看清了楚明轩脸的那一瞬，他骤然大哭起来，拼命地用袖子挡住脸:"殿……殿下!您别叫我了!小全子对不起您!"

"是我对不起你。"楚明轩低声说道。

小全子愣住了,他拿着打火石的手颤抖着,身边的御林军害怕他一个不留神走了火,都小心翼翼地向周围躲闪着。

"你跟了我这么些年,最近魂不守舍地,我都没注意到,还是事发了才回想起来,你半年多都没有回家看母亲和姐姐了。"

楚明轩低声问道:"很为难吧?"

小全子愣了一瞬,眼泪止也止不住地从他的眼角流了下来,他大哭着冲楚明轩摆手:

"殿下别说了……别说了……都是小全子的错!都是小全子的错!如果不是我把消息报给叛贼,皇上根本不会身处险境!小全子罪该万死!"

"死不死是以后的事,现在起码不是死的时候!"楚明轩拔出腰间的佩刀,护在皇帝身前,直面韩王。

他带的王府精英们也已赶到了,然而人数上只有御林军的十分之一,真动起手来,绝对没有任何胜算。

小全子的火药管固然吓人,但韩王心机深沉诡计多端,这个玩意儿威胁不了他太久。

突然，远处传来了一阵骚动声。

几个王府精英押着一个垂着头的女人走了过来，高声喊道："皇上、太子殿下，叛军家属带到。"

蓬头垢面的年轻女子被侍卫们一推搡，便摔在了地上，但她随即就爬了起来，跌跌撞撞地冲了过来："爹……爹救我……"

韩王微微一皱眉。

他对自己这个儿媳妇并没有过多的感情——

不过作为儿媳妇而言，南宫晴倒确实是让他满意的，只不过这个女人注定不是能助他们爷俩成大事的料而已。

就在韩王些微的犹豫间，女人已扑到了他的面前。

几乎是同时，那边楚明轩突然动了，寒光在他手中一闪，佩刀越过离自己最近的御林军，直取韩王而来。

韩王猛地一惊，转头看去，然而只是他转头的那一个刹那，一根簪子已经无声地抵在了他的喉咙上。

而不远处的楚明轩气定神闲地站住了——先前的袭击只是虚晃一招而已。

韩王难以置信地看着身边的女人。

他错了，错在对她完全没有设防。

事实上，也根本不用对南宫晴设防，那是根本人畜无害的柔弱女人，连蚂蚁都不敢踩。

韩王下意识地对她放松了警惕。

然而他错就错在来人完全不是南宫晴，尽管她们的身形身高看上去都颇为相似，然而来人一双明亮得惊人的眼睛，绝不是柔弱如南宫晴者可以拥有的。

韩王从牙缝里蹦出几个字："沈……如……柏……"

如柏的眼睛还是肿的，整个眼眶由于流了太多的眼泪而泛着难以消下去的赤红色，然而她平静地用簪子紧紧抵住韩王，直到楚明轩走上前来接手，把刀架在了韩王的颈间，如柏才甩甩手，把那根簪子随手扔在了一边。

"是我。"她轻声说道，"你不会再见到阿晴了。"

韩王的目光微微一动，然而最终还是归于冷漠和平静。

楚明轩看着韩王，这是他一直视若师友的长辈。

也是他一直寻找的，杀害自己母亲的凶手。

良久，楚明轩扬起刀锋，一刀劈在了韩王的肩上。

鲜血汩汩而下，楚明轩扬声道：

"你们要推上皇座的人就在这儿！还有哪个人要试试来救他么？"

御林军你看看我我看看你，这些人都是魁梧的汉子，然而韩王被擒后又一起失了主心骨，想那吴景峰作为名门之后，都并无真本事，只靠祖荫混饭吃。他手下这帮人就更是难成大器，此刻一起乌泱泱地乱作了一团。

王府精英们抓准机会一拥而上，几乎不费吹灰之力地缴了御林军的械。

韩王被押在地上，然而他艰难地抬起头来，看着周遭的人。

良久，他嘶哑地笑起来。

"皇兄，你之前对我说什么来着？即使我杀了你，楚明轩也会继位？"

"那么恐怕现在这话要反过来，轮到我对你说了。"

"翎风已经开始攻城了吧……"

"我就好好地睁着我的眼睛，看看你们是怎么死的。"

御书房，只有楚明轩和皇帝两个人。

"父皇，对不起。"楚明轩低声道，"儿臣没能……"

楚翎风最终还是和大柳营会合了。

一万兵力即将攻入城中，而皇室正统手中无人可用。

"轩儿，不要说对不起。"皇帝轻声说。

这个天下至尊的男人仿佛在一夜之间老去了许多。

"是朕对不起你啊，朕这些年太疏忽了……"他轻轻按住楚明轩的肩膀，"父皇没能留一个太平安稳的盛世给你，反倒留了一堆烂摊子。"

楚明轩低首，轻声却坚定地说："儿臣十一岁被父皇立为太子，从未有一日想的是在太平盛世里享福。"

皇帝轻轻摇摇头，他问楚明轩："可用之兵有多少？"

楚明轩应道："锦衣卫一千，王府亲兵未曾计数，约有百余。"

皇帝轻轻点了点头，他和楚明轩都知道，这个数字的兵力绝对不可能和楚翎风手上的一万人抗衡。但是皇帝欣慰地笑了一下："够了……起码够保你出去了。"

楚明轩猛地睁大了眼睛。

"轩儿，你是从小被我当君王培养的孩子，君王不可无决断。你带这一千锦衣卫杀出去，各个地方的军队也许会有被韩王策反的，但不可能是全部，一定有忠心耿耿的将领迎接你。以你的智谋，慢慢筹谋，必有一日能够再翻盘攻回京城。"

楚明轩看了皇帝良久，不知道为什么，突然笑了出来。

这样看起来,他们楚家的人真是惊人的相似。

在危险临头之际,他的第一反应就是让如柏赶紧走,而他父亲的反应也是让自己赶紧走。

"我不会走的。"楚明轩在皇帝面前站定,他已经长大了,不再是那个被皇帝牵着手登上城墙远眺江山的小小少年,曾经他认为父亲是全天下最伟岸的人物,而如今的他发现自己站直时已经比父亲还高上半头。

"皇上,宫外有人求见。"冯公公进门禀告。

"何人?"皇帝疲倦地挥挥手,这个节骨眼上,武将都在外,朝内都是文臣——他哪个文臣都不想见,因为见了也没有用。

"沈氏之女。"

皇帝蓦然回头。

而楚明轩的唇角终于泛起了一丝微笑。

"父皇可愿听听我们的谋策?"

时间如细沙倾泻而下。

如柏和楚明轩一起坐在皇帝下首,已将所谋所划一一报出。

"还请皇上放心。"如柏最后总结陈词,"如我们所说,京城未必没有一战之力。"

皇帝微微点头,补充问道:"只是韩王早已将城中军力的通信系统摧毁,军中传令兵人手不够,而且军情紧急之时马速也不够快……如何解决?"

如柏道:"臣女请求请出鎏金鼓。"

皇上一惊,问:"城中儿郎俱已出征,何处有人手擂鼓?"

如柏看向皇帝,她的双眸清澈而有神。

她望着皇帝,露出一个明媚而坚定的微笑。

楚明轩抱着手臂站在一边,看着如柏,这样的生死关头,他的唇角亦微微地扬了起来。

父皇——这样的人,你还满意吧?

深夜,京城,浩清宫。

苍老的太监颤抖着手指打开已经生了锈的铁索,微微欠身:"姑娘请……"

身着天水青长裙的女孩拾级而上,站在一面巨大的鼓前,她伸出手,拂去鼓面的灰尘。

金光灿烂的鼓面露了出来。

这是楚家先祖打江山时的旧物了,那时人们还没有想出更有效的通信方式,便是借助这种经过特殊处理的鼓来传信——这种鼓被敲击时声音不算特别大,但是由于鼓腔内的特殊构造,导致发声方式与寻常的鼓不同,能够传得极远。

如柏挽起袖子,拎起了鼓槌。

与她一起拎起鼓槌的,是京城里每一家的小姐。

宫中的小内监挨家挨户地将鎏金鼓送过去,小姐们沉默而严肃地接过来,在小内监的帮助下架好。

这一夜,林家小姐放下了笔墨纸砚,孟家小姐放下了古琴乐谱,程家小姐放下了绣品针线。

覆巢之下,父兄出征,由她们敲响鎏金鼓。

而率领着她们的,是站在皇城中央的沈氏之女——沈如柏。

锦衣卫在皇城外围飞快地移动着,他们都是绝世的大内高手,关键时刻便会化为顶级的斥候,只要远远发现韩王军队的踪迹,便极速地飞身用爪钩攀回城内,点燃城墙上的烽火。

而离烽火最近的女孩看到燃起的烽火,便敲响鎏金鼓。

下一个女孩听到鼓声,随即敲响自己的鼓,鼓声就这样一个一个传递下去,直到中心的如柏听到,她会按照四种不同的节奏击鼓,女孩们通过不同的节奏来判断下一个该是哪个方向的女孩接力。

如柏扬起手臂,带动着鼓槌重重地敲击在鼓面上。

城中千百个女孩跟着她一起。

在不间歇的鼓声中,韩王军队的位置被传到城中的每个位置。

不同城门的守城者蓄势待发。

楚翎风的队伍率先扑向离自己最近的南城门。

他看到的是列队整齐的一千锦衣卫,带领他们的,是刚从狱中出来不久的林家主将——林烨。

"一千人而已,冲!"楚翎风一挥手,一万人马倾巢出动。

十对一,楚翎风势在必得。

然而林烨无声地举起了手臂,一千锦衣卫在他手臂的指挥下无声地动了起来,竟然结成了一个楚翎风从未见过的阵型,随即他们每个人都突然将一直背在身后的手拿了出来——每个人都举着一块一人高的木排,拎着一把枪身极长、尖头极为锐利的长枪。

他们并不留给楚翎风包抄他们的机会——每个人都贴墙而立,缓缓游走,但只要有反贼靠近,就会迅速有邻近的几个木排同时架起来。与此同时,尖锐的长刺从木排下方斜刺而出,直接掀翻战马。

"不必惧怕!我们人数占尽优势!他们只是负隅顽抗!"楚翎风冲士兵们喊话。然而,下一秒,一道黑影从斜刺里杀出。

一道寒气四溢的刀光以极其绚烂的姿态照亮了无边的雨夜,刀的主人黑发高束黑衣飘扬,一对浓眉之下,灿若寒星的双眸里带着森冷的笑意,仿若一尊年轻的杀神。

当世武榜第一人,京城四大公子中的"刀"。

孟学然,终于在今夜毫无保留地祭出了自己的刀。

他所到之处,没有人呼喊,没有人号叫,因为那柄刀太快了,几乎快到割裂时光的地步。人们只见那道寒光在眼前急速地一闪,下一秒,就有人无声无息地倒了下去。

而直到孟学然已经拿刀攻向下一个人的时候,先前倒下的那人伤口的血才终于喷出来。

楚翎风看着那道黑色的身影,孟学然并不恋战,他只是直接砍翻挡自己路的士兵——他的目标只有一个,那就是楚翎风。

楚翎风眼睁睁地看着那道漆黑的身影越来越近,士兵们试图挡住他,然而任何努力在绝对的武力压制下都成了徒劳。楚翎风也曾经和别的风雅公子一同笑过孟学然除了打架也没什么别的本事——然而直到这一刻,他才意识到,那是多么可怖的战力。

传说中在万人丛中取首领首级易如反掌——这是神话,然而在看到孟学然的这一刻起,楚翎风知道这恐怖的神话终于成了现实。

"退……退!"

眼看孟学然越逼越近,楚翎风终于再也压制不住心中的恐惧,他大喊一声,带着士兵们急速奔向下一个城门。

孟学然并不追赶,他收刀而立,站在城门边,然而一股无形的杀气四溢出来,使得无数士兵莫名地感到极为恐惧,他们占尽了人数的优势。然而一群绵羊在猛虎的威慑下早已崩溃了心理防线,他们在漆黑的雨夜里四处溃逃着,很多人没有去跟随楚翎风的步伐。

南城门的损失是惨重的,一个林家家主的木盾阵,一个孟家不世出的武痴孟四公子孟学然,已经让很多原本就不够坚定的叛军失去了信心。在东城门集结完毕时,楚翎风草草地清点了一下人数——他们居然已经少了两千多人。

还没等他一口气缓过来,就听到东城门的上方,突然传来了阵阵的歌声。

"君子执玉箫,浪客剑无鞘。"

他抬头望去,有白衣的公子举酒立于城墙之上,他袍袖纷飞,且歌且舞,说不尽的写意风流,仿若谪仙。

柳七复扬起头,把杯中的酒倾入喉咙,他大笑且歌:

"问古今兴亡事,几人耀青史?几人芳名留?阴谋阳谋明争暗斗,终不过一江浊浪向东流!"

他的身姿神态是出尘,是轻慢,是浑不在意的嘲笑,楚翎风只觉得一股怒火无声无息地从心底蹿起,他大吼一声:"攻城!"

柳七复的神色微微一变。

"执迷不悟者,劝不动啊。"他微微叹了一口气,"可惜了,可惜了那么好的字。"

下一秒,他猛地站起,乌云在这一刻恰巧散开,露出的明月光辉照亮了柳七复飘扬的白袖,他放声歌道:"看我杯酒倾天下,一曲清歌赠英雄,来年青冢间,故人祭白发。"

他将酒杯猛地掷了下去,清脆的碎裂声在夜色中响起。随着这一声响动,数十根一端被固定在城墙上的蛛丝猛地被拉长了,被系在蛛丝上的舞姬们跃下城墙,一个个裙裾飘扬,仿若天女从天而降落入凡间。

为首的女子丹凤眼秋波横生,朱唇含笑,人还未落至地面,袖中飞剑已经抛出。

杏花阁舞魁——华倾城,名曰倾城,今日一舞,为的却是守城。

女孩们纷纷落至地面,她们一个个轻纱覆面掩住口鼻,裙袍翻飞间,便有无数的

— 310 —

药粉倾泻而出,吸入药粉的叛军顿时便头晕腿软,顷刻间倒了一大片。

"柳七复……你在民间究竟拥有什么势力……"楚翎风咬牙切齿地问道,"楚明轩竟然容得下你?"

"不管是什么势力,本心总是为民谋利,太子殿下怎会不容?"柳七复一笑,仙气飘渺。

他径直从城墙上跳了下来!

雪白的身影直坠而下,蛛丝在空中被拉得笔直,他大声唱道:"何人与我舞南月?"

舞姬们纷纷笼袖,她们飞快地围成一个圆圈,而圆圈的中心正是柳七复即将下落到的位置。

"何人共我倚东风?"

柳七复落至地面,几乎是同一瞬,他袖中激射而出的蛛丝直接攀上了每个舞姬的腰,阵形在瞬间集结完毕。

"挽弓当挽强,用箭当用长。"

一瞬间,女孩们和柳七复一起动了,他们一起并成一列长队,直接从敌军的缝隙中插入。

也不知道是舞姬们牵扯着柳七复,还是柳七复驱动着舞姬们,他们整个阵形如同一个行动莫测的鬼魅,眨眼之间便没入了敌阵。

"射人先射马,擒贼先擒王!"

他们的目标只有楚翎风。

蛛丝被猛地收回,阵形顷刻扩大,舞姬们轻灵地在敌阵中起舞,每个舞到之处都有人无声无息地倒下,柳七复站在敌阵中央,他似乎并没有采取任何措施,然而任何试图靠近他的人都在距离他还有三五步的地方倒下了。

人群如浪,而他是在浪中岿然不动纵情高歌的无双公子。

"撤!"楚翎风终于沙哑着嗓子喊道。

然而这一次,还没有等他们到达北城门,一股从未见过的人流便截住了他们。

为首的女孩长发高束,英姿飒爽,正是宋羡鱼。

"逆贼楚翎风!"宋羡鱼挥剑而出,高声喊道,"临渊堂并一众江湖义士,特来向你讨还公道!"

而在临渊堂与诸多江湖人马的背后,六皇子带领诸家王府的亲兵蓄势待发。

"这个城门的留守人数是最多的……"楚翎风在心下暗暗盘算。

用尽了。

所有楚明轩能用的人,他都用尽了。

那么西城门……他再没有可用之兵了!

"所有人回撤!集结去西城门!"楚翎风厉声道,一夜的宿战,他的嗓子已经沙哑了。

他预想得没错,计算得也完全正确。

西城门城门关闭,只有一个人静静站在门口。

东宫太子楚明轩。

楚翎风率领叛军冲了上去,在距离楚明轩还有数十丈的时候,他停了下来。

两个曾经的堂兄弟遥遥对视着。

"翎风。"楚明轩低声道,"我看你的眼神……你等这一天,已经等了很久吧?"

"是啊。"楚翎风仰头望向天空。

"从小我就想……我哪一点比你差呢?"

楚翎风缓缓说道:"是文,还是武?是做文章还是练骑射? 如果都不是,那么凭什么太子之位是你的呢? 就凭你父亲当年抢了我父亲的皇位么?"

"束手就擒吧……看在兄弟的分上,我会给你一个体面的死法。"楚翎风低声说道,"我计算过了,你绝对没有可以调配的兵力了。"

楚明轩静静地看着他,良久,他上前了一步。

"你说得对……我楚明轩非嫡非长,凭什么是我做太子?"

他低声说道:"因为我得民心。"

下一秒,城门洞开,最后的战力倾巢而出。

楚翎风不敢置信地望过去,在他看清了那战力是什么之后,他愣住了。

京城中所有的青壮年百姓。

时间紧迫,来不及给他们每个人配发官府的武器,因此他们有人手持猎弓,有人手持柴刀,甚至有人拿着锄头。

然而每个人都那样坚定地站在楚明轩身后。

不知道是谁率先喊了一嗓子:"拥护太子,讨伐叛贼,誓守京城!"

每个人都跟着他喊了起来:"拥护太子,讨伐叛贼,誓守京城!"

京城上千户百姓中的青壮年男子们,所有在战场尚有一战之力的男人们都来了。

他们站在楚明轩的身后,传达的是来自百姓的态度——

他们认可楚明轩,认可他是正统,认可他是未来的皇上,认可他是能担负起这社稷、能带领他们过上幸福日子的君主。

楚翎风可以和兵斗和将斗,他杀得尽所有挡路的世家官员……但是他能和百姓斗吗? 他杀得尽这江山万里中的所有百姓吗?

他苦笑了一下,扬起头望着天空,依稀有泪水从他的眼角极速坠落,猩红色,是带着血水的眼泪。

这个曾经温文儒雅的公子发出一声沙哑的嘶吼,他头一个冲了出去,不顾一切地杀向了敌阵。

楚翎风不记得自己是怎样倒下的。

四处都是流矢,敌方的,己方的,箭头是不长眼的,它们此处伤人,夺命无情。

不知道是来源于哪一个无名小卒的流矢就这样飞来,准确地扎进了他的胸口。

那一刻楚翎风甚至没有感觉到痛。

他只是觉得胸口破了一个洞,所有的东西都从那个洞里倾泻而出,他的血,他的灵魂,他的不甘,他的抱负。

真冷啊，所有有热度的东西都那样飞快地流逝而出。

楚翎风微微地蜷缩起来。

一只带着温度的手突然抓住了他的手。

楚翎风微微睁开眼睛，他面前是一张熟悉的面孔，然而他似乎已经不认得那人是谁了。

所有的记忆和爱恨都随着血一起从他的胸口流走，楚翎风觉得随着这些东西的流逝，自己似乎变小了，时光在飞快地倒退，他重新变成了多年前第一次去宫里玩的小男孩。

韩王对他很严厉，所以导致他生怕在宫里犯下什么不该犯的愚蠢错误，然而小男孩好动的本性仍然难以被后天那点尚且微薄的意志力压制住。眼见没有大人注意到自己，楚翎风迅速地在红砖上掰了一小块下来，在石阶上写写画画了起来。

突然，一个清冷的少年音在他背后响起："你在写什么？"

楚翎风吓了一大跳，直接摔了个屁股蹲儿，他飞快地扔掉了那一小块红砖，手足无措地坐在原地扬起头，看着那个突然从背后冒出来的眉目硬挺的少年。

坏了。他想。在人家家里写写画画，人家告诉爹，爹又要骂我了。

"你写得很好看。"那少年弯下身来看了看，突然对他露出一个微笑，"你叫什么？"

"翎风……楚翎风。"

"哦。"那少年笑起来，"那你是我四叔的儿子了。"

他握着楚翎风的手腕，把他拉起来："我叫楚明轩，我是……"

同样的一只手，隔着漫长的时光握着他的手腕，依稀还是当年的温度。

楚翎风想起来眼前的人是谁了，那是他的……

"三哥。"

隆安二十四年秋，叛军首领楚翎风死于流矢，围困京城的叛军群龙无首，随即四分五裂。

地方的反叛势力被迅速清算，一场隆安年间最大的阴谋叛乱得以平息。

以林烨、沈承松为首的受冤之臣被平反昭雪。

以孟学然、柳七复为首的有功之人得到赏赐褒奖。

后宫之中，皇后虽并未参与谋反一案，但是在彻查过程中发现她舞弄权术的多起案例，皇上对其十分失望，于是曾经煊赫一时的中宫渐渐失宠潦倒。

治理六宫之权由沈贵妃暂代，而她做的第一件事，便是在民间征集郎中，为六皇子生母徐淑妃医治疯病。徐淑妃后来状况减轻，与六皇子解开心结，这是后话。

而这一年的最后一件大事是，隆安二十四年十一月，皇上下旨，赐沈氏之女沈如柏给东宫太子楚明轩，为太子正妃。

深秋,风霜渐浓。

池塘里的荷花已经尽数枯萎了,在萧萧的秋意里兀自展示着残枝败叶,不时有带着凉意的秋风缓缓吹拂而过,那片残荷就随风而动,将水面切割出破碎的波纹来。

如柏坐在池边的长廊里,望着那片枯荷。

这是沈府的后院,也是她小时候常和南宫晴一起玩的地方。

那时候南宫晴是个闷闷的小姑娘,话很少,看着也没有别的女孩子有灵气。

谁知道就是那么个温温呆呆的小姑娘,居然是她们那群人中最烈的情种。

无尽的萧瑟秋风从她的发丝间穿过,如柏只觉得身上漫起一股冷意。然而下一秒,一个食盒被无声无息地放在了她的身边,食盒里摆着的是一碗冒着热气的红豆沙紫米粥,另有两碟同样还白气升腾的翡翠蒸饺。

如柏不用回头,也知道是楚明轩来到了自己身后。

她端过粥碗,小心翼翼地吹了吹,温暖甜蜜的味道些许地消除了她周身的冷意。不过她还是随口抱怨道:"过分了啊,天气这么冷,也不知道给我拿个披风。"

下一刻,她的后背猛地一暖。

楚明轩直接从背后把她拥到了怀里,清冷的龙涎香气味蔓延开来,太子殿下轻轻地扯着嘴角笑了一下,低声道:"拿什么拿,我不就是现成的么?"

如柏默默地脸红了……感觉确实没什么披风能比太子殿下这款更好了。

她叹了口气,放下粥碗,回身抱住了楚明轩。

楚明轩解开外袍,把如柏整个人包在了里面,如柏把脸埋在楚明轩的胸膛上——龙涎香的气味是清冷的,里面那颗心脏的跳动是炽热的。

"在想之前的事情么?"楚明轩低头看着如柏的发顶,伸手摸了摸她的头发。

如柏没抬头,只是小声地"嗯"了一声。

楚明轩轻轻地叹了口气。

时间是消除不了伤痛的,伤痛永远都在那里,只是人们在时间的流逝里一点点学会如何去忘却——只是有些东西太难忘却了。

曾经发生过的一切永恒不变地存在着,旁人无法去改变,无从去安慰。

即便再亲近的人也不行。

楚明轩想了想,对如柏说:"抬头……"

如柏刚刚抬起头,一点温暖就飞快地降落在了她的唇上。

楚明轩低下头,在极近的距离里,他的睫毛在震颤间扫到了如柏的皮肤,带来一点微痒的酥麻感。

他的一切都是偏冷的,冷的气质,冷的轮廓,冷的五官眉眼。

偏偏有这么滚烫的体温和唇。

如柏闭上眼睛,一点微微的湿意从眼底泛了出来。

她明白,这是楚明轩给她的温柔,给她的安慰。

——如果过去之事已不可更改,那么起码我会承诺倾尽所有,为你的未来带来温存和美好。

秋风掠过,一池枯荷发出温柔的飒飒响动。

漫长的时间,直到如柏觉得呼吸变得艰难后,楚明轩才捧住她的脸,移开了自己的唇。四目相对,楚明轩低声问:"准备好了吗?"

如柏轻轻地点了点头。

楚明轩摸摸她的头发,回身叩了三下长廊上的木柱,便有十数名侍女缓步走上前来,每人手中都托着木盘,上面是太子妃的礼服宝饰。

"那么便出发吧,父皇还等着我们呢。"楚明轩低声说道,他缓步走向沈府的正门门口,在那里等待。

如柏深吸一口气,她郑重地取过太子妃的礼服,由侍女们为自己穿戴。

青黛扫娥眉,胭脂点樱唇,云鬓高耸,最后一顶珠冠被小心翼翼地由侍女压在她的发顶。

如柏轻提裙角,缓步而出。

楚明轩站在外面,一身太子蟒袍在阳光下闪耀灼人。他看着她,目光微微发亮。

那是他的太子妃,是他今生唯一的眷侣。

而此刻,她这样美。

如柏走上前去,扶住楚明轩的手臂,二人一同登轿,前往宫中。

沿途,六皇子、沈承松、孟学然、柳七复、林烨……都着了色泽明艳的服制,微笑着注视着二人。

今日,沈如柏入宫成礼,正式受封为太子妃。

如柏看着她的朋友们,她的手停留在楚明轩的掌心,温暖的感觉从指尖一直蔓延上来。

依稀还是当年在食肆间蓦然回首,对上那双灿若星辰的眼睛,低声道一句:"幸会,太子爷。"

而今,他们一同走过了这样多的路,终于成全了命运早早安排下的相遇。

而以后,她会站在他的身边,陪他走更漫长的路,他们将一起登上浩清宫之顶,看这江山多娇;也会一起走入百姓们中间,听他们诉说所有的悲欢。

　　大婚后的第二年,太子被皇帝派往朱州协助政务,太子妃随行。

　　当初楚明轩和如柏也曾来过朱州的,打的也是协助政务、勘察厂房的名头,不过实则是为了调查番木蒿这条线索,最终揪出了山匪火龙和刺史钟洪之间的勾当,那一次险象环生,找到线索后又匆匆离去,并没能认真观赏朱州的山水风景,如今故地重游,总算是有了几分闲心,楚明轩已和如柏商量好,等正事办完,就找个山清水秀的地方过几天远离京城的闲散日子。

　　六皇子楚明辙得知三哥要来朱州,立刻提出要一同前往,给父皇上书的时候讲了一大篇"兄弟同心"之类的话,言辞之恳切,就差没拽着龙袍嘤嘤哭泣"我离不开三哥了",导致皇上同意后,朝臣们也是一片议论纷纷:"六皇子和太子之间的兄弟情谊真是深厚。"

　　然而此刻,在去朱州的路上,楚明轩和如柏同乘一车,休息的间隙里,楚明轩拉开车帘,看着另一辆马车里也拉开了车帘、正魂不守舍地眺望前路的六皇子,淡淡问:"六弟,你和我说实话。"

　　六皇子心不在焉,仍然伸头向前望:"什么?"

　　楚明轩看着他这副恨不得下一刻插翅飞到朱州的样子,叹气:"你去朱州,是为了和我一起吗?"

　　"当然不是。"六皇子居然大大方方地承认,"三哥你不过就是我在父皇那儿找的说辞罢了,毕竟我总不能和父皇说我来是为了朱州的山水吧。"

　　"哦。"楚明轩淡淡点头,把语音拖长,"真是为了朱州的山水吗?"

　　普通一句问,六皇子的脸却腾地一下红了,声音也结巴了:"不、不然呢?"

　　一直看热闹的如柏伸出头来,和楚明轩夫唱妇随:"真的不是因为六殿下早就倾慕某位女侠的英姿飒爽,一心想要见到她吗?"

"没……没有。"

"噢,没有啊。"如柏点点头,掏出一个小小的锦袋。

六皇子的脸色噌地变了:"怎么在你那!"

如柏大声念了出来:"临渊堂宋姑娘:自京城一别,近日可安好……"

六皇子的脸烫得惊人,放个生鸡蛋上去可以立刻变成熟的:"还给我!"

如柏见好就收,把锦袋当空一抛,还给了六皇子。

话说这六皇子和宋羡鱼的确有些缘分,当年六皇子在朱州游山玩水,无意间搭救的少女正是宋羡鱼苦苦寻找的师妹宋玉儿,而之后宋羡鱼能及时来到京城共同抗击谋反的韩王,也是六皇子修书一封送达临渊堂、告知宋羡鱼幕后黑手近期在京城必有动作的功劳。

"话说宋羡鱼姑娘比六殿下还大几岁呢吧?"如柏感叹,"也不错,女大三,抱金砖。"

"你要是喜欢,尽早上门提亲,不要这么遮遮掩掩的。"楚明轩淡淡地建议。

"不行,那得先相处相处,明白了彼此心意才行。"六皇子道,"还说我,三哥你不也早有心意了,但是磨磨唧唧地不肯说。"

楚明轩:"……"

他立刻放下车帘打算叫车队启程,然而已经晚了,如柏一把把车帘掀开,探出半个脑袋:"六弟! 他是从什么时候开始对我有心意的?"

六皇子正色道:"我和三哥是兄弟,怎可做出卖兄弟的事?"

楚明轩脸上露出赞许的笑意。

如柏想了想,缓缓道:"其实之前我和宋羡鱼姑娘聊过几次,她也对我说过对你的看法……"

六皇子:"我说! 我都说! 三嫂我们好好聊一下,相互交换一下信息!"

楚明轩:"……"

篝火噼里啪啦作响,烤熟的兔子外皮酥脆,撕开后便露出颇有嚼劲的腱子肉,楚明轩扯下兔腿,递给如柏,如柏接过来,一口咬下去,烫得直吸气,一边吸气一边赞美:"好吃……太好吃了!"

"吃慢点,没人和你抢。"楚明轩看看身边自己刚刚打下来的猎物,"兔子烤完了还有锦鸡,如果还不够的话,那边不是有河吗,咱们抓两条鱼上来烤。"

背后就是参天的大树,如柏往后一靠,舒服得眯起眼睛。

一到朱州,六皇子就没影儿了,估计是屁颠儿屁颠儿前去临渊堂,向自己的意中人献殷勤去了。楚明轩和如柏也不管他,在楚明轩和当地官员见过之后,二人便共乘一马,来到这山里。

"比御膳房做得还好吃。"如柏啧啧称奇,明明楚明轩也没干什么,只是烤熟后抹了些盐巴和当地的辣子面上去,滋味便好得惊人。

"宫里的东西不过是精致罢了,论滋味肯定不能和山中的比。"楚明轩看着如柏,如柏本来在路上着了风寒，虽然好得很快，状态仍是有些疲倦的，脸颊上的肉都清减了些许，楚明轩看了实在心疼。然而如柏的元气没得快来得也快，此刻吃舒服了之后笑生两靥，眸子明亮，立刻又是个一看就让人心生欢喜的小姑娘。

楚明轩的手又没忍住，伸过去在如柏脸上掐了一把，不错，手感甚好。

"诶诶诶，都是油！"如柏抗议，她手上拿着兔腿，一时间也找不到帕子擦脸，索性把脸贴到楚明轩肩膀上，对着太子爷价值不菲的长袍就是一顿蹭。

她以为楚明轩会躲，哪想到太子殿下非但没闪开，反而一把把如柏拉到了自己怀里。

"还闹不闹？还闹不闹？"楚明轩一把按住如柏，如柏身形一个没稳住，二人一起就势跌倒，滚进了厚厚的落叶丛里，如柏靠在这厚实绵软的叶子垫上，楚明轩的手撑在她的身侧，低头看着她，两个人之间的距离越来越近，彼此的呼吸交织着缠绕在一起，楚明轩低头，缓缓吻下去——

然而最后一刻，一个兔腿突然冒了出来，径直塞进了楚明轩的嘴里，与此同时，如柏大笑着从楚明轩的怀抱中滚了出去，滚出几尺远，她飞快地爬起来，顾不得去拂身上沾着的叶片，一边跑一边转头对楚明轩喊："来追我啊！"

楚明轩笑着摇摇头，站起身来，追了出去。

林间一片笑闹，是宫中不曾有的欢笑声。

半个时辰后，筋疲力尽的二人一起重新倒进了落叶丛里，楚明轩还好，如柏却是没什么力气了，她喘着气摆手："不闹了不闹了，我认输。"

平日里到这个时候，楚明轩往往会露出一点笑意，此时却没有丝毫声音。如柏侧过头去，发现楚明轩盯着被叶片分隔成一小片一小片的天空，整个人似乎在出神，不知道在想些什么。

"喂，发什么呆呢？"如柏问。

"我在想……"楚明轩低声道，"跟我在宫里，是不是太委屈你了。"

如柏微微一愣。

"我很少看到你在宫里这么开心，宫里毕竟规矩多，没法这么无忧无虑地打闹。"楚明轩轻轻地说，"你应该是自由的鹰，而不是笼中的雀。"

如柏想了想，她向楚明轩那边挪了挪，把头枕在他的手臂上，然后转头看着他。

"你说得对，在没有规矩的地方玩，的确是很开心。"

她看到楚明轩的眼神微微黯了一下，如柏笑了笑，伸出手去，搂住楚明轩的脖子："但是待在你身边，也很开心。"

楚明轩转过头来，看着如柏。

"是不一样的两种开心，人生在世，不是只有一种快乐，没有烦恼、完全自由是一种快乐，承担责任、共同前行，也是一种快乐。"

如柏看到楚明轩的眼角一点一点柔软下来。

"我知道你老觉得，我对进宫感到束缚、感到委屈……并不是这样，我从来没有这么想过。"如柏轻声说，"你在哪里，哪里就有我的归属。"

楚明轩看着如柏，良久，他靠近如柏，轻轻地吻了上来，这次如柏没有再玩闹，她闭上眼睛,让温柔的吻和林间的沙沙声一起覆盖自己。

朱州不但风景好,好吃的也确实多。

在京城的时候如柏还能适当控制一下,想着"先不吃了,明天再吃",在朱州她则是想着"好不容易来一趟,到时候走了就吃不上了",于是很快把自己吃胖了。

如柏对着铜镜观察自己的肚子,努力吸气——平坦了。一放松——又回来了。

如柏叹气:"不行,不能再这样下去了。"

她开始搜索减肥的方子——首先搜到了一个,是喝桃花茶。

这是药王孙思邈发明的方子:"桃花三株,空腹饮用,细腰身。"

如柏一看——细腰身!正是自己需要的!刚好院子里就有桃树,此时也正是春天,用不着麻烦别人,如柏自己就每天摘了桃花,晒干之后泡茶饮用。

一天过去了,两天过去了,三天过去了……什么变化也没有。

如柏找来郎中询问,郎中回答:"此法主要针对水肿,对于真的吃得太多长出来的肉,是没有用的。"

如柏:"……"

如柏又尝试了第二个法子,这次她让郎中给自己开了抑制食欲的药,喝了一服……

之后再没喝第二服。

原因很简单,太苦了,真不是人喝的,如柏可以委屈自己的一切,但实在是不想委屈自己的舌头。

而楚明轩知道这一切后也极力反对,是药三分毒,身体没有不适的情况下不要喝药。

于是一切还是回到最笨的法子上——少吃多运动。如柏决定减少饮食,每天在院子里跑上几圈。

楚明轩每次处理完公事回来,就看到如柏在院子里一圈一圈地绕着,跑得呼儿嗨哟的。

如柏跑完还一溜烟地来到楚明轩跟前,扬起小脸问他:"你看我瘦了吗?"

楚明轩看着如柏满头满脸亮晶晶的汗珠,于心不忍地回答:"……瘦了。"

"瘦得明显吗?"

"明显。"

楚明轩违心地做出了这一番回答,如柏很是高兴:"那今天晚饭我可以多吃一点。"

这次楚明轩是真心实意地点头:"当然可以。"

当晚,如柏快快乐乐地干掉了一盆红烧排骨,她吃饭是真的香,连带着楚明轩也觉得家常的菜色从来没这么美味过。

这才对。楚明轩看着如柏快乐的小脸想。没事减什么肥。

当晚,天边挂满繁星,每一颗星星都在眨眼,看着地上的有情人。

如柏和楚明轩两个人躺在床上,看着彼此。

突然,一声"咕噜"声在屋子里清晰地响起。

如柏:"……"

怎么会这样,晚上明明吃了很多的,怎么会又饿了!

可能是跑太多了……跑得多,消化得就也快。

她想要捂住自己的肚子,无奈又一声清晰的"咕噜"声传了出来。

如柏自暴自弃地躺倒,楚明轩把她拉到自己怀里,低声问:"饿了吗?"

"没有。"

"我从城东的铺子里带了糯米点心回来,有茉莉绿豆泥的、桂花红豆泥的、玉兰板栗泥的,吃哪个?"

"吃……算了,不吃了。"

"怎么?"

"今天已经吃了很多东西,一天不能吃太多的,会胖。"

"那你等一炷香的工夫吧。"

"一炷香的工夫?"

"嗯,一炷香后就是子时了,子时一过,再吃的东西就算是第二天的了。"

"……"

"到子时了,吃吗?"

"……吃!"

南宫晴篇

（一）

我出生在医药世家，自记事起，伴随我的就是氤氲的药香。

我很喜欢这股萦绕在我身上的药气，我可以通过辨别气味，一一说出它们来自于哪一味药材，功效又是什么。可是与我同龄的女孩子们都不喜欢这股味道，她们嫌它清苦，一闻就想到生病时被逼着灌下去的汤药。

我不晓得她们究竟是不喜欢我身上的药气，还是不喜欢我温吞木讷的性子，总之，愿意和我玩的女孩是很少的。

只除了一个人，她有个男孩儿气的名字，叫如柏。

刚见如柏的时候，我觉得她是不折不扣的怪胎。她的父母、兄长都对她毫无拘束，将她养得像个混世魔王。我第一次见她时她和一群男孩子在树上粘知了，那么大那么高的一棵树，她挽起衣服，几下子就爬了上去，只是在下来时出了点差错，没有踩稳，脸在粗糙的树皮上刮了一下。

和她一起玩的男孩子都叫："阿柏阿柏，你要破相了！"

那是我第一次知道她的名字，也是我第一次发现有女孩子以树的名字命名。

我看不下去，在那些男孩子都散了、阿柏一个人灰头土脸地往家走时，我跟了上去，小声叫住了她。

"要不要试试我调的药粉？每日敷两次，不会留疤的。"

就这样我们成了朋友，除了开始我帮过她这样一个小忙外，之后便一直都是阿柏护着我。学堂里有人欺负我，阿柏帮我教训回去，我染了风寒，阿柏带着点心来看我，有一次走在路上我不慎崴了脚，也是阿柏把我背回了家。

她其实只是性格男孩子气，体格与寻常女孩并无太大的分别，背我回家后累得一张脸全是汗珠，我递帕子给她，她也不用，抬起袖子一把抹掉，对我说："你敷点药快快好起来吧，好了我们继续去街上玩。"

她想了想，补充道："不过这几天你是没法出去了，那我也不出去了，就来你家找你玩吧。"

我看着她，小声问："那其他小伙伴叫你出去呢？"

阿柏大大咧咧地说："不管他们。"

"所以……我比他们都重要吗？"

"那当然，你是我最好的朋友啊！"

是了。我在心里默念。我们是最好的朋友，没有任何人、任何事能把我们分开。

这一生，沈如柏，都是我南宫晴最好的朋友。这一点没有在任何时刻改变过。

即使在大婚当晚，我知道楚翎风想娶的人是她的那一刻……依然没有改变。

（二）

楚翎风于我是个过分美好的梦，我走进了这个梦，一生再也没能从中逃离。

我已经不记得我是从几岁时开始倾慕他的了，只记得最开始是祖父在宫中看了他的书法，赞韩王世子小小年纪就有一笔极有风骨的字，又赞他为人温润如玉，气度高雅。

倾慕是从那时开始的么？毕竟我从小偷看才子佳人的话本，最钟意的便是文雅俊秀的翩翩公子，韩王世子的存在于我而言，是幻想中的意中人第一次在现实中有了对应。

这种倾慕在越变越强，尤其是之后祖父带回了世子殿下亲手题的折扇。我第一次见到了那传闻中的墨宝，它甚至比传闻中更美，极雅，极峻，每一笔都是说不尽的写意风流。不都说字如其人么？韩王世子楚翎风，应当就是这样的人罢？

这倾慕在越变越强烈，以至于从别人口中听到他的名字，我心头也会默默一甜，尽管我知道，我们是并无关系的两个人。

我也从没有指望过我们真有一日会发生牵扯，我只是一名太医的孙女，算不得名门贵女，而楚翎风是这一辈皇室最出色的子弟之一，论门楣，我绝没有嫁给他的可能。因此我一直只打算将这段情当作闺阁时期的一点少女绮思，待我嫁做人妇了，这绮思大概也就会随之散去了。

我没有想到那一日真的会到来……那是我人生中最坏的一日，也是最好的一日。

被绑在那个黑暗的屋子里时我真的以为自己要死了,筋疲力尽和饱受惊吓让我的意识开始渐渐浑沌。我最后的记忆是房门突然洞开,有一袭白衣如同月光般照亮了整个屋子,他把我抱起来,温暖和月色一起把我笼罩。

他是楚翎风。

他竟然就是楚翎风。

和我想象的一模一样,不,远比我想象中的更好更好。

我朝思暮想的意中人,救我于水火的英雄。

一切都太像一个梦了,我幸福到不真实的地步。喝交杯酒的那一刻,满堂红烛映在他的眼睛里,他看向我,弯起眼角微笑,眸光深处的烛影摇红就那么一寸一寸照进我心里,每一寸都是千金不换的柔情蜜意。

我饮下那杯酒,幸福和酒液一起把我的胸腔涨满。那一瞬我想,翎风翎风,我就是为你而死也甘愿。

几个时辰后我便知道了真相。他喜欢的人不是我,是我最好的朋友沈如柏。

很奇怪,那一瞬我并没有太难过——不,难过是难过的,只是难过之外,是一种预想中理所应当的"原来如此"。

我本就觉得之前那个梦美到不真实的地步,现在,原来如此。

我没有恨过阿柏,我从没有。

如果不是她,我没有见到楚翎风的机会,更不可能嫁给他。我思考过很多次,如果整个生命重来一次,我愿不愿意从未遇见过楚翎风。

我不愿意。

我这个人,不够聪明也不够美丽,为数不多的优点里有一条便是,我做了的事情,便不会去后悔。

爱了就是爱了,万劫不复也好,不得善终也罢……

我终是不悔的。

(三)

我不悔,不代表我不愧。

而我唯一愧对的,也只有阿柏一个人。在我意识到她和翎风是两个阵营的后,我选择了翎风。

我也只能选择翎风,我是他的妻子,他要做反贼,我努力阻拦过,但是阻拦不成后,我只能和他一起反。

何况他信任我——这是我酸涩中的安慰,他不爱我,但到底还是信任我。

或许也算不得信任吧,他那样的男人,鹰视狼顾,一切都可以成为棋子,他之所以愿意将秘密告诉我,只是算准了我的死心塌地,算准了我会任他拿捏。

我帮了他很多事情,比如为他的计划作掩护,比如从如柏那里刺探消息,比如在太子和阿柏离开那栋山间宅子后及时赶到,用药迷倒那个名叫严子周的书生,让他吐露消息。

就像我在最后时刻对阿柏说的那样，我希望翎风不要反，但是他已经反了，我只能希望他成功，毕竟这是条不能回头的路。

我刻意地不去想翎风成功后，太子、如柏他们会怎样，我只是一遍一遍地对翎风约法三章——无论如何不要伤害阿柏。

他应当不会的吧……毕竟他那么喜欢她啊。每当想到这里的时候，就有酸涩的液体一点点涌出来，流过我的四肢百骸。

就像我从小便一心想嫁给温润公子一样，翎风应当也是从小便想娶一个聪明的女孩为妻吧？她可以在第一时间领会他的心意，而不是像我这般木讷地无法给予回应，翎风从小就太孤独了，他大概很想有个人能够帮助他、能够懂得他的。

我不是这样的人，所以翎风对我冷淡也是情理之中的，我并不怨他。到后来他很少和我同房，大部分时间他睡在书房里，见了我也只是淡淡的，他的怀抱对我而言越来越遥远。

如果阿柏知道这一切，会笑话我傻吧？

谋反的前几天，我病了一场，那一天一直在打雷，我自小怕打雷，只要听到就会哆嗦，然而那一夜也许是烧糊涂了的缘故，我只觉得自己漂浮在一汪湖中，有极其温暖的水流把我托起来，暖和极了，舒服极了。

冥冥中似乎有个声音问我："你从小就想嫁给温润君子的，对么？"

对。我回答他。

"可是你已经发现，楚翎风所谓的温润君子只是伪装，为什么……你仍然要对他这么好？"

多傻的问题。我笑了。

"因为……是他啊。"

温暖包裹了我，第二天醒来时，阳光透过窗棂洒在我身上，身体也不再发烫。

侍女进来："世子妃睡得可安稳吗？"

"很好。"我点头，"想是炭盆烧得很旺，一夜都很暖和。"

"炭盆？"侍女怔了怔，她低声道，"昨夜并没有烧炭盆。"

我愣了，一种可能在我心里一闪而过，不过很快便被我否定。

"那可能是我的错觉罢。"我淡淡地对侍女道。

（四）

我不知道后世会怎样评价我。

想来也少不了那样的词，单相思招惹祸端、一腔痴情错付之类。

我本来也是这样想的，我爱着一片山谷，从未期待过山谷给我回音。

直到我听到了惊天动地的马蹄声，在那栋与世隔绝的阁楼里，我听到了——"逆贼楚翎风带兵来袭！"

他为我回来了。

他已经谋反，已经和太子兵戎相见，余下的事我一个女子已经无法再帮他分毫，可他回来了,不惜冒着让整个计划被打乱的风险,不惜将自己的安危置于不顾……为了救我这样一个毫无价值的人。

是情意。最后的最后,我看到了这情意。

我看到了灯会后那袭月光般的白衣,我看到了婚礼上那倒映着满堂烛影摇红的双眸,我看到了日后他带着疲惫的神情,郑重地对我说:"阿晴,我不负你,我立你做皇后。"

我点燃了那把自焚的火,火光温柔地舔舐着我的裙摆,我在火中回忆我的少年。马嘶声在窗外响起,我兀自微笑——翎风,我想要的,从来都不是做皇后。

我只想与你共度一生一世,而这一世,我只能陪你走到这里了。

报君黄金台上意,提携玉龙为君死。你曾经救过的命,我自己此生的情,到今日,终于还清。

楚翎风篇

夜黑沉沉的,像是要下雨。

楚翎风在书房里,伏案写着最后的计划。起兵逼宫的日子越来越近了,太子和沈如柏掌握的线索越来越多,留给自己和父王的时间不多了。

计划不是为了写给谁看的,只是为了让自己捋清思路,他写了一遍又一遍,最后将所有带有字迹的纸张扔到铜盆里,又拿了支正在燃烧的蜡烛丢进去。

火苗腾起,将这大逆不道的证据缓缓吞噬。烟气呛人,楚翎风忍不住咳嗽了几声。

其实也未必是被烟气呛的,他最近心里事情多,肝火就旺,这几天都不时地咳嗽几声,左右不是什么大事,不担心提剑上马,于是楚翎风也一直没往心里去。

门就在此时被轻声地叩了几下,铜盆里还有没烧干净的纸,楚翎风立刻警觉地站了起来:"谁?"

是丫鬟冬儿的声音:"世子殿下,世子妃给你熬了雪梨汤,特意给殿下送来。"

是南宫晴,楚翎风烦躁地坐下:"我不喝,拿走。"

冬儿原先是服侍韩王妃的,后来才进了南宫晴的屋里,因此不怎么怕楚翎风,还不服气地大声道:"世子喝一口吧,世子妃熬了好久的……"

"当啷"一声巨响,从屋里传来的声音把冬儿吓住了。

楚翎风抄起一件桌上摆着的青铜器,砸到了书架上:"你耳朵是聋了吗!拿走!"

屋外一片寂静,楚翎风站在屋子里,感到自己眉心在突突地跳,他知道南宫晴就在外面,他是摔给她听的,他故意粗暴地对她,让自己从那种绵密柔情的氛围里脱身出来。

他也知道大部分妻子在此时是会哭会闹的,有些脾气暴躁的大概还会跳着脚骂丈夫不知好歹、没有良心。然而南宫晴安安静静的,一点声音也没有,良久,楚翎风听到了衣裙和地面的摩擦声——南宫晴离开了。

楚翎风几乎可以想象她拽了拽仍然不服气的冬儿,然后悄无声息地低着头离开的样子。

真烦，真烦真烦，这个女人永远是这个样子。

楚翎风刚开始意识到娶错了人之后仍然能对南宫晴以礼相待，但这也是他对自己的自我安慰——娶都已经娶了，还能怎样呢？

但是这点自我安慰很快就消磨殆尽了，原因很简单，那就是南宫晴确实距离他理想中的样子太远了。楚翎风喜欢的女孩应当是明媚的、洒脱的、聪慧的，而南宫晴和这些词没有一分一毫的关系。

楚翎风知道南宫晴爱他，他不陪她的时候她绝不抱怨，他但凡有一点不舒服她立刻研究药膳，然而这种带着卑微感的讨好劲儿又恰恰是楚翎风最不喜欢的东西，因为这常常使他想到自己和自己的母亲是如何讨好同样严厉冷漠的父亲。

楚翎风不相信这世上有无缘无故的爱，从很小的时候起，他就意识到自己表现得出色、优秀，母亲便会欢喜起来，否则便是日复一日的唉声叹气，而父亲更是如此，自己是韩王世子，便肩负着为韩王府争光的责任，如果他在和同辈的竞争中没有取得好成绩，回来面对的就是父亲面若寒霜的脸色和母亲的哭骂。

没有谁会对谁有无缘无故的情意，爱说到底，不过是因为对方足够出色、能够对自己有利用价值罢了，就像他从小心心念念想有个聪明的女孩做妻子一样——智慧过人的贤内助必然可以帮自己成就事业。

一切都渐渐变得不纯粹了，或者说从未纯粹过，楚翎风自己也不知道，他对如柏的心心念念，到最后有几分出自真心的欣赏，几分又出自那份想和楚明轩抢女人的不服气。

夜越来越深了，起风了，可能要下雨，天空中隐隐有一道一道的亮光闪过，是远处的雷电，楚翎风闭上眼睛，这雷声让他有些不安。

是了，南宫晴一直怕打雷——胆小的女人，连这样一点雷声都受不住。楚翎风从书架上抽出一册书，想要度过这个有雨的夏夜，然而他翻开后却发现自己什么也看不进去，整个人都陷入了一种莫名的烦躁。

真是烦，刚刚那个女人为什么要来送雪梨汤？楚翎风的眉心微微抽动着。他不明白，不明白为什么南宫晴对自己这么好，的确很多表面上的理由能够符合他一贯的逻辑——他出身尊贵，是韩王世子，一个太医之女嫁给他无异于麻雀飞上枝头变凤凰……可是直觉又告诉楚翎风，理由并不是这些。

她穿上那些绫罗绸缎时并无喜色，目及王府豪华的装饰时眼神是那样淡漠。在他对她许诺出那句"我封你做皇后时"，她微微笑了一下，笑意却并未蔓及眼底。

为什么，到底是为什么……

楚翎风不知道自己是什么时候走出书房、又什么时候走到南宫晴的卧房的——其实那也是他的卧房，只不过他很少来这里。一进小院天上就开始掉下雨点，楚翎风匆匆扫了一眼，并没有丫鬟守夜，大约是唯一一个对南宫晴好的丫鬟冬儿今天刚好不轮班，其他下人又惯会拜高踩低——毕竟南宫晴不得宠，脾气又软。

不像话。楚翎风的眉梢跳了一下，心里突然冒出一股怒气来，他不知道自己缘何而来的怒气，他明明不喜欢她，但是又看不得别人就这么欺负她。

明日就把这些下人都打发了,换一批得力的进来。楚翎风想。

又打雷了——她不是怕打雷么?这样的天气,她一个人睡得着吗?

不知不觉地,楚翎风迈动步子朝屋里走去,透过窗外一丝微弱的月光,他看到南宫晴静静地躺在床上,闭着眼睛,眉心微蹙,似乎睡得很沉,又似乎在做着什么噩梦。

楚翎风解下被雨淋湿了的外袍,只穿着中衣走了过去,他察觉到不对,用手摸了摸南宫晴的额头——好烫。

病了么?生病的时候也这么一声不吭么?真是蠢女人,会医术的人连自己病了都不知道么?

南宫晴在发抖,楚翎风不知道她是不是冷,此时是夏天,屋子里根本没有炭盆,楚翎风犹豫了一下,想到了唯一给南宫晴取暖的办法。

他在床边卧下,把南宫晴连带被子一起,抱进了怀里。

他很少离得这么近看她,她是个容貌普通的女孩,但他第一次发现,原来她的睫毛这么长,闭着眼睛时覆盖在眼下,像是黑色的鸦羽,又漂亮又文静。她也的确是文静的人,嫁给一个同样温润细腻的男子,大概会有幸福的一生吧?

是啊……她想嫁的是文气中正的君子,她一开始也以为自己是这样的人,可到如今,自己的狼子野心、自己的谋逆计划、自己的狠辣手段,都已经被她知道了,为什么……为什么她还在这里不离不弃?

"你从小就想嫁给温润君子的,对么?"

楚翎风不知道自己为什么说出了这句话,他并没有指望南宫晴回答他,然而南宫晴似乎有一点点意识,她轻轻点了点头。

"可是你已经发现,楚翎风所谓的温润君子只是伪装,为什么……你仍然要对他这么好?"

他看到南宫晴轻轻扬起了嘴角。

"因为……是他啊。"

一道闪电骤然划破天空,楚翎风的身体不受控制地抖了一下,那一瞬,突然一股从未感受过的东西遍布了他的全身——那是二十多年来,他认为不会存在的……无缘无故的爱。

或者说……只有无缘无故,才是真的爱么?

不知道为什么,楚翎风突然想起了一件小事,这件事在他脑海里埋了很久,久到他几乎已经忘了它曾发生过,然而在这一刻,不知道为什么,他突然想了起来——

当时太子和如柏差一点拿到苏浣溪留下的线索,虽然最终抢先一步将线索拿了回来,但是父亲仍然大发雷霆,将一切罪责都推给楚翎风,他拿出了皮鞭,劈头盖脸地抽在楚翎风身上。

那是父亲打得最狠的一次,楚翎风忘了自己是怎么回到自己的房间的,大概是被下人抬回去的。最疼的并不是身体,而是心。

当时南宫晴闯了进来,冲到他的身边,下人正围在他身边给他敷药,他们不太待见这位世子妃,有下人说:"世子妃不要妨碍我们敷药。"

那是南宫晴唯一一次对下人严厉,她说:"你们让开,他现在最需要的不是敷药。"

下人们被她突如其来的疾言厉色吓住了,纷纷给南宫晴让出了位置。

南宫晴走过来,抱住了楚翎风。

"没事了。"她低低地说,"没事了。"

楚翎风当时处在一种极度虚弱的状态中,他听到南宫晴轻声叹了口气,说:"其实你只是个孤独的孩子。"

孤独的孩子最需要的不是敷药,而是拥抱。

回忆盘踞在脑海里,楚翎风闭上眼睛,他抱住南宫晴,似乎想把她抱得更紧些。

这一夜很冷,虽然说是夏天,但已经接近入秋,又加上暴雨倾盆,大部分人都换上了加了棉絮的被子。

然而一整夜,楚翎风都靠在床边,穿着单薄的中衣躺了一整夜。他一直把南宫晴抱在怀里,直到雷声完全停歇,她的体温也渐渐不再灼热。

天明时分,楚翎风披衣起身,悄悄地离开了。

他走出韩王府,彼时天之初晓,楚翎风望着天边,但见微冷的天光之中,有窄窄一层云彩被日光照亮,散发着唯一一缕暖金色的光芒。

后世都说,韩王世子楚翎风,鹰视狼顾,狠辣无情,视所有人为棋子,自己也被父亲当成一枚棋子,一生可怜可恨。

只有那一晚的雷雨知道,在无垠的天地间,曾有过他对人世最后的一线温情。

没头脑和不高兴

番外三

（一）

在京城，很多人都听过琴师柳七复的大名，这一位常年居住在杏花阁的白衣琴师因其俊美出尘的容貌和风流不羁的性子闻名于京，引得无数闺中少女暗中爱慕，他更是以一手玄妙的琴技，曾与太子楚明轩、韩王世子楚翎风、孟四公子孟学然一起并称为京城四大公子。即使是达官贵人见到他，也会恭恭敬敬称一声"柳七公子"。

然而只有很少的人知道，柳七公子其实并不姓柳，柳七复也只是他的化名，他真正的出身，是世代以铁血将星闻名的林家，而林家家主林烨正是他的亲兄长。

林家个个都是铁血男儿，林烨也以此标准来要求自己的幼弟。林炽小时候的身体虽然不像现在这样羸弱，但也与林家其余男子的体魄相差甚远，是个清秀文弱的孩子，而他喜欢的奇门诡道，也与武将们一直奉行的光明磊落所不符。林烨对林炽寄予厚望，杀伐之人的教育手段又往往粗暴，因此兄弟二人之间的关系很是僵硬。

可以说，在整个童年时期，林炽都是郁郁不得志的，他生活在强大而又严厉的兄长的阴影下，鲜少有开心的日子。

与此形成鲜明对比的是我们的孟四公子。

和林炽一样，孟学然也是孟家绝对的异类，孟家的族谱往上数三代，没有出过一个舞刀弄枪之辈，在朝为官的孟氏子弟都是文官，擅长清谈、字画、作诗，孟学然的母亲孟夫人更是出自书香门第，当年以才女之名享誉京城，嫁与孟老爷之后，夫妻二人琴瑟和谐，常常一起读书饮茶、吟诗作对。

至于这样一对有文化的夫妻到底是怎么生出孟学然这样一个看到书就头疼的大小子……至今是个谜。

孟学然六岁时就表现出了对武学狂热的兴趣，一次，他看到孟老爷的屋子里有两盒黑白棋子，于是立刻求孟老爷借自己玩一下午。

那两盒棋子是孟老爷的友人所赠，以红玛瑙、黄龙玉、翡翠和琥珀烧制，十分珍贵，孟老爷自己取用时也小心翼翼。他有些犹豫，不过儿子鲜少对这种东西感兴趣，自己试图培养他一些风雅的爱好也一直以失败而告终，如今他第一次表露出喜欢之意，甚是难得，要是能培养他下棋的兴趣也很好。

于是孟老爷将两盒棋子给了孟学然，还找了一份对弈的入门棋谱交给他，恰逢有同僚来找孟老爷议事，孟老爷便去了前厅，留孟学然一个人和小厮们在后院里。

孟老爷一去便是两个时辰，等再回来时，他前脚刚踏进院子，就听到小厮们一起欢呼："少爷太厉害了！"

怎么？难道我儿一下午就已经初通棋局、还走出了巧妙的一步？孟老爷大喜，只感觉之前自己觉得孟学然是傻小子的话都实在错怪了他。孟老爷匆匆几步赶进院子，就看到了让他毕生难忘的一幕——

水塘边，孟学然对准水塘中央一根悬挂的竹竿，稳稳地出手，一粒棋子便嗖地一声从他的指尖飞出，直接命中那纤细竹竿的正中间。竹竿一阵晃动，棋子也顺势滑入水中，荡起一小片涟漪。

小厮们再次一起喝彩："好！！少爷百发百中！！"

孟老爷只觉得急火攻心，他也顾不得文人雅士的风度了，大喝一声冲进院子："你们在干什么！！！"

小厮们全都吓傻了，只有孟四公子，六岁就显示出了泰山崩于前而面色不变的名将风度（也可能是感情发育比较迟钝），神色自若地对老爹说："孩儿在练暗器。"

当晚，孟老爷泛舟池塘上，捞了一夜的棋子，从那以后就对儿子成为一名文雅大儒彻底不抱希望了。

（二）

就这样，心思敏感、对无法满足兄长期望而十分痛苦的林炽，和只知道傻乐呵、老爹爱咋地咋地的孟学然在学堂相遇了。

这两个人打从见第一面起就互相看不顺眼，孟学然带着一帮和他一样调皮捣蛋的半大小子，上树掏鸟蛋下河摸鱼，上课打瞌睡下课捉弄先生，堪称无恶不作。

从某种程度上来说，孟学然可以算是天生有领袖气质，日后也必然是个适合带兵的好将军，在他率领着这么一波半大男孩的时期，他就把他们全搞得服服帖帖，即便是有不服的，和孟学然交手了几招之后，也会乖乖叫大哥。

孟学然收服了几乎整个学堂的少爷们后，清点了一下人数，发现还少一个人——

没错，这个人就是林炽。

林炽根本不参与他们的任何活动，此人上课就点个卯，先生不叫他他绝不开口，一下课就立刻收拾东西离开，一副沉默乖僻不合群的性子，鉴于他出身高贵，即使有人看不顺眼，多半也不会主动招惹他。

不过孟四公子就不同了,论出身,做到文官魁首的孟家也不输林家什么,不过估计孟学然当时脑子里也并没有这根弦,他只是单纯地想——全学堂的人都管我叫大哥,这一位怎么不理我呢?

于是想到啥就做啥的孟四少爷开始了他招惹林炽的道路。

孟学然先是尝试着示了一下好,下学的时候他拦住林炽:"你要不要跟我们一起去练武?"

林家家主都没能逼林炽干成的事儿,孟学然要是能让他去那就怪了。林炽用厌倦的眼神扫了孟学然一眼,走了。

孟学然的火腾地一下就上来了,周围一圈小弟立刻围上来,生怕这火烧得不够旺,拼命往里添柴。

"他以为他是谁?"

"竟然对我们大哥如此不敬?!"

"揍他!"

小弟们纷纷对孟学然献计献策,不过百八十条计策总结起来都是一样的——把林炽堵巷子里打一顿。

孟学然犹豫了一下,拒绝了。他虽然也看林炽不爽,但是林炽一副看上去就没练过武的体格,他孟学然干不出这种以强凌弱的事儿。

不过孟学然本人虽然没同意,但架不住底下有两个心术不正的小弟想要讨好他,这两个小弟对林家到底如何煊赫没什么概念,即使有听闻,也听说林炽在林家不得宠,于是他们胆子就大起来,真的在一个月黑风高之夜,把林炽堵在了巷子里。

这两个小弟都是武学世家出身,头脑简单了些,但是手上的功夫却是硬碰硬的,他们带了一个麻袋,打算到时候一句话不说,套住就打,第二天林炽鼻青脸肿地来上学时,他们就可以找孟学然邀功了。

然而第二天鼻青脸肿来学堂的却是这两个小弟。

"不知道。"两个小弟对一脸怒气的孟学然哭诉,"我们什么也没看清,就感觉被什么东西缠住了脚腕,然后我们两个就跌倒在了地上……"

孟学然很生气,第一生气这两个小弟擅自行动去欺负林炽,第二生气居然还这么没出息反而被人家打了。

他问他们:"林炽呢?"

两个小弟一起摇头:"不知道。"

林炽当天并没有来学堂,而接下来第二天,第三天,他依然没有来上学。

林炽再也没有来过,从那以后,学堂的少年们再也没有见过那个林家的小公子。

一年后,一个叫柳七复的少年琴师出现在了杏花阁,而其中的经过,唯一知情的,居然是孟学然。

(三)

孟学然并非主动要了解这一切,那一天他之所以恰好出现在林家的家门,只是去找林炽算账的。

说是算账也并不准确，因为孟学然也并没觉得林炽做得不对，相反，他由衷地生出了一种佩服之情——想不到那家伙看上去一副文弱的样子，竟然很有几手本领。

不过佩服归佩服，自己的小弟被人打了，当大哥的不能坐视不理，于是孟学然仍然要硬着头皮找上门来。

他在后门犹豫了小半个时辰，不知道该拿林炽怎么办——打他一顿替自己的小弟找回场子？孟学然做不出来。那么和他握手言和？感觉也很奇怪。

孟学然纠结了半晌，就在他打算转身离去的时候，林家的高墙上突然掉下来了一个人。

孟学然：?!

孟少爷吓了一跳，他后退一步，定睛看去，发现从墙上翻下来的人竟然是林炽。

明明从自己家出来，干吗要翻墙？

孟学然正在心里疑惑着，从墙上翻下来的林炽终于稳住了身形，他艰难地从地上爬起来，站直身体，看向孟学然，也许是月光照耀的缘故，他的脸色显得比平时要苍白许多。

孟学然被盯得不自在，这才想起自己不该出现在这里，他挠了挠头，尴尬地说："我就是……路过。"

林炽不说话，仍然看着孟学然。

孟学然更尴尬了："你这个……轻功不错，没什么事的话我就走了，回见。"

孟学然转身就要离开，然而他转过身走了两步，突然感觉到不对劲——因为就在他转身的前一刻，不知是不是错觉，他似乎看到林炽的身体摇晃了一下，似是站立不稳。

再加上他好久没来学堂了……

孟学然回过头去："你还好吧……"

他这话没能问完，林炽突然喷出一口血来，整个人就像一个失去控制的木偶一般，直挺挺地朝孟学然倒了过来。

孟学然：?!

他的第一反应是：这是不是碰瓷？

第二反应是：天啊！救命！

事实证明，孟学然在大部分的情况下头脑简单，但是关键时刻往往细腻而有智慧，在千钧一发之际，他敏锐地意识到林炽是翻墙从林家出来的，如此不光明正大，那么极有可能是逃出来的。

所以孟学然并没有向近在咫尺的林家呼救，他一把背起林炽，冲向最近的医馆。

（四）

林炽有关那一日的记忆已经很模糊了。

他只记得自己和长兄之间的矛盾终于激烈到无以复加的地步，难以再承受任何期待的他弄垮了自己的身体，一则是为了彻底向林烨示威，二则是只有这样，他的身体才能承载真正的奇门诡道之术。

这些奇诡之术他大部分是自学的，靠的是搜罗来的各种杂书。后来他在街市上遇到过一个胡子乱糟糟的老人，老人是卖小玩具的，有木头做的房屋、车子、动物，不过最多的，还是一个个的小木偶。

那个老人摸了摸他的手掌，那是属于贵族小孩的手，皮肤干净而柔软，可以想见是从小就有侍女端着铜盆湿巾服侍着洗手，然而细摸却会发现有很奇怪的茧子，一道一道遍布在十指的根部。

那是蛛丝缠绕的痕迹——所谓的蛛丝并不是蛛丝，有时是极细的铁线，有时候是韧性极大的特制丝线，功用也各不相同，可以用来暗杀，可以用来偷窃，可以用来操纵他人，只取决于使用蛛丝的人想把它们用在哪里而已。

而在这茧子旁，是几道浅浅的白痕，老人发现它们的时候眉心微微一跳——这是炼毒者的标志，他们会远离自己所炼的毒药，但是制作时难免要用木勺去搅动，有些毒药的毒性会顺着木勺一路蔓延到手掌，留下这几道被腐蚀的痕迹。

这个少年看着年纪很轻，却已经接触了种类如此之多、程度如此之深的诡道，如果没有人教他，那么他就是不世出的天才，可是这样的名门之后，为什么要接触这些江湖下九流的技术？

老人勾起嘴角，看向林炽："矜贵人家出生的孩子，却要学这最卑劣最上不得台面的东西吗？"

林炽一直观察着老人的神情变化，此刻看他并未问自己一句话，仅凭摸了摸手掌便断定自己会诡道之术，立刻意识到了眼前是一位高人，他恭恭敬敬地弯下腰去："求老先生带我入门。"

"你已经自己入了门。"

"那么便求老先生继续领我走一段路。"

"你要想好，名门是不喜欢这些东西的，做木偶、下毒、制造各种障眼法……学了这些阴诡的东西，便再也当不成贵气的小公子了，而且做毒的人，要想不在长年累月中被毒侵蚀，就需要将自己变成一个'毒人'，这样一来，你此生都难以当一个健康的正常人了……你仍然愿意么？"

"愿意。"

于是他吞下那丸彻底改造自己的药，成为了一个真正的毒师，也终于彻底叛出了家门，但是出了这家门他才发现，天地之大，自己竟然不知道该去往何处。

月上中天的时候，林炽终于醒来了，他从那黑沉不见底的梦中挣扎出来，看到的就是个一身黑衣的小公子。

那小公子生得很俊，两道剑眉斜飞入鬓，一双眼睛灿若寒星，腰间挂着一把样式古朴的长刀。

……就是好像和自己有仇。

"喂，你可算醒了，郎中说他都查不出来你到底什么毛病。"黑衣小公子孟学然不说话时还有股肃杀之气，一开口就立刻破功了，"我没告诉你爹——哦不，你家是你

— 333 —

哥做主对吧？反正我谁也没告诉。"

林炽和这位孟四公子完全不熟，一时也不知如何说起，于是安安静静地闭着嘴不说话。

孟学然有点不满意："再怎么说也是我救了你，你不应该谢谢我吗？医馆收了我三钱银子呢。"

林炽伸手就要从袖子里掏钱。

"哎哎哎，不是管你要的意思。"孟学然赶紧按住他，"你是离家出走了对吧？那钱要省着花，不要大手大脚的。"

他思索片刻："你有地方住吗？"

林炽不说话，原本他应该去投靠自己的师父，也就是做木偶的老人的，但这一切没必要让孟学然知道，于是他微微摇了摇头。

"你这是什么离家出走！一点准备也没有！"孟学然苦思冥想，"要不你来我家住两天吧，我悄悄把你弄进去，没人会发现的。"

林炽有些惊讶地看了孟学然一眼，他看到孟学然漆黑的瞳孔里是一片显而易见的真诚之色，而接下来，孟学然的一句话直接打到了他的心里。

小孟公子大大咧咧地说："你是不是觉得你家没人理解你啊？"

林炽悚然一惊。

"我估计也是，你看你们家，都是战场上回来的习武之人，你呢，一看就和练家子没什么关系。"孟学然往后一靠，叹气，"我也是啊，我老爹最喜欢干的事就是把一堆小辈聚在一起吟诗作对，我只会编打油诗——池塘有只大青蛙，打它它会呱咕呱。就这种。"

即使身体仍然虚弱，林炽还是笑了出来。

孟学然对这个满脸凄楚的病秧子终于被自己逗笑了表示得意，他往后一靠："累死我了，虽然你不沉，但是从你家到医馆也太远了……"

这位小孟公子干什么都很雷厉风行，连睡觉都是这样，他刚说完累了，就闭上眼睛打起了瞌睡。

林炽看他靠在椅子上，呼吸渐渐均匀，显然是睡着了，不知道为什么，他突然开了口，低声道："其实……"

那是林炽第一次把他的故事告诉别人，他并没有指望任何人听，而在二人之后相识的岁月里，林炽也并不清楚孟学然知道这一切。

他不知道的是，那一晚孟学然其实还没有睡着，他闭着眼睛，静静地听完了林炽的故事。

再之后，孟学然真的睡着了，而当他再醒来时，林炽已经悄悄地离开了。

（五）

再相遇已是一年之后，孟学然被几个有雅兴的朋友叫去杏花阁听琴。

"有个极好的琴师，琴技那是第一流的，宫中乐坊里的都比不上他。"

孟学然对此没有半点儿兴趣，再玄妙的琴曲对他而言也只有助眠的效果。然而当他被拉着走入杏花阁，看到茶室中端坐的那个白衣琴师时，孟学然愣住了。

　　"林……"有那么一瞬间，他几乎要脱口而出那个名字，那是柳七复的原名。

　　柳七复也僵住了，他戴了白纱覆面，只露出一双眼睛，他不认为任何人可以认出自己——不过孟学然一眼就看出了是他。

　　然而孟学然竟然硬生生地忍了话头。

　　"什么林？"有同伴疑惑地问孟学然。

　　"没什么。"孟学然道，"这家伙叫什么来着？"

　　同伴是爱才之人，忍不住皱眉："这是柳七复柳公子，学然，不要这么不敬。"

　　"我没不敬啊。"孟学然大手一挥，"来吧，让我们听听这姓柳的白眼狼能弹出什么玩意儿！"

　　传言这柳公子清高自傲，视达官贵人为无物，稍有不顺意的地方便拂袖而去，孟学然出言如此无状，同伴忍不住担心地看向柳七复，已经做好了他生气离开的准备。

　　然而柳七复却笑了出来，他看向孟学然，淡淡道："幸会，孟四公子——敢问孟四公子想听什么？"

　　孟学然挠头："你看着弹吧。"

　　反正你弹什么我都听不懂。

　　柳七复淡笑一下，抬手抚琴，很快，便有如水的琴声在室内流淌。

　　"这是《高山流水》，据说是柳七公子弹得最好的一支曲子，表达的是伯牙子期相会的知己情意，据说柳七公子从不给外来的客人弹奏。"同伴们小声议论，"难道柳七公子觉得，在座的人中有他的知己？"

　　几位风雅的公子互相猜测着，并没有人向孟学然的方向看去——毕竟怎么想，柳七公子的知己也不可能是完全不通音律的孟学然。

　　的确，在之后的十几年中，二人也从未被外人视作朋友，毕竟他们是那样不同。柳七复只穿白衣，孟学然只穿黑衣；柳七复精通音律，孟学然唱歌跑调；柳七复支离病骨，孟学然武功盖世。更何况两个人的脾气似乎也极为不对付，见面就先斗七八个回合的嘴，似乎这辈子都不能指望这两个毫无共同点的人对彼此说人话，吵架才是他们的正常交流方式。

　　而这一段少年往事也未被他们两个中的任何一个在日后提起过。

　　只有一次，柳七复进宫为太皇太后庆生，与太子和太子妃闲聊，谈到高兴处，柳七复淡淡道："太子与太子妃相互懂得，实在是世间最珍贵的事。"

　　他饮了一口酒，淡淡道："好在此生有幸，也有人懂得我。"

　　太子与太子妃对视一眼，相视而笑，并没有人问柳七复那人是谁，似乎答案早已清晰地被他们知晓。

　　而就在此时，一名佩刀的黑衣公子杀气腾腾地走了进来："太子！沈胖！我说没说过啊，盯着他点不要让他喝酒！"

　　"有宫人在呢，能不能不要叫我外号？"

　　"这不是重点！我当时怎么嘱咐你的来着！"

一室吵吵闹闹,柳七复放下酒杯,看着他们的身影微笑。

孟学然似乎是感受到了什么,他回过头来,看向柳七复,不过只对视了一瞬,就别扭地将头转了过去。

柳七复笑了,他举起酒杯:"米酒,很淡的,不伤身体——孟四公子要不要和我喝一杯?"

新丰美酒斗十千,咸阳游侠多少年。

相逢意气为君饮,系马高楼垂柳边。